EL CLARO
MÁS
OSCURO

Date: 10/15/18

EL CLARO MÁS OSCURO

ROBERT DUGONI

TRADUCCIÓN DE
DAVID LEÓN

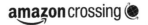

Título original: *In the Clearing*
Publicado originalmente por Thomas & Mercer, Estados Unidos, 2016

Edición en español publicada por:
AmazonCrossing, Amazon Media EU Sàrl
5 rue Plaetis, L-2338, Luxembourg
Mayo, 2018

Impreso por: Véase la última página
Primera edición digital 2018

ISBN: 9782919800988

www.apub.com

SOBRE EL AUTOR

Robert Dugoni nació en Idaho y creció en el norte de California. Aunque estudió comunicación, periodismo y escritura creativa en la Universidad de Stanford dedicó su vida profesional a la abogacía. Hasta 1999, cuando se despertó un día decidido a dedicarse a escribir. Tras apartarse de la jurisprudencia, pudo completar tres primeras novelas con las que ganó el premio literario de la Pacific Northwest Writer's Conference. Desde entonces sus obras han encabezado las listas de éxitos editoriales de *The New York Times*, *The Wall Street Journal* y Amazon. Es autor de la serie de Tracy Crosswhite: *La tumba de Sarah*, *Su último suspiro* y *El claro más oscuro*; así como de la saga de David Sloane, que ha gozado de una acogida excelente por parte de la crítica: *The Jury Master, Wrongful Death, Bodily Harm, Murder One* y *The Conviction*. Ha figurado en dos ocasiones entre los aspirantes al Premio Harper Lee de ficción jurídica, fue finalista de los International Thriller Writers Awards de 2015 y ganador, ese mismo año, del Premio Nancy Pearl de novela. Sus libros se venden en más de veinte países y se han traducido a una docena de idiomas, incluidos el francés, el alemán, el italiano y el español.

Para más información sobre Robert Dugoni y sus novelas, véase www.robertdugoni.com.

Para Joe. Es hora de volar, hijo. Es hora de volar

PRÓLOGO

Buzz Almond informó a la centralita de que se había puesto en marcha, pisó el acelerador y sonrió al oír el rugido de los 245 caballos del motor de ocho cilindros en V y sentir la inercia que lo clavaba al respaldo de su asiento. En la comisaría corría la voz de que los políticos tenían la intención de ir sustituyendo aquellos mastodontes ávidos de combustible por vehículos más eficientes y baratos. Tal vez fuese cierto, pero, por el momento, Buzz podía disfrutar de uno, un colosal Chevrolet Caprice de capota rígida y, para que lo soltase, iban a tener que arrancarle los dedos del volante.

La descarga de adrenalina lo hizo erguirse y sus neuronas comenzaron a lanzar impulsos eléctricos que parecían estallar como fuegos artificiales. Se sentía a pleno rendimiento. «Listo para el combate», como decían cuando estaba en los marines, y no veía motivo alguno para no usar esa misma expresión ahora que era ayudante del *sheriff* del condado de Klickitat. Hasta tenía ganas de lanzar un grito de guerra.

Redujo la marcha, bajó la ventanilla y ajustó el retrovisor para inspeccionar la calle perpendicular. Aunque la mayor parte de las vías de aquella zona estaba señalizada, aún había algunas que no eran más que caminos estrechos sin pavimentar. La ausencia de farolas, unida a la densa capa nubosa del cielo, había sumido los alrededores en una negrura absoluta en la que uno podía pasarse una carretera sin haber reparado en ella.

El haz de luz fue a dar en un conjunto de buzones maltrechos colocados sobre postes de madera. Buzz recorrió con él uno de metal que sostenía una señal verde reflectante hasta iluminarla y leer en ella: «Carretera de Clear Creek». Había llegado. Giró. El coche se puso a dar botes entre baches y rodadas. Los residentes se encargaban de arreglar algún que otro camino durante la primavera y el verano, pero aquel no había tenido tanta suerte.

Recorrió cuatrocientos metros entre la espesura de robles, pinos y álamos que se extendía a uno y otro lado. Tras torcer a la izquierda, vio una luz que centelleaba entre las ramas de un árbol. Se dirigió hacia ella por el camino de grava de una casa prefabricada de larga fachada. No había tenido tiempo de detenerse cuando salió un hombre y lo vio descender los tres escalones de madera y cruzar un patio de tierra lleno de leña sin apilar y chatarra con un tendedero vacío.

Comprobó el nombre que había apuntado a la carrera en la libreta de bolsillo y salió del coche. El aire olía a pino y estaba cargado, como queriendo anunciar la inminente nevada. La primera de la estación: sus hijas iban a estar encantadas.

El suelo, que empezaba a helarse por la súbita caída que habían experimentado las temperaturas después de una semana de lluvias rigurosas, crujía bajo sus botas.

—¿Es usted el señor Kanasket? —preguntó.

—Puede llamarme Earl —dijo el otro tendiéndole una mano seca y encallecida.

Su piel oscura y el cabello negro que llevaba recogido en una coleta le hicieron suponer que debía de ser uno de los integrantes de la tribu de los klikitats. Aunque la mayoría se había mudado al noreste, a la reserva de los yakamas, hacía ya décadas, todavía quedaban algunos. Earl llevaba una chaqueta de lona recia, vaqueros y botas de suela gruesa. Tenía el rostro salpicado de lunares oscuros y curtido, como es habitual entre quienes trabajan al aire libre. Supuso que no debía de tener mucho más de cuarenta años.

—¿Ha sido usted quien ha llamado por su hija? —preguntó el recién llegado.

—Kimi viene siempre andando del trabajo. Siempre llama desde el Diner antes de salir y nunca llega tarde.

—¿El Columbia Diner? —Buzz iba tomando notas. Acababa de pasar por aquel local, poco menos que una cabaña de madera sin compartimentar, no hacía ni dos kilómetros, en la carretera estatal 141.

En ese momento salió corriendo de la casa una mujer envolviéndose en un abrigo largo. La seguía un joven que, a juzgar por el parecido, debía de ser un hijo ya mayor del matrimonio.

—Le presento a Nettie, mi mujer, y a nuestro hijo Élan —anunció Earl.

A ella le asomaba el dobladillo del camisón por debajo del abrigo. Llevaba zapatillas de andar por casa, mientras que Élan iba descalzo y vestía vaqueros y una camiseta blanca. Buzz sintió frío solo de mirarlo.

—¿A qué hora suele llegar Kimi a casa?

—A las once. Siempre puntual.

—¿Y hoy ha llamado?

—Como todas las noches. Nos llama siempre que trabaja —dijo el padre, cuya voz empezaba a sonar impaciente.

—¿Qué ha dicho? —preguntó Buzz, tratando de mantener la calma, aunque empezaba a tener la sensación de que todo aquello no se debía solo a una muchacha que llegaba a casa más tarde de la hora acordada.

—Que venía para acá.

Nettie puso la mano en el antebrazo de su marido para apaciguarlo.

—Kimi no es así —dijo la mujer—. Nunca nos daría un disgusto: es muy buena muchacha. El año que viene irá a la Universidad de Washington. Si ha dicho que venía para acá, tendría que haber llegado ya.

Élan volvió la cabeza y cruzó los brazos, gesto que a Buzz le pareció una reacción extraña.

—Por lo que me dice, va al instituto, ¿no?

—Está haciendo su último año en la Stoneridge High School —contestó Nettie.

—¿Puede ser que haya ido a casa de una amiga?

—No —dijo Earl.

—¿Y nunca le había pasado antes? ¿Nunca ha llegado tarde?

—Nunca —respondió al unísono el matrimonio.

—De acuerdo —dijo Buzz—. ¿Ha ocurrido algo en casa o en el instituto que haya podido hacer que cambie su forma de actuar?

—¿A qué se refiere? —quiso saber Earl, cuya voz empezaba a sonar airada.

Buzz no perdió la calma.

—Alguna discusión reciente, quizás algún problemilla de adolescentes en el instituto... —Aunque, en realidad, no tenía ningún punto de referencia reciente, ya que sus hijas tenían dos y cuatro años, recordaba que sus hermanas y las amigas de estas se habían vuelto una verdadera lata al llegar a la pubertad.

—Ha roto con su novio. —Élan interrumpió de golpe la conversación.

Buzz miró al joven y, al ver que no decía nada más, volvió a fijar la atención en Nettie y en Earl. La falta de expresión de su cara podía significar tanto que acababan de enterarse como que habían considerado que no valía la pena mencionarlo.

—¿Cuándo? —preguntó a Élan.

—Hace un par de días.

«Por fin empezamos a avanzar», pensó Buzz.

4

—¿Con quién estaba saliendo?

—Con Tommy Moore.

—¿Lo conoces?

—Iba a mi clase, pero entonces no eran novios. Se lo presenté después.

—¿Cuándo?

—Hace dos años.

—¿Llevan dos años saliendo?

—No —aseveró Nettie enérgica.

—No, hace dos años yo iba al instituto —dijo el muchacho.

—Élan no llegó a graduarse —apostilló la madre.

Buzz tenía la clara impresión de que Earl y Nettie no aprobaban la relación de su hija.

—¿Cuánto tiempo llevaba saliendo Kimi con Tommy Moore?

Nettie agitó la mano con un gesto desdeñoso.

—No era nada serio. Como le he dicho, Kimi empezará la universidad el curso que viene.

Buzz miró a Élan.

—Seis meses —respondió él—. Empezaron a finales del año pasado.

El ayudante del *sheriff* colocó un asterisco en su libreta al lado del nombre de Tommy Moore.

—¿Sabes dónde vive?

El muchacho señaló hacia los árboles.

—En Husum.

Llamaría a la central para que le dieran la dirección.

—¿A qué se dedica?

—Trabaja de mecánico. Además, es boxeador. Ha ganado la Golden Gloves.

—¿Por qué han roto?

Élan meneó la cabeza mientras encogía los hombros para combatir el frío.

—Ni idea.

—¿Te dijo tu hermana si tenían problemas?

—No nos hablamos.

Aquello llevó a Buzz a hacer otra nota mental.

—¿Tu hermana y tú no os habláis?

—No. Tommy decía que tampoco les iba demasiado bien. Kimi puede llegar a ser un coñazo.

—Élan —lo amonestó Earl, molesto a todas luces.

—Un momento —insistió Buzz—. ¿Dijo Tommy que las cosas no iban bien?

—Sí. Por lo visto, Kimi se volvió muy engreída.

—No era nada serio —intervino Earl.

Élan puso los ojos en blanco y se dio la vuelta.

Antes de que Buzz pudiera preguntar nada más, Earl y Nettie miraron a sus espaldas. Él se volvió y vio una procesión de faros de automóvil que avanzaba por entre los árboles.

—¿Será ella? —preguntó.

—No: es gente a la que he llamado para que eche una mano.

Tres vehículos doblaron la curva y entraron en el patio de tierra para aparcar al lado del coche patrulla de Buzz. Quienes los ocupaban se apearon y cerraron las puertas con energía. Las mujeres fueron a consolar a Nettie, en tanto que los hombres miraron a Earl, quien se volvió a su hijo diciendo:

—Ve con ellos.

Buzz alzó una mano.

—Espere, Earl. ¿Quién es esta gente?

—Amigos —respondió él—. Van a buscar a Kimi.

—Está bien, pero quiero que esperen todos un momento.

—Le ha pasado algo —repuso Earl—. Andando —dijo a Élan.

El joven recogió un par de botas de los escalones y siguió a los hombres hasta los coches, que arrancaron de inmediato.

—¿Por qué cree que le ha podido pasar algo? —quiso saber Buzz.

—Por las protestas.

—¿Las protestas sobre el fútbol americano?

El *Stoneridge Sentinel* y *The Oregonian*, de tirada mucho mayor, habían informado de los actos de reivindicación que habían protagonizado las tribus de los yakamas contra el uso, por parte de la Stoneridge High School, del nombre de Red Raiders y su mascota, un estudiante blanco con pinturas de guerra y plumas en el pelo que irrumpía en el terreno de juego montado en un caballo de cartón y enterraba una lanza en el césped.

—¿Han recibido amenazas? —preguntó Buzz.

—El asunto ha despertado malestar entre los vecinos y Kimi es hija mía. Yo, como miembro del consejo de ancianos, soy un símbolo de la protesta.

Buzz se frotó la barba que comenzaba a asomarle en el mentón.

—Voy a necesitar una fotografía reciente de Kimi y una descripción física detallada, así como una lista de los amigos con los que más relación tenga.

Earl hizo un gesto a las mujeres, que se metieron enseguida en la casa.

—Mi mujer le dará los nombres y empezará a llamar a sus amistades.

—¿Sabe qué camino sigue su hija para venir a casa? —preguntó Buzz.

—Sí.

—Pues vamos a echar un vistazo antes de que empiece a nevar.

Se dirigieron con premura al coche patrulla y entraron. Buzz percibió la inquietud de Earl y, pensando en sus propias hijas, dijo:

—Vamos a encontrar a su hija, señor Kanasket.

El otro no respondió: se limitó a escrutar la oscuridad a través del parabrisas.

CAPÍTULO 1

JUEVES, 27 DE OCTUBRE DE 2016. SEATTLE
(WASHINGTON)

Tracy Crosswhite acababa de vaciar lo que quedaba del cargador de su Glock del calibre 40, seis balas en menos de diez segundos desde una distancia de catorce metros, cuando sonó su teléfono. Enfundó el arma, se quitó los protectores de oídos y miró quién la llamaba. Sus tres alumnas contemplaban la diana con la boca abierta. Cada uno de los disparos había ido a dar en el centro mismo de los círculos concéntricos que llevaba el blanco en el pecho.

—Tengo que contestar —anunció apartándose para hablar por el aparato—: Dime que me llamas porque me echas de menos.

—Debes de tener un imán para los asesinatos —respondió su sargento, Billy Williams.

Y lo cierto es que últimamente daba esa impresión: cada vez que mataban a alguien eran su compañero, Kinsington Rowe, y ella quienes estaban de guardia en homicidios.

Billy le hizo saber que la centralita había recibido una llamada de emergencia sobre una muerte por herida de bala que se había producido en un domicilio de Greenwood a las 17.39. Tracy miró el reloj y vio que habían transcurrido veintiún minutos desde dicha hora. Conocía aquel barrio de clase media y ambiente tranquilo del centro norte de Seattle, porque había estado buscando casa en él.

—En una residencia unifamiliar —añadió el sargento.

—¿Una pelea doméstica?

—Tiene toda la pinta. El forense y la científica van de camino.

—¿Has llamado a Kins?

—Todavía no, pero Faz y Del también van para allá.

Vic Fazzio y Delmo Castigliano eran los otros dos integrantes del «equipo A» de la Sección de Crímenes Violentos. Aquel día, además, eran la segunda pareja de guardia en caso de homicidio, lo que quería decir que les echarían una mano con la investigación, si es que había, ya que aquel tipo de altercados solía ser cosa fácil: cuando no era la mujer la que había matado al marido, era este quien la había matado a ella.

Tracy suspendió la clase de tiro y se metió de un salto a la cabina de su Ford F-150 de 1973. La I-5 en dirección norte tenía más tráfico aún de lo habitual para ser una tarde de jueves y necesitó casi cuarenta y cinco minutos para salvar los veinticinco kilómetros que separaban el campo de tiro de su destino.

Cuando llegó, vio una casa de tablones de madera de una sola planta iluminada por las luces de emergencia de numerosos coches patrulla de la comisaría Norte. En el arcén había aparcadas dos furgonetas —la del médico forense y la de la policía científica— y una ambulancia, a las que se habían sumado todo un destacamento de periodistas con sus propios camiones y furgonetas: los altercados con armas de fuego en barrios de clase media predominantemente blanca siempre aparecían en las noticias. Por suerte, no había ningún helicóptero sobrevolando el lugar, quizá porque la densa capa nubosa que amenazaba con nieve parecía destinada a frustrar cualquier intento de grabar desde el aire. Las bajas temperaturas, sin embargo, no habían desalentado a los vecinos, que habían salido a la acera y a la calzada y se mezclaban con la prensa tras la cinta negra y amarilla de la policía.

Tracy aún no había visto el BMW de Kins, a pesar de vivir él en Seattle y, por lo tanto, estaba varios kilómetros más cerca de Greenwood que el campo de tiro del que procedía ella.

—¡Menuda habéis montado! —dijo al bajar la ventanilla mientras enseñaba la placa a uno de los agentes encargados del tráfico.

—Bienvenida a la fiesta —respondió él cediéndole el paso.

Dejó el coche al lado de la furgoneta de la científica. Las radios de policía escupían retazos de conversación. Le resultó imposible hacer recuento de los compañeros de uniforme y de paisano que se mezclaban en el césped con los investigadores de pantalón negro de faena y camisas del mismo color en cuya espalda se leía: CSI. El forense seguía dentro con el cadáver y, hasta que él terminase, nadie podía hacer nada.

Tracy saludó a la agente de uniforme que llevaba la tabla sujetapapeles con el registro del personal presente en la escena.

—No me digas que te ha tocado a ti este circo, Tracy —dijo la agente uniformada.

Aunque había enseñado a disparar a muchas de las agentes del cuerpo, Tracy no la reconoció. También era cierto que, además, no hacía mucho había atrapado a un asesino en serie conocido como el Cowboy y había recibido por ello su segunda Medalla al Valor de la policía de Seattle, lo que la había convertido en toda una celebridad, sobre todo entre los agentes más jóvenes.

—Eso me han dicho. —Escribió su nombre y el momento de su llegada en el registro—. ¿Has sido tú quien ha respondido a la llamada de emergencia?

La agente miró a la puerta delantera, pintada de un color rojo más propio de un camión de bomberos.

—No: él está dentro, con tu sargento.

11

Tracy estudió la casa. Parecía estar bien cuidada. La acababan de pintar y debía de tener un valor de mercado de más de trescientos cincuenta mil dólares. El césped olía a recién plantado y el resplandor de los alrededores y de las luces del porche iluminaba la extensión de mantillo, también nuevo, de los parterres de rosales vistosos y rododendros bien asentados. «Esto huele a divorcio —pensó Tracy—. Debían de estar arreglando la vivienda para venderla. Desde luego, el cadáver de ahí dentro no va a ayudar a elevar el precio de salida.»

Subió los tres escalones de la entrada y se coló por debajo de la cinta roja que habían tensado de un lado a otro de la puerta. Dentro vio a Billy Williams hablando con un agente de uniforme en un cuarto de estar sencillo pero cuidado. Tirado en el suelo de bambú oscuro, tendido entre dos pilares cuadrados con la intención de diferenciar aquella estancia del comedor y la cocina abierta, había una escultura cónica de cristal. Las paredes parecían recién pintadas de colores —azules suaves y verdes oscuros—, propios de una revista de decoración.

El personal sanitario estaba atendiendo a una mujer castaña sentada en un sofá de piel azul oscuro, que hacía muecas de dolor mientras se señalaba las costillas. Llevaba la cabeza vendada y tenía hinchada la mejilla izquierda y un corte no muy grande cerca de la comisura de los labios. Tracy calculó que debía de tener entre cuarenta y cinco y cincuenta y pocos años. A su lado, sentado también, había un joven caído en las desmañadas garras de la pubertad: cabello despeinado, brazos desgarbados que salían de una camiseta demasiado pequeña y piernas delgadas como palillos asomando por las perneras de unos pantalones cortos demasiado anchos. Tenía la cabeza gacha y la mirada clavada en el suelo, aunque Tracy alcanzó a ver las manchas rojas que presentaba en el lado izquierdo de la cara. Ambos estaban descalzos.

—Angela Collins y su hijo, Connor —anunció Billy sin levantar la voz. Era la viva imagen del actor Samuel L. Jackson, hasta por la mosca que lucía debajo del labio inferior y su predilección por las boinas con visera, en esta ocasión de tejido escocés—. Su marido, del que se estaba separando, está en uno de los dormitorios que dan al pasillo, con una bala en la espalda.

La inspectora se asomó a un corredor estrecho y vio que, en la habitación del fondo, había varios integrantes del equipo del médico forense que iban de un lado para otro. Desde donde estaba alcanzaba a ver un par de zapatos negros de vestir y unos pantalones de traje, aunque solo hasta medio muslo: el resto del cuerpo se encontraba oculto por el marco de la puerta y la pared.

Señaló con la cabeza a Angela Collins y preguntó:

—¿Y ella qué dice?

—Que el disparo lo hizo ella —repuso Billy mientras hacía una señal al agente.

Tracy se dirigió a este último.

—¿Ha confesado?

—Sí. Estábamos aquí mi compañera y yo cuando nos lo contó todo —contestó el agente— y luego se acogió a sus derechos y se sentó. Por lo visto, su abogado viene para acá.

—¿Ha llamado a su abogado? —quiso saber Tracy.

—Eso parece. La he oído hablar con los de la ambulancia. Dice que su marido la ha golpeado con eso. —El agente señaló a la escultura del suelo.

—Pero ¿ha dicho expresamente que le ha disparado ella?

—Sin duda. Estábamos los dos: mi compañera y yo.

—¿Y le habéis leído sus derechos?

—Y hasta los ha firmado.

—¿Dónde está el arma? —quiso saber la inspectora.

El agente señaló hacia el pasillo.

—Encima de la cama. Es un Colt Defender del calibre 38.

—¿No se lo habéis quitado?

—No ha hecho falta. La mujer estaba ahí sentada, esperándonos con la puerta abierta.

—¿Qué dice el hijo?

—Nada.

En ese momento entró Kins pasando por debajo de la cinta y respirando con cierta dificultad.

—Hola.

—¿Dónde estabas? —le preguntó Billy con la mirada puesta en el traje y la camisa de vestir, sin corbata, del recién llegado.

—Perdón. No he oído el teléfono. ¿Qué tenemos?

—Parece cosa fácil —aseveró Tracy.

—No estaría mal —repuso él.

Billy le explicó la situación antes de decir:

—Haré que Faz y Del empiecen hablando con los vecinos por saber si alguno vio u oyó algo esta noche o cualquier otro día. Habría que sacar las huellas de ese trasto —añadió señalando la escultura.

—Inspectores —los llamó desde detrás de la cinta la agente que había recibido a Tracy en el camino de entrada a la casa—. Hay un hombre en la acera que dice que es el abogado de la mujer y quiere hablar con ella.

—Yo me encargo de él —dijo Tracy antes de volver a sortear la cinta de camino al porche. Sin embargo, se detuvo en cuanto vio en la acera al letrado Atticus Berkshire—. Mierda.

No eran pocos los polis y fiscales del condado de King que ya conocían la desagradable experiencia de topar con Atticus Berkshire y aquellos que aún no habían corrido esa suerte sabían quién era de todos modos. Aquel abogado de infausta memoria, cuando no estaba batallando por librar a sus clientes de los cargos penales que se les pudieran imputar, se consagraba a denunciar al cuerpo de policía por haber violado los derechos de sus defendidos o por violencia policial. La ciudad había tenido que pagar ya por obra suya varios juicios larguísimos que, además, habían recibido no poca publicidad. En el cuerpo corría la leyenda de que su madre le había puesto el nombre por el abogado de *Matar a un ruiseñor* y lo había abocado con ello al derecho criminal del mismo modo que a Storm Field lo habían condenado a seguir los pasos de su padre y hacerse hombre del tiempo.

—Inspectora Crosswhite —dijo él antes de que ella hubiese mediado siquiera el camino de entrada—, me gustaría hablar con mi hija.

Aquella información la volvió a parar en seco. Tras recobrarse, dijo:

—Todavía no va a poder ser, abogado, y usted lo sabe.

—Le he dicho que no diga nada.

Tracy levantó las manos con las palmas hacia arriba.

—En gran medida, se está limitando a escuchar.

—¿Qué significa «en gran medida»?

—Ha dicho que le disparó ella y luego se ha acogido a sus derechos.

—¿Cómo va a admitir el tribunal una confesión así?

—Eso tendrá que determinarlo el juez.

Aunque no alcanzaba a ver cómo podía hacer para que ningún magistrado se aviniera a no tener en cuenta la confesión, siendo así que Angela Collins la había hecho estando aún sometida a la tensión de un acontecimiento sobrecogedor y antes de que le leyeran sus derechos, lo que la convertía en una «declaración espontánea», decidió dejar esa cuestión en manos de los abogados.

—¿Qué me dice de Connor? —quiso saber Berkshire.

—¿El crío? No ha dicho nada.

—Quiero decir que si puedo verlo.

—Hasta que hablemos nosotros con él, no.

En la sala del tribunal resultaba fácil sentir antipatía por aquel hombre de trajes italianos caros, mocasines con borlas y ademanes repulsivos. Desgastaba a fiscales y jueces con tácticas que se hallaban a medio camino entre lo inmoral y lo repugnante, pero lo que peor fama le reportaba eran sus ampulosas diatribas contra la injusticia y los prejuicios. Funcionaban con más asiduidad de lo que habría sido de esperar, aunque lo cierto es que contaba con la ventaja de tener por público de su verborrea a la sociedad liberal de Seattle. Aquella noche, en cambio, vestido con vaqueros, con el pelo un tanto revuelto y con su hija y su nieto siendo parte de la escena del crimen, se percibía en su persona un leve atisbo de vulnerabilidad. La inspectora, de hecho, sintió por él algo semejante a la compasión.

—A él también le he insistido en que no diga nada —dijo él.

En aquel instante, a Tracy le desapareció por completo ese sentimiento.

—En ese caso, la conversación va a ser muy corta.

Berkshire hizo un mohín de dolor, expresión facial que no solía figurar en el repertorio que desplegaba en los juzgados.

—¿Qué haría usted si fueran su hija y su nieto?

—¿Y usted? ¿Qué haría si fuese su investigación y fuera inspector de homicidios?

El abogado asintió con la cabeza.

—Doy por hecho que su hija y su yerno están divorciados —dijo ella.

—Separados: se estaban divorciando.

—¿Y se había puesto fea la cosa?

—No pienso responder a eso.

—Va a ser una noche muy larga. Quizá quiera esperar en casa.

—Prefiero quedarme aquí.

Tracy lo dejó en la acera. No tardaría en llegar un fiscal superior del MDOP, el Proyecto de Delincuentes de Gran Peligrosidad, ya que dicho organismo acudía a todos los casos de homicidio ocurridos en el condado de King, y se ocuparía de Berkshire.

Cuando volvió a la casa, Kins salía del dormitorio.

—¿Has hablado con el abogado?

—Es Atticus Berkshire —anunció ella.

—Mierda.

—Peor todavía: Angela Collins es su hija.

—Se nos acaba de complicar el caso sencillito —apuntó Kins.

—¡No! —dijo Billy.

CAPÍTULO 2

Si la noche había sido larga, la mañana se prolongó más todavía. Tracy y Kins habían estado hasta tarde trabajando con Rick Cerrabone, fiscal del condado de King, a fin de preparar la certificación para la determinación de causa probable, exponiendo las pruebas de que disponían para demostrar que Angela Collins había matado de un disparo a su marido y debía ser detenida mientras se presentaban contra ella cargos formales por asesinato.

Tracy enseñó la placa a los funcionarios de prisiones del tribunal y rodeó el detector de metales de la entrada que tenían en la Tercera Avenida los Juzgados del condado de King. Encontró a Kins y a Cerrabone juntos en la puerta de la sala del tribunal. El segundo era el fiscal del MDOP que había acudido la víspera al lugar de autos y con el que Tracy y Kins habían trabajado en numerosos homicidios.

Tracy llegaba tarde porque había estado investigando los archivos civiles del Tribunal Superior del condado de King. Entregó un escrito, a Cerrabone, quien se puso las gafas de leer mientras ella les resumía el contenido:

—Angela Collins había pedido el divorcio hace unos tres meses y todo apunta a que el asunto fue muy desagradable desde el principio. Alegó sevicia, maltrato físico y emocional y adulterio.

—Suena a que su abogado civilista ha aprendido de su padre —comentó Kins.

En Washington existía el llamado *divorcio incausado* y, por lo tanto, no había necesidad de que se asignara la culpa a ninguna de las partes. En consecuencia, semejantes alegaciones solían presentarse con la intención de hacer daño o causar vergüenza, cuando no de procurar a quien las hacía cierta superioridad moral a la hora de repartir el patrimonio o la custodia de los hijos.

—La mediación fracasó y tenían que ir a juicio el mes que viene —siguió explicando Tracy—. El índice ocupa tres pantallas de ordenador, como si estuvieran litigando sobre todos y cada uno de los bienes que poseen. La mayor parte del patrimonio se les irá en pagar las minutas del abogado.

—Ya no —dijo Kins.

Cerrabone volvió a hojear el escrito hacia atrás hasta llegar a la primera página.

—Berkshire alegará defensa propia. Eso va a complicar las cosas.

Cuando ocurría tal cosa, el fiscal tenía que demostrar que el homicidio *no* había sido en legítima defensa, en lugar de hacerse al contrario.

—Pero, si fue así —intervino Kins—, ¿por qué no quiere hablar con nosotros para contarnos qué ha pasado?

—Quizá —dijo Tracy— porque creció viendo *Canción triste de Hill Street* y porque las primeras palabras que le enseñó su padre debieron de ser: «Cualquier cosa que digas podrá ser usada y se usará contra ti ante los tribunales». También podría ser que estuviese encubriendo al crío.

Ya habían hablado de la posibilidad de que hubiese sido Connor Collins quien hubiera disparado a su padre y Angela hubiera confesado de inmediato a fin de proteger a su hijo, algo que tendrían que investigar más adelante.

—El síndrome de la mujer maltratada sigue funcionando bien en Seattle —aseveró Cerrabone.

A primera hora de la tarde tenía ya barba de un día, lo que acentuaba el aire abatido que le proporcionaban las ojeras pronunciadas y los pómulos hundidos, pero no era corpulento. Faz lo había clavado al compararlo con Joe Torre, antiguo entrenador de los New York Yankees.

Tracy lo conocía bien para saber que querría ralentizar el proceso para darles a Kins y a ella el tiempo necesario para reunir las pruebas pertinentes y ponerlas en orden antes de presentar cargos formales contra Angela o Connor Collins, pues de entrada no descartaba ninguna opción. A los fiscales del condado de King no les hacía ninguna gracia hacer primero la acusación y luego tener que ir haciendo preguntas y, desde luego, detestaban ver desestimada una causa por falta de pruebas que la apoyasen.

Cerrabone dobló las gafas y las devolvió al bolsillo de la pechera de su traje gris marengo.

—Vamos a ver qué nos tiene preparado Berkshire.

Tracy siguió a sus dos acompañantes a la sala del tribunal, una estancia estrecha en la que apenas cabía un alfiler: los espectadores y la prensa llenaban los bancos del público, por lo común vacíos, y muchos se habían visto obligados a asistir de pie al fondo de la pieza.

Atticus Berkshire estaba sentado en el primer banco. Su persona no revelaba rastro alguno del padre y abuelo compasivo que habían conocido la víspera. Sus rizos plateados, peinados hacia atrás para despejar por entero la frente, tocaban apenas el cuello de su chaqueta de raya diplomática. Tenía la cabeza agachada y se afanaba en teclear en un iPad. Desde el ángulo del escritorio de roble de la secretaria del tribunal soplaba un ventilador que oscilaba a un lado y a otro y hacía con cada pasada que se agitasen como alas de pájaro los documentos a los que hacía de pisapapeles la placa de identificación de dicha funcionaria. No había mesas para los abogados, quienes permanecían de pie con sus clientes ante el estrado durante lo que solían ser vistas breves.

A las dos y media de la tarde en punto entró por la puerta de la derecha la magistrada Mira Mairs, quien tomó asiento sin más dilación tras pasar con aire decidido entre dos fornidos funcionarios de prisiones. Tras ella pendían lacias la bandera de Estados Unidos y la verde del estado de Washington. Si normalmente habría sido positivo para la fiscalía tenerla a ella de juez, Mairs se había hecho con un nombre enjuiciando causas de violencia doméstica contra maridos y novios, de manera que Tracy temía que pecase de solidaria en exceso frente al argumento de autodefensa que había anticipado ya Angela Collins. Había dado instrucciones a la secretaria de empezar por aquel proceso, sin duda para poder volver tras ello al ritmo habitual de sus tardes en el tribunal.

Angela Collins entró en la sala con el uniforme blanco de la cárcel, en cuya espalda se leían las palabras PRESO DE MÁXIMA SEGURIDAD, con las manos esposadas a la cintura. Tras una visita al hospital, donde le dieron tres puntos de sutura en la herida de la cabeza y le radiografiaron la mandíbula y las costillas, que resultaron no estar rotas, había pasado la noche entre rejas. El corte que tenía cerca de la comisura de los labios había formado costra y empezaba a presentar un tono violáceo oscuro.

Cerrabone se presentó ante la magistrada, quien miró a Berkshire y, al verlo susurrar algo al oído de su hija, preguntó:

—Abogado, ¿tiene intención de unirse a nosotros?

El interpelado se enderezó para responder:

—Por supuesto, señoría. Atticus Berkshire, abogado de la acusada, Angela Margaret Collins.

Mairs tomó el escrito de la fiscalía y se colocó detrás de la oreja un mechón del cabello tan negro como su toga que descendía con elegancia hasta sus hombros.

—Señoría —empezó a decir Berkshire—, si se me permite...

La juez alzó una mano sin levantar la vista de las hojas que estaba leyendo y que iba colocando boca abajo sobre su mesa a medida que las estudiaba. Cuando acabó, las reunió y dio unos golpes sobre la madera para acabar de cuadrarlas.

—Ya he leído el escrito. ¿Algo más que añadir?

—Sí, señoría —dijo Berkshire.

—Por parte del estado —lo atajó Mairs—. ¿Algo más que añadir por parte del estado?

—Sí, señoría —repuso Cerrabone—. El ministerio público ha venido en conocimiento de que, además de lo que se expone en el escrito, la demandada y el finado estaban envueltos en un divorcio contencioso que debía ir a juicio el mes que viene después de que fracasara la mediación.

Cerrabone podía haber ido más allá, pero Tracy sabía que prefería que sus causas no se juzgaran en la prensa. Berkshire, en cambio, no era tan escrupuloso.

—Un divorcio civil que emprendió mi cliente tras años sufriendo maltrato físico y mental —dijo el abogado animándose—. El tiroteo se produjo en la residencia de la señora Collins después de que el finado se hubiese mudado de vivienda y no tuviera derecho legal alguno a estar allí. De hecho, ella había obtenido una orden de alejamiento.

—Ahí lo tienes —musitó Kins a Tracy—. Defensa propia: la estaba atacando de espaldas.

—Guárdese sus argumentos para más adelante, abogado —contestó Mairs—. Tengo que fallar que hay una causa probable para detener a la procesada. ¿Desea la fijación de una fianza o prefiere aguardar a la lectura de cargos?

—La defensa desea lo primero —aseveró Berkshire.

—El estado se opone a la fianza —dijo Cerrabone—. Se trata de una causa por asesinato.

—De homicidio en defensa propia —replicó el abogado.

Mairs levantó una mano con la palma hacia arriba como para decir: «Adelante», y se reclinó en su asiento.

—Como bien sabe el ministerio público —señaló Berkshire—, todo ciudadano del estado de Washington tiene derecho a que se le imponga una fianza. A la señora Collins no la han condenado por ningún crimen, de hecho, ni siquiera ha sido imputada por ningún cargo. Es inocente hasta que se demuestre lo contrario y esa presunción de inocencia debe aplicarse aquí. Los elementos que cabe tener en cuenta son los lazos que unen a la señora Collins con la sociedad, si existe riesgo de fuga y su historial delictivo, que será el primero que aborde. A mi cliente ni siquiera le han puesto nunca una multa de aparcamiento, ha sido siempre una integrante destacada de su comunidad, tiene un hijo de diecisiete años que vive con ella, sus padres tienen su domicilio en las inmediaciones y dista mucho de presentar riesgo de fuga. Por lo tanto, rogamos al tribunal que conceda a la señora Collins la libertad bajo fianza.

La juez miró a Cerrabone.

—Señoría —dijo este—, la señora Collins adquirió un arma estando a mitad de un divorcio contencioso cuyo juicio estaba a punto de empezar. Llamó a emergencias y dijo haber matado de un disparo a su marido. También reconoció que había llamado a su abogado y, una vez que llegaron a su casa los agentes, volvió a confesar que le había disparado y pidió que le leyesen sus derechos. Todo esto hace pensar en una persona que actuaba en plena posesión de sus facultades y constituye quizás un indicio de premeditación. En cuanto a que lo hiciera en defensa propia, resulta dudoso cuando disparó a Timothy Collins por la espalda.

—Compró la pistola después de sufrir un largo historial de maltratos físicos y verbales por parte de su exmarido —replicó Berkshire sin esperar a que le dieran la palabra—, que se prolongó incluso hasta la noche de autos. Y si pidió que le leyeran sus derechos fue a instancia de su abogado.

Mairs se inclinó hacia delante. Había decidido lo que iba a hacer y estaba a punto de darlo a conocer.

—Dudo que la compareciente presente riesgo de fuga y no creo que suponga peligro alguno para la sociedad. Voy a ordenar que entregue su pasaporte y cualquier arma que pueda poseer. Se le impondrá arresto domiciliario con una pulsera de localización. La fianza será de dos millones de dólares.

—¿Se me permite refutar la cantidad de la fianza? —preguntó Berkshire.

—No.

—Pero, señoría...

—Se trata de un proceso por homicidio, abogado. La fianza se ha fijado en dos millones de dólares y es inamovible. Señora secretaria, pase a la siguiente causa.

Berkshire dedicó unos instantes más a hablar en voz baja con su hija antes de que se la llevaran. Angela Collins regresaría a la cárcel para que la registraran y le pusieran la tobillera antes de liberarla dando por supuesto que regresaría con un par de cientos de miles de dólares y un agente de fianzas dispuesto a satisfacer la diferencia. En este caso, lo más seguro es que la procesada firmase al fiador una escritura de fideicomiso sobre la casa o pidiera un préstamo a su padre.

Tracy y Kins salieron al pasillo tras Cerrabone, quien anunció:

—Tengo otra vista: os llamaré más tarde.

Los inspectores abandonaron entonces el edificio del tribunal. Era viernes por la tarde y en la Tercera Avenida ya había atasco. Todo apuntaba a que la vuelta a casa iba a ser un coñazo. A Dan O'Leary, el hombre con el que llevaba saliendo ya un año, y a Tracy les iba a costar la misma vida salir de Seattle para ir a Stoneridge, ciudad de provincias situada al sur, a orillas del Columbia.

—Siento dejarte plantado —dijo a Kins mientras subían la cuesta que daba al Centro de Justicia.

Dan y ella iban a asistir al funeral del padre de Jenny Almond, la otra única mujer que había estudiado en su clase de la academia.

—No te preocupes —repuso su compañero—. Faz dice que le has prometido invitarlo a comer si echaba una mano. Que sepas que te habría salido más a cuenta comprarle un coche.

CAPÍTULO 3

El sol se había puesto ya cuando Tracy y Dan entraron tirando de sus maletas al vestíbulo del hotel de Stoneridge. El restaurante y la terraza habían cerrado y, más que la «impresionante figura del imponente Columbia abriéndose paso entre las paredes del cañón» de la que hablaba la página web del establecimiento, el río parecía haberse convertido en la autopista de asfalto más grande del mundo.

La habitación, al menos, tenía el aire romántico que prometían los anuncios. La tenue luz de las lámparas de las mesillas pintaba de oro las paredes de madera de cedro, en tanto que la radio vertía suave música de *jazz*. Dan retiró la cortina que cubría una puerta corredera de cristal.

—No veo la montaña —dijo.

La oscuridad y las nubes impedían distinguir los picos nevados del monte Adams, que se erigía al norte.

—Lástima que no hayamos llegado a tiempo para cenar —señaló Tracy.

A Dan no le había resultado fácil conseguir una mesa para los dos en el restaurante de cuatro estrellas del hotel, pero no habían tenido más remedio que cancelar la reserva cuando se hizo evidente que no llegarían a tiempo y parar en un local de comida basura.

—Mirándolo por el lado positivo, ahora tenemos una reserva considerable de hidratos de carbono para cuando salgamos a correr por la mañana —respondió él sonriendo, aunque incapaz de disimular su decepción.

—¿Vamos a salir a correr por la mañana?

—¿Prefieres que salgamos ahora?

—¡Uf! Yo voy a ducharme —dijo Tracy—. ¿Te apuntas?

Dan tenía ya en la mano el mando a distancia.

—Estoy hecho polvo —contestó con una sonrisa azorada—. Sé que tú también estás agotada, conque voto que nos apoltronemos, veamos un rato la tele y nos echemos a dormir. ¿Te parece bien?

No hacía falta que le jurase que estaba cansado: los abogados de Los Ángeles lo estaban dejando exhausto en un proceso contencioso por daños personales. Con todo, le resultaba preocupante la frustración que sentía Dan ante las dificultades que estaban teniendo para pasar tiempo juntos. Habían sido amigos de infancia, pero habían perdido el contacto hasta el momento en que Tracy había regresado a su ciudad natal de Cedar Grove en busca de respuestas a la desaparición de su hermana pequeña, ocurrida hacía veinte años. Una pareja de cazadores había dado con los restos de Sarah enterrados en un hoyo poco profundo y Tracy se había resuelto a garantizar un nuevo juicio al hombre al que habían condenado por su muerte, convencida de su inocencia. Había contratado a Dan, el mejor abogado de la ciudad, y habían acabado por entablar una relación amorosa. Ella, no obstante, vivía en Seattle, a dos horas de allí, y apenas había vuelto a casa cuando se encontró metida en la investigación destinada a dar caza al Cowboy.

Rodeó con los brazos el cuello de Dan.

—¿Estás enfadado?

Él dejó el mando.

—Si estuviera enfadado, lo estaría contigo, pero no: solo estoy desencantado con la situación, con que no hayamos podido disfrutar de la velada que habíamos planeado.

—Sin embargo, todavía podemos disfrutar de parte del fin de semana que teníamos pensado —replicó ella.

—¿Algo así como «Te froto la espalda si tú me la frotas a mí»?

Ella sonrió.

—Eso quiere decir que aceptas mi oferta y que uno de los dos se va a dar la vuelta en la ducha.

Ni siquiera llegaron al cuarto de baño y todo apunta a que Dan no sintió pesar alguno por tener que dejar para más tarde los programas del canal de deportes. Hicieron el amor en la cama hasta que, agotados, cayeron dormidos envueltos en las sábanas de algodón egipcio.

CAPÍTULO 4

En el funeral de Buzz Almond no faltaron la pompa y el boato que cabían esperar en el caso de un hombre que había servido más de la mitad de su vida en calidad de *sheriff*. Se hallaba presente una guardia de honor de marines y de agentes de la comisaría del *sheriff* del condado de Klickitat que, con gesto impasible y de impoluto uniforme de gala, agarraban con guantes blancos las asas de un féretro envuelto en la bandera nacional. Jenny Almond, que había sucedido a su padre en el puesto, asistía al acto con sus dos hermanas mayores y su madre, a quien sostenían firmemente con los brazos entrelazados. Tras ellas, también de pie, ocupaban sus puestos sus tres cónyuges y los siete nietos del difunto.

Por más que sufrieran las parejas de los compañeros cada vez que estos salían de casa para ir a trabajar, lo cierto es que, a la postre, no eran las balas ni los malos quienes mataban a la inmensa mayoría de policías, sino las mismas enfermedades insidiosas a las que tenía que enfrentarse el resto de la humanidad. En el caso de Theodore Michael Almond hijo, apodado *Buzz*, un cáncer de colon se lo había llevado a los sesenta y siete años.

La procesión se detuvo al pie de los escalones de ladrillo que conducían a la entrada de la iglesia católica de Saint Peter. En ese momento descendieron la escalera un sacerdote y dos monaguillos, cuyas túnicas ondeaban al viento, para saludar a los familiares.

Tracy sabía que estos no iban a recordar gran cosa de aquel día en el futuro, igual que ella guardaba una memoria difusa de las exequias de su padre. Tomó la mano de Dan en el momento en el que los hombres de la guardia de honor se llevaban el ataúd a los hombros y dos músicos extraían el llanto triste de las gaitas de las Tierras Altas escocesas destinadas a acompañar a casa a Buzz Almond tal como habían hecho antes con su padre.

La recepción pública se celebró en el gimnasio de la Stoneridge High School, el único edificio con que contaba la ciudad para albergar a la nutrida multitud que había acudido para presentar sus últimos respetos al difunto. La siguió otra de carácter privado en el domicilio familiar, a la que Jenny había invitado a Tracy y Dan. De camino, vieron desde el vehículo huertos de árboles frutales y campos ondulados. Lo único que interrumpía este espacio abierto eran las obras de un polideportivo impresionante que se elevaba sobre un campo de fútbol bien cuidado. Un cartel descomunal clavado en el césped anunciaba el nombre de la empresa del contratista: Reynolds Construction.

La ruta estatal 141 serpeaba al pie de las montañas y, tras otros cinco minutos, dejaron el asfalto para tomar una carretera de tierra y grava que conducía a una extensión de hierba sobre la que se desarrollaba una escena digna de un cuadro de Norman Rockwell. Chiquillos en pantalón corto y niñas descalzas vestidas de domingo corrían de un lado a otro con una pelota de fútbol en la mano y se balanceaban en un columpio de cuerda en el patio de una casa de campo blanca de dos plantas hecha de madera a la que daban sombra las ramas de una serie de álamos de Virginia y abedules. El edificio tenía el tejado a dos aguas, postigos negros y un porche dotado de columnas adornadas y barandilla de balaústres torneados que lo envolvía por entero y desde el que contemplaban varios adultos los juegos de los pequeños.

Dan aparcó el Tahoe junto a otra media docena de vehículos y Jenny bajó los escalones del porche para ir a recibirlos.

—Lo habéis encontrado —dijo.

—Es precioso —aseveró Tracy.

—Entrad.

Jenny fue presentándoles a los presentes en confusa sucesión pensando sobre todo en Dan, ya que Tracy había conocido a la familia en la boda de su amiga, a quien, además, había visitado tras el nacimiento de cada uno de sus dos hijos. Los dos volvieron a dar el pésame a la viuda, que estaba sentada en un sillón de la sala de estar y tenía en brazos a Sarah, la pequeña de Jenny, que debía el nombre a la hermana de Tracy.

—Mira quién ha venido, Sarah —dijo Jenny.

Llevaba tiempo sin ver a la niña. Los rizos dorados le llegaban a los hombros y tenía una mella en las paletas. Tracy le tendió los brazos, pero la cría corrió a hundir la barbilla en el hombro de su abuela y la miró con recelo desde allí.

—¡No me digas que ahora te va a dar vergüenza! —exclamó Jenny bajándola al suelo—. Anda, ve a ver a la tía Tracy.

La recién llegada sonrió y repitió el gesto mientras preguntaba:

—¿No me vas a dar un abrazo?

Sarah miró a Jenny y, al verla asentir, se echó hacia delante. Tracy la atrajo hacia sí y aspiró el aroma maravilloso de la infancia.

La pequeña levantó tres de sus dedos regordetes para anunciar:

—Tengo tes.

—Lo sé.

Neil, el marido de Jenny, salió entonces de la cocina con dos cervezas.

—Dan, los hombres estamos a punto de retarnos con esa panda de pilluelos de ahí fuera a un partido de fútbol. Ya sé que va a ser difícil convencerte para que nos eches una mano, pero, por si sirve de ayuda, que sepas que tengo una nevera llena de cerveza fría.

Él se hizo con la que le ofrecía y dijo:

—Solo tienes que indicarme el camino.

—No te lesiones —dijo Tracy.

—Mamá, ¿puedes vigilar un rato más a Sarah? —dijo Jenny—. Me gustaría hablar un minuto con Tracy.

—Claro que sí —respondió Anne Almond—. Ven a hacerle cariñitos a la abuela, cielo.

Tracy dejó a la niña en manos de la anfitriona y siguió a Jenny. La casa tenía suelos de madera noble oscura, apliques antiguos y un mobiliario discreto, pero bien cuidado. Las paredes y la repisa de la chimenea estaban adornadas con retratos y fotografías familiares. Jenny la llevó a un estudio situado en la parte trasera de la casa. Por el mirador se veía el césped en el que se estaba desarrollando el partido de fútbol americano sin placajes.

—Esta casa es increíble —señaló Tracy.

—Aquí el dinero cunde mucho más que en Seattle. Sobre todo en los setenta. Además, mis padres tuvieron la suerte de contar con la ayuda de mis abuelos maternos. Compraron la casa y el manzanar y vendieron el manzanar a los vecinos. No se me ocurre un sitio mejor para crecer, pero ahora nos preocupa que mi madre vaya a sentirse demasiado sola aquí, tan aislada.

—No piensa mudarse, ¿verdad? —La madre de Tracy no había querido dejar su descomunal vivienda de Cedar Grove al enviudar.

—En este momento, la casa le da consuelo. Le hemos preparado un crucero de diez días por el Rin con su hermana. Cuando vuelva, hablaremos con más detenimiento, pero, mientras tanto, nos iremos turnando para venir a ver cómo se encuentra.

—Tiene suerte de tener una familia tan grande. —Tracy seguía sintiéndose culpable por haber dejado a su madre en Cedar Grove al mudarse a Seattle, aunque sabía que por su propia salud mental no había tenido más remedio—. Sarah ha crecido muchísimo.

—Justo acabamos de superar la temible etapa de los dos años —respondió Jenny con una sonrisa—. Has hecho muchísimo por mí, Tracy. De no haber sido por ti, supongo que estaría trabajando en Costco y no habría conocido nunca a Neil ni tendría ahora a Trey ni a Sarah.

Cuando las dos se habían conocido en la academia, Jenny apenas había cumplido los veinte y no era más que una joven llena de entusiasmo que quería seguir los pasos de su padre, pero tenía muy pocas probabilidades de graduarse. Vivía en una habitación deprimente de motel, abrumada por la nostalgia y el trabajo, hasta que Tracy insistió en que se mudara a su apartamento de dos dormitorios y se uniese al grupo de estudio y al equipo de adiestramiento de los que formaba parte ella. Sus resultados mejoraron de un modo espectacular y Tracy le enseñó a disparar lo bastante bien como para obtener el título.

—Habrías salido adelante sin ayuda. De hecho, has salido adelante sin ayuda.

Jenny se apoyó en el escritorio, a todas luces agotada emocionalmente tras aquellos dos días larguísimos.

—Voy a echar mucho de menos a mi padre. Maria y Sophia también han perdido a su padre, pero yo, además, he perdido a mi mentor y a un amigo. Los primeros días en la comisaría sin él fueron durísimos.

—Ya verás como te desenvuelves sin problema, Jenny.

—Dan parece un buen tipo. ¿Crees que podría ser el elegido?

Tracy se encogió de hombros.

—Eso quisiera yo —dijo—, pero la verdad es que este año ha sido de locura. Por lo menos no me ha mandado a paseo.

—¿Estás de broma, ¿no? Te quiere: ha venido al funeral del padre de una amiga tuya a la que ni conoce. Eso sí que es amor.

—Ojalá.

Jenny se colocó detrás del escritorio.

—En fin, yo tenía otro motivo para traerte aquí. Hay algo que quiero comentarte. Ya sé que podía haber elegido un momento mejor, pero he pensado que, si no lo hago ahora, puede que luego no encuentre la ocasión. —Dicho esto, sacó una carpeta archivadora marrón de quince centímetros de grosor del cajón del escritorio y la puso sobre él.

—¿Qué es eso? —preguntó Tracy.

—Un caso sin resolver —anunció antes de corregirse—. En fin, no exactamente. Es complicado. Se trata del primer caso que investigó mi padre siendo ayudante del *sheriff*. En 1976. Yo no había nacido todavía, pero casi todos los que hemos crecido aquí conocemos a Kimi Kanasket.

—¿Quién es?

—Una chica del instituto que desapareció una noche cuando volvía a su casa. Mi padre fue quien atendió la llamada.

SÁBADO, 6 DE NOVIEMBRE DE 1976

Buzz Almond y Earl Kanasket habían desandado a pie el camino que recorría Kimi a diario desde la cafetería. No había sido fácil. A Buzz le costaba recordar una noche tan negra como aquella y, para colmo de males, había empezado a nevar con copos grandes y pesados que se prendían a las ramas de los árboles y cubrían el suelo. Ni siquiera a la luz de las linternas lograron dar con ningún rastro visible de la joven: ni huellas, ni un bolso ni prenda de ropa alguna. A cada minuto que pasaba sin tener noticia de ella se arrepentía de haber asegurado a Earl que la iban a encontrar.

Pasada una hora, volvió a dejar al padre en su casa, aún rebosante de gente deseosa de ayudar. Las llamadas de teléfono a las amigas de Kimi habían sido igual de poco fructíferas. Buzz fue en coche a Husum, un pequeño conjunto de casas y edificios industriales que se extendía a una y otra margen de uno de los meandros del río White Salmon, para hablar con Tommy Moore, el exnovio de la muchacha. Fue a abrirle su compañero de piso, William Cox, en camiseta y pantalón corto. Pese a que era muy tarde, no parecía

EL CLARO MÁS OSCURO

que lo hubiese despertado. Cox le dijo que Moore había llegado a casa en torno a la medianoche, pero se había marchado al saber que habían ido a buscarlo Élan Kanasket y un grupo de hombres entre los que había algunos armados. Añadió que no sabía dónde había ido, pero que le constaba que había tenido una cita aquella misma noche. Si Kimi Kanasket había roto recientemente con él, no daba la impresión de que a Moore le hubiese afectado mucho.

Poco después de las cuatro, sin que hubiera dejado de nevar y cuando aún quedaban varias horas para que rayara el día, Buzz regresó a la comisaría de Goldendale para hacer el papeleo pertinente en casos de desaparición y puso al día a su sargento para que pudiera informar de la situación al turno de día. Cuando acabó, regresó a casa a regañadientes para relevar a Anne, quien, pese a estar en avanzado estado de gestación, seguía trabajando por la mañana en el hospital. Ahora que estaba a punto de nacer otro miembro más de la familia, cualquier aportación económica era bienvenida.

La llamada se produjo cuando estaba fregando los platos después de comer y se disponía a acometer la labor de preparar a Maria y Sophia para el frío, porque les había prometido sacarlas a la nieve, que se había acumulado en cantidad suficiente para hacer un muñeco de nieve como está mandado. La salida, sin embargo, iba a tener que esperar, mal que pesara a las pequeñas. Les abrochó el cinturón del asiento de atrás de la camioneta Suburban y las llevó a casa de Margaret O'Malley, una vecina que vivía en la misma carretera y que, tras jubilarse después de treinta y cinco años en la enseñanza primaria, no se cansaba nunca de recibir la visita de las hijas de Buzz.

—¿Y qué pasa con el muñeco de nieve, papá? —quiso saber Sophia.

—Luego haremos uno, cariño —respondió él, aunque el nudo que tenía en el estómago le decía que tampoco iba a poder cumplir aquella promesa.

—Entrad, niñas —dijo Margaret O'Malley mientras las hacía pasar—, que necesito un par de ayudantes para hacer galletas con chocolate.

Aquello bastó para que olvidaran el muñeco de nieve.

Tras dejar a las pequeñas en casa de la señora O'Malley, Buzz regresó a toda prisa a Stoneridge. Parecía haberse convertido en una ciudad fantasma. No había nadie en las aceras ni apenas vehículos en los aparcamientos de delante de los comercios. El Stoneridge Café estaba cerrado, igual que la pizzería, la floristería, la peluquería y la ferretería. Casi todos los establecimientos tenían en sus ventanas y escaparates carteles hechos a mano en los que se leían cosas como «¡Arriba, Red Raiders!» o «¡A por la estatal!». Por lo que había leído en el periódico local, el equipo de fútbol del instituto iba a jugar su primer campeonato estatal. Empezó a preocuparse por que el quiosco estuviese también cerrado, pero lo encontró abierto. Corrió al interior y compró una Kodak Instamatic y cuatro carretes antes de salir de la ciudad por la ruta 141.

Giró a la izquierda en Northwestern Lake Road y descendió la colina hasta detenerse en lo alto del angosto puente de hormigón que cruzaba el White Salmon. El aparcamiento de tierra y gravilla del Northwest Park estaba a rebosar de vehículos de los servicios de rescate, un coche de la comisaría del *sheriff* y otro blanco y azul de la policía de la ciudad. Un grupo de hombres se afanaba en la orilla con botas de goma y ropa de invierno.

Buzz aparcó al lado de dos camiones de bomberos. La nevada había cesado, pero no sin antes cubrir con varios centímetros el suelo y las mesas y los bancos del merendero y revestir de algodón los árboles de la ribera y las enormes piedras que asomaban por entre las aguas grises. Se puso las gafas de aviador para evitar los intensos rayos de sol que se habían abierto paso entre la capa nubosa. Andrew Johns, ayudante del *sheriff*, estaba hablando —convertido el aliento de ambos en retazos de cinta blanca— con un agente de la policía de Stoneridge que Buzz no reconoció. Sí había tenido tiempo de conocer a la mayor parte de los ayudantes de la comisaría, pero, aunque solo fueran cuatro, todavía no podía decir lo mismo de los policías.

—Ya me han dicho que fuiste tú quien atendió la llamada, Buzz —le dijo Johns dando palmadas con las manos enguantadas antes de meterlas bajo las axilas—. ¡Dios, cómo han bajado las temperaturas!

—¿Qué dicen los servicios de rescate? —quiso saber el recién llegado.

Johns señaló a dos hombres con equipo de pesca que había de pie cerca de una de las mesas del merendero.

—Aquellos dos tipos estaban pescando en la orilla y les pareció ver algo en el agua, enganchado a las ramas de aquel árbol caído. Fueron corriente abajo para echar un vistazo, pero, sea lo que sea, lo ha cubierto la corriente. Creen que es un cadáver.

A Buzz le dio un vuelco el estómago.

—¿Los conoces?

El otro meneó la cabeza.

—Son de Portland.

—¿Les has tomado declaración?

—Lo que te acabo de contar. Los del servicio de rescate están tendiendo un cable de una orilla a otra para tener algo a lo que agarrarse. El río no lleva mucha fuerza, pero las piedras son resbaladizas. Ya deben de haber averiguado algo.

Aquellos hombres habían limpiado una de las mesas para colocar su equipo. Dos de ellos, calzados con botas altas de goma, estaban tensando un pasador destinado a asegurar el cable con el que habían ceñido el tronco de un abeto. El cable se extendía hasta la otra orilla, donde habría otros dos afirmándolo de un modo similar.

—¿Lo tenéis? —gritó uno de los de la margen opuesta.

—Sí —le respondió uno de sus compañeros.

Los dos del lado en que se hallaba Buzz accionaron un cabrestante manual y comenzaron a tensar el cable hasta que quedó suspendido como una cuerda floja a unos treinta centímetros de la superficie gris del agua. Los hombres se engancharían a él para meterse en la corriente y cruzar hasta llegar al árbol hundido.

—¿Sabéis algo más? —preguntó Buzz a uno de los que se disponía a emprender tal operación. Al no llevar uniforme ni haber tenido trato alguno con ninguno de ellos, lo dijo mostrándoles la placa—. Yo fui el que recibió anoche la llamada sobre la joven desaparecida.

Lo dijo con la esperanza de que no percibiesen el temblor de su voz o que, al menos, lo atribuyeran al frío; con la esperanza de que le dijeran que no se trataba de un cadáver, sino solo de una mochila o de una prenda de ropa de *rafting* que hubiera quedado sumergida; con la esperanza de no tener que volver a la casa de Earl y Nettie Kanasket a comunicarles que habían encontrado a su hija. No debería haberles prometido nada.

—Está claro que es un cadáver —dijo el de los servicios de emergencia.

Los chillidos de los niños hicieron que Tracy fijase la atención en la escena que se desarrollaba tras la ventana. Dan llevaba la pelota entre las manos y esquivaba a una manada de niños que lo perseguían sin tregua. Aunque aquello no se parecía en nada a ningún partido de los que hubiera visto nunca Tracy, todos daban la impresión de estar pasándolo en grande.

—Si te resulta demasiado doloroso, Tracy, dímelo y lo dejo.

—No pasa nada —repuso ella.

Como Kimi, Sarah estaba a punto de empezar sus estudios universitarios cuando desapareció. Tracy se había hecho inspectora de homicidios por el intenso deseo de determinar lo que había ocurrido a su hermana y ayudar a otras jóvenes como ella.

—El patólogo que hizo la autopsia y el fiscal concluyeron que había sido un suicidio —prosiguió Jenny—. Dijeron que Kimi Kanasket saltó al White Salmon desde un puente y se ahogó. Los rápidos la golpearon una y otra vez contra las rocas. Tenía huesos rotos y magulladuras en los brazos y el pecho. La corriente la habría arrastrado hasta Columbia de no haber sido porque se le enganchó la ropa a la rama de un árbol que había caído al río. La fuerza del agua hizo que su cuerpo quedara bajo el tronco.

—Y concluyeron que lo había hecho por su exnovio.

—Tommy Moore, que había ido aquella noche con otra a la cafetería donde trabajaba ella.

—¿Qué dijo él?

—Según el informe de mi padre, confirmó que había llevado a otra joven al Columbia Diner, pero aseguró que se había ido pronto y que, después de acompañarla a casa, había regresado a su apartamento.

—¿Ella lo confirmó?

—Ya lo creo. Su declaración también está en el expediente. Según ella, Moore se enfadó cuando Kimi «lo humilló» y corrió a salir de allí para llevarla a casa.

—¿Qué hizo para humillarlo?

—Parece ser que hizo ver que no le importaba.

—¿Y hubo testigos que lo vieran llegar a su casa?

—Mi padre fue a hablar con él al apartamento y su compañero le dijo que había vuelto, pero se había ido otra vez cuando se presentaron armados los hombres que buscaban a Kimi y se pusieron a hacerle preguntas.

—¿Su compañero sabía adónde fue?

—No.

Tracy hojeó el expediente.

—Y crees que hubo algo más.

—Creo que mi padre tenía esa impresión.

—¿Dónde encontraste esta carpeta? —quiso saber Tracy.

—Aquí, en su escritorio.

—¿Dónde suelen archivarse los casos resueltos?

—Uno tan antiguo tendría que haberse llevado al almacén externo, pero este no se consideró nunca un caso abierto.

—¿Qué quieres decir?

—Cuando lo encontré, estuve buscando en los archivos informáticos que tenemos en la comisaría y no encontré nada que hiciera pensar que se había enviado nunca al almacén un expediente sobre Kimi Kanasket. De hecho, la base de datos indicaba que se había destruido.

—¿Cuándo?

—No ponía fecha.

—¿Y quién lo había destruido?

—Tampoco decía nada.

—¿Qué criterios se siguen para destruir expedientes antiguos?

—¿Ahora? Ahora pueden guardarse hasta ochenta años o hasta que el inspector que se encargó del caso dice que podemos deshacernos de él.

En la policía de Seattle seguían un principio semejante.

—¿Has hablado con el inspector que llevó este caso para ver si lo autorizó?

—¡Qué va! Murió en los noventa.

Tracy señaló la carpeta que descansaba sobre la mesa.

—Entonces, eso puede ser el expediente oficial o uno personal que hizo tu padre.

—Esa es la misma conclusión a la que he llegado yo. Si es el oficial, puede ser que mi padre se lo quedara y dijese que se había destruido o que la última persona que lo buscó diera por hecho que la habían destruido al ver que faltaba.

—Sea como sea, tu padre se quedó con él.

—En la carpeta hay notas que indican que de vez en cuando siguió haciendo averiguaciones. Creo que el caso le pesaba en la conciencia.

Tracy observó con más detenimiento el contenido de la carpeta: hojas perforadas con dos agujeros y agrupadas por la parte superior con sujetapapeles.

—Declaraciones de testigos, el informe del forense, fotografías, croquis… —Dejó caer los folios de modo que quedase ante ellas la primera página—. Parece un expediente completo.

—En efecto.

—¿Has tenido tiempo de echarle un vistazo?

—Solo por encima.

—¿Y qué opinas?

—Yo nací poco después de la desaparición de Kimi —dijo Jenny—. Entonces no vivíamos en Stoneridge: nos mudamos cuando hicieron *sheriff* a mi padre. De hecho, no recuerdo haberlo oído hablar nunca del tema. Sin embargo, conocía el caso, igual que todo el mundo. Recuerdo que la gente decía cosas como: «No vayas sola por la carretera por la noche, no sea que acabes como Kimi Kanasket».

—¿Quieres que le eche un vistazo?

—La medicina forense ha avanzado muchísimo y tengo la sensación de que el cáncer impidió a mi padre dejar concluido este asunto. Siento que debo intentarlo al menos por él, pero, siendo su hija, no creo que pueda ser objetiva. Además, por mi cargo, podría ser que tuviera que reabrir el caso y, si llega el momento, me gustaría contar con una evaluación independiente que justifique mi decisión. Si no hay nada más que investigar, perfecto, pero si no es así… —Jenny se encogió de hombros.

Las interrumpió otro chillido, en esta ocasión más apremiante. Cuando miraron por la ventana, vieron a Trey llorando en el suelo y a Neil tratando de consolarlo.

—¿Se ha hecho daño?

—¡Qué va! Ese es su grito de la derrota. Es tan competitivo como su padre.

—Y como su madre —añadió Tracy.

Jenny sonrió.

—Eso lo heredé de mi padre.

—Yo también —dijo Tracy mientras recogía la carpeta.

CAPÍTULO 5

Emily Rodríguez tenía cincuenta y siete años y vivía en la casa siguiente a la de Tim y Angela Collins en dirección norte. Lo primero que vio Kins cuando entró con Faz en su domicilio fue el amplio ventanal que daba a Greenwood Avenue.

—Gracias por recibirnos de nuevo —dijo Kins.

Faz y Del la habían interrogado ya la víspera.

Rodríguez no parecía cómoda.

—Es muy triste —dijo—. Muy triste.

—¿Conocía usted a la familia?

—No mucho. Nos saludábamos al cruzarnos y poco más.

Kins asintió con la cabeza y dejó que la mujer recobrase el aliento.

—¿Los oyó discutir o gritar o notó cualquier cosa que pudiera indicar que tenían problemas?

—No.

—¿Y le dijo alguna vez algún vecino que hubiese oído que los tenían?

—No hablo mucho con los vecinos. No es que me lleve mal con nadie, pero tampoco los conozco mucho. La mayoría de la gente a la que conocía se ha mudado. De todos modos, nunca he oído nada por el estilo.

—¿Cuánto lleva viviendo aquí?

—¿Yo? Treinta años.

—¿Y sabe cuándo se mudaron los Collins?

—Hace unos cinco, diría yo.

—¿Qué me dice del hijo? ¿Ha hablado alguna vez con él?

Rodríguez negó con un movimiento de cabeza.

—Lo mismo le digo: a lo mejor algún día, al cruzarme con él, pero nada que yo recuerde. Lo veía subir y bajar del autobús por la mañana. —Señaló por la ventana—. Siempre lo tomaba allí, en aquella parada.

Kins se acercó al vano.

—He visto que dijo usted que le pareció oír una explosión como de motor de coche y se asomó a la ventana. ¿Se refería a esta?

—Exacto. Oí un estallido como los que dan a veces los motores.

—¿Y dice que, al mirar a la calle, vio un autobús urbano?

Rodríguez se unió a él y a Faz delante del cristal.

—En aquella parada. Era el de la línea 5.

Kins sonrió.

—Lo conoce bien.

—Estuve usándolo más de veinte años para ir al centro y volver.

—¿A qué se dedicaba?

—Era asistente en un bufete de abogados.

—¿Recuerda qué hora era cuando oyó la explosión?

—No miré el reloj —respondió.

Aunque en su declaración tampoco había ofrecido una hora exacta, Kins esperaba poder precisarla algo más teniendo en cuenta la ruta de aquel vehículo, que había estudiado aquella mañana en la página web de los transportes urbanos.

—Según su horario, ese autobús para aquí a las 17.18 y a las 17.34 de la tarde. —Angela Collins había llamado a emergencias a las 17.39, así que cabía suponer que Rodríguez debió de oír el disparo a las 17.34.

—Eso es. Cuando yo tomaba el de las 16.35 en la Tercera con Pine, en el centro, llegaba aquí a las 17.18.

—¿Y sabe si el autobús que vio era el de las 17.18 o el de las 17.34?

—No estoy segura. Ha sido algo terrible. —Rodríguez se masajeó la sien.

—Tómese su tiempo —le dijo el inspector.

La mujer cerró los ojos con una mueca de dolor. Kins miró a Faz, que arrugó el sobrecejo mientras se encogía de hombros. A él le había dado la misma respuesta.

—Lo siento —dijo Rodríguez—, pero no. —Y abrió los ojos.

—¿Qué estaba haciendo antes de oír el disparo? —preguntó entonces Kins para hacerla pensar en una tarea que pudiera refrescarle la memoria.

—Pues estaba... —Miró hacia la ventana y, a continuación, se volvió hacia la pantalla plana que tenía en un rincón de la sala—. Estaba viendo la tele.

—¿Recuerda lo que estaba viendo?

—Sí: KIRO 7.

—Las noticias locales.

—Eso es.

Kins casi alcanzaba a ver los engranajes que empezaban a girar en la cabeza de Emily Rodríguez.

—Las veo de las cinco a las cinco y media y luego cambio a *World News Tonight*, de la ABC. Estaba viendo un reportaje sobre el aumento de los precios de la vivienda en el Eastside. El ruido me sobresaltó y fui a la ventana a ver qué era.

—O sea, que fue durante las noticias locales. ¿No es así? —insistió Kins—. ¿No le ayuda eso a determinar en qué momento oyó el disparo?

Rodríguez se detuvo un instante.

—Claro: tuvo que ser el autobús de las 17.18. —Hizo un gesto de asentimiento—. Tuvo que ser ese, ¿no es verdad?

«Por supuesto», pensó Kins.

Aquello planteaba una serie de preguntas totalmente distintas.

La operadora de la centralita del Centro de Justicia recibió la llamada en el momento en que los dos inspectores salían del domicilio de Emily Rodríguez y la desvió al teléfono de Kins. Cuando este colgó e informó a su compañero de que Atticus Berkshire quería llevarles a Angela Collins para que presentara su declaración, Faz resumió su incredulidad diciendo:

—Claro, y yo voy a ponerme a dieta.

Sin embargo, el abogado se presentó, en efecto, una hora después con su hija.

Todos se sentaron en torno a una mesa redonda de la sala de interrogatorios «cómoda». Faz ponía a prueba su silla de plástico con los antebrazos cruzados ante el pecho y apoyados en el vientre. Angela Collins se encontraba al lado de su padre, vestida con pantalones de deporte y una sudadera ancha. El golpe del lado de la cara se había vuelto púrpura con motas negras y amarillas.

—Como ya he dicho, inspectores —aseveró Berkshire—, Angela está dispuesta a contarles lo que ocurrió la noche de autos. Pueden hacerle preguntas, pero, si considero que alguna es inapropiada, podré pedirle que no la conteste y hasta poner fin a esta entrevista. —Él también vestía de manera informal, con una camisa de cuadros, y llevaba las gafas sobre el caballete de la nariz—. ¿Les parecen aceptables estas normas básicas?

Kins, que, en realidad, no estaba en posición de negociar, tampoco tenía mucha intención de que dejar que el vídeo lo grabase aceptando las condiciones de Berkshire. Todavía no había logrado imaginar por qué podía querer el abogado que ofreciese aquella declaración su hija. Faz y él habían supuesto que, fuera lo que fuese lo que tenía que decir Angela Collins, debían de haberlo ensayado con cuidado para favorecer el argumento de legítima defensa que ya había anticipado ella.

—¿Está dispuesta a hablar con nosotros en presencia de su abogado? —preguntó a la mujer.

Ella asintió sin palabras.

—Tienes que responder en voz alta —le advirtió Berkshire.

—Sí —dijo ella, tocándose el labio como si le doliera al hablar.

—¿Y entiende que esta conversación se está grabando en vídeo y en audio? —preguntó Kins.

—Sí.

—¿Está de acuerdo en que grabemos lo que se diga aquí?

—Sí.

Kins procedía con mucha cautela, sorprendido en grado sumo ante el consentimiento de Berkshire.

—De acuerdo —concluyó—. Pues cuando quiera.

Angela Collins se llenó los pulmones y, haciendo una mueca de dolor, soltó el aire.

—Tim llegó a casa para recoger a Connor. Estaba enfadado.

—¿Quién estaba enfadado? ¿Tim o Connor? —Estaba muy seguro de que se refería al padre, pero quería que se habituase a responder a sus preguntas y evitar que convirtiera la entrevista en un monólogo.

—Tim, aunque Connor también.

—¿Por qué estaba enfadado Connor?

—No quería irse al piso de su padre.

—¿Por qué no?

—Tim era muy duro con él. Siempre le estaba regañando por algo.

Kins se propuso aprovechar aquel hilo, pensando que tal vez el hijo había acabado por saltar tras recibir maltrato de forma continuada.

—¿Y por qué estaba enfadado su marido cuando llegó a casa?

—Porque mi abogado había pedido que aumentase la manutención. —Pronunció con dificultad la última palabra y volvió a detenerse para tocarse el labio—. Dijo que no podía darme más dinero, que ya me llevaba más del setenta por ciento de sus ingresos limpios. Me acusó de estar atesorándolo.

—Pero, conforme a las condiciones de una orden de alejamiento negociada, su marido no debía entrar en la casa —dijo Kins, suponiendo que Berkshire no dudaría en recordarle que Angela solo estaba allí para prestar declaración.

El abogado, sin embargo, tenía la cabeza gacha y tomaba notas en su libreta.

—Así es.

—¿Y lo dejó entrar de todos modos?

—No —repuso ella meneando la cabeza—. Fue Connor quien abrió la puerta y Tim se metió a la fuerza.

—¿Agredió a Connor?

—Sí, pero no en ese momento.

—¿Qué pasó luego?

—Tim se puso a insultarme. Dijo que estaba gastando el dinero en cosas inútiles. Ahí fue cuando agarró la escultura y se puso a zarandearla diciendo que era un despilfarro. Yo le pedí que volviera a dejarla en su sitio.

—¿Dónde estaba Connor cuando ocurría todo esto?

—En su cuarto, al fondo de la casa. Yo le había dicho que se metiera allí y cerrase bien la puerta.

—¿Qué pasó después?

—La discusión fue subiendo de tono. Tim estaba cada vez más furioso. Le dije que iba a llamar a la policía y entonces fue cuando me golpeó con la escultura.

Lo dijo con despreocupación, como quien recita un texto sin emoción real alguna.

—¿Dónde la golpeó?

Angela Collins se tocó la herida del lado izquierdo de la cabeza.

—¿Cuántas veces la golpeó con la escultura?

—Una solo. Con esa tuvo bastante para tirarme al suelo.

—¿Y qué ocurrió luego?

—Se puso a patearme el estómago mientras me gritaba.

—¿Cuántas patadas le dio?

—No lo sé.

—¿Y después…?

—Dejó caer la escultura y le dijo a Connor a gritos que se iban, pero mi hijo no salió de su habitación. Se había encerrado. Tim se puso a aporrear la puerta y a decirle que, si no la abría, la iba a echar abajo.

Kins se preguntaba cómo podía recordar detalles así si le habían golpeado la cabeza con la suficiente fuerza como para provocarle una herida que había necesitado tres puntos.

—¿Qué hizo Connor? ¿Abrió la puerta? —preguntó.

Angela Collins hizo un gesto de asentimiento.

—Tim le dijo que fuese por sus cosas, que se tenían que ir, pero Connor ya no quería irse con él. Le dijo que no y fue entonces cuando le pegó Tim.

—¿Usted lo vio?

—No, pero lo oí. No era la primera vez que le pegaba. Le cruzó la cara de una bofetada que sonó como un látigo.

La mujer se echó a temblar y Atticus Berkshire trató de consolarla posando una mano en su espalda. Kins le acercó una caja de pañuelos de papel mientras tomaba nota de que tenía los ojos secos. Angela se sonó la nariz y bebió agua del vaso que tenía delante antes de continuar:

—Yo me había puesto ya de pie y fui por la pistola que tengo guardada en una caja en el armario.

—¿Se hizo con ella primero y luego fue al pasillo?

—Eso es: solo quería asustarlo, hacer que nos dejase en paz, pero cuando entré en el pasillo, lo vi agarrar a Connor.

—¿Cómo lo agarró?

—Por la camisa.

—¿Y en qué parte de su cuarto estaba Connor?

—Se había ido a un rincón. Tenía la cara roja por el golpe que le había dado su padre y se resistió cuando su padre intentó sujetarlo para llevárselo.

—¿Cómo se resistió?

—No lo sé, pero se resistió. Tim volvió a levantar la mano… y yo disparé y lo maté.

Kins tampoco pasó por alto esta vez la falta de lágrimas. Algunos amigos suyos habían tenido divorcios brutales, pero no imaginaba a ninguno desplegando semejante insensibilidad por su antiguo cónyuge, sobre todo después de matarlo de un disparo. Intentó no mirar a Berkshire al formular la siguiente pregunta, convencido de que pondría objeciones.

—¿Su marido estaba de espaldas a usted?

—Sí —repuso ella.

Berkshire ni siquiera alzó la vista.

—¿A qué distancia estaba de él?

—A poco más de un metro.

—Y, sin embargo, no se volvió. ¿No la oyó?

—No puede hacer conjeturas sobre lo que él oyó o no oyó —dijo Berkshire, aún con la cabeza gacha. Pasó la página de la libreta y siguió escribiendo.

—¿No dio muestra de haberla oído? —preguntó entonces Kins.

—Dudo que esperara que me levantase —respondió Collins—. No creo que supiera que yo estaba allí.

—¿No esperaba que estuviese usted detrás?

—No.

—¿No recuerda que volviese la cabeza o los hombros?

Según el informe preliminar del médico forense, la trayectoria de la bala era la que cabía esperar de alguien que estuviese de espaldas al arma.

—No.

—¿Le dijo algo para tratar de detenerlo antes de dispararle?

Ella negó con la cabeza.

—Tenía miedo de que me atacara y me quitase la pistola. Eso es lo que nos enseñan en las clases: una no saca la pistola si no está dispuesta a usarla, porque, si se la arrebatan, la usarán contra una.

—O sea, que tenía la intención de dispararle.

Berkshire intervino en esta ocasión.

—No es eso lo que ha dicho.

—No sé qué intención tenía cuando lo hice. Todo pasó muy rápido y yo temía por mí y por Connor.

—¿Qué pasó luego? —preguntó Kins.

—Le dije a Connor que esperase en la sala de estar y llamé a mi padre y él me dijo…

—No es momento de hablar de lo que te dije —la calló Berkshire sin dejar de tomar notas.

—¿Llamó a su padre antes de llamar a emergencias?

Ella miró al abogado, quien alzó la cabeza y la movió en señal de asentimiento.

—Sí —dijo Angela Collins.

—¿Por qué?

—No lo sé —respondió ella encogiéndose de hombros.

—¿Qué hizo con el arma?

—La dejé en la cama.

—¿La tocó Connor?

—No creo.

—¿Ha tocado alguna vez Connor esa pistola?

—No lo sé.

—¿La tiene bajo llave en una caja dentro del armario?

—Sí.

—¿Y él no ha ido a clases de tiro con usted?

—No.

—¿Hizo usted algo entre el momento de disparar a su marido y el de llamar a su padre? —Aquella era la respuesta que más ganas tenía de oír Kins: la de cómo explicaba Angela lo que había hecho en los casi veintiún minutos que pasaron entre el instante en que descargó el arma y su llamada a emergencias.

Collins negó con la cabeza.

—No: me limité a echar la pistola a la cama. Tuve que buscar mi teléfono, porque no recordaba lo que había hecho con él. Estaba muy alterada, igual que Connor.

—¿Cuánto pasó entre el momento en que mató a su marido y la llamada que hizo a su padre?

—Si lo sabes —dijo Berkshire, que tal vez había entendido que Kins podía tener información que ellos ignoraban.

—No lo sé.

—¿Y hasta que llamó a emergencias?

—Ni idea.

—¿Una hora? —preguntó Kins, lanzándole el anzuelo.

—No, no: minutos. Llamé minutos después.

—¿Se refiere a un minuto o dos?

—Sí: uno o dos. Cinco, como mucho.

—O sea, que tiene claro que no pasaron más de cinco —zanjó él, convencido de que Berkshire lo interrumpiría y sorprendido, una vez más, ante su silencio.

—Sin duda —dijo ella.

—Y, además de dejar el arma sobre la cama y buscar su teléfono, no recuerda haber hecho nada más.

—No.

—¿Tocó el cadáver de Tim?

—No.

—¿Y Connor?

—No lo creo. No, no: ni se le habría ocurrido.

—La escultura seguía en el suelo, en el mismo lugar en que la había arrojado su marido, ¿no es verdad?

—Sí.

—¿La tocaron Connor o usted?

—No: la dejamos donde estaba.

Kins volvió a repasar algunos de los detalles de su relato para asegurarse de que la tenía bien asida y, pasados cuarenta y cinco minutos, Atticus Berkshire, alegando que Angela seguía estando consternada y extenuada, puso fin a la entrevista. El inspector les agradeció que hubieran acudido y los acompañó al ascensor.

Cuando Collins y Berkshire se marcharon, Kins encontró a Faz en el cubículo.

—¿Qué te ha parecido? —quiso saber.

—Pues que Tracy tenía razón —respondió Faz meciéndose en su sillón—: que Berkshire le ha dejado claro lo que tiene que decir y cómo.

—Sin embargo, no sabía lo de la vecina y el autobús.

—¿A qué hora llamó al padre? —preguntó Faz.

—A las cinco y treinta y nueve.

—Y sabemos que llamó a emergencias después de llamarlo a él. Entonces, ¿qué estuvo haciendo en los veintiún minutos que pasaron desde que disparó a su marido?

—Según ella, nada —respondió Kins con una sonrisa.

—A ver cómo se sale de esa. La has pillado bien —aseveró Faz.

—Sí, pero eso sigue sin responder la pregunta del millón.

—Por qué diablos iba a querer Berkshire dejar que prestase declaración.

—Exacto.

Lo primero que hicieron Kins y Faz a continuación fue centrarse en la orden de alejamiento y, en particular, a la declaración jurada por la que Angela Collins la consideraba una medida necesaria después de que Tim se hubiera presentado una noche en su domicilio y se hubiese puesto violento. En dicho testimonio aseguraba que la había empujado contra el marco de la puerta y, acto seguido, la había hecho saltar por encima de una mesa y la había mandado a urgencias. El informe que le habían hecho allí confirmaba que la paciente presentaba contusiones en las costillas y en la región superior de los brazos. El expediente no recogía ninguna otra mención al carácter agresivo de Tim ni a su propensión a la violencia, aunque cabía la posibilidad de que estuvieran empezando a manifestarse en ese momento.

—Según los documentos, el asunto se resolvió cuando él se avino a no pisar la casa los días que fuera a recoger a Connor —dijo Kins—. En esos casos, debía esperarlo en el coche.

—¿No presentó cargos contra él? —preguntó Faz—. Si de verdad la estaba maltratando su marido, ¿por qué no lo denunció?

—Quizá pensó que bastaría con la orden de alejamiento.

—Si lo que dicen los papeles del divorcio es cierto, lo dudo —dijo Faz—: según eso, se había casado con Atila.

Kins hojeó el informe preliminar que había enviado la policía científica mientras ellos se entrevistaban con Angela Collins. En él se incluían un número elevado de fotografías y los hallazgos de quienes habían analizado las huellas. Se habían identificado por toda la casa las de Angela, Connor y Tim Collins, lo que era de esperar. Aunque se habían encontrado otras, no coincidían con ninguna del AFIS, o Sistema Automático de Identificación Dactilar, la base de datos que recogía las huellas de los convictos y de quienes habían hecho el servicio militar o ejercían determinadas profesiones.

Kins se inclinó hacia delante cuando leyó la frase siguiente.

—¿Has visto esto? —preguntó a Faz—. Han encontrado en el Colt Defender tanto las huellas de Angela como las de Connor.

—O sea, que el chaval tocó la pistola.

—Eso parece. —Kins siguió leyendo, se detuvo y volvió a releer dos y tres veces la misma frase—. No han encontrado ninguna en la escultura.

—¿Qué? —Faz se levantó de su mesa y atravesó el cubículo para llegar al apartado de Kins.

Kins señaló la pantalla de su ordenador y leyó en voz alta:

—«Negativo en huellas *de ninguna clase.*»

—¿Y eso cómo se explica? No tiene sentido.

Kins siguió leyendo.

—Pero sí que encontraron huellas de Connor en el zapato de su padre. ¿Cómo han podido ir a parar ahí las huellas del chico?

—¿Puede ser que intentase cambiarlo de sitio?

El otro negó con la cabeza.

—El informe del forense dice que no había indicios de que movieran el cadáver. La lividez que presentaba es la propia de un cuerpo que ha yacido en un solo punto. —Kins se balanceó en su asiento—. La única explicación que puede tener que la escultura no tuviera ningún tipo de huella es que alguien la limpiase, ¿verdad?

—O que no la tocara nadie.

—Y, entonces, ¿cómo llegó al suelo?

—Pudo volcarla alguien durante la discusión.

—Pero ella dice que él la usó para pegarle.

—A lo mejor necesitaba explicar el corte que tenía en la cabeza.

—¿Y de qué otro modo pudo hacérselo?

—No lo sé.

—En fin, al menos sabemos que alguien hizo algo durante esos veintiún minutos —dijo Kins.

—¿Crees que está cubriendo a su hijo? —dijo Faz.

—Podría ser.

CAPÍTULO 6

Mientras volvían a casa desde la de los Almond, poco después de pasar Kelso, Dan bajó el volumen de la radio, donde emitían el partido de los Seattle Seahawks, y llamó así la atención de Tracy, que llevaba un rato mirando pasar por la ventanilla una hectárea tras otra de terreno agrícola a lo largo de la I-5. La luz del día se apagaba con la rapidez propia del otoño.

—Pensaba que estabas disfrutando del fútbol americano —dijo ella.

Dan se inclinó hacia ella con la mano izquierda en el volante.

—¿Disfrutando? ¡Pero si los Forty-Niners no están dando la paliza del siglo! Lo estoy pasando fatal.

—¡Vaya!

—Llevas callada todo el viaje. Dudo que hayas dicho más de dos frases en la última media hora y está claro que has desconectado durante todo el tercer cuarto, porque, si no, sabrías que vamos perdiendo por veinte puntos.

—Está bien: soy culpable, señoría —repuso Tracy con una sonrisa.

—¿Tiene algo que ver con la carpeta que llevamos ahí? —Dan señaló el asiento de atrás con un movimiento de cabeza.

—Te has dado cuenta, ¿verdad?

—A ver si te crees que eres la única que tiene dotes de detective. ¿Qué es?

—Un caso antiguo que ha encontrado Jenny en el escritorio de su padre.

Dan tendió la mano para meterla en un paquete de almendras con sabor a wasabi. Se había propuesto perder tres o cuatro kilos y no iba a ningún lado sin frutos secos de una u otra clase para picar.

—¿Un caso sin resolver?

—No exactamente. En 1976 desapareció una joven india que volvía a casa del trabajo. Al día siguiente, por la tarde, encontraron su cadáver dos pescadores en el White Salmon. Se había enganchado a las ramas de un árbol sumergido y tanto la autopsia como el fiscal entendieron que había saltado al río y se había ahogado.

Dan se metió un par de almendras en la boca antes de preguntar:

—¿Que había saltado? ¿A propósito?

—La conclusión oficial fue que estaba deprimida después de haber roto recientemente con su novio. Por desgracia, es algo que pasa con demasiada frecuencia en el instituto. Hoy se quieren perdidamente y mañana se odian a muerte. Jenny cree que su padre sospechaba que no había sido así y me ha pedido que le eche un vistazo.

—¿Puedes? Quiero decir, que no es tu condado…

—Sí. Normalmente se puede cuando, por ejemplo, encuentran un muerto en un condado y sospechan que lo han matado en otro, pero, además, el *sheriff* de un condado siempre puede pedir ayuda. Jenny quiere conocer otro punto de vista por si tiene que reabrir la investigación.

—¿Y cómo crees que va a reaccionar Nolasco? —preguntó Dan refiriéndose al capitán de Tracy, que hacía tiempo que se había revelado como su peor pesadilla.

—El bueno de Johnny está más suave que un guante desde que lo llamaron al orden los de la ORP —dijo ella.

Dicha institución, la Oficina de Responsabilidad Profesional, estaba estudiando la investigación de un homicidio que habían llevado a cabo hacía diez años Nolasco y su compañero de entonces, Floyd Hattie. Tracy había topado con el expediente de aquel caso mientras trataba de dar con el Cowboy. Al revisarlo salieron a la luz ciertas irregularidades que ponían en entredicho los métodos empleados por ambos. La Oficina de Responsabilidad Profesional había hecho entonces extensivo su escrutinio al resto de investigaciones de Nolasco y Hattie y corrían rumores de que había dado con más anomalías. De hecho, si el capitán seguía en su puesto era solo por la intervención del sindicato.

—¿No te traerá demasiados recuerdos? —dijo Dan sin poder disimular su preocupación.

—¿Y qué caso no me los trae? Un número desproporcionado de las víctimas de homicidio con rapto y maltrato son muchachas jóvenes. Eso no puedo cambiarlo.

—Es verdad, pero tampoco tienes por qué prestarte voluntaria.

—Lo sé. De hecho, cuando Jenny empezó a hablarme del caso, pensé que mi primera reacción sería negarme. Sin embargo, han sido precisamente las similitudes entre Kimi y Sarah lo que me han hecho querer echarle un vistazo. Quizá sea porque sé lo que sufre una familia cuando tiene que hacer frente a algo así.

—Cuarenta años es mucho tiempo. ¿Todavía sigue vivo algún pariente?

—La madre murió y el padre debe de tener ochenta y cinco años o más. Jenny cree que vive en la reserva de los yakamas. Además, la muchacha tenía un hermano.

—¿Y si prefieren no hablar del tema?

En eso no había pensado Tracy.

—No lo sé. Supongo que, si llega el momento, no tendré más remedio que cruzar ese puente. De todos modos, puede ser que no encuentre nada que justifique la reapertura del caso.

Después de despedirse de Dan, que tenía que volar temprano a Los Ángeles al día siguiente y aún necesitaba volver a casa y prepararse para una semana de declaraciones, cerró la puerta de su casa de West Seattle y atendió a Roger, su gato atigrado negro, que le hizo saber con muy poco disimulo que no le hacía la menor gracia que lo hubiese abandonado durante dos días, por mucho que se hubiera preocupado de dejarle un comedero automático, una cantidad generosa de agua y todo el gobierno de la casa, además de un vecino adolescente encargado de comprobar a diario que no le faltase nada.

Mientras el animal devoraba su lata de alimento, Tracy se sirvió una copa de vino y la llevó al comedor deseando estudiar el expediente de Buzz Almond. Encendió el iPad, buscó un canal de *country* que gustaba de escuchar cuando trabajaba y dejó que Keith Urban llenase el silencio.

Lo primero que le llamó la atención de la carpeta fue su grosor, abultada por una investigación que, sin embargo, había concluido con gran rapidez que la víctima se había suicidado. Los responsables de su tamaño eran, sobre todo, cuatro sobres blancos y dorados de Kodak como los que retiraba ella en el mostrador de dicha marca que había en el comercio del señor Kaufman en Cedar Grove. Abrió el primero e hizo pasar con el pulgar las fotografías en rápida sucesión para dejarlas enseguida a un lado. Nunca empezaba a revisar un caso mirando instantáneas, porque sabía qué pretendían capturar. En consecuencia, desplegó los dos brazos de latón que unían los distintos documentos para sacarlos con cuidado.

El primero resultó ser un recorte amarillento de periódico doblado por la mitad para hacerlo coincidir con el ancho de la carpeta. Pertenecía al *Stoneridge Sentinel* y tenía la fecha escrita a mano sobre el titular: domingo, 7 de noviembre de 1976. «Los Red Raiders de Stoneridge —se leía— en la cumbre: el campeonato estatal es nuestro.» Ojeó el contenido y supo que el equipo del instituto local, entrenado por Ron Reynolds, había derrotado al de Archbishop Murphy por 28 a 24, con lo que había culminado la temporada sin sufrir una derrota y se había hecho con el primer título estatal que había logrado el centro en cualquier deporte. El lunes por la tarde se celebraría la victoria con un desfile.

Acompañaba el artículo la misma fotografía icónica que decoraba enmarcada la vitrina dedicada a los trofeos de cualquier instituto: un grupo de jóvenes, agotados pero exultantes, que sonreían a la cámara con el uniforme manchado de hierba y de tierra, con el pelo sudado, enmarañado y apelmazado y el rostro con pintura debajo de los ojos y con barro, levantando una pelota dorada reluciente montada sobre una base de madera.

Tracy pasó a un segundo recorte, fechado, también a mano, el lunes, 8 de noviembre de 1976, que conmemoraba el desfile que se había celebrado en honor al equipo. La imagen que lo ilustraba mostraba a tres muchachos con la chaqueta del instituto sentados sobre el respaldo de los asientos traseros de un descapotable y con los dedos levantados en señal de victoria. En la acera de uno y otro lado se veía una multitud animada de seguidores con pompones y banderines de la Stoneridge High School entre una lluvia de confeti y serpentinas. Igual que la anterior, la fotografía congelaba un momento valioso de la historia de aquella ciudad modesta y ese debía de ser el motivo que había llevado a Buzz Almond a incluir ambos artículos en el expediente: hacer que los testigos recordasen un acontecimiento ocurrido hacía varios meses o aun semanas podía resultar difícil, pero el que Kimi Kanasket hubiese desaparecido el fin de semana de lo que tenía trazas de ser el acontecimiento deportivo más celebrado de la historia de Stoneridge había proporcionado a Almond, y ahora a Tracy, un punto de referencia al que podían asirse los declarantes. Era como preguntar a quien había vivido los años sesenta: «¿Dónde estaba usted cuando mataron a Kennedy?». Además, hacía pensar que el ayudante del *sheriff* había sospechado que la investigación podía durar años.

Dejó a un lado el segundo artículo para estudiar uno sobre la muerte de Kimi Kanasket. «Rescatado el cadáver de una joven de la ciudad en el White Salmon», se leía en el titular. Ocupaba un espacio mucho menor que los anteriores: apenas unos párrafos a media columna con la fotografía del último curso del instituto de la víctima inserta en la mitad de la noticia. Decía que el año anterior había competido en cien metros lisos y en cien metros vallas en el campeonato estatal de atletismo y que había quedado segunda y tercera respectivamente. Lloraban su muerte sus padres, Earl y Nettie Kanasket, y su hermano mayor, Élan. No se hablaba de suicidio ni se mencionaba investigación alguna. De hecho, ni siquiera había artículos posteriores sobre el particular.

Tracy había crecido en una ciudad pequeña a mediados de los setenta y sabía que a los vecinos no les gustaba airear trapos sucios propios ni ajenos. Si Kimi Kanasket se había quitado la vida, dudaba mucho que hubiese nadie dispuesto a publicarlo ni a leerlo. Había un estigma asociado al suicidio y, por injusto que resulte, a la familia de quien se mataba. Cuando el padre de Tracy se pegó un tiro dos años después de la muerte de Sarah, destruyó no solo su propio legado, sino también el de los suyos. La gente hablaba de aquello —nunca delante de Tracy ni de su madre, pero hablaba— y ese había sido uno de los motivos por los que había querido que su madre se mudara con ella a Seattle.

A continuación encontró una fotografía de tamaño carné de la joven grapada a un informe de personas desaparecidas. Kimi tenía el cabello negro y lustroso por debajo de los hombros y bajo el lóbulo de su oreja derecha se veía un atrapasueños de diseño intrincado decorado con plumas. Cabía sospechar que sus rasgos faciales se habrían vuelto más angulosos con la edad y habrían hecho de ella una mujer de imponente atractivo. Sin embargo, como a Sarah, a Kimi Kanasket le habían negado la ocasión de crecer y estaba condenada a permanecer joven para siempre.

Lo siguiente era el informe que había redactado Buzz Almond tras su actuación preliminar. El papel cebolla y la mecanografía irregular dejaban claro que se trataba del original y no de una copia. Parecía muy detallado —ocupaba poco menos de siete páginas— y lo documentaba todo, empezando por la llamada que había recibido de la centralita y las conversaciones que había mantenido con los distintos familiares en la casa de los Kanasket.

Un informe aparte documentaba la entrevista con Tommy Moore del lunes siguiente, el día del desfile.

Lunes, 8 de noviembre de 1976

Buzz Almond salió de su casa antes del alba, aunque oficialmente estaba de descanso. Evitó el centro de Stoneridge, pues, aunque la mayoría de las calles estaban limpias de nieve para el desfile, había partes cortadas con vallas y conos. Además, las bajas temperaturas no iban a impedir que el público empezara a salir a colocar sillas plegables en los mejores sitios. Las autoridades habían suspendido las clases y el alcalde había proclamado el Día de los Red Raiders. Muchos de los establecimientos locales tenían pensado cerrar entre las once de la mañana y la una de la tarde para que todo el mundo pudiera participar en la celebración, que recorrería el centro y acabaría en el gimnasio del instituto con discursos y demás.

Al no ser de allí, Buzz no podía menos que considerar todo aquel alboroto un tanto exagerado, pero había leído que, en las ciudades pequeñas de Texas, los partidos de fútbol de los institutos llegaban a tener veinte mil espectadores y, en Indiana, el público tenía que ver de pie los de baloncesto. Tenía la sensación de que la victoria no constituía solo un acontecimiento deportivo, sino, más bien, la reafirmación de una forma de vida, la demostración de que los jóvenes de provincias podían competir en igualdad de condiciones con los de la gran ciudad, lo que, en cierto modo, equivalía a decir que su existencia era igual, si no mejor, que la urbana.

Perdido en la euforia de todo aquello quedaba el cadáver de la joven que acababan de sacar del río. Buzz empezaba a tener la sensación de que quizá la ciudad no tenía a Kimi como una de los suyos y se preguntaba si no sería por la tensión que habían causado las protestas a las puertas de los estadios. Para los residentes blancos, el nombre de los Red Raiders era sinónimo de fútbol americano en el instituto y ambos eran sacrosantos. La idea de que la denominación pudiera resultar ofensiva no había caído nada bien; de hecho, se replicaba que, si acaso, esta y la mascota resultaban un halago a los indios, pues presentaban a los miembros del equipo como guerreros feroces listos para entrar en combate.

Buzz se había levantado temprano para reservarse el mejor asiento, pero no en el desfile, sino delante del domicilio de Tommy Moore, donde pensaba apostarse a esperar. El joven no había vuelto en todo el fin de semana. Había pasado por allí estando de patrulla y había pedido a sus compañeros que hicieran lo mismo durante sus turnos, pero nadie había visto su camioneta Ford blanca en la puerta. Sin embargo, suponía que el lunes no tendría más remedio que presentarse en el trabajo si no quería que lo despidieran.

Así que Buzz regresó a Husum. El primer cruce hacia aquella zona situada fuera del área municipal consistía en una gasolinera, una serie de edificios industriales y unos cuantos almacenes. Al norte mismo de una tienda de comestibles giró para entrar en un aparcamiento de gravilla salpicado de camiones, tractores y cosechadoras en diversos grados de abandono, cubiertos todos ellos de dos dedos o tres de nieve. Bordeó la fachada desgastada de M&N Mechanics para llegar a la parte trasera del aparcamiento y comprobar que no le había fallado la intuición: el Ford blanco de Moore se hallaba en las inmediaciones del largo tramo de escaleras que daba al apartamento de la planta segunda.

Buzz apagó las luces, dejó el coche detrás de la camioneta y apagó el motor. Estuvo sentado unos instantes, observando las ventanas del apartamento en busca de cualquier señal de vida y, al no ver ninguna, salió al exterior helado y cerró la puerta en silencio. La explanada estaba envuelta en un marcado olor a gasolina. La nieve crujió bajo sus botas mientras recorrió el costado del vehículo de Moore, donde vio hundidos el guardabarros y parte del capó. Se inclinó para mirarlo con más detenimiento. El daño, considerable, hacía suponer que se había producido a una velocidad elevada y la ausencia de óxido y de descascarillado, que no debía de ser muy antiguo. Al mirarlo con más detenimiento, advirtió que habían reducido a golpes la abolladura a fin de evitar que el guardabarros rozase la rueda de gran tamaño, cuyo dibujo era el propio de actividades en terreno accidentado.

Buzz regresó a su vehículo, tomó la Instamatic e hizo varias fotografías de los daños. Entonces, tras guardar la cámara en un bolsillo, enfiló con cuidado los escalones de madera. El hielo que había bajo la delgada capa de nieve los volvía escurridizos. Se agarró a la barandilla y fue subiendo con paso prudente. Al llegar al rellano, miró por una ventana pero no percibió luz ni movimiento. Llamó a la puerta y se hizo a un lado. Oyó el ruido habitual de quien se despierta sobresaltado y voces indescifrables seguidas por pisadas.

—¿Quién es?

—Soy de la comisaría del *sheriff* del condado de Klickitat. Abran la puerta, por favor.

A esto siguió un silencio y, a continuación, más voces apagadas. Buzz volvió a llamar.

— Abran la puerta, por favor.

Esta se abrió tras unos segundos más para mostrar a un indio fornido sin más ropa que unos calzoncillos bóxer. Buzz había conocido a su compañero de piso, William Cox: aquel hombre era Tommy Moore. Tenía el cabello negro hasta los hombros y el

ROBERT DUGONI

cuerpo adornado con tatuajes. El mayor era un águila calva con las alas y las garras extendidas que le ocupaba buena parte del pecho. Miró a Buzz con unos ojos azules soñolientos que, junto con la piel bronceada del joven, le recordaron a los muchachos con tablas de surf que habían visto Anne y él en la playa de Waikiki durante su luna de miel. Aquellos ojos eran de los que podían partir el corazón de cualquier chiquilla. Quizá los de Kimi Kanasket.

—¿Tommy Moore?

—Sí —respondió él con cierto aire desafiante.

—¿Dónde ha estado estos dos últimos días?

—En casa de mi madre.

—Está muy bien que un hijo vaya a ver a su madre. ¿Dónde vive?

—En la reserva de Yakima.

—Te hemos estado buscando, Tommy.

—Sí, eso me han dicho. —Moore volvió la cabeza hacia el interior del apartamento, donde aguardaba su compañero en camiseta y pantalón de pijama.

—Tengo que hablar contigo de Kimi Kanasket.

—Eso también me lo han dicho.

Buzz sintió el calor que salía de la puerta abierta junto con cierto olor húmedo que le recordó al de la madera mojada.

—Podemos hacerlo aquí, con este frío, pero vas mucho menos abrigado que yo.

Moore dio un paso atrás y lo dejó entrar. Buzz ya había cruzado aquella puerta la noche del viernes anterior y había comprobado que se trataba del lugar que casaba con dos varones jóvenes. Tenía los muebles precisos, aunque totalmente desparejados: un sofá, un sillón y una televisión. Poco más allá, una mesa cuadrada con dos sillas plegables bajo una lámpara de techo hecha con astas de ciervo. Las paredes no tenían cuadros ni fotografías y el techo estaba manchado donde se había calado el tejado. El cubo de basura rebosaba de envoltorios de comida rápida y, sobre una mesilla, descansaba un cenicero cargado de colillas y de los restos de dos cigarros de marihuana, lo que explicaba el fuerte olor a tabaco y a hierba.

Moore se dirigió al cenicero.

—Déjalo —dijo Buzz, que ni estaba interesado en detenerlos por consumo de estupefacientes ni se molestaba por el olor: estando en los marines había sido de un paquete al día, pero, cuando Anne le dejó claro que no pensaba casarse con un fumador, cortó en seco—. ¿Tenéis armas aquí?

—Un par de fusiles de caza y algún que otro cuchillo —respondió Moore.

—¿Dónde están?

—En el armario de mi cuarto.

—¿Le importa si me ducho? —preguntó el compañero de piso—. Tengo que ir a trabajar.

—Adelante —repuso Buzz.

El joven echó una mirada a Moore antes de salir de la sala de estar. Buzz llevó una mano al bolsillo de su chaqueta y sacó un cuaderno de espiral y un bolígrafo.

—Yo también tengo que ir al trabajo—dijo Moore.

—Por suerte, no cae lejos.

Moore se sentó en el sofá.

—¿Qué le ha pasado a tu camioneta?

—Choqué contra un árbol en la reserva.

—¿Cuándo?

—El fin de semana.

—¿Este último?

—Sí.

—Pues le has dado un buen golpe.

—Lo he arreglado lo mejor que he podido para que funcione al menos. Ahora mismo no puedo permitirme llevarlo al taller.

Buzz, sentado en el sillón, se inclinó hacia delante para poder tomar notas.

—¿Estuviste saliendo con Kimi?

—Sí.

—¿Cuánto tiempo?

—No mucho.

—¿Cuánto es «no mucho»?

—Desde verano.

—Tres o cuatro meses, entonces.

—Más o menos.

—¿Y cuándo lo dejasteis?

Moore dejó la mirada en blanco y a continuación respondió:

—Hace una semana o así.

—¿Por qué rompisteis?

—Rompimos y ya está.

—¿Fuiste tú o fue ella?

—Fuimos los dos.

—¿Por qué querías dejarlo tú?

El joven se encogió de hombros.

—No tenía sentido.

—¿Qué no tenía sentido?

—Seguir saliendo.

—¿Por qué no?

—Ella estaba siempre ocupada con su atletismo y sus estudios y, de todos modos, el curso que viene se iba a la universidad.

—¿Y por qué quería dejarlo ella?

—Por lo mismo.

—¿Te sentiste frustrado?

Moore se limitó a levantar de nuevo los hombros.

—Como le he dicho, fuimos los dos.

Su actitud no parecía tanto fingimiento como indecisión, lo que no dejaba de resultar extraño teniendo en cuenta que acababan de sacar a Kimi del río.

—¿Cuándo fue la última vez que la viste?

—La noche del viernes.

—¿Dónde?

—En el Diner.

—¿Fuiste allí?

El otro asintió con la cabeza. Buzz seguía una corazonada basada en lo que le había dicho el compañero de piso y lo que sabía de la naturaleza de los jóvenes de uno y otro sexo.

—Ibas acompañado de alguien.

—Sí.

—De quién.

—De Cheryl Neal.

—¿Y quién es Cheryl Neal?

—Una amiga, nada más.

—Y, de todos los sitios donde comer, te la llevas a la cafetería donde trabaja tu exnovia.

—Me gusta cómo hacen el pollo frito.

—¿Ah, sí? ¿Eso es lo que pedisteis?

—No.

—¿Por qué no?

—No nos quedamos mucho rato.

—Mmm… —dijo Buzz, como si estuviera tomándose su tiempo para considerar algo—. O sea, que hiciste quince minutos en coche para llegar a una cafetería en la que sabías que ibas a toparte con tu ex y ni siquiera te quedaste a comer.

—No.

—¿Por qué no?

—Porque se me había pasado el hambre.

—¿Y la joven que te acompañaba?

—Ella tampoco tenía hambre.

—¿Qué hicisteis entonces?

—La llevé a su casa y me vine para acá.

—¿A qué hora llegaste aquí?

—No lo sé. A medianoche, quizá.

—¿Estaba en casa tu compañero?

—Ya le dijo que sí.

Buzz se reclinó y estudió a Moore. El joven dominaba el arte de sostener la mirada sin dejarse intimidar, como los boxeadores.

—¿Llevaste a Cheryl Neal al café para hacer que Kimi se sintiera mal por haber cortado contigo, Tommy?

—Ya le he dicho que cortamos los dos.

—No, si ya sé lo que me has dicho, pero, cuando es algo mutuo, a nadie se le ocurre llevar a otra chica a la cafetería en la que trabaja su exnovia si no es con un motivo.

—Le repito que me gusta cómo hacen allí el pollo.

—¿Sí? O sea, que no estabas intentando darle celos a Kimi.

—¿Y por qué iba a hacer eso? ¡Como si no hubiera más chicas por ahí…!

—¿Y qué interés podían tener el hermano y los amigos de Kimi en ir a verte?

—No lo sé. Eso se lo tendrá que preguntar a ellos.

—Pero te lo estoy preguntando a ti. Yo fui a su casa y su hermano, cuando supo que Kimi había desaparecido, vino a verte a ti. ¿Por qué iba a hacer eso si ya lo habíais dejado?

Moore encogió un hombro.

—Pregúnteselo a Élan.

—¿Sois amigos?

—No exactamente.

—¿Enemigos?

—Tampoco.

—¿Cómo te has enterado de que hemos encontrado a Kimi en el río?

—Lo he leído en el periódico.

—¿Y cómo te has sentido?

Moore volvió a dejar la mirada en blanco. A Buzz no le importó esperar. Tras unos momentos, el joven pareció regresar a aquella sala de estar.

—Muy jodido —dijo.

Tracy derramó en el fregadero lo que le quedaba de vino y se pasó a la manzanilla. Tommy Moore era, como mínimo, un mentiroso y un capullo, pero ¿sería también un asesino?

Roger roncaba arrellanado en la mesa del comedor. Tracy tomó el primer sobre de fotografías y las estudió por encima. Tres de ellas mostraban la parte delantera dañada de una camioneta Ford blanca. Tal como había descrito Buzz Almond en su informe, por el estado del frontal derecho, daba la impresión de que el vehículo hubiera chocado con algo a gran velocidad. Quizá se trataba del árbol que decía haber embestido Tommy Moore. También parecía como si alguien con experiencia en carrocerías hubiese hecho una reparación rápida con la intención de que la camioneta pudiera funcionar de nuevo.

Tracy apartó las instantáneas. Tras hablar con Moore, Almond había hecho lo mismo que habría hecho ella: su siguiente informe documentaba la visita que había hecho a Cheryl Neal, que vivía con sus padres y dos hermanos varones en Stoneridge. Dado que, por el desfile, no había clases aquel día, los Neal estaban en casa. Tracy apenas alcanzaba a imaginar el entusiasmo con que debieron de recibir los padres de la muchacha la visita del ayudante del *sheriff* a aquellas horas de la mañana.

La joven confirmó que Moore la había llevado a ver *The Rocky Horror Picture Show* y, a continuación, al Columbia Diner. Dijo saber que él había estado saliendo con Kimi Kanasket, pero añadió que, según le había comunicado él, ambos habían puesto fin a la relación. Neal aseveró que Kimi y ella no eran amigas, negó que fuesen enemigas y admitió que estaba al tanto de que Kimi trabajaba en el café. Tracy sospechaba que Moore le había pedido salir con ella precisamente porque Kimi y ella «no eran amigas» y que a Neal debió de gustarle la idea de que la llevara al establecimiento en el que trabajaba Kimi. Todo apuntaba, sin embargo, a que a ambos les había salido el tiro por la culata. El informe de Buzz Almond dejaba constancia de que, al decir de Neal, Moore abandonó el local de buenas a primeras, «cabreado» por algo, y la llevó a casa a eso de las once. No podía responder sobre adónde había podido ir él a continuación.

Lo cierto, no obstante, es que tuvo que darle tiempo de sobra de volver a la cafetería o de aparcar en la ruta 141 y esperar a Kimi. Si habían estado saliendo varios meses, debía de conocer bien sus costumbres.

Tracy llegó entonces al informe de la autopsia, que había redactado el despacho del fiscal del condado de Klickitat. En ese momento solo había seis condados del estado de Washington que dispusieran de médicos forenses propios, dieciséis tenían jueces de instrucción y el resto, más pequeños, solo contaban con una persona que hacía a un tiempo las veces de fiscal y juez de instrucción. Estos últimos solían encargar las autopsias a un médico local por carecer de instalaciones y personal apropiados. No creía que en 1976 hubiera sido diferente. Por ese motivo, aun antes de leer el informe, desconfiaba de lo que pudiera haberse recogido en él.

El documento daba la impresión de ser una copia, lo que tenía mucho sentido, por cuanto cabía esperar que el despacho del fiscal se hubiera quedado con el original. Este, por la escasa calidad del ejemplar que tenía delante, debió de haberse mecanografiado en papel cebolla o algo similar y procedía de una microficha. La letra era tan pequeña que hasta hacía daño a la vista, en particular a esas horas de la noche y tras un largo fin de semana, pero Tracy no se dejó amedrentar.

El informe del levantamiento del cadáver indicaba que se habían tomado fotografías para identificar a la víctima y documentar el estado en que se hallaban sus restos. Tracy las encontró en el expediente que había reunido Buzz Almond y lo cierto es que no eran nada agradables a la vista. Ojeó el informe del reconocimiento general para quedarse con lo fundamental: mujer de un metro setenta, cincuenta y siete kilos y ojos y pelo negros. El patólogo daba fe de la presencia de contusiones, abrasiones, arañazos y cortes de diversa extensión y gravedad en buena parte del cuerpo, incluidos los antebrazos, las piernas y la cara. Kimi tenía fracturada la tibia derecha y su pecho presentaba signos de haber recibido una lesión con elemento contundente. También tenía hematomas en buena parte de la espalda y del hombro derecho. Según su conclusión, las heridas externas eran «las propias de un cuerpo arrastrado sobre las piedras y los desechos sumergidos en una corriente impetuosa». El juez de instrucción también hacía constar la existencia de líquido en las vías aéreas de Kimi, incluidos los pulmones, tal como cabría esperar, a su parecer, de alguien a quien hubiesen hundido de forma repentina en agua fría. «La difunta inhaló agua debido al reflejo de estimulación de la piel.» Kimi también había vomitado y aspirado parte del contenido de su estómago, como era habitual en quien ha «inhalado agua», siendo así que, tal como refería el informe, tal acto «provoca tos y desaloja una gran cantidad de aire de los pulmones que perturba la respiración y estimula el vómito».

Tracy pasó la página, pero el informe concluía de pronto con la firma del médico debajo de su dictamen:

La joven murió de resultas del traumatismo múltiple sufrido en la cabeza, el pecho y las extremidades.

Doctor Donald W. Frick

Hojeó el resto del expediente, que incluía fotocopias de dos recibos, uno de una empresa de reparación de parabrisas llamada Columbia Windshield and Glass, por valor de 68 dólares y con un sello rojo descolorido que anunciaba: PAGADO, y otro de 659 dólares del taller Columbia Auto Repair. En ninguno de los dos se recogían el nombre del cliente, del propietario del vehículo, la marca y modelo de este ni el número de matrícula. Volvió a estudiar las fotografías de la camioneta de Moore: el parabrisas tenía una grieta.

—Está claro —sentenció. El gato levantó la cabeza de la mesa—. Tommy Moore era el sospechoso principal. —Entonces, al ver que la vencía el cansancio, cerró la carpeta y anunció—: Vamos, Roger: hora de irse a la cama.

El animal se levantó y se desperezó. Tracy lo llevó al dormitorio, sin dejar de repasar mentalmente el contenido de la carpeta. Dejando a un lado por un segundo el hecho indiscutible de que el ayudante del *sheriff* había emprendido una investigación no autorizada y repitiéndose a sí misma el dicho de que en un expediente de investigación no había nada irrelevante, saltaba a la vista que Buzz Almond tenía que haber incluido todo aquello por algún motivo, pero ignoraba cuál podía ser.

CAPÍTULO 7

Miércoles, 10 de noviembre de 1976

Buzz Almond abrazó y besó a Anne, su esposa, en la puerta principal.

—Te quiero —le dijo.

—Yo a ti también —respondió ella.

—Cuida de mis niñas.

—Cuida tú de mi Buzz.

Aquel era el ritual de todos los días y el ayudante del *sheriff* sabía que ella se sentía más tranquila al oír aquellas palabras. No podía evitar preocuparse cada vez que él salía a trabajar y, con dos pequeñas en casa y un tercer bebé en camino —quizás el varón con que soñaba en silencio Buzz—, Anne tenía derecho de sobra a inquietarse. Sus padres tenían una posición acomodada y no dudarían en ocuparse de ella y de sus hijas si le ocurría algo a su marido, pero los dos sabían que el dinero era mal sustituto de un padre y un esposo. A él no le hacía ninguna gracia saber que ella se desasosegaba de ese modo, ni dejar solas de noche a sus chicas.

Anne lo ciñó con los brazos por encima del engorroso cinturón en que llevaba la pistola, la porra, la linterna, la radio y las esposas.

—Llevas unos días muy raro. ¿Es por esa muchacha india?

—Kimi Kanasket —dijo él.

—¡Es una tragedia! ¿Qué es lo que te preocupa?

—No lo sé —repuso él sabiendo que mentía—. Solo pensar en lo que ha pasado me pone la carne de gallina: una criatura tan joven, con un futuro espléndido por delante...

—¿Saben ya qué es lo que ha pasado?

—Están esperando a la autopsia.

Anne lo apretó contra sí con todas sus fuerzas en la medida en que se lo permitía el cinturón. El cabello le olía a coco —por algún champú nuevo— y, al bajar la nariz hacia su cuello, Buzz detectó el aroma habitual a caramelo. Ninguno de los dos sabía a qué se debía: habían olido todas las cremas y perfumes de Anne sin encontrar la fuente, hasta que habían llegado a la conclusión de que debía de ser su fragancia natural. Desde luego, aquel era un medio infalible para encender el motor de Buzz.

—Eres dulce como una golosina.

—Quizá cuando yo esté de vuelta en casa esta tarde y tú ya no estés de servicio, se me ocurra un modo de hacer que dejes de pensar en el trabajo para centrarte en algo más agradable.

Él sonrió.

—Me encanta la propuesta. Tendrás una fórmula mágica para tener a Sophia y Maria media hora calladas, ¿verdad?

—Media hora quizás es mucho, pero puedo tener por ahí un hechizo o dos que duren quince minutos.

Él la apartó fingiendo indignación.

—¿A eso hemos llegado ya? ¿A un cuarto de hora?

—Lo que cuenta no es el tiempo, sino la calidad, y tú, Buzz Almond, haces que cada minuto sea especial.

—Intenta explicarles eso a los de la comisaría.

—Espero que ni se te ocurra —repuso ella—. Si no, no voy a poder volver a mirarlos a los ojos.

—¿Tú? Sería a mí a quien empezarían a llamar Billy el Rápido.

Ella se echó a reír y le dio una palmada en el pecho.

—Tú, limítate a volver a casa, Buzz.

—¿Y cómo no, con esas ideas en la cabeza? —Y, besándola de nuevo, la dejó en el umbral, más guapa aún que el día en que se casaron.

Más tarde, estando de patrulla, sus pensamientos se repartieron entre la promesa de Anne y Earl Kanasket. No podía siquiera imaginar el sufrimiento de aquel hombre ni lo que podía suponer perder a una de sus hijas. Había oído decir que un padre no supera nunca la pérdida de un hijo, pero lo cierto es que se trataba de una de esas frases que no tienen mucho sentido sin el contexto adecuado. Las dos veces que había servido en Vietnam había visto a mucha gente joven morir. Era algo a lo que nunca se había habituado y, de hecho, no quería habituarse nunca a ello, pero entonces no era padre de familia. No sabía lo que era querer de verdad a un hijo fruto de su carne y de su sangre. Nunca había vivido de cerca la angustia de un padre hasta aquel momento terrible en que había aparcado ante la casa de Earl y Nettie Kanasket para darles la noticia de la muerte de su pequeña. Earl había mantenido la actitud estoica del boxeador que recibe un derechazo brutal en la cabeza y, aunque de pie todavía, pierde la noción de cuanto lo rodea. Nettie se había desmoronado sin más sobre el suelo cuando le fallaron las piernas.

Ojalá no les hubiera prometido que encontraría a Kimi y la llevaría a casa. Aquello lo acosaba.

Su sargento le había dicho que entregase los informes a Jerry Ostertag, el inspector al que habían asignado el caso, y se olvidase ya de todo: había cumplido con su trabajo y tenía otras cosas de las que ocuparse. Sin embargo, cuanto más se decía que era eso lo que tenía que hacer, mayor era la incertidumbre que sentía acerca del estado en que había dejado las cosas. No podía decir qué, pero había algo que no encajaba. La noche que había llegado a la casa de los Kanasket, la madre de Kimi le había dicho que la joven nunca les habría causado un problema y todo apuntaba a que tal cosa era cierta. No le hizo falta añadir que de Élan, que era quien la había llevado a Tommy Moore, no podía decirse lo mismo.

Kimi era una hija responsable y muy buena estudiante. Según el artículo del *Stoneridge Sentinel*, había obtenido una beca para la Universidad de Washington, de cuyo equipo de atletismo formaría parte. Tenía constitución física de deportista, era inteligente, bonita y equilibrada en todos los sentidos. ¿De verdad iba a arrojarse al río por un chico? ¿Por Tommy Moore? Buzz suponía que era posible que sí, pero no creía que hubiese sido así. De entrada, dudaba mucho de que la ruptura hubiese sido algo mutuo como se empeñaba en sostener su antiguo novio. Lo más habitual era que quienes afirmaban algo así lo hicieran por proteger su ego. Consideraba mucho más probable que Moore hubiese sido el rechazado más que el rechazador.

Además, no podía pasar por alto la abolladura de la camioneta de Moore.

Buzz salió de su ensimismamiento en el instante en que rebasó el Columbia Diner. Tras mirar por el retrovisor, determinó que era seguro dar media vuelta y volvió al aparcamiento de gravilla de la cafetería. Estuvo un minuto debatiendo consigo mismo antes de apagar el motor y bajar del coche. La temperatura había subido algunos grados, aunque no lo bastante para que su aliento dejara de dibujarse en el aire.

Subió los escalones de madera y entró en el local, envuelto en olor a fritura. Todo aquel lugar no debía de tener mucho más de setenta metros cuadrados en los que había dispuestas cinco mesas con asientos corridos y media docena de taburetes ante el mostrador de formica, ante el que había sentado un solo hombre que lidiaba con un trozo de pollo frito ayudado de cuchillo y tenedor mientras lo aguardaba una taza de café.

La camarera lo saludó desde detrás de la barra.

—Siéntese donde quiera —le dijo a despecho del cartel que indicaba a los clientes que debían esperar a que se les asignara un asiento—. Deme un minuto y estoy con usted.

Buzz eligió una mesa situada cerca del ventanal que daba al aparcamiento y a la carretera. La camarera acudió con una jarra de café, le dio la vuelta a la taza que tenía él delante y la llenó.

—¿Le traigo la carta?

—Con el café me basta —respondió él.

—Es usted nuevo —dijo ella mirando el uniforme del ayudante del *sheriff*.

—Sí: llevo solo unos meses de servicio.

—Pues bienvenido. —Se trataba de una mujer atractiva de mediana edad, alta y delgada, con el cabello de plata cortado como el de un hombre que dejaba ver dos pendientes de aro. La sombra de ojos azul destacaba un iris del mismo color—. ¿De dónde viene?

—El último sitio en el que estuve fue Vietnam.

—Vaya, lo siento. ¿Soldado?

—Marine, del condado de Orange, en el sur de California.

—¿El condado de Orange? ¿No es allí donde está Disneyland?

—Al lado, en Anaheim.

—Un verano llevé allí a mis hijos. ¡Hacía un calor que achicharraba! ¿Y qué me dice de la niebla tóxica? No sé cómo pueden pasarse el día respirando una cosa así, sobre todo los niños.

—Esos fueron dos de los motivos por los que no volvimos nosotros.

—¿Cuántos tiene?

—Dos niñas y me viene otro más de camino.

—Me alegro por usted. ¿Seguro que no quiere una tarta de manzana para acompañar el café?

—¿Es casera?

—Haga el favor de no ofenderme. Pues claro: si no, no la serviría. —Le tendió una mano—. Soy Lorraine. —Llevaba también el nombre escrito en la placa de cobre que tenía prendida al uniforme.

Buzz miró a las cuatro tartas que había en la vitrina situada al lado de la caja registradora.

—Entonces, me tomaré con gusto un trozo de tarta de manzana, Lorraine.

Ella se dirigió al mostrador, volvió con una porción generosa de pastel y un tenedor y aguardó al lado de Buzz hasta que la probó. Las papilas gustativas del ayudante del *sheriff* explotaron cuando tocaron su lengua la manzana y la canela.

—¡Dios! —exclamó—. Negaré haberlo dicho, pero está mejor que la de mi madre.

Ella sonrió, aunque no logró disipar el aire sutil de tristeza que imperaba en su gesto y en todo aquel establecimiento casi vacío. Buzz no tenía motivo alguno por el que ocultar lo que lo había llevado allí.

—Fui yo quien respondió a la llamada de la desaparición de Kimi Kanasket.

Lorraine hizo una mueca de dolor como si la hubieran apuñalado en el pecho y dijo a continuación algo que lo tomó por sorpresa:

—Entonces sabrá que no tiene sentido.

—¿Qué es lo que no tiene sentido?

—Pensar que Kimi pudo hacer algo así.

—¿Cómo la viste aquella noche?

La camarera se sentó frente a él, de medio lado, de tal modo que las rodillas le quedaron en el pasillo.

—Estaba bien. Tan bien como siempre.

—Tengo entendido que vino su novio.

—Tommy Moore —dijo ella, escupiendo casi su nombre—. Al muy imbécil no se le ocurrió otra cosa que plantarse aquí con una muchacha.

—¿Cómo reaccionó Kimi?

—¿Quiere que le diga la verdad? Le dio exactamente lo mismo. Le pregunté si estaba bien y ella me dijo que sí, que había sido ella la que lo había dejado. Además, el curso que viene iba a entrar en la Universidad de Washington y, por si fuera poco, a sus padres no les hacía gracia Tommy.

Aquello fue a confirmar sus sospechas de que había sido Kimi quien había puesto fin a la relación.

—¿Y te dijo alguna vez por qué?

—Porque ni tenía futuro ni prisa por buscarse uno. Querían algo mejor para su hija.

—Me han dicho que fue su hermano quien los presentó.

—¿Élan? Pues no lo sabía.

—¿Qué me puedes contar de él?

Lorraine puso los ojos en blanco.

—Otro con poco futuro. Dejó el instituto y vive con sus padres. Que yo sepa, aparte de darles dolores de cabeza, no se dedica a nada.

—¿Te habló alguna vez Kimi de su relación con su hermano?

—No mucho, pero me dio la impresión de que estaban muy unidos.

—Entonces, Kimi no se puso triste ni furiosa por ver a Tommy con otra.

—¡Qué va! Les atendió con la misma alegría de siempre. De hecho, puede ser que estuviese más contenta que de costumbre. Desde luego, no tenía un pelo de tonta: ella sabía qué era lo que pretendía Tommy y a él su actitud lo sacó de sus casillas. Imagínese que se levantó y se fue sin pedir siquiera.

—¿Dijo algo?

—No: agarró de la mano a la muchacha que venía con él y salió por esa puerta. Arrancó el coche como alma que lleva el diablo y salpicando gravilla con las ruedas de atrás.

—¿Kimi acabó su turno?

—Claro. —Lorraine señaló el teléfono que había en la pared de al lado de la caja—. Llamó a su casa para que supieran que iba de camino. Lo hacía todas las noches que trabajaba. —Tomó la servilleta del servicio de mesa que tenía delante y se secó las lágrimas que le habían asomado a las comisuras de los ojos.

—Entonces no hizo nada que pudiera llevar a pensar que estaba molesta o deprimida.

—Me dio un abrazo y se despidió hasta el sábado por la noche. —Se dio unos instantes para recobrarse antes de proseguir—: Le dije que no se preocupara, que, aunque hubiera partido de fútbol aquella noche y la ciudad entera fuese a estar cerrada, este local seguiría estando más vacío que el cementerio.

—¿No iba a ir al partido del año?

Ella meneó la cabeza.

—No. Entre los indios había quien planeaba protestar a lo grande por el nombre de los Red Raiders.

—Eso he oído.

—El padre de Kimi está en el consejo de ancianos y no quería que ella se metiese mucho en ese asunto: ya tenía bastante con ir al mismo instituto.

—¿Y dijo alguna vez que la estuvieran amenazando o molestando por las protestas?

—Nada serio. Por lo visto, de vez en cuando había algún compañero que hacía un comentario despectivo, pero ella se limitaba a no hacerles caso. Era más madura que la mayoría de los jóvenes de su edad y tenía su propio modo de protestar: cuando hacía atletismo, se tapaba la palabra Red de la camiseta.

—Ajá —dijo Buzz, quien no pudo menos que considerarlo una medida muy inteligente—. Deja que te lo pregunte sin rodeos, Lorraine…

—¿Si creo que Kimi se tiró al río por Tommy Moore? —Sacudió la cabeza y volvió a enjugarse las lágrimas—. Ya sé que es lo que está diciendo todo el mundo, pero a mí me cuesta muchísimo creerlo. Era una muchacha tan equilibrada… Además, como le he dicho, ni se inmutó al ver a Tommy asomar por aquí. Puede que sí y que disimulara para que yo no me diese cuenta.

—¿Vino Tommy a recogerla para llevarla a casa algún día?

—Sí, un par de veces.

Buzz miró el reloj.

—Gracias, Lorraine. Ha sido un placer hablar contigo y probar tu tarta, pero me tengo que ir. ¿Te importa si me llevo lo que me ha sobrado para tomármelo luego?

—Es que, si no me lo llegas a preguntar, me habría ofendido. —Se puso en pie para dirigirse a la barra cuando, de pronto, se dio la vuelta—. Tú tampoco crees que lo hiciera, ¿verdad? ¿Crees que Kimi se tiró al río?

—No lo sé —dijo él, que no quería que el inspector, Jerry Ostertag, supiese que estaba investigando por su cuenta—. Yo solo hago los informes.

—Pero esto lo investigará alguien, ¿verdad?

—Informaré a los inspectores.

—Es que alguien debería investigarlo.

Buzz Almond dejó en el asiento del acompañante el recipiente de poliestireno que contenía los restos de la porción de tarta que había pedido y una más que había añadido Lorraine.

—Para que la prueben también tu mujer y tus hijas —le había dicho.

Salió del aparcamiento y tomó de nuevo la 141. Tras dar una curva, redujo la marcha al ver un cruce que había pasado por alto la noche que recorrió aquella misma carretera con Earl Kanasket. Dejó el coche, se apeó y echó a andar sin apartarse de la cuneta. Apenas había dado unos pasos cuando reparó en un sendero de tierra desdibujado y cubierto en parte con helechos, zarzamoras y demás follaje. Lo apartó y vio las rodadas de un vehículo que había salido de la carretera en aquel punto. Algunas de las ramas parecían haberse partido hacía poco, pues tenían los tallos aún verdes. Siguió el rastro que habían dejado las ruedas, haciendo que el suelo helado crujiese bajo sus botas.

Unos metros más allá se detuvo y se puso en cuclillas para examinarlo más de cerca. Las huellas eran anchas, como las de los vehículos todoterreno, como las que había visto en la camioneta de Tommy Moore. También vio algo más: impresiones propias de la suela de un zapato.

Se puso en pie y siguió caminando al lado de las rodadas y tratando de no pisar tampoco las huellas de calzado. Los matorrales y las ramas se enganchaban al tejido de su uniforme a medida que el sendero se estrechaba y avanzaba hacia el este su recorrido sinuoso, hasta que, unos doscientos metros más allá, volvía a ensancharse para tomar una pendiente. Buzz la subió, sintiendo el esfuerzo en los muslos y las pantorrillas y en su respiración agitada. Siguió viendo ramas rotas dispersas por el suelo y arbustos pisoteados y aplastados. Cuando llegó a la cima de la loma, cada uno de sus resuellos marcaba el aire con bocanadas blancas y necesitó unos instantes para tomar aliento. En los marines había subido y bajado colinas como aquella cien veces sin sudar siquiera, pero, en aquel momento, se estaba deshaciendo en resoplidos… y no aguantaba más de quince minutos en el dormitorio.

Desde arriba se veía un claro de forma ovalada, como un anfiteatro verde y marrón. Parecía hecho por el hombre y, aun así, sabía que era natural: en primer lugar, no había tocones que indicasen que se hubiera talado, y, además, ¿quién podría haberse molestado en hacer tal cosa?

Las rodadas se detenían en la cima y en la ladera opuesta no se veía rastro alguno hasta llegar al pie de la loma, donde el suelo sí parecía estar bien removido. El corazón empezó a latirle con fuerza por una descarga de adrenalina que nada tenía que ver con el esfuerzo de haber subido hasta allí. Se dio la vuelta y desanduvo el camino apartando el follaje con los antebrazos en el tramo en el que se estrechaba.

Cuando llegó al coche patrulla, abrió la puerta del copiloto y apretó el botón de la guantera, que al abrirse dejó caer la Instamatic y los carretes de repuesto.

CAPÍTULO 8

Tracy se desvió dos veces de camino al Centro de Justicia el lunes por la mañana. Primero se dirigió al despacho de medicina forense del condado de King, situado en la Jefferson Street, en una zona de Seattle conocida popularmente como Pill Hill o «colina de la aspirina» por la notable concentración de hospitales y consultas médicas y por ser, además, el lugar en que se hallaba el banco de sangre. Encontró a Kelly Rosa en el vestíbulo del edificio. Rosa había sido la antropóloga forense a la que habían encargado la exhumación del cadáver de Sarah de la tumba poco profunda en la que la habían enterrado en la ladera de un monte y el análisis de los restos. La conocía desde hacía varios años y había entablado amistad con ella después de que hubiesen trabajado juntas en diversos casos.

—¿Eso es? —preguntó Rosa.

Tracy le tendió un sobre con una copia del informe del juez de instrucción sobre la muerte de Kimi Kanasket y con las fotografías. Rosa lo abrió y sacó el documento para observarlo con el brazo extendido.

—¡Dios santo! ¿Es un examen hecho por encima? ¿De qué año es?

—De 1976.

—Me habías dicho que era antiguo. ¿Del condado de Klickitat? Allí no tienen médico forense. Lo más seguro es que se lo encargaran a un patólogo de la zona.

—Eso es lo que me había figurado.

Rosa sacó las fotografías y las estudió un momento antes de volver a meterlas en el sobre.

—Vas a tener que esperar un poco —anunció—. Tengo que prestar declaración en lo de Carnation y vamos atrasadísimos.

Nadie de Seattle habría necesitado preguntarle a qué se refería con «lo de Carnation». Después de años de aplazamientos legales, por fin se estaba juzgando a la pareja que había asesinado de forma brutal a toda la familia de ella en Nochebuena y, aunque Rosa trabajaba a las órdenes del médico forense del condado de King, también tenía que prestar sus servicios al resto de los 39 condados del estado de Washington.

—Por supuesto —dijo Tracy—. No me corre mucha prisa.

—¿Dices que la arrastró el río?

—Allí fue donde la encontraron.

—Creo que sé quién nos puede echar una mano. Una vez trabajé con él en otro caso en el que apareció un cadáver en el río. Déjame echarle un vistazo antes de decidir si lo llamamos o no.

—Excelente.

—Además, tampoco te creas que el muchacho es desagradable a la vista… —añadió Rosa—. A lo mejor un día de estos trabajamos en uno fácil.

—Si fuera fácil, no te llamarían.

Cuando salió del edificio, Tracy se desvió por segunda vez para ir al Juzgado del condado de King, en la Tercera Avenida. La oficina del *sheriff* estaba en la sala W-116. Kaylee Wright, analista jefe del lugar en que se ha cometido un crimen o, como se conocía en la jerga forense, «rastreadora de personas», estaba, cosa extraña, en su escritorio: lo normal era que pasase la mayor parte de su tiempo buscando cadáveres en ubicaciones remotas o dando conferencias en cualquier parte del mundo sobre los secretos de su profesión y su relevancia en la ciencia forense moderna. Tracy no necesitaba que la convenciera: la había visto trabajar de cerca y sabía que era capaz no ya de determinar la clase de zapato que llevaban la víctima y su verdugo, sino dónde habían pisado y cuál de los dos lo había hecho antes. Analizando briznas de hierba llegaba incluso a averiguar si habían estado allí de pie, sentados o tumbados.

Su metro ochenta la convertía en una de las pocas mujeres de los cuerpos de seguridad que superaban a Tracy en altura. Además, seguía manteniendo la constitución de la jugadora de voleibol que había sido en la universidad. Cuando trabajaban juntas en un caso, como el del traficante ruso de droga que había muerto a tiros en Laurelhurst hacía ya varios años, las llamaban Sal y Pimienta por tener Tracy la piel blanca y el pelo rubio y Wright ser morena.

Tracy le dio el sobre.

—Son los originales. Los negativos están en la parte de delante de cada carrete.

—Conmigo están a salvo —dijo ella abriendo uno de los sobres y pasando algunas de las fotografías—. 1976. Yo tenía entonces dos añitos.

—Yo también.

—Son buenas, teniendo en cuenta lo que tuvo que usar quien las tomó en esa fecha. Supongo, por la calidad y el estilo de la fecha que llevan impresa, que las hicieron con una Instamatic del modelo que sea. ¿Seguro que no quieres darme una pista sobre lo que estoy buscando?

Tracy quería que su análisis y el de Kelly Rosa fueran totalmente independientes y no se vieran influidos por nada de lo que ella pudiese contarles, aunque tenía que reconocer que a esas alturas ella tampoco sabía demasiado.

—No tengo muy claro qué es lo que aparece en ellas ni por qué —dijo—. Tenía la esperanza de que tú pudieses iluminarme.

Wright volvió a meter las fotografías en el sobre.

—De acuerdo. Sabes que me gustan los retos. ¿Para cuándo lo necesitas? Mañana salgo para Alemania, tengo que dar allí una conferencia.

—Durísimo, ¿verdad? —repuso Tracy—. ¿Berlín?

—Hamburgo. No es tan fascinante como parece, porque me pasaré el día de reuniones y comisiones de expertos, pero tengo la intención de probar varias cervezas de la tierra.

—¿Va contigo Barry?

—¿No te he dicho que va a haber cerveza alemana?

—O sea, que la cosa está funcionando.

—Ya veremos. Dicen que es muy buena señal que una pareja sea capaz de soportarse estando de viaje en el extranjero. ¿Cómo os va a Dan y a ti?

—Hasta ahora, no nos podemos quejar. —Tracy miró el reloj—. Más me vale ir incorporándome: a Kins y a mí nos han asignado el crimen ese de Greenwood y él se ha tenido que encargar de todo mientras yo me escapaba el fin de semana. Disfruta de Alemania y acuérdate de tomarte una o dos a mi salud.

Los vecinos habían empezado ya a llamar al Centro de Justicia «cuartel general de la policía», en tanto que, al parecer, reservaban la denominación oficial para el edificio contiguo de la Quinta Avenida, que albergaba el juzgado municipal del condado de King. Para Tracy y el resto de veteranos, sin embargo, la comisaría general de la policía de Seattle sería siempre el Centro de Justicia. Nombres aparte, lo que no había cambiado era el volumen sonoro de la voz áspera de Vic Fazzio ni su acento de Nueva Jersey, que fueron a recibirla en el momento en que salió del ascensor al llegar a la planta séptima. Oyó a Faz mucho antes de entrar al cubículo cuadrado del equipo A.

—¡No me digas que tienes una cita, Sparrow! —estaba diciendo. Le gustaba usar el apodo que habían asignado a Kins durante el tiempo que había estado infiltrado en narcóticos y se había dejado el pelo largo y la perilla del personaje que interpretaba Johnny Depp en las distintas entregas de *Piratas del Caribe*.

—Llevas tanta loción de afeitado que podrían nombrarte italoamericano honorario —añadió Del.

—En realidad —se defendió él—, tendría que engordar por lo menos cuarenta kilos para que me dejaran entrar en vuestro club.

—¡Como si yo fuera a pertenecer a ningún club en el que admitiesen a gente como Fazzio! —exclamó Del.

Faz y Del parecían sacados del reparto de *El padrino* o cualquier otra película de mafiosos. En aquel instante estaban sentados en sus respectivos rincones, pero tenían girados los asientos hacia Kins, que estaba en su escritorio, al otro lado del espacio de trabajo del centro.

—¡Buenas, Profe! ¿Has visto a nuestro Joe Friday? —preguntó Faz al verla entrar en el cubículo, refiriéndose al inspector, siempre enchaquetado, de la serie de televisión *Dragnet*.

Kins se levantó de su asiento con la taza de café en la mano.

—Si llego a saber que iba a montarse tanto escándalo con mi traje, vengo vestido de pordiosero como vosotros dos —dijo antes de hacer un gesto a Tracy para que lo siguiera—. Ha llamado el hermano de Tim Collins, que quiere hablar con nosotros. Tengo que ponerte al día de un montón de cosas.

Tracy se dispuso a ir tras él.

—Profe —la llamó Faz—, si quieres, puedo dejarte una máscara de gas para el ascensor.

Kins informó a Tracy de cuanto habían averiguado durante el fin de semana, incluidas la visita de Angela Collins y Atticus Berkshire y la declaración que había ofrecido la primera. Tracy se mostró tan sorprendida como él de que el abogado hubiera permitido tal cosa.

—Tiene que haber un motivo —aseveró—. Berkshire no hace nada si no es para favorecer a sus clientes o sembrar cizaña.

Mark Collins vivía en un sector acomodado de Madrona, barrio del este de Seattle, a quince minutos del centro, que se extendía desde lo alto de la colina hasta la orilla del lago Washington. Su domicilio, una casa señorial de ladrillo rojo de estilo georgiano, podía costar fácilmente un par de millones de dólares en el mercado pujante de aquel momento. Salió a abrir con pantalón informal de color caqui y camisa. Se parecía a su hermano menor, aunque era más alto, más delgado y pelirrojo en lugar de rubio.

—Gracias por venir —dijo con aire desolado antes de acompañarlos a una sala con un impresionante televisor de pantalla plana que casi ocupaba toda una pared—. ¿Puedo ofrecerles algo de beber? ¿Un café? ¿Agua?

—No, gracias —respondió Kins—. Sentimos mucho su pérdida.

Faz y él habían hablado con el resto de los parientes de Tim Collins la noche en que había muerto de un disparo y al día siguiente, pero Mark se encontraba en ese momento de viaje. Kins había tenido entonces la impresión de que, al ser el mayor de todos, era él el patriarca de la familia y el resto estaba aguardando a que marcase la pauta.

—Tengo entendido —dijo el anfitrión— que su padre piensa alegar defensa propia.

—Es probable —repuso el inspector.

Collins meneó la cabeza.

—Si alguien necesitaba defenderse en esa relación, créanme que era Timmy.

No era el primero de la familia que aseveraba tal cosa.

—¿Y eso? —quiso saber Kins.

Dado que era él quien había concertado aquella entrevista, Tracy se sentó a tomar notas.

—Angela es extremadamente manipuladora cuando quiere algo. Con los años fue agotando a Timmy. En realidad, nos fue agotando a todos.

—¿En qué sentido?

—Se fue enfrentando a cada uno de nosotros hasta que, al final, nadie pudo soportar tenerla cerca. Un día se enfrascaba en una discusión conmigo y, poco después, con mi hermana, con mi mujer o con mi cuñado. Timmy no tardó en decirnos que no podía venir a comer los domingos porque Angela no se sentía cómoda. Lo que no vimos era que había hecho lo mismo con todos los amigos de mi hermano. Era su manera de aislarlo.

—¿Con qué intención?

—Con la de manipularlo y obligarlo a hacer lo que ella quería. Tim llegó a depender mucho de ella.

—¿Me puede dar un ejemplo?

Collins no dudó un instante: debía de haberlo pensado mucho o haber dicho a otros lo que estaba a punto de decirles a ellos:

—Tim tenía un puesto muy bien remunerado, inspectores. Era ingeniero de la Boeing y, sin embargo, estuvo a punto de caer en la bancarrota por culpa de los gastos de Angela. Si no le compraba un coche nuevo, un barco, la casa que a ella se le antojaba o unas vacaciones que no podían permitirse, amenazaba con divorciarse, así que Tim no decía a nada que no.

—Pero ella pidió el divorcio de todos modos —terció Tracy.

—Y no sabe lo que nos alegramos. Llevábamos años intentando que la dejase Tim, pero él no quería por Connor. ¿Lo han conocido?

—Poco —respondió Kins.

—En ese caso, sabrán que el chico es un poco frágil. De todos modos, al final conseguimos que Tim comprendiese que aquella relación estaba acabando con él, pero cometió el error de revelarle a Angela su intención de divorciarse y, al día siguiente, fue ella quien le presentó los papeles aliñados con mentiras.

—¿Cree que había consultado antes a un abogado o todo se debió a una reacción ante las intenciones de su hermano? —preguntó Tracy.

—Lo segundo, sin duda. Estaba hecha una furia y, cuando Angela se enfurece, se vuelve vengativa. Cuando vio que no iba a poder aprovecharse más de él a su antojo, centró toda su atención en destruirlo.

Mark tomó una hoja de papel de la mesita y se la tendió a Kins.

—Aquí tienen una lista de parientes y de amigos de Timmy que pueden confirmar lo que les estoy contando.

Kins dedicó unos instantes a mirar la nutrida relación de nombres y números de teléfono antes de dársela a Tracy.

—¿Mencionó alguna vez su hermano que hubiera tenido algún enfrentamiento físico con Angela? —quiso saber.

—Todo eso es mentira —contestó Mark en tono crispado—, mentira de cabo a rabo. Timmy no le puso nunca una mano encima ni lo habría hecho jamás. Tampoco la habría engañado. Le dije a su abogado que pidiera los nombres de sus amantes y Angela, claro, no supo dar ninguno. La primera vez que lo acusó de maltrato fue cuando se separaron. Timmy fue a la casa a recoger a Connor y ella se enfrentó a él, fuera de sí porque no le estaba pasando suficiente dinero, aunque él estaba cumpliendo lo que habían dispuesto los tribunales. Tim intentó salir y Angela le bloqueó el paso. Entonces él la apartó para pasar. Poco después tenía a la policía en su apartamento y estaba esposado. Ella aseguró que la había empujado al interior y la había arrojado contra la mesa. —Collins se inclinó entonces hacia delante como para subrayar lo que iba a decir—. Y eso es lo que más miedo da de Angela: fue al hospital para que le tratasen las contusiones.

Kins miró a Tracy para evaluar su reacción, pero ella seguía impasible.

—¿Y cómo cree que se las hizo? —preguntó a continuación.

Collins volvió a menear con la cabeza.

—Tuvo que ser ella misma. Ya sé que parece una locura, pero tuvo que ser así.

—¿Por qué?

—Para poder acusar a Timmy. Lo organizó todo ella. Yo tuve que buscarle a mi hermano un abogado criminalista. Cuando este empezó a exigirle detalles y pruebas, ella prefirió no seguir adelante. No podía.

—¿Por qué no?

—Porque no tenía nada: se lo había inventado todo. Además, necesitaba que Tim siguiese trabajando para recibir la manutención. Lo único que quería era hacerle saber que ella seguía teniendo las riendas y que estaba dispuesta a todo para destruirlo si le llevaba la contraria.

—Nos ha dicho que aisló a su hermano de usted y del resto de la familia.

—Así es.

—O sea, que no tenía mucho trato con ellos.

Mark Collins se aclaró la garganta.

—No, pero conozco a mi hermano y sé que no habría sido capaz de ponerle una mano encima ni de engañarla. Cuando le presentó los papeles del divorcio, las alegaciones de ella le dolieron mucho. Él quería hacerlo todo del modo más civilizado posible por Connor, pero ella no estaba dispuesta a que fuese así.

—Connor ha firmado una declaración jurada por la que asegura que su padre empujó a su madre.

El otro se encogió de hombros.

—¿De verdad? Pues yo apuesto lo que sea a que fue Angela la que firmó en nombre de Connor. No sería la primera vez que hace algo así. A veces usaba el teléfono de Connor para enviarle a Tim mensajes y correos electrónicos horribles y hacer ver que los escribía el chico. Y si de verdad lo firmó mi sobrino, ¿qué esperaban que hiciera? Tenía que convivir con ella y le tenía miedo. Angela también lo había aislado a él. ¿Han hablado con él? Tiene diecisiete años y no sabe ni freír un huevo, no tiene amigos ni ha tenido nunca trabajo ni dinero propio. Novia tampoco le hemos conocido nunca. Depende de ella por completo.

—¿A qué se dedica?

—Que sepamos, cuando vuelve del instituto, se mete en su cuarto a jugar a los videojuegos.

—¿Qué cree usted que le ocurrió a su hermano? —preguntó Kins—. ¿Qué hacía él en la casa aquella noche?

—Había ido a recoger a Connor. Tenía que estar con él desde el jueves por la tarde hasta después del fin de semana. No sé por qué entró, pero estoy convencido de que Angela tuvo algo que ver.

—¿Qué relación mantenía con el chico después de que firmase la declaración jurada?

—Tim sabía que Connor lo quería y también de lo que era capaz Angela. Como mucho, aquel documento fue a confirmarle que tenía que buscar un modo de proteger a Connor de ella. — Collins tomó un fajo de papeles de la mesa y se lo tendió a Tracy y a Kins—. Timmy estaba cambiando su testamento para dejárselo todo a mi sobrino en fideicomiso y nombrarme a mí administrador. No era ninguna fortuna, porque Angela gastaba el dinero a espuertas, pero tampoco era una cantidad despreciable teniendo en cuenta su parte de la casa de Greenwood, una vivienda que compró antes de casarse y que tenía alquilada, el plan de inversión de la Boeing y su seguro de vida, además de las herencias a las que tendría derecho.

—¿Cree entonces que su cuñada mató a su hermano por el dinero?

—Dado que aún no había culminado el proceso de divorcio ni se ha ejecutado el nuevo testamento, le corresponde todo a ella en calidad de viuda. Ella puede hacer cuanto quiera con los bienes de él. ¡Menudo disparate! Estaban separados, se estaban divorciando y ella decía de Tim toda clase de barbaridades, pero ahora se va a quedar con todo su dinero por ser su viuda. ¿Cómo es que no hay ninguna ley que lo impida?

—No lo sé —repuso Kins.

—Tengo el iPad de Tim. Fui al apartamento y me lo traje. Sé que he hecho mal, pero me da igual. Timmy tenía programada una cita con su abogado para el sábado siguiente al día que lo mató Angela. Estoy convencido de que se iba a reunir con él para dejar zanjado el nuevo testamento y el asunto del fideicomiso y por eso lo mató ella el jueves por la noche.

—¿Cómo iba a saber ella que su hermano pretendía rehacer sus últimas voluntades? —quiso saber Tracy.

—¿O que iba a ver a su abogado? —añadió Kins.

—Por Connor —respondió Mark Collins con voz pausada antes de señalar los documentos que tenía ante sí—. Muchos de estos papeles los encontré en el escritorio de Tim, a plena vista.

—¿Está diciendo que Connor los vio y se lo contó a su madre?

—No. Conociendo a Angela, estoy convencido de que debió de mandarlo a hurgar de parte de ella.

—Señor Collins —dijo Tracy—, ¿y si le dijera que tengo la sospecha de que Angela confesó para proteger a Connor, que creo que podría haber sido Connor quien disparó a su hermano?

—¿Tienen pruebas de eso?

—No hay nada concreto.

Mark Collins dio la impresión de estar considerándolo.

—Que Angela convenciera a Connor para que cometiese el crimen… Eso no es nada descabellado —dijo él—. Pero ¿confesarlo? No: nunca he visto a Angela hacer nada de lo que no se beneficiase de forma directa. Conque, si es como dicen ustedes, pueden estar segurísimos de que tiene algo que ganar.

Kins miró a su compañera, quien le indicó con un movimiento de cabeza que no tenía más preguntas. Los dos se pusieron en pie.

—Gracias, señor Collins —dijo el inspector—. Lo mantendremos al tanto de la investigación.

—¿Por qué no la tienen entre rejas? —quiso saber él—. ¿Por qué no está entre rejas si ha confesado que lo mató?

—El juez ha considerado que no hay peligro de fuga —repuso Kins— y, como no tiene antecedentes penales, la ha dejado en libertad bajo fianza. Eso no quiere decir que se vaya a librar: es normal que el fiscal espere a tener todas las pruebas antes de presentar cargos contra alguien.

—¿No me acaban de decir que les ha confirmado ella misma qué fue lo que ocurrió?

—Sí —dijo Kins—, pero tenemos motivos para dudar de que nos esté diciendo la verdad.

El anfitrión soltó un suspiro, exasperado a todas luces.

—Desde luego, no sería, ni mucho menos, la primera vez que miente.

—Estas cosas tardan a veces, señor Collins —dijo Tracy—. Sin embargo, al final, el sistema suele impartir justicia.

Él puso gesto sombrío.

—Tal vez, inspectores, pero el sistema judicial no se las ve todos los días con gente como Angela.

CAPÍTULO 9

Kins llevó de nuevo a Tracy al Centro de Justicia y se fue, porque, según le explicó, tenía cita con el tutor de su hijo Eric en el instituto. Ella dejó el bolso en su rincón del cubículo, estudió los documentos que le había dado Mark Collins y los hizo llegar a Cerrabone por correo electrónico junto con el recado de que se pusiera en contacto con ella.

Apenas había pulsado el botón de ENVIAR cuando se materializó Faz.

—¿Tienes planes para almorzar? —preguntó el recién llegado.

—No —dijo ella con la sensación de que estaba interesado en cobrarse la comida que le debía—. ¿Qué tienes pensado, Faz?

—Me he tomado la libertad de hacer una reserva en Tulio. ¡Las mejores almejas de la ciudad!

—Muy considerado por tu parte. Mi tarjeta de crédito te lo agradece. Tiene telarañas, pero seguro que me dejan canjear las millas de avión.

—Espera a que te den la cuenta —dijo Del echando atrás su silla—. ¡Te van a sobrar millas para llegar a Europa!

A Tulio llegaron paseando hacia el norte por la Quinta Avenida. Todavía hacía buen tiempo: más de trece grados y con el cielo despejado. Mientras caminaban, Tracy puso a Faz al corriente de la entrevista con Mark Collins.

—¿Qué impresión te ha dado? —preguntó él.

—Me ha parecido que trataba de proteger a su hermano. Nunca me he tragado el cuento de «Fue ella sola, que se tiró por las escaleras».

Faz le sostuvo la puerta y los dos entraron. El comedor consistía en media docena de mesas con manteles blancos, a lo que había que añadir otras pegadas a la pared y dotadas de asientos corridos. La cocina estaba al fondo, de manera que los clientes podían observar a los dos cocineros trabajando.

—Ya estoy saboreando las almejas —dijo él.

—Pues, mientras tú salivas, yo voy a lavarme las manos. —Tracy buscó el cartel de los servicios y echó a andar hacia la parte de atrás del establecimiento.

A mitad de camino, creyó oír una voz conocida. Miró a la izquierda, al comedor, y vio a Kins sentado a una de las mesas de la pared, cerca de una ventana, inclinado hacia delante y conversando con quien lo acompañaba, que no era otra que Amanda Santos, la experta en perfiles del FBI con la que habían colaborado durante la investigación del Cowboy, una mujer que guardaba un parecido sorprendente con Halle Berry.

Cuando volvieron Tracy y Faz, los estaba esperando Del.

—No te cortes, Fazzio, que sé que te mueres por contarme que eran las mejores almejas que has probado nunca.

—Ajo, cebolla, un poco de sal y pimienta. —Faz se besó la punta de los dedos antes de abrirlos como los pétalos de una flor—. *¡Spettacolari!*

La suya fue una interpretación magnífica, digna, en verdad, de la gran pantalla, porque no había comido almejas. De hecho, ni siquiera habían comido en Tulio: Tracy había dado media vuelta al ver a Kins y había regresado a la carrera a la parte de delante del restaurante, sin tener la menor idea de qué excusa usar para convencer a Faz de que tenían que irse. Cuál no sería su alivio al saber que no necesitaba ninguna.

—Yo también lo he visto —había dicho Faz, que ya le estaba abriendo la puerta para salir con ella a la calle—. Ya sospechaba que había algo, porque lo he oído un par de veces hablando por teléfono en voz baja. Luego, va y aparece enchaquetado. ¿Quién lleva ya traje si no es por necesidad?

—Yo sabía que las cosas no estaban para echar cohetes en su casa —dijo Tracy, que en aquel momento se preguntaba si no habría sido Santos el motivo por el que había llegado ella a la casa de los Collins antes que su compañero la noche del crimen—, pero decía que Shannah y él estaban superándolo.

—¡Oye, que todavía no sabemos que haya hecho nada!

—Ya. Lo malo es que me ha mentido al decir que tenía una reunión con el tutor de su hijo.

—No somos quiénes para juzgarlo —concluyó Faz—: nadie sabe lo que pasa entre un hombre y una mujer en la intimidad de su hogar.

—Tienes razón, pero yo no soy su mujer, sino su compañera.

Cuando Tracy entró en la sección de homicidios, el primer compañero que le asignaron se jubiló por no estar dispuesto a trabajar con una mujer. El segundo pidió que lo pusieran con otra pareja por las protestas de su esposa. Kins, en cambio, la había aceptado sin dudarlo y en los ocho años que llevaban trabajando juntos se habían tratado con total sinceridad.

De nuevo ante su escritorio, aún contrariada, Tracy se ocupó en revisar el expediente de Collins y tratar de ponerse al día con todos los informes. Los vecinos decían que lo único que sabían de ellos era que se habían separado, aunque ignoraban el motivo. Ninguno había oído ni visto nunca nada que confirmase las acusaciones de maltrato físico o psicológico que había presentado Angela Collins.

Habían pasado casi dos horas cuando apartó la mirada de la pantalla al ver volver a Kins. Lo vio dejar el abrigo en una percha y colgarla en lo alto de su rincón.

—¿Cómo ha ido la reunión? —La pregunta de Tracy atrajo una mirada de Faz.

El recién llegado se encogió de hombros.

—¿Qué quieres que te cuente? ¡Lo de siempre! Que ha costado un poco, pero Eric está mejorando. Vuelve a rozar el notable en matemáticas.

—Tiene que ser un consuelo.

—Sí que lo es. ¿Tienes la lista que nos ha dado el hermano? Voy a empezar a hacer llamadas.

Tracy le tendió la relación sin más comentarios y él se puso a trabajar. Ella hizo otro tanto. Y lo cierto es que avanzó bastante en las conversaciones que mantuvo con los amigos de Tim Collins y otros de sus familiares. Cada uno confirmó, en mayor o menor grado, lo que les había dicho Mark Collins: que Angela lo aislaba, provocaba riñas innecesarias y se ponía particularmente «difícil» cuando no se salía con la suya. Aquello, sin embargo, era también una espada de doble filo, ya que también confirmaba que la relación de aquella pareja podía ser muy cambiante.

El médico de urgencias había devuelto también la llamada de Kins, quien le había transmitido lo más sustancial de su conversación: aunque no recordaba exactamente a Angela Collins, su historial fue a confirmar que presentaba contusiones menores en el costado derecho y cerca de las costillas. Según la paciente, su marido, del que se estaba divorciando, la había empujado contra el marco de la puerta y ella había ido a golpearse con una mesa. Sin embargo, los rayos X no revelaban fractura alguna. Por consiguiente, la había enviado a casa y le había prescrito antiinflamatorios para el dolor. Decía que en ningún momento se planteó si estaba diciendo o no la verdad sobre la procedencia de sus heridas ni si estas concordaban con la explicación que ella había ofrecido.

Caía la tarde cuando Kins recogió el abrigo de su traje y se lo colocó sobre los hombros.

—Yo lo dejo por hoy: Will tiene un partido de fútbol.

—No querrás perdértelo —dijo Tracy.

—Si falto, Shannah hará que me corten la cabeza.

—Antes de que te vayas, tengo que comentarte algo. Mi amiga Jenny Almond…

—¿La que se hizo *sheriff*?

—Sí. Me ha pedido que le eche un vistazo a un caso de 1976 en el que estuvo trabajando su padre.

—¿Un caso abierto?

—No exactamente. Es que los hechos son complicados. De todos modos, no quiero dejarte sin partido de fútbol: solo quería que supieras que voy a pedirle a Nolasco que me dé permiso para encargarme de él y asegurarme de que tú no tienes inconveniente.

—¿Quieres que te ayude?

Ella negó con la cabeza.

—¿Crees que Nolasco nos iba a dejar que trabajásemos los dos en él? Ya me cuesta imaginar que me vaya a dejar a mí…

—Con lo calladito que está desde que tiene encima a los de la ORP… —dijo Kins—. Si quieres hacerlo, hazlo. Lo de los Collins no va precisamente rápido y Faz se muere por participar.

—No quería que pensases que estaba haciendo nada a tus espaldas.

—Tranquila. —Kins se dio la vuelta y se marchó.

—Sutil —se dijo Tracy—. Muy sutil.

Miró la hora en la pantalla del ordenador. Había aplazado hablar de Kimi Kanasket con el capitán hasta el final de su turno, porque un día sin tener que tratar con él era siempre mucho mejor que un día en el que hubiese que verlo, pero, al final, había llegado el momento.

Recorrió el muro de cristal de la oficina de Nolasco, pensando, una vez más, en la vista espléndida que tendría del centro de Seattle y la bahía de Elliott si se decidiera un día a abrir las ventanas. Estaba sentado tras su escritorio con la cabeza gacha cuando Tracy llamó a la puerta abierta.

—¿Capitán?

Parecía contrariado, aunque esa era la impresión que daba siempre.

—Sí.

—¿Tiene un momento?

Nolasco dejó los papeles con gran lentitud en uno de los muchos rimeros de documentos que alfombraban su mesa y señaló una de las dos sillas vacías que tenía delante. Tracy entró y tomó asiento. Al ver las carpetas que se amontonaban en la moqueta de detrás de su escritorio entendió que había sacado los expedientes de todos sus casos antiguos y los estaba repasando, probablemente para hacer frente a una investigación de la ORP por posibles negligencias, investigación cuya culpa, sin lugar a dudas, le achacaba a ella. Si es cierto que en la vida no hay nada más importante que escoger el momento adecuado, Tracy no podía haber elegido uno peor para pedir nada.

—¿De qué se trata? —preguntó él.

—Quería que solicitase el estudio de un caso.

—¿El de Angela Collins?

—No. Uno antiguo del condado de Klickitat.

Él arrugó el entrecejo.

—¿Y qué tiene eso que ver con nosotros?

Ella le expuso las circunstancias, omitiendo el nombre de Jenny Almond, con quien también había tenido un encontronazo Nolasco en sus días de academia de policía.

—Tenemos unos doscientos cincuenta casos abiertos y sin resolver en la unidad que se encarga de ellos —dijo él—. ¿No puedes revisar ninguno de esos?

—La comisaría del *sheriff* quiere que se investigue desde fuera para evitar toda falta de objetividad y porque hay indicios de que, si las cosas no son como parecen, podrían implicar a gentes de la comunidad, incluidos los cuerpos de seguridad.

—¿Hay posibles muestras de ADN que analizar? —preguntó él, centrándose en el factor más importante a la hora de decidir si es prudente abrir un caso antiguo.

Los avances logrados en el análisis genético y en otros campos permitían resolver misterios que a los investigadores les habría sido imposible desentrañar en el momento del crimen. Sin embargo, en el caso de Kimi Kanasket no había ADN.

Tracy no mintió:

—No.

—Y trabajarías con testigos de hace cuarenta años. ¿Cuántos viven aún?

—Lo estoy averiguando.

—¿Y qué pasará con lo de Angela Collins?

—Faz y Del están buscando en qué ocuparse. Estaban con lo del tiroteo. El chaval ya ha declarado y Faz testifica hoy en la sesión final.

—Pero Faz y Del tienen sus propios expedientes.

—Faz está deseando encargarse de un homicidio.

Nolasco se reclinó en su sillón.

—¿Y Kins?

—De este caso me encargaría yo sola. Él llevaría la batuta en el de los Collins.

El capitán comenzó a balancearse en el asiento.

—Y, si digo que no, ¿qué vas a hacer? ¿Hablar con Clarridge?

Sandy Clarridge ocupaba la jefatura de policía las dos veces que Tracy había recibido la Medalla al Valor de la comisaría y en ambas ocasiones la inspectora había hecho que quedasen bien el cuerpo y él en un momento en que los dos se encontraban sometidos a escrutinio. No quería recurrir a esa baza, porque sabía que no lograría sino empeorar más aún su relación con Nolasco.

—Si sale bien, podría dar buena imagen a la comisaría —dijo ella, respondiendo con sutileza a la pregunta de Nolasco sin desafiar directamente su autoridad ni herir su ya maltrecho ego.

—A mí me suena a pasatiempo —repuso él—. Si quieres invertir tu tiempo libre en eso, no te diré que no. De lo contrario, tendré que recordarte que aquí ya tenemos bastante entretenimiento para todos.

En lo que no reparó Nolasco era en todas las horas extraordinarias que había acumulado Tracy mientras buscaban al Cowboy. Si no aprovechaba los días de permiso que se había ganado con ello antes de que acabara el año, los perdería. Y, dado que Dan estaba en Los Ángeles y Kins parecía haberse propuesto convertirse en socio de honor del club de los idiotas, lo cierto era que no le iba a venir mal usarlos para salir de la oficina.

Agarró el abrigo y el bolso y se dispuso a salir del cubículo con la intención de llamar a Jenny de camino a casa, pero se detuvo en seco cuando sonó el teléfono de su escritorio. La minúscula pantalla del aparato le hizo saber que se trataba de una llamada interna. Ojalá no fuese el capitán para anunciarle que rescindía el consentimiento ambiguo que le acababa de dar. Al fin y al cabo, daba la impresión de que jorobarla fuese su entretenimiento favorito.

—Inspectora Crosswhite —dijo el agente que había de servicio en el mostrador del vestíbulo del edificio—. Tengo aquí a una persona que asegura que necesita hablar con usted o con el inspector Rowe.

—Yo no tenía ninguna cita programada y no sé si Kins había concertado alguna, porque ha salido ya.

—Por lo visto no había quedado con ustedes, pero dice que es urgente.

—¿Quién es? ¿Cómo se llama?

—Connor Collins.

CAPÍTULO 10

El agente situado tras la partición de cristal blindado señaló a Connor Collins con la cabeza. El muchacho aguardaba de pie en el vestíbulo con el aspecto de un alumno de secundaria que vuelve a casa del instituto, gorra de béisbol con la visera hacia atrás, mochila pendiente de un hombro y monopatín bajo el brazo.

—Tengo que contarle algo —dijo al ver a Tracy.

Ella levantó una mano para acallarlo.

—No puedo hablar contigo. Para eso tienes a tu abogado.

Tenía pensado no salir siquiera del ascensor y decir al agente que despachase a Connor. Había llamado a Cerrabone, pero no respondía al teléfono de su despacho y en su móvil le había saltado el contestador. La recepcionista la informó de que había acabado ya su jornada. También había intentado contactar sin éxito con Kins (y se había preguntado de inmediato si no estaría con Santos).

Connor movía los pies con aire nervioso.

—No tengo abogado. No lo he tenido nunca o, por lo menos, eso es lo que me acaba de decir mi abuelo.

—Es igual —repuso ella—. Tienes diecisiete años.

—Ayer cumplí dieciocho. —Llevó la mano al bolsillo trasero de su pantalón—. Puede comprobarlo en mi carné de conducir. Ya soy mayor de edad, ¿no? Puedo decidir por mí mismo y quiero contarle lo que pasó aquella noche cuando llegó mi padre a casa.

Connor sostenía su permiso de conducir como un menor que intentase comprar cerveza con un documento de identidad falso. Llevaba vaqueros y una sudadera negra con capucha y un dibujo gótico de algo semejante a unas alas. Tracy estudió sus pupilas y el blanco de sus ojos. No parecía estar bajo la influencia de ninguna droga. No olía a marihuana: solo emitía el olor corporal propio de un adolescente.

—Vamos arriba. No quiero que digas nada hasta que te diga que puedes hablar. ¿Me has entendido?

Él se limitó a asentir con la cabeza.

Subieron en silencio a la séptima planta. Tracy lo llevó a una de las salas de interrogatorio sin amueblar antes de dirigirse a la sala contigua para encender la grabadora de vídeo. Entonces volvió al cubículo y trató de localizar de nuevo en vano a Cerrabone y a Kins. Fue al fondo de la planta, donde trabajaba el personal administrativo, y comprobó que Ron Mayweather, la «quinta rueda» del equipo A, seguía trabajando en su escritorio. Llamaban así a cada uno de los inspectores que prestaban ayuda a cada una de las cuatro unidades de la Sección de Crímenes Violentos.

—¿Tienes un momento para interrogar conmigo a un testigo? —le preguntó—. Parece que tenemos una declaración inesperada en el caso de los Collins.

—Sí, claro —contestó él abandonando su asiento.

Cuando entraron en la sala de interrogatorios, Connor se enderezó en la silla. Había apoyado el monopatín en la pared y dejado la mochila en el suelo a su lado. Cuando Tracy le presentó a Mayweather, no se levantó ni le tendió la mano: se limitó a saludarlo de manera casi imperceptible con la barbilla y musitar:

—¿Qué tal?

Tracy y Mayweather ocuparon los dos asientos situados al otro lado de la mesa de metal.

—Cuanto digamos aquí va a quedar grabado —le advirtió Tracy—. ¿Lo entiendes?

Connor asintió con la cabeza.

—Tienes que responder en voz alta —añadió ella.

—Ah. Sí.

—Puedes ponerte cómodo. Relájate.

El joven se reclinó en el asiento. Tras hacer que dijera su nombre, su dirección y su fecha de nacimiento, Tracy se presentó a sí misma y a Ron Mayweather, dejó constancia de la fecha y la hora y resumió con brevedad la situación. A continuación, dijo:

—Vamos a empezar desde el principio, Connor. Has venido esta tarde a la comisaría de policía, ¿no es verdad?

—Sí.

—¿Cómo has llegado hasta aquí?

—En autobús y, después, en monopatín.

—¿No te ha acompañado nadie?

—No.

—Me has dicho que no tienes abogado que te represente, ¿verdad?

—No. Quiero decir: es verdad que he dicho que no tengo abogado.

—¿Y tu abuelo Atticus Berkshire?

—No, no es mi abogado: es el abogado de mi madre.

—¿Sabe él que estás aquí?

—No.

—¿Y tu madre?

—Tampoco.

—¿Por qué no les has dicho que ibas a venir?

—Porque habrían tratado de impedírmelo, pero tengo ya dieciocho años. Soy mayor de edad y, por lo tanto, puedo hacerlo.

Metió una mano en el bolsillo delantero de su pantalón.

—Aquí tienen otra vez mi carné, por si no me creen. Ayer fue mi cumpleaños.

—Felicidades —dijo Mayweather.

Connor lo miró con aire inseguro.

—Me has dado tu permiso de conducir. —Tracy se tomó unos instantes en estudiarlo antes de entregarlo a Mayweather—. Confirma que cumpliste los dieciocho ayer. ¿Estás aquí por voluntad propia? ¿Te ha obligado o coaccionado alguien para que vengas?

—He venido porque quería.

—De acuerdo. Cuando nos hemos encontrado en el vestíbulo me has dicho que querías decirme algo. ¿Es eso cierto?

—Sí.

Tracy miró a su compañero, que asintió sin palabras.

—Está bien, Connor. ¿Qué querías decirme?

Él volvió a incorporarse y miró a la cámara.

—Vale. Lo que quería decirle es que mi madre… Mi madre no mató a mi padre.

—¿No?

—No —dijo él meneando la cabeza—. Fui yo.

—No digas nada más.

Tracy puso el vídeo. Rick Cerrabone estaba de pie, tapándose la boca con una mano. Kins estaba sentado cerca del cristal de vigilancia, haciendo caso omiso casi por completo de las imágenes y observando a Connor Collins, que permanecía en la sala de interrogatorios.

Tras la confesión del muchacho, Tracy y Mayweather habían salido de la sala para debatir la situación. Ambos coincidían en que, si bien la inspectora había seguido el protocolo establecido, la declaración de Connor exigía que le leyeran sus derechos. Tras hacerlo, Connor volvió a referir que su padre había ido a recogerlo y había entrado a la fuerza en la casa. Confirmó que había reñido con su madre y también que, tal como había aseverado Angela Collins, la había golpeado con la escultura y la había tirado al suelo antes de asestarle una patada en el estómago.

A partir de ahí, sin embargo, su versión se alejaba de la de su madre. Si ella sostenía que lo había mandado a su cuarto, Connor dijo que él había tratado de intervenir y su padre le había cruzado la cara de una violenta bofetada. No obstante, a su decir, aquella distracción había dado a su madre el tiempo suficiente para ponerse en pie, correr hacia el pasillo y encerrarse en el dormitorio. Su padre la había seguido y había amenazado con echar la puerta abajo de una patada y, en aquel instante, él se había acordado del arma que guardaban en el armario. Dijo que había ido por ella, pero, cuando llegó al pasillo, su padre estaba ya en la habitación con su madre y amenazaba con golpearla. Connor había apretado el gatillo y le había dado en la espalda.

—¿Qué hiciste con el arma después de disparar a tu padre? —preguntaba Tracy en la grabación.

—La puse en la cama —respondía Connor.

—¿Y después?

—Nada. Mi madre estaba de los nervios. Dijo que había que llamar a mi abuelo. Me mandó ir a la sala de estar y sentarme en el sofá.

—¿Lo hiciste?

—Sí.

—¿Tocaste a tu padre?

—¿Tocarlo? No.

—¿Tocaste la escultura?

—Tampoco.

—¿Cuánto tiempo pasó desde el momento en que abatiste a tu padre hasta que tu madre llamó a tu abuelo?

—No lo sé.

—¿Quién llamó a emergencias?

—Ella.

Tracy paró la grabación y la sala quedó en silencio unos instantes.

—Creí que iba a contarme lo mismo que os había dicho Angela a Faz y a ti —aseguró a Kins—. Estaba convencida de que confirmaría su versión y diría que había sido en defensa propia.

El fiscal bajó la mano.

—¿Dónde está Mayweather?

—Pasando la declaración para que la firme Connor —contestó Tracy antes de volverse hacia Kins—. Eso podría explicar los veintiún minutos que pasaron entre los disparos que oyó la vecina y la llamada a emergencias de Angela Collins: estaba limpiando lo del chaval.

—Aunque también puede ser que él mienta y que estuvieran limpiando lo de ella —replicó Kins poniéndose en pie y volviendo la espalda a la ventana—. El hermano de la víctima nos presentó a Angela como una manipuladora consumada y nos dijo que lleva años trabajándose al chiquillo. Puede ser que lo haya incitado ella.

—¿A qué? —preguntó Tracy.

—A asumir la culpa.

—¿De haber matado a su propio padre? —La inspectora meneó la cabeza con gesto incrédulo—. ¿Qué clase de persona haría una cosa así? ¿Qué clase de madre puede ser capaz?

—Una muy, muy enferma —repuso Kins.

—Los dos tienen razones para mentir —intervino Cerrabone—. Ese es el problema. El arma tenía huellas de los dos y, como son más o menos de la misma altura, la trayectoria de la bala tampoco nos va a decir nada. Ambos tienen una versión que encaja con las pruebas.

—Pero no con todas —apuntó Kins—. Seguimos teniendo varias incógnitas: la escultura estaba limpia y las huellas del chaval que tenía su padre en el zapato no encajan con ninguna de las dos versiones. —Miró al fiscal—. ¿Podemos acusar a los dos y ver si alguno se echa atrás?

—Con lo que tenemos, no, porque nos arriesgaríamos a que se desestimaran los cargos contra ambos. —Cerrabone se frotó la nuca tal como solía hacer cuando se sentía frustrado—. Además, Berkshire se daría cuenta de inmediato y los enfrentaría para generar una duda razonable respecto de las declaraciones de los dos. Me da la impresión de que está todo calculado.

—¿Puede ser que Berkshire dejara por eso que Angela nos diese su versión de los hechos? —preguntó Kins—. Eso nos deja con dos historias incompatibles y sin manera alguna de demostrar que ninguna de las dos sea verdadera.

Tracy se presionó las sienes al sentir las primeras punzadas de un dolor de cabeza.

—Berkshire es un cabronazo de tomo y lomo, pero estamos hablando nada menos que de su hija y su nieto.

—Lo sé, pero ¿y si resulta que es el único modo de ver a su hija libre de cargos? —respondió Kins, dejando en el aire la pregunta.

Cerrabone se apoyó en el borde de la mesa.

—Por si las alegaciones de violencia doméstica no hubiesen complicado ya este caso, ahora… —Suspiró y, sacudiendo la cabeza, declaró—: No sé en qué posición nos deja esto.

—Por eso deberíamos tener disponibles equipos de detección de residuos de disparo cada vez que nos llaman por un homicidio.

Se refería al material que se empleaba para buscar restos de pólvora en las manos de todo aquel que pudiese haber disparado un arma. Los investigadores podían servirse de ellos para tomar muestras en el lugar mismo de los hechos, pero la policía de Seattle no los usaba porque no eran concluyentes, ya que solo servían para determinar que una persona había estado cerca de la descarga, lo que no significaba necesariamente que hubiese apretado el gatillo.

—Pero no los tenemos —repuso Cerrabone— y ahora ya no serviría de nada.

—Ya que ha renunciado a su derecho a un abogado —dijo el inspector—, ¿por qué no volvemos a entrar y vemos qué tiene que decir sobre las pruebas que no coinciden con su declaración?

—Si lo hacemos y resulta ser una estratagema —señaló Tracy—, les estaríamos dando a él, a su madre y a Berkshire una información valiosísima, que solo serviría para darles tiempo a buscar un modo de explicar las contradicciones. Yo estoy a favor de que no revelemos nada por el momento.

—Tenemos un par de problemas más —añadió Cerrabone—. Primero, aunque ya sea mayor de edad, parece un niño de catorce. Berkshire, o quienquiera que vaya a defenderlo, dirá que estaba asustado e intimidado y el jurado se lo creerá. Segundo, a no ser que se retracten los dos y cuenten lo mismo, nos tienen jodidos con la duda razonable acusemos a quien acusemos. Berkshire, evidentemente, no va a renunciar a un juicio rápido, de modo que es posible que acabemos perdiendo la ocasión de hacer que condenen a ninguno de los dos. Voy a hablar con Dunleavy —dijo, refiriéndose a Kevin Dunleavy, el fiscal del condado de King— y a recomendar que dejen a los dos en libertad por el momento. Mientras, seguiremos investigando para ver si sale algo nuevo a la luz. Siempre hay algo por descubrir.

—Sí, pero, mientras tanto, la prensa nos va a machacar, sobre todo si el hermano decide armar un escándalo —advirtió Kins.

—¿Por qué no habláis con él? —dijo Cerrabone—. Explicadle la situación. Decidle que no pensamos rendirnos, pero necesitamos tiempo para hacernos con más pruebas.

Los dos inspectores miraron por el cristal. Connor Collins estaba sentado con las piernas extendidas y la cabeza inclinada hacia atrás. Aquello que pensaban que sería una pelota rasa acababa no ya de dar un bote imprevisto, sino de colocarse a contraluz frente a un sol cegador y ninguno de los dos llevaba puestas las gafas.

CAPÍTULO 11

A la mañana siguiente, Tracy y Kins llamaron a Cerrabone, que había estado consultando con Dunleavy hasta bien entrada la noche. Este había coincidido con su propuesta de no presentar cargos contra Angela ni Connor Collins hasta haber recabado más pruebas.

—¿Todavía no sabemos nada de Berkshire? —le preguntó Kins, perplejo aún ante el silencio del abogado.

—Ni una palabra —respondió él.

Todos habían supuesto que el Berkshire que conocían pusiera el grito en el cielo por haber tomado declaración a Connor sin asistencia letrada.

—Puede que eso confirme más aún que ha sido él quien lo ha organizado todo —dijo Kins.

—¿Habéis sujetado a Mark Collins? —le preguntó Cerrabone.

—Faz y yo vamos a hablar con él ahora.

Dado que el caso de los Collins parecía haber llegado a un callejón sin salida y Kins y Faz estaban analizando las pruebas, Tracy centró la atención en Kimi Kanasket. Introdujo los nombres de Earl y Élan Kanasket en Accurint, la base de datos que ofrecía acceso al registro civil y, por lo tanto, al último domicilio conocido. Al haber pasado cuarenta años, no pudo sino tener la sensación de estar poniendo a prueba el sistema, pero lo cierto es que tuvo ocasión de encontrar una dirección que coincidía para ambos en Yakima. Una consulta rápida en Google fue a confirmarle que la vivienda se encontraba en la reserva. Siguiendo una corazonada, buscó también el nombre de Tommy Moore y vio que también formaba parte de la misma comunidad. A continuación, comprobó los antecedentes de los tres en la Triple I, el Índice de Identificación Interestatal. A Moore lo habían detenido en 1978, 1979 y 1981, siempre por embriaguez y alteración del orden público. En una de aquellas ocasiones lo habían acusado también de agresión con lesiones. En 1981, los cargos habían sido de allanamiento y en 1982 había pasado un tiempo entre rejas por posesión de sustancias ilegales. Aquí acababa su historial delictivo. Aunque tal cosa solía indicar que el individuo en cuestión había muerto, en este caso el registro público decía otra cosa. La inspectora se preguntó si Moore formaría parte del reducido conjunto de afortunados que se las habían compuesto para encauzar su vida de un modo u otro.

De Élan y Earl Kanasket no había nada en los archivos de antecedentes penales.

Tracy buscó también los nombres de los tres en la base de datos de Tráfico y dio también con permisos de conducir antiguos y vigentes. Aunque dicha institución tenía por costumbre deshacerse de las fotografías de los documentos caducados, Tracy había descubierto que muchas veces era posible recuperar las tres o cuatro últimas, lo que suponía un total de entre diez y doce años. En principio le bastaba con las actuales, pero sabía que necesitaría las anteriores si tenía que refrescar la memoria de algún testigo respecto de cualquiera de los tres. Siempre resultaba útil tener una imagen que guardara el mayor parecido posible con el aspecto que presentaba un individuo en el momento de los hechos, como era el caso de la fotografía del último año de instituto de Kimi Kanasket. Aquel pensamiento la llevó a escribir en una nota que debía también acudir a la biblioteca de Stoneridge para buscar en los anuarios del instituto y la hemeroteca de aquel periodo a fin de hacerse una idea de cómo eran en aquella época el centro en el que estudiaba la víctima y la ciudad en la que vivía.

Cuando acabó, llamó a Jenny y le anunció que tenía intención de visitar de nuevo Stoneridge.

—¿Te ha dado permiso tu capitán para investigar el caso?

Su amiga sabía bien cuál era la relación que existía entre Nolasco y ella, ya que había sido compañera suya de academia cuando Tracy le había asestado un rodillazo en la entrepierna y le había roto la nariz después de que él manoseara a las dos durante un simulacro de arresto.

—No exactamente. Estoy aprovechando parte de los días que me deben.

—Pues no deberías —dijo Jenny—. Puedo hacer unas llamadas y…

—No te preocupes por eso. Si no me los tomo antes de fin de año, los perderé de todos modos. —A continuación la informó de lo que pretendía hacer y quedó en que la llamaría cuando se hubiera registrado en el hotel.

—No tiene sentido, sobre todo si vas a tener que pagar tú la factura. ¿Por qué no te quedas en la granja de mi madre? Se ha ido hoy de viaje con su hermana, así que tendrías toda la casa para ti sola.

Tracy pensó en aquella hermosa vivienda rodeada de césped suntuoso.

—¿Seguro que no seré un estorbo?

—¡Claro que no! Mi madre estará encantada de saber que la está ocupando alguien. Por cierto, hoy mismo iba a llamarte. Resulta que de aquí a unas semanas van a celebrar los cuarenta años de la promoción de 1977. Están planeando toda clase de actos para la ocasión y estoy convencida de que habrá mucha gente que vuelva a la ciudad para recordar aquellos tiempos.

—Es bueno saberlo.

—Yo puedo echarte una mano concertándote entrevistas si quieres.

—Te lo agradezco, pero todavía no tenía pensado empezar con eso. Además, prefiero tomarlos por sorpresa.

Tracy llegó a la granja de los Almond poco antes del ocaso. Dejó la camioneta detrás del coche de Jenny, un todoterreno blanco y negro con sirena en el techo y la estrella dorada de seis puntas en las puertas. Al apearse notó enseguida el cambio drástico de temperatura con respecto a la que hacía en el momento de salir de West Seattle. Aunque su vehículo no disponía de termómetro, supuso, por la carne de gallina de sus brazos y el escalofrío que le recorrió la espalda, que debían de estar rondando los cero grados.

El cielo vespertino, de color azul intenso, hacía pensar en un pintor que hubiera dado pinceladas irregulares de color magenta siguiendo el contorno de las colinas onduladas que rodeaban la propiedad. Las sombras parecían arrastrarse por el prado y envolvían los frutales en una luz grisácea. Tracy se volvió al oír abrirse la puerta principal y vio la silueta de Jenny, oscurecida de manera momentánea por la mosquitera. Su anfitriona la abrió, salió de la casa y, tras un instante de vacilación, volvió de nuevo al interior y encendió las luces, que iluminaron el porche, la escalera y el patio.

—Estaba disfrutando de la paz que se respira aquí —dijo la recién llegada mientras Jenny bajaba los escalones.

—Esto es mucho más tranquilo cuando no tienes siete niños corriendo por el césped, pero así es como recuerdo yo mi infancia: un caos total de chiquillos chillando en el patio. Nos lo pasamos en grande cuando mi padre nos trajo aquí.

—Gracias otra vez por ofrecerme alojamiento.

—Hoy he hablado con mi madre y me ha encargado que te diga que estás en tu casa. —Jenny tiritó y se frotó los brazos antes de añadir—: Entra, que te enseño el interior para que te instales.

Tracy sacó la maleta de la cabina y siguió a su amiga, quien tomó varios periódicos de una consola situada en la entrada, bajo un espejo recargado.

—Aquí tienes varios artículos sobre el fin de semana del encuentro de antiguos alumnos.

Tracy abrió el *Goldendale Enterprise* y dio con uno sobre la conmemoración del cuadragésimo aniversario del campeonato estatal de la Stoneridge High School, que se celebraría junto con el encuentro de la promoción de 1977. En una columna aparte se ofrecía una relación de los actos programados para el fin de semana, que incluían un torneo benéfico de golf y, el domingo por la mañana, un desfile por el centro de la ciudad en honor de los jugadores del equipo de fútbol americano. Por la noche, durante el descanso del partido que enfrentaría a los antiguos alumnos contra los rivales del Columbia Central, llegaría el momento de la dedicatoria del polideportivo del instituto a Ron Reynolds, entrenador legendario de Stoneridge.

—Voy a enseñarte el resto de la casa —dijo Jenny.

La cocina tenía las encimeras de mármol y electrodomésticos modernísimos. La anfitriona abrió el frigorífico, que se parecía mucho al de Tracy por tener, sobre todo, condimentos.

—Come lo que quieras, pero mira las fechas de caducidad, porque mi madre no llegó nunca a habituarse a la pérdida de apetito de mi padre. En los últimos seis meses hemos tirado un montón de productos perecederos y cartones de leche. Además, como no he olvidado tus hábitos alimentarios tan poco saludables, me he tomado la libertad de traerte unas cuantas fiambreras con sobras. No esperes nada demasiado refinado: poco más que lasaña y algo de pollo.

Jenny la llevó a la planta alta, a la habitación situada al fondo del pasillo, y encendió la luz, que iluminó una cama con dosel, una cómoda de gran tamaño, un tocador blanco muy antiguo y un sofá de dos plazas dispuesto frente a la ventana. Tracy dejó la maleta a los pies del lecho y contempló con su amiga el exterior.

—¡Qué bonito! —exclamó. Desde donde estaban se veía toda la propiedad y las colinas que la rodeaban. Los brochazos de color magenta habían ido a fundirse en una línea delgada en el horizonte a medida que el crepúsculo se veía suplantado por la noche—. Me recuerda a la vista que tenía desde mi dormitorio cuando era niña.

—Este era mi cuarto —anunció Jenny—. Maria y Sophia compartían el otro. Se quejaban de que yo tuviera una habitación para mí sola, pero solo como argumento cuando querían conseguir algo de mis padres. En realidad, se llevaban muy poco y les encantaba compartirlo.

—Es perfecto. Gracias.

Acto seguido, bajaron al comedor.

—¿Por dónde vas a empezar? —quiso saber Jenny.

—Por Earl Kanasket. Como mínimo merece esa muestra de consideración.

—¿Lo has encontrado?

—Espero que sí. El último domicilio que se le conoce estaba en la reserva. Parece ser que vive con su hijo, Élan. Además, parece ser que Tommy Moore tiene también allí su residencia. Si es así, aprovecharé para ir a verlo.

—Calcula unas dos horas para llegar —le advirtió su amiga— y dime si necesitas algo. Puedo hacerte una visita guiada por la ciudad y presentarte al jefe de policía de Stoneridge. —Aunque había ciudades pequeñas que se servían de la comisaría del *sheriff* local, otras, como Stoneridge, tenían su propio cuerpo policial—. Ya le he hecho una visita de cortesía para comunicarle que ibas a venir. No tiene jurisdicción, ya que Kimi murió fuera del término municipal, pero se pica con facilidad.

Tracy se echó a reír.

—Lo tendré en cuenta.

Jenny miró el reloj de pie que había en la entrada.

—Hablando de picar, más me vale volver a casa y ponerles la cena a los pequeños. Si necesitas algo, tienes mi teléfono.

Con esto, dio a Tracy un juego de llaves y ella la siguió al exterior. Las sombras habían llegado ya a los escalones del porche y daba la impresión de que la temperatura hubiera bajado unos cuantos grados más.

Jenny se metió en su coche y bajó la ventanilla del copiloto.

—Llámame por cualquier cosa que necesites —insistió.

Tracy observó el todoterreno recorrer el perímetro de la propiedad antes de girar hacia el norte. Cuando se alejó el ruido del motor, volvió a conmoverse ante el silencio en que quedó sumido todo. Imaginó los sonidos propios de una familia que se sienta a comer a la mesa o a ver *El mágico mundo de Disney* tras el baño nocturno dominical, que había sido el ritual con el que acababan las semanas Sarah y ella durante su infancia. Aquella idea hizo que acudiera a su mente el recuerdo del viaje inesperado que hicieron con sus padres a Disneyland, los gritos de emoción que daba su hermana en la atracción de los Piratas del Caribe, cómo se tapaba los ojos en la Mansión Encantada y la sonrisa que iluminó sin descanso el rostro de su padre durante tres días. La última noche, mientras contemplaban el desfile en Main Street, Tracy le había preguntado:

—Papá, ¿podemos volver?

—¡Pero si no hemos dejado parque para otro día! —le había contestado él—. Sí: algún día volverás, volverás con tu hermana y con vuestros propios hijos y les regalaréis sus propios recuerdos.

Eso nunca había llegado a ocurrir.

Un psicópata les había robado a todos aquel sueño.

Sintió un escalofrío que le recorría de arriba abajo la columna vertebral y corrió a meterse de nuevo en la casa para ponerse una sudadera con capucha. Llevó los periódicos a la mesa del comedor y se sentó bajo una araña de estilo clásico. Además de los artículos sobre el encuentro de antiguos alumnos, estaban plagados de noticias de ciudad de provincias: una sobre el estudio de viabilidad de una piscina, el consejo de jardinería del mes, un escrito que alentaba a los vecinos a formar parte de las comisiones destinadas a planear el futuro de Stoneridge… Con todo, el protagonismo de la primera plana correspondía a las celebraciones conmemorativas y a la dedicatoria del estadio. En la fotografía que ilustraba el artículo se veía a un hombre vestido con pantalones chinos y un polo de pie ante la entrada del polideportivo cuyas obras había visto con Dan. El pie de foto lo identificaba como Eric Reynolds, mariscal de campo del equipo que ganó en 1976 y presidente de la Reynolds Construction, que estaba donando la mano de obra, el equipo y el cemento necesarios para remozar el estadio. Saltaba a la vista que la nueva denominación de las instalaciones actuaba como contrapartida.

El artículo continuaba en una página interior en la que se comparaban instantáneas de la época con otras actuales. En una de ellas aparecía Eric Reynolds, con cincuenta y siete años y entradas marcadas, de pie detrás de un hombre corpulento que posaba agachado como si estuviera a punto de lanzarle la pelota. El primero daba la impresión de estar aún en condiciones de salir al terreno de juego y aguantar todo un partido. La fotografía se yuxtaponía a otra de los dos en idénticas posiciones, aunque con los uniformes del equipo del instituto, tomada hacía cuarenta años. En aquella imagen en blanco y negro, Reynolds lucía el pelo largo y una sonrisa radiante. El pie de foto identificaba al centro que tenía la pelota en la mano como Hastey Devoe, con quien los años habían sido mucho menos benévolos que con Reynolds. Si de joven había llevado bien su robustez y había gozado de unos rasgos aniñados y unos ojos grandes que le hacían parecer un muchacho precoz, el retrato más reciente lo mostraba descuidado y con el semblante rollizo de quien ha desarrollado una clara afición por la comida y tal vez también por la bebida.

Tracy no pudo menos de sentir cierta nostalgia. Habían pasado ya cuarenta años: media vida.

Pero no para Sarah. Ni para Kimi Kanasket.

CAPÍTULO 12

Tracy se despertó ante el canto incansable de un gallo lejano e, incapaz de conciliar de nuevo el sueño, se puso la ropa que usaba en invierno para salir a correr y tomó la cresta de la colina. El frío la golpeó en un principio como una ola helada que le congeló los huesos, pero no le impidió comenzar lentamente para dejar que se le relajaran los músculos y las articulaciones hasta que se le fue calentando el cuerpo y pudo aumentar el ritmo. Tres cuartos de hora después, tras una ducha rápida y un desayuno reparador, subió de un salto a su camioneta y se dispuso a dar con Earl Kanasket, de quien sabía que podía esperar con igual facilidad la bendición o una patada en el trasero, si es que vivía aún y aún residía en la última dirección que se le conocía.

Tras poco más de una hora y media conduciendo por la US-97, llegó a la ciudad de Toppenish, situada dentro de las quinientas hectáreas de la reserva de los yakamas. Tomó la salida y recorrió una avenida de construcciones de piedra y ladrillo de una y dos plantas que recordaban a las de una comunidad granjera del Lejano Oeste. Los laterales de muchos de los edificios estaban decorados con detallados murales de gran tamaño en los que se representaban escenas propias de finales del siglo XVIII y principios del XIX: nativos montando a pelo sobre caballos pintados, granjeros arando el campo con la ayuda de caballos de tiro, una máquina de vapor que vomitaba humo contra el azul pálido del cielo...

El GPS de Tracy la llevó por calles de hogares modestos pero bien cuidados hasta llegar a una bifurcación situada ante un campo de color verde oscuro que parecía extenderse hasta el horizonte mismo: la col rizada se había erigido en la última verdura de moda. La dirección que tenía de Earl Kanasket era la de la última casa de la izquierda, una estructura de una sola planta y color gris azulado que tenía aparcados bajo una marquesina una camioneta Chevrolet añosa y un turismo Toyota, signo evidente de que, cuando menos, había alguien en casa. Esta se hallaba ligeramente inclinada hacia la izquierda, como si tirase de ella el peso del aparcamiento cubierto.

Tracy dejó su vehículo en el arcén y se apeó para dirigirse a una cerca de tela metálica que llegaba hasta la cintura. Tendió la mano hacia el cerrojo y vaciló al ver un cartel que advertía: «El perro guardián está de servicio», ilustrado con el dibujo de un pastor alemán, y otro en el que se mostraban una mano sosteniendo un revólver de gran calibre y las palabras: «No llamamos a la policía». Se dio unos segundos para estudiar la extensión de hierba del otro lado de la valla sin ver, no obstante, señal alguna de ningún animal violento. Con todo, mantuvo fija la mirada en la esquina de la casa mientras abrió la cancela y enfiló el camino de hormigón. Tenía la costumbre de tratar a los perros desconocidos como al océano: con una dosis considerable de respeto y sin darles jamás la espalda. El que el porche estuviera adaptado para permitir el paso de una silla de ruedas le pareció otro posible indicio de que Earl Kanasket seguía habitando el edificio.

La mosquitera parecía estar apoyada en la fachada lateral. Tenía las bisagras oxidadas y partidas, aunque tampoco es que hubiera podido ser de gran utilidad, dado que tenía la malla hecha añicos. Tracy volvió a pensar en el perro guardián. Llamó a la puerta y dio un paso atrás al mismo tiempo que se apartaba a un lado con la mano apoyada en la empuñadura de la Glock: no tenía ningún interés en encontrarse en medio en caso de que fuera cierto lo que decía cualquiera de los dos carteles de la entrada. Dentro se oyó un ladrido, más ronco y cansado que fiero. A continuación vio agitarse el pomo de la puerta, que, un instante después, se abrió tambaleante para mostrar a un anciano en silla de ruedas con el rostro curtido y surcado de arrugas como el mapa de carreteras de toda una vida. A su lado había un perro de pelo lacio, hocico blanco y ojos acuosos y de mirada perdida cuya lengua pendía a un lado de la boca como si lo hubiese extenuado el simple esfuerzo de llegar hasta la puerta.

—Buenas tardes —dijo ella con su sonrisa más encantadora. Una de las ventajas que poseía respecto de sus compañeros varones era que la gente solía mostrarse menos intimidada ante la visita de una desconocida—. Espero que sea usted Earl Kanasket.

—Sí que lo soy. —Su voz estaba tan cascada como el ladrido de su perro, pero tenía la mirada clara y los ojos tan oscuros que Tracy no pudo sino pensar en los de un cuervo—. ¿Y usted quién es?

—Me llamo Tracy Crosswhite y soy inspectora de la policía de Seattle.

—¿Inspectora?

—Sí, señor.

—¿Y qué hace aquí, en la reserva, una inspectora de Seattle?

La pregunta era por demás lógica y Tracy no detectó hostilidad ni preocupación algunas en el tono de quien la formulaba. Supuso que, cuando han pasado por uno más de ochenta años, no debe de haber muchas cosas que lo pongan nervioso.

—Quería hablar con usted —respondió— de su hija, Kimi.

—¿De Kimi? —Earl se reclinó en la silla como impulsado por una ráfaga violenta—. Kimi se nos fue hace cuarenta años.

—Lo sé —dijo ella— y también sé que no es para usted plato de gusto que haya venido así, de repente, a recordárselo. —Se detuvo:

aquel era el momento en el que la echaría con cajas destempladas o se dejaría llevar por la curiosidad.

—Tiene toda la razón. —Llevaba el pelo, blanco y ralo, recogido en una coleta que le caía por la espalda—. ¿A qué viene esto ahora?

—Pues, vera, señor Kanasket, la verdad es que es una historia larga. ¿Le importa dejarme entrar para que pueda sentarme y contársela?

Él la estudió unos instantes y, a continuación, aceptó con una inclinación casi imperceptible de su barbilla.

—Creo que va a ser lo mejor —dijo tirando de las ruedas para hacer retroceder su silla.

El perro reculó también con cierto esfuerzo y Tracy cerró la puerta para seguir a Earl a una sala vieja, pero limpia, que se abría a la derecha del recibidor. En el aire cargado pendía aún el olor del fuego que había ardido en el hogar. El mobiliario era funcional: un sofá y dos sillones para sentarse, una alfombra ovalada sobre el suelo de madera noble para guardar el calor, un televisor de pantalla plana para entretenerse y una lámpara para tener luz.

Earl colocó la silla de ruedas de tal modo que quedase a su espalda la ventana que daba a la plantación de col rizada y Tracy se dirigió a uno de los sillones que había dispuestos cerca de la lumbre. El pelo de color de óxido que vio esparcido sobre los brazos le indicó que había ido a elegir el lugar favorito del perro, quien, sin embargo, pareció contentarse de momento por mantenerse al lado de su dueño. En consecuencia, tomó ella asiento. Por el camino había estado meditando sobre cómo debía empezar.

—Me gradué en la academia de policía con una mujer llamada Jenny Almond. Su padre era Buzz Almond, *sheriff* del condado de Klickitat.

—Lo conozco —dijo él—, pero no era *sheriff*. Por lo menos, en aquella época: era ayudante. Fue quien acudió cuando desapareció Kimi.

Según los datos recogidos en Accurint, los Kanasket se mudaron a la reserva de los yakamas poco después de que sacaran el cuerpo de Kimi de las aguas del White Salmon.

—En efecto —repuso ella.

—Nos aseguró que la encontraría y siempre he creído que lo dijo convencido.

—¿Les contó lo que había pasado?

Kanasket se tomó su tiempo, como si estudiara cada una de las preguntas que le hacía, como si la edad y la sabiduría le hubieran enseñado a tener paciencia antes de abrir la boca para hablar.

—Dijeron que se había arrojado al río.

—¿Eso fue lo que les dijo Buzz Almond?

—No me acuerdo. Yo solo sé que lo dijeron, pero ni me lo creí entonces ni me lo creo ahora.

—Pues da la impresión de que él tampoco se lo creyó, señor Kanasket. Estuvo estudiando el caso. —Metió la mano en el maletín que llevaba y sacó el expediente antes de ponerse en pie y tendérselo al anciano.

Él lo tomó con aire vacilante, como si no tuviese claro si quería o no tenerlo, actitud que Tracy entendió perfectamente: en aquella carpeta estaban documentados los peores recuerdos de su vida, recuerdos que, sin duda, se llevaría con él a la tumba.

—Parece ser que Buzz Almond siguió investigando lo que le ocurrió a su hija cuando lo normal habría sido que la comisaría del *sheriff* dejase el expediente en manos de un inspector de policía. El hecho de que se quedara con los documentos podría significar que no estaba de acuerdo con la conclusión a la que habían llegado otros.

—¿Y le han preguntado por qué lo hizo?

—Ha muerto. Murió de cáncer hace unas semanas. Su hija encontró la carpeta en el escritorio de su casa y me pidió que le echara un vistazo. He venido aquí a comunicárselo y con la esperanza de que me dé su aprobación.

Earl entornó los ojos y clavó la mirada en Tracy con tal intensidad que la convenció de que esta vez le iba a pedir que se fuera.

—¿Mi aprobación?

—Sí, para seguir con la investigación que emprendió él.

El anciano volvió la cabeza para mirar la única fotografía que había enmarcada en la habitación: un retrato de Kimi con una mujer que, supuso, debía de ser su esposa. Tras un instante se fijó de nuevo en Tracy.

—Dígame qué hay en la carpeta.

Ella se sentó otra vez y le expuso lo que contenía. Le dijo que había mandado revisar en Seattle el informe de quien certificó la muerte y que había puesto en manos de una experta varias docenas de fotografías del caso a fin de que las estudiara. Earl Kanasket la escuchó inmóvil con las manos apoyadas en la carpeta que descansaba sobre su regazo y que sus manos huesudas no hicieron ademán alguno de ir a abrir.

—¿De qué son las fotografías?

—De un sendero del bosque que desemboca en un claro.

—Lo conozco.

—¿Sí?

Su anfitrión asintió con un gesto, una inclinación de cabeza de nuevo casi imperceptible.

—Está lleno de malos espíritus.

—¿Malos espíritus?

—Muertos que no han tenido descanso.

Cuando murió Sarah y su padre se quitó la vida, Tracy había perdido la poca fe que le quedaba. Nunca había creído mucho en cosas como el cielo y la vida después de la muerte. Sin embargo, seguía sin lograr conciliarse con el momento en que, en la mina del monte que se elevaba sobre Cedar Grove, había sentido a su hermana con tanta fuerza como si hubiera estado físicamente presente. Tras aquello no había vuelto a desdeñar nunca ninguna idea sobre la existencia de espíritus.

—¿Y por qué han elegido ese lugar?

—¿Qué sabe usted de él?

—Nada.

Earl cerró los ojos y se llenó de aire los pulmones antes de volver a abrirlos.

—Hace muchos años ahorcaron a un inocente en aquel claro. Dijeron que había cometido un asesinato y lo llevaron hasta un roble viejo para que todos los vecinos pudieran ser testigos de su ajusticiamiento. Cuando le preguntaron si quería decir unas últimas palabras, él dijo que no lo había hecho y que, si lo colgaban, se levantaría de la tumba para reducir a cenizas la ciudad. Un mes más tarde hubo un incendio que acabó con la mayoría de los edificios del centro de Stoneridge, aunque nunca pudo determinarse qué lo había provocado. Cuando, al final, abrieron el lugar en que habían enterrado a aquel hombre, lo encontraron vacío. Poco después de aquello, se secó el roble y desde entonces en aquel claro no crece nada.

El perro se levantó y soltó un ladrido que sobresaltó a Tracy. Earl Kanasket, en cambio, no movió un músculo ni apartó la mirada del rostro de ella. Segundos después, oyó pisadas de botas que subían la rampa del porche y sintió que la casa temblaba al abrirse hacia dentro la puerta principal.

—¿Papá? ¿De quién es la camioneta esa que hay en…?

En ese momento entró en la sala un hombre cargado con una bolsa de papel marrón y miró varias veces a su padre y a Tracy antes de fijar la vista al fin en ella y preguntar:

—¿Quién es usted?

Élan daba cierto aire a su padre. Tenía el pelo, más gris que negro, por debajo de los hombros y los mismos ojos negros, aunque los suyos, en lugar de resultar atrayentes, parecían repeler la mirada por su intensidad y su actitud desafiante.

Ella abandonó su asiento.

—Me llamo Tracy Crosswhite y soy inspectora de la policía de Seattle.

—¿Qué quiere? ¿Qué hace hablando con mi padre?

—Está aquí por Kimi —contestó Earl.

—¿Kimi? —repitió burlón el recién llegado antes de dejar la compra en una mesita y acercarse al centro de la habitación—. ¿Esto qué es? ¿Una broma?

—No —respondió Tracy—. Ni mucho menos.

—¿Y qué puede usted querer saber de Kimi?

—Ella tampoco cree que se suicidara —dijo Earl.

Élan miró a su padre y, acto seguido, a Tracy, quien le explicó:

—El antiguo *sheriff* elaboró un expediente sobre la muerte de su hermana.

Sin embargo, cuanto más hacía ella por aclarar sus intenciones, mayor parecía la agitación de él, que se movía como si tuviera un hormiguero trepándole por la espalda.

—¿Y de qué piensa que nos va a poder servir eso? —la atajó—. ¿Va a devolvernos a Kimi?

—No —repuso ella—, pero, si su hermana no se quitó la vida…

—¿Qué? ¿Qué va a hacer? ¿Detener a alguien? ¡Si no lo hicieron entonces ni lo han hecho en cuarenta años…! Les… Les dio igual: Kimi no era para ellos más que otra india muerta.

—Ahora tenemos avances que no estaban disponibles en 1976 y que podrían hacer salir a la luz pruebas de que la muerte de su hermana no fue un suicidio.

—¿Que *podrían* …? —Élan se acercó, no tanto como para que Tracy se sintiera amenazada, aunque era evidente que pretendía intimidarla—. O sea, que viene a decirnos que *podría* averiguar algo, lo que quiere decir que ni siquiera sabe nada todavía.

—He venido a pedir la aprobación de su padre y a informarlo de que el *sheriff* ha vuelto a abrir el expediente.

—¿A pedir su aprobación? Mi madre se fue a la tumba llorando la muerte de Kimi, mi padre lleva cuarenta años sin su hija y ahora viene usted a decirnos que podría tener… ¿qué? ¿Qué puede tener?

—El informe del juez de instrucción, declaraciones de los testigos, fotos…

—¿Fotos de qué?

—Del claro. —Fue Earl quien contestó.

Una vez más, su hijo no supo a quién mirar.

—¿El claro? ¿Y qué tiene que ver el claro con nada de esto?

—El ayudante del *sheriff* lo fotografió —lo informó Tracy— y he mandado analizar las imágenes.

—¿Por qué? ¿Porque sospechan que a Kimi la mató un fantasma? —Élan sonrió, pero su gesto era sombrío—. ¡Mira que si ha vuelto de entre los muertos Henry Timmerman para buscar venganza…!

Tracy se hacía cargo perfectamente de su escepticismo. Ella había visto crecer el suyo propio con cada año que pasaba sin ser capaz de resolver el misterio de la muerte de Sarah. Después de veinte años había abandonado toda su esperanza.

—Su hermana no llegó nunca a casa. ¿No quiere saber por qué?

—Lo sabemos: se tiró al río.

—¿Usted sí cree que es verdad?

—¿Qué diferencia puede haber si lo creo o no? Eso es lo que nos dijeron y ya está.

—¿Y si se equivocaban?

—¿Y si no? ¿Va a darle esperanzas a mi padre como ese ayudante del *sheriff* que nos dijo que la iba a encontrar? Claro que la encontró.

La encontró en el puto río. Creo que será mejor que se marche. —Élan dio un paso atrás y señaló la puerta—. Ahora mismo.

—Un momento —dijo Earl sin levantar ni alterar de otro modo la voz.

Élan bajó el brazo y apartó la mirada como un chiquillo al que acaban de reñir y, sin querer desafiar a su padre, tampoco tiene la intención de escucharlo. El anciano se acercó a Tracy en la silla de ruedas con el perro siempre a su lado. Entonces tendió una mano para tomar la de ella. Tenía la piel fría al tacto y tan fina que revelaba cada uno de sus huesos y sus nudillos.

—El ayudante del *sheriff* era joven —dijo—, acababa de empezar a trabajar y tenía una familia en la que pensar. Usted, en cambio, ya lleva un trecho recorrido y no tiene familia.

—No —confirmó ella, sin saber bien adónde quería llegar ni cómo había podido saber aquello último—. Tiene usted razón.

Earl le soltó la mano y le tendió el expediente.

—Acabe lo que empezó Buzz Almond.

—Lo intentaré.

Tracy tomó la carpeta, miró a Élan y se dispuso a salir de la casa. Este la siguió con la vista mientras pasaba a su lado y abría la puerta. No la sorprendió que la acompañase hasta que bajó las escaleras y llegó al patio. Como no quería dar la impresión de estar huyendo de él, se dio la vuelta para encararlo.

—Que mi padre confíe en usted —le dijo Élan— no quiere decir que yo lo haga.

—¿Por qué? ¿Por qué no va a confiar en mí?

—Porque la confianza no se da: se gana.

—Entonces, ¿por qué no me da la oportunidad de ganarme la suya?

—Porque llevamos doscientos años fiándonos de ustedes y todavía no han dejado de estafarnos.

Aquella era la clase de declaración genérica que tantas veces había oído Tracy en su profesión cuando alguien no tenía respuesta concreta o racional alguna a cualquiera de sus preguntas. En lugar de buscar una, la acusaban de racismo.

—Tengo parte noruega, parte suiza —respondió— y un poco de irlandesa. ¿En qué le he estafado?

Élan sonrió, aunque de nuevo sin rastro de humor.

—¿Qué pasa? ¿La ha dejado pasmada mi padre con ese truquito de antes, cuando le ha dicho que no era inexperta ni tenía familia? No creerá que es un chamán indio ni nada de eso, ¿no? —Le miró la mano—. No lleva anillo de casada y tampoco es especialmente joven. Yo, desde luego, no me dejaría cautivar por eso.

—No ha contestado a mi pregunta. ¿Por qué no quiere saber lo que ocurrió? Si tanto interés tiene por las injusticias, ¿por qué se opone a reparar precisamente esta?

—Porque, al final, no va a averiguar nada y, aunque lo hiciera, no iba a servir de gran cosa. Siempre ha sido así. —Dio un paso diminuto hacia ella—. No vuelva por aquí si no tiene nada real que contarnos. No me venga con «puede ser» ni con «tal vez tengo». No haga promesas que no pueda cumplir ni envíe a un anciano a su tumba con expectativas que no pueda satisfacer.

Con una última mirada fulminante, se dio la vuelta, subió los escalones y volvió a entrar dando un portazo. Tracy volvió la vista a la derecha, a la ventana que daba a la plantación de col rizada, y vio que Earl Kanasket había vuelto a colocar la silla de ruedas ante el vano, aunque en esta ocasión para observarla a ella a través del cristal.

Tras llegar en coche a la dirección de Tommy Moore que tenía apuntada y encontrar el apellido en el buzón, pero no dar con nadie en la vivienda, Tracy se dirigió al centro de Toppenish y buscó un restaurante en el que comer algo. Pidió un emparedado de pavo y un té helado mientras pensaba en Buzz Almond y en lo que debió de arrepentirse de haber asegurado a los Kanasket que daría con Kimi y que la muchacha se encontraría bien. Se trataba de un error muy frecuente entre los agentes jóvenes de la ley cargados de buenas intenciones. Tracy también había sentido esa impotencia, en calidad tanto de policía como de familiar de la víctima de un crimen horrible, pero no había tardado en aprender el abismo que mediaba entre estas dos condiciones.

Para un agente de policía, un crimen violento no era más que un caso más en su carrera. Uno hacía su trabajo y se marchaba a casa. En cambio, para los parientes se trataba de un momento que jamás olvidarían y que estaba destinado a cambiar sus existencias para siempre. Buzz Almond no habría sido humano si no hubiera deseado aliviar la preocupación de los Kanasket, pero debió de sentirse culpable en extremo cuando vio al equipo de rescate sacar del agua el cadáver de Kimi y reparó en que le iba a ser imposible cumplir su promesa. Tracy no podía menos que preguntarse si no sería eso lo que había alimentado su interés en el caso durante todos aquellos años. Asimismo, no lograba explicarse por qué no había ido más allá si pensaba de veras que la joven no se había suicidado.

Earl Kanasket había dicho que el ayudante del *sheriff* estaba empezando su carrera policial y tenía una familia en la que pensar. ¿Estaba insinuando que tenía motivos para preocuparse por la suerte que pudieran correr los suyos o recalcando, sin más, las limitaciones que habían condicionado su trabajo? De ser esto último, había acertado con la evaluación que había hecho de ella, pero, de lo contrario, el comentario del anciano bien podría entenderse como una advertencia.

CAPÍTULO 13

Martes, 9 de noviembre de 1976

Después de completar los informes de su turno, Buzz fue a buscar a Jerry Ostertag y no lo encontró en su escritorio.

—Ha ido a vaciar la vejiga —lo informó otro inspector.

El ayudante del *sheriff* echó a correr por el pasillo y dobló la esquina. Las suelas de sus zapatos se escurrieron por el linóleo desgastado cuando intentó aflojar el paso.

—¿Inspector Ostertag? —gritó.

El otro se detuvo y giró sobre sus talones al oír su nombre. Buzz dio una zancada para ponerse a su lado.

—Siento haber levantado la voz de ese modo. —Le tendió la mano—. Buzz Almond. Quería hablar un minuto con usted sobre el caso de Kimi Kanasket.

Ostertag daba la impresión de tener al menos nueve kilos de sobrepeso. No llegaba a estar obeso, pero sí parecía de los que gustan de rematar la cena con una copa y no se privan de tomar dulces. Había hecho ya la primera concesión que suele hacer el hombre de mediana edad: la de colocarse la hebilla del cinturón por debajo del vientre abultado.

—Almond. ¡Ah! Con razón me sonaba el nombre: tengo sus informes. Buen trabajo: muy detallados. Le agradezco el esfuerzo.

El inspector se pasaba un palillo de dientes de un lado a otro de la boca y lo miraba a través de unas gafas de montura plateada que recordaba a las que llevaba Telly Savalas al interpretar al popular detective que daba nombre a la serie *Kojak*. Buzz no pudo evitar preguntarse si sería ese el motivo por el que también se había afeitado la cabeza.

—Gracias. Escuche, he hablado con Lorraine, la del Columbia Diner.

—¿Con quién?

—Con la camarera del café en el que trabajó Kimi Kanasket la noche que desapareció. —Buzz, que había dado por supuesto que Ostertag habría ido a verla, empezó a sospechar lo contrario.

—¡Ah! De acuerdo. ¿Y para qué ha hablado con ella?

—Paré para tomar algo y estuvimos charlando —respondió, haciendo, como siempre, lo posible por no dar a entender que estaba entrometiéndose en su investigación—. El caso es que dice que Kimi no parecía alterada por la visita que hizo Tommy Moore al local aquella noche.

—Un segundo. —Ostertag levantó el brazo y se volvió hacia un hombre con traje que pasaba en sentido contrario—. Carl, ¿sigue en pie lo de mañana?

El tal Carl se dio la vuelta y, caminando hacia atrás, respondió:

—He reservado la pista para las seis y media. Así podremos desayunar después del partido.

—¿Paga el que pierda?

—Me parece bien: siempre es agradable comer gratis.

—No te olvides la tarjeta de crédito —se burló el inspector—. Ganar me da un hambre… —Acto seguido, volvió a prestar atención a Buzz—. Perdone. Tengo que hacerle morder el polvo mañana al ráquetbol. Así lo mantengo a raya. ¿Qué me decía de una camarera?

—Lorraine —repitió él—. Dice que a Kimi no le importó demasiado que rompiera con ella Tommy Moore, que hasta sirvió su mesa aquella noche.

—Refrésqueme la memoria. Moore era el novio, ¿verdad?

—En realidad, lo habían dejado —dijo Buzz, preguntándose qué diablos había estado haciendo Ostertag—. Por lo visto, fue al café acompañado de una joven para fastidiar a Kimi, pero salió hecho una furia cuando vio que ella no reaccionaba.

—Espere otro segundo. Lo siento, pero me ha pillado cuando iba a desaguar. Me he pasado con el café esta mañana y estoy que reviento. Voy a explotar si no le pongo remedio.

Ostertag cruzó el vestíbulo y desapareció tras la puerta batiente del servicio de caballeros. Buzz, sintiéndose estúpido, dio unos pasos más por el suelo de linóleo y trató de dar la impresión de que estaba haciendo algo. El inspector salió pasados varios minutos abriendo la puerta con el pie mientras acababa de secarse las manos con una toalla de papel marrón. Hizo con esta una pelota y la lanzó al interior, cabía suponer que a una papelera, y cuando volvió al vestíbulo, pareció sorprenderse de que el ayudante del *sheriff* siguiera allí esperándolo.

—La cosa es que, cuando me alejaba de allí después de hablar con la camarera —prosiguió este—, a unos cien o ciento cincuenta metros del café, topé con una vía secundaria. La noche que pasé por allí con Earl Kanasket no la vi porque estaba demasiado oscuro y había empezado a nevar, pero hay un sendero y allí vi huellas de pisadas y de neumático, conque las seguí y…

—Y llegó a un claro —dijo Ostertag mientras se aflojaba el nudo de la corbata dorada y se desabotonaba el cuello de la camisa.

—¿Lo conoce?

—Como todos los miembros del cuerpo.

—¿Ha estado allí?

—Estando de patrulla, más veces de las que me habría gustado.

—Quiero decir durante la investigación de este caso.

—¿Durante la investigación de este caso? ¿Y para qué iba a querer ir allí?

—Las huellas y las rodadas llevan al claro. Yo diría que son de dos personas o quizá tres. No está muy claro.

El inspector arrugó el entrecejo.

—Lo que le pregunto es qué tiene eso que ver con Kanasket.

—Pues que está en la dirección que debió de tomar para volver a su casa. Tuvo que recorrer a pie la 141 y, si la asustó algo...

—¿Como qué?

—No lo sé. —Buzz se esforzó por no perder la paciencia.

Ostertag frunció el ceño.

—¿Cuánto tiempo lleva en el cuerpo...? —El tono vacilante de su voz dejó claro que había olvidado su nombre.

—Buzz —le recordó él.

—¿Cuánto tiempo lleva en el cuerpo, Buzz?

El ayudante del *sheriff* no estaba de humor para oír recomendaciones paternalistas de un cagatintas barrigón que posiblemente se había librado del servicio militar gracias a una prórroga por estudios universitarios mientras él pasaba dos temporadas sudando sangre en la selva de Vietnam al frente de su propia sección.

—Un par de meses.

—¿Es su primer caso? Su primer caso grande, quiero decir.

—Sí, pero ¿qué...?

—Déjeme darle un consejo que le ayudará en su carrera profesional. Su trabajo consiste en responder a las llamadas y tomar nota de las declaraciones de los testigos. En eso, su labor ha sido encomiable y pienso hacérselo saber a mi sargento. El mío consiste en investigar a partir de lo que usted me ha dado. Haga usted su parte, déjeme a mí encargarme de la mía y todo irá como la seda. ¿Me explico? —Ostertag sonrió y el palillo le golpeó la comisura de los labios.

—Perfectamente —respondió Buzz mientras contaba mentalmente hasta diez—, pero he hecho unas cuantas fotografías y tenía intención de llevarlas a revelar. Si quiere verlas…

El otro siguió sonriendo.

—¿Ha hecho fotos de huellas y de rodadas?

—Eso mismo.

—Voy a contarle algo sobre ese claro, Bert.

—Buzz.

—A los jóvenes les gusta ir allí los sábados porque está retirado. Se llevan un par de paquetes de media docena de latas de cerveza, se emborrachan y se dedican a hacer trompos con el coche. Otros deciden llevarse allí a su parejita para ponerla a buscar fantasmas.

—¿Buscar fantasmas?

—Hay una leyenda sobre un fulano al que ahorcaron allí y volvió de entre los muertos para quemar la ciudad. Dicen que su espíritu sigue por allí y que se oye gemir cuando sopla el viento. En fin, pamplinas que les cuentan los niños de instituto a sus novias para asustarlas, conseguir que se les arrimen y meterles la mano por la falda o los pantalones. ¿Entiende? Las huellas que ha fotografiado pueden ser de cualquier mocoso de la Stoneridge High School o de cualquier coche del aparcamiento.

—No lo creo.

—¿No lo cree? —se mofó Ostertag.

—El suelo se heló aquella noche cuando bajaron las temperaturas y eso quiere decir que las huellas de quien estuviese allí el viernes se congelaron.

—¿Se congelaron?

—O sea, que quedaron tal cual. Si después de aquello fue alguien allí, no pudo dejar huellas ni rodadas, porque el suelo estaría demasiado duro. Por lo tanto, las que yo he fotografiado tienen que ser de la noche del viernes. Había llovido durante la semana y el suelo estaba blando. Por eso quedaron bien marcadas las ruedas.

—¿Y cómo sabe que no llevaban allí una semana, un mes o, si me apura, seis meses? ¿Entiende lo que le digo?

—Pero podrían significar algo. ¿No deberíamos ver si nos llevan a alguna parte?

—¿Cómo que «deberíamos»? —El inspector se rascó la sien—. Escúcheme bien, porque voy a decirle algo que lo dejará mucho más tranquilo: esta tarde hemos recibido el informe patológico, que confirma que la chiquilla se suicidó. Saltó al río, se dio de golpes con las rocas río abajo y se ahogó.

—¿Ah, sí? —preguntó Buzz—. ¿Y cómo es posible saber eso?

—Entre otras cosas, por el agua que tenía en los pulmones, que indica, con total seguridad, que estaba viva cuando cayó al río.

—Lo que le estoy diciendo es que, teniendo en cuenta que Lorraine asegura que Kimi no estaba alterada cuando salió del café, ¿cómo sabe que se arrojó voluntariamente?

—Ya sabe lo que dicen de los suicidios: nunca pueden preverse, porque ocurren en el momento en que la persona está más calmada. Está resuelta a hacerlo y eso le es un alivio. Todo el mundo dice lo mismo: «Ni lo vi venir». —Ostertag lo miró entonces con aire condescendiente—. ¿Mejor?

Buzz asintió sin palabras, aunque aquello no lo había tranquilizado en absoluto.

—Además —añadió el otro bajando la voz—, no olvide que esos indios no son como nosotros. ¿Me entiende? Se alteran con cosas que a nosotros no nos importan tanto, como la estupidez esa de la mascota del instituto. Son muy fogosos y tienen muy mal beber. ¿Quién sabe lo que los saca de sus casillas la mitad de las veces? Mañana iré a comunicar a los familiares lo que dice el informe patológico. No es lo que ellos quieren oír, claro, pero en este trabajo uno aprende a que no se puede llevar la contraria a lo que dicen las pruebas.

Con esto, se dio la vuelta y se alejó haciendo sonar sus pisadas en el linóleo. El ayudante del *sheriff* se preguntó si no estaría tratando de encontrar algo que tal vez no existiera llevado por el sentimiento de culpa por haber dicho a Earl y a Nettie Kanasket que daría con su hija. Quizás estuviera en lo cierto Ostertag y no tenía sentido oponerse a lo que hacían evidente las pruebas.

Sin embargo, en este caso, Buzz Almond seguía pensando que sí lo tenía.

A juzgar por el follaje nuevo que crecía al lado de la acera y en los jardines, Tracy dedujo que la urbanización en la que vivía Tommy Moore debía de haberse construido hacía un año o dos. A diferencia de la zona en la que habitaba Earl Kanasket, cada una de las casas de una o dos plantas de aquel vecindario, cortadas todas por el mismo patrón arquitectónico, anunciaba su dirección de forma ostentosa en la porción de muro que mediaba entre el garaje y la puerta principal.

Tracy encendió las luces de la camioneta y redujo la marcha a medida que se aproximaba a la vivienda ante la que se había detenido aquella misma tarde. En el jardín había un hombre corpulento vestido con pantalones vaqueros, botas de trabajo y chaqueta de invierno que hendía en el suelo una pala afilada sin dejar de observar la calle con el rabillo del ojo. En el camino de entrada había aparcada una camioneta blanca con la caja llena de rastrillos y otras herramientas de jardinería, un cortacésped y unas latas de gasolina, en cuyas puertas laterales y trasera se leía: Golden Gloves Landscaping.

Tommy Moore dejó de fingir que cavaba cuando la vio aparcar al lado de la acera y se acercó al vehículo antes de que Tracy hubiese tenido tiempo de apearse. La recién llegada llevó instintivamente la mano derecha a la Glock.

—¿Es usted la inspectora de Seattle? —preguntó él.

Poco quedaba del ganador de la Golden Gloves que Buzz Almond había descrito en su informe como «semejante a un surfista hawaiano». Moore había boxeado en la categoría de peso wélter, cuyo límite se encontraba en los 66,68 kilogramos, y el hombre que tenía delante tenía una complexión muchísimo más voluminosa, rasgos carnosos y pelo gris muy corto.

—Tracy Crosswhite —respondió ella.

—Élan me ha dicho que vendría a verme.

—¿Todavía tienen relación?

—No —dijo él meneando la cabeza—. ¡Qué va!

—¿No hay ya poca luz para ponerse a arreglar el jardín?

Moore volvió la mirada hacia la casa.

—Estoy casado y tengo dos hijas. Ni mi mujer ni ellas saben nada de Kimi y me gustaría dejar las cosas como están.

—Entiendo. He visto un bar en la ciudad…

—No bebo.

Tracy recordó los antecedentes que había visto en la base de datos del Triple I y la ausencia de delitos desde 1982.

—¿Cuánto tiempo lleva sin probar el alcohol?

—Veinte años.

—Enhorabuena. ¿Y un café?

—De noche lo evito, porque me quita el sueño. Vamos a dar una vuelta. Conozco un sitio… —Dejó la pala en el césped y, rodeando la camioneta de Tracy por la parte de atrás, se metió en la cabina—. Vuelva a tomar la carretera principal. Hay un parque allí donde suelo llevar a mis hijas.

Solo tuvieron que girar tres veces para llegar a una extensión de campo abierto con columpios. En aquel momento estaba desierta. Tracy apagó el motor sin apartar demasiado en ningún momento la mano derecha de su arma, por más que Moore, lejos de dar signos de violencia, diera la impresión de estar, sin más, cansado.

—¿Le importa si fumo? —preguntó él.

—Vamos afuera.

Tracy rodeó el vehículo por el capó hasta colocarse al lado de Moore, quien, apoyado en la parte delantera del guardabarros, agitó el paquete de tabaco para sacar un cigarrillo, que tomó con los dientes antes de proteger el extremo con la mano a fin de encenderlo. La brisa acudió enseguida a disipar el humo.

—No pasa un solo día sin que me arrepienta de haber ido al café aquella noche —dijo mientras guardaba el paquete y el encendedor en el bolsillo de la chaqueta vaquera con forro de lana y perdía la mirada entre los columpios como si mentalmente hubiera retrocedido ya cuarenta años.

Tracy se metió las manos en los bolsillos del abrigo para calentarse.

—¿Por qué lo hizo?

Moore la miró con gesto lánguido.

—¿Usted qué cree? Estaba enfadado con Kimi por haberme dejado. Se iba a la universidad cuando acabase el curso y decía que quería pasar su último año de instituto con sus amigas, pero ese no fue el motivo.

—¿Cuál fue?

—Que podía aspirar a algo mejor. —Se encogió de hombros y dio otra calada.

El viento removió el polvo y agitó las cadenas metálicas de los columpios.

—Entonces, ¿por qué cree que quiso salir con usted?

—Yo era más agraciado entonces. —Moore sonrió, aunque el gesto se borró enseguida de sus labios—. Ya sabe cómo van estas cosas. Yo era boxeador y tenía esa actitud, no sé, reservada, melancólica. Además, era mayor que ella y Élan también me ayudó. Lo que pasa es que eso no funciona mucho tiempo con jóvenes como Kimi.

—Pero le dijo a Buzz Almond que rompieron de mutuo acuerdo.

Él golpeó el cigarrillo para desprender la ceniza acumulada.

—¿Quién es Buzz Almond?

—El ayudante del *sheriff* que fue a entrevistarlo.

—Puede que sí, pero sería por orgullo. Lo más seguro es que le dijera también que no me importaba. Por orgullo también. Si ella no me hubiese importado, ¿de qué me habría presentado yo en el café aquella noche?

—¿Qué ocurrió?

—Yo estaba hecho una furia, así que me planté allí con una chavala pensando que así me desquitaría.

—¿Con Cheryl Neal? —preguntó Tracy recordando el nombre que figuraba en el expediente.

—Eso es. Kimi y ella no se llevaban muy bien. Cheryl era del equipo de animadoras y tenía fama de acostarse con cualquiera y no le tenía mucho aprecio a Kimi.

—¿Por qué no?

Él volvió a dar al cigarrillo otra chupada que encendió la punta por un instante. En lugar de exhalar el humo, dejó que escapara sin fuerza por la boca y la nariz.

—Por envidia —repuso—. Kimi era atlética y muy lista. Tenía un montón de amigos sin necesidad de acostarse con ellos. —Moore clavó la mirada en el suelo—. Cuando me vio entrar con Cheryl, hizo como que le daba igual. Eso me puso más furioso todavía. —Miró a Tracy—. En aquellos tiempos me pasaba el día enfadado, con todos y por todo. Era mi trabajo. De eso dependía mi carrera de boxeador, conque no costaba mucho sacarme de quicio.

—Y Kimi lo sacó de quicio aquella noche.

Él contestó sin vacilar:

—¡Ya lo creo! Agarré a Cheryl y me fui de allí. La llevé a casa y ni me molesté en acompañarla hasta la puerta.

—¿Adónde fue entonces?

—A un bar que había en Husum.

—Pero a Buzz Almond le dijo que había vuelto a su apartamento.

—Tenía veinte años y ya me habían detenido una vez por ir bebido. A la siguiente me habrían quitado el carné y probablemente me habría quedado también sin trabajo. Volví al apartamento, pero mi compañero de piso me dijo que habían ido a buscarme Élan y unos cuantos más porque Kimi había desaparecido. No me gustó cómo sonaba aquello, así que me fui a casa de mi madre, que vivía aquí, en la reserva, pero había bebido demasiado, me quedé dormido y estampé la camioneta contra un árbol.

Tracy sintió otra racha de viento y un escalofrío en la nuca que le bajó por la columna.

—¿Hicieron algún informe de eso las autoridades?

—¿Cómo iba a llamar a la policía? Conseguí hacer andar la camioneta lo justo para llegar a casa de mi madre y me pasé el fin de semana quitándole la abolladura para poder volver. Tenía que entrar a trabajar el lunes.

—¿Llegó a dañar el parabrisas?

—Puede ser. Claro: tuvo que cascarse.

—¿Y dónde lo arregló?

De nuevo se encogió de hombros.

—No sé.

—¿En Columbia Windshield? —preguntó ella al recordar el recibo que había visto en el expediente.

—No me acuerdo.

—¿Cómo pudo pagarlo?

—¿A qué se refiere?

—¿En metálico, con tarjeta de crédito, con un cheque…?

Tras otra calada respondió:

—En metálico, supongo, pero no me acuerdo: eso fue hace ya cuarenta años.

—¿Y dónde le arreglaron la carrocería?

—Eso me lo hizo un amigo en su taller.

—Así que se enteró de que Kimi había desaparecido por su compañero de piso.

Moore tiró al suelo el cigarrillo y lo aplastó con la punta de sus botas de trabajo.

—En realidad, lo único que me dijo era que Élan había llegado preguntando por Kimi, porque no había llegado a casa y quería saber si estaba conmigo. Luego, el lunes, creo, leí en el periódico que se había suicidado.

—A Buzz Almond no le dio la impresión de que le hubiese importado mucho cuando se entrevistó con usted.

Él se pinzó con los dedos el puente de la nariz y Tracy pudo ver que estaba tratando de contener sus emociones.

—No estoy orgulloso del hombre que era yo entonces, inspectora. Ya iba camino de ser un alcohólico, pero, cuando supe lo que le había pasado a Kimi toqué fondo. Me quedé sin trabajo y tuve que mudarme a casa de mi madre. ¡Claro que me importaba! ¡Y tanto que me importaba!

—Su historial deja claro que sus problemas no acabaron entonces.

—Ya lo sé: como la mayoría de los borrachos, todavía tenía un trecho que andar antes de darme cuenta de que no podía seguir así.

—¿Qué fue lo que cambió?

—Que conocí a mi mujer. Ella no pensaba salir con nadie que bebiese, porque su padre le daba a la botella. Yo quería casarme con ella y hacerlo bien, conque empecé a ir a Alcohólicos Anónimos y a analizar con seriedad en qué me había convertido. Me costó mucho dejarlo y más aún dejar de culparme por lo que le pasó a Kimi, aunque ya le he dicho que es raro el día que no pienso en ella y en el papel que pude tener en su muerte. Casi me arruina la vida, inspectora, pensar que pudo matarse por mí. ¿Ha venido a decirme que no fue así?

—Todavía no lo sé, pero usted fue una de las últimas personas que la vieron con vida. Estaba furioso con ella, no tiene coartada para las horas que siguieron al momento de dejar en casa a su acompañante y tenía la camioneta dañada.

—Todo eso es verdad —repuso él—, pero, si es verdad que a Kimi la mataron, puede estar segura de que no fui yo.

—La medicina forense puede determinar hoy cosas que no podíamos saber en 1976.

—Entonces espero que encuentre algo.

—Eso pretendo.

Moore podía no ser el mismo boxeador al que había entrevistado Buzz Almond, pero seguía teniendo la confianza de un púgil… o sabía mentir muy bien. Sea como fuere, no iba a poder intimidarlo, de modo que puso fin a la conversación y volvió a su camioneta a poner la calefacción al máximo. Lo llevó a su casa y paró en el bordillo. El crepúsculo se había trocado en noche y de detrás de los visillos asomaba luz. Dentro esperaban una mujer que, al parecer, quería a Moore tanto como para pasar por alto sus errores del pasado y dos niñas nacidas de su propia sangre.

Cuando Moore salió de la camioneta, dijo antes de cerrar la puerta:

—Ahora que tengo a mis hijas me puedo hacer una idea de que Earl debió de sentirse como si le arrancasen las entrañas.

Tracy hizo un gesto de asentimiento sin pronunciar palabra.

—Llevo cuarenta años pensando que maté a Kimi, inspectora, que se lanzó al río por mi culpa. Espero que demuestre que he estado equivocado todo este tiempo. No por ella, que está ahora en un sitio mejor, ni tampoco por mí, sino por Earl, para que pueda dar por fin descanso a su hija.

CAPÍTULO 14

Tracy volvió a la ciudad y paró al lado de uno de los murales para apuntar cuanto recordaba de la conversación mientras aún seguía fresco en su cabeza. Después, pasó el trayecto de regreso a la granja repasándola sin saber bien cómo interpretar lo que le había pedido Tommy Moore al despedirse. Por sincero que pareciese, sabía por experiencia que tal actitud podía deberse a la ausencia de remordimiento, como había ocurrido en el caso de Bundy y de otros psicópatas. También era posible que hubiera matado a Kimi y hubiese consagrado todos aquellos años a convencerse de lo contrario. Tampoco sería el primer criminal al que veía hacer algo así. La tercera opción era que fuese inocente, como aseveraba, y que a Kimi la hubiese matado otra persona. Las pruebas, no obstante, parecían apuntar en otra dirección. Sobre todo los daños que había sufrido la camioneta y los recibos de la reparación del chasis y del parabrisas, que tenían que estar por algún motivo en el expediente de Buzz Almond. Moore tenía también un móvil y lo normal era que fuese la persona que tenía el móvil quien cometiera el crimen.

Aún tenía menos claro qué pensar de Élan, quien parecía poco interesado en despejar las dudas acerca de la muerte de su hermana. Una vez más, corría el riesgo de estar comparándolo, sin más, con ella misma, lo cual no era justo. Tenía que reconocer que ella había llegado a obsesionarse con averiguar lo que había ocurrido a Sarah, hasta el extremo de estar a un paso de arruinarse la vida. Recordaba perfectamente el momento en el que metió en cajas todas las transcripciones del juicio y las declaraciones de los testigos, amén de las notas personales que había ido tomando, y las metió en el armario de su dormitorio convencida de que, de lo contrario, se iba a volver loca.

Estuvo meses mirando la puerta de aquel armario del mismo modo que, según imaginaba, debía de observar un alcohólico en rehabilitación como Tommy Moore una botella de vodka: con unas ansias terribles por abrirla y probar solo una pizca de lo que contenía.

Podía ser que Élan hubiese metido hacía mucho los recuerdos de la muerte de su hermana en el armario de su propia mente para poder seguir con su vida y, en consecuencia, no tuviera deseo alguno de volver atrás. En tal caso, no había llegado muy lejos, al menos a juzgar por la situación en la que se encontraba. Sin embargo, también cabía la posibilidad de que también él estuviese tratando de olvidar algo que hizo aquella noche, llevado quizá por la inquina y la envidia que profesaba a una hermana que tenía lo que él añoraba, una hermana inteligente, atlética y dotada de la motivación necesaria para hacer grandes cosas.

La cuarta posibilidad, claro, era que de veras se hubiese suicidado, pero cada vez que se detenía a considerarla dudaba con más fuerza que fuese así. Con todo, era incapaz de explicar por qué. Al menos, tenía al fin la aprobación de Earl Kanasket para averiguarlo.

De pronto la deslumbraron unas luces largas y dio un volantazo hacia la cuneta. Un camión de plataforma de grandes dimensiones se cruzó con ella y sacudió su vehículo con un golpe de aire. El encuentro tuvo el mismo efecto que el que produce en un boxeador la sal amoniacal que le dan a oler entre un asalto y otro. Se incorporó, más concentrada, y al hacerlo vio un edificio de madera de una sola planta situado al borde de la carretera que le hizo recordar algo que había leído en los papeles de Buzz Almond. Llegó a un aparcamiento tosco de gravilla y vio, por el estado ruinoso del establecimiento, que debía de llevar mucho tiempo cerrado. Aun así, no le cupo duda alguna de que se trataba del Columbia Diner.

Abrió la carpeta y leyó por encima el informe que había hecho el ayudante del *sheriff* de su conversación con la camarera, Lorraine. Tras hablar con ella, había anotado: «Tomé la dirección que debió de seguir Kimi Kanasket para llegar andando a su casa y llegué a una vía secundaria situada a unos cien o ciento cincuenta metros del café».

Tracy regresó a la carretera y siguió avanzando a escasa velocidad sin dejar de mirar el retrovisor por ver si había peligro de que la alcanzase algún vehículo. Después de recorrer poco más que el largo de un estadio de fútbol americano, dio con un apartadero con forma de media luna y espacio suficiente para un coche que se abría entre la maleza que, por lo demás, lo invadía todo.

Aparcó, alcanzó la linterna Maglite que tenía en la guantera y confirmó que funcionaba. Entonces tomó su abrigo y abrió la puerta para enfrentarse al aire frío. Salió, se subió la cremallera hasta el cuello y cerró la camioneta, pero prefirió no encender aún la linterna. Sin la luz interior de la cabina ni la de ninguna farola y con una capa nubosa baja impidiendo toda claridad natural, aquello estaba «más oscuro que la oscuridad», como decía siempre su padre, probablemente tanto como la noche en que desapareció Kimi Kanasket y que Buzz Almond describió como de «una negrura absoluta».

En ese momento encendió la luz y se puso a seguir el borde de la carretera alumbrando la parte alta de los arbustos. El frío hacía visible en el haz que arrojaba la linterna el vaho de su respiración y le provocaba un hormigueo en las puntas de los dedos. Se cambió de mano el cilindro metálico para intentar calentarse con el aliento la que quedó libre. No había llegado a recorrer diez metros cuando tuvo la impresión de que la luz atravesaba la capa de follaje. Acercándose y apartando las ramas con la Maglite, dio con un sendero descuidado que le recordó a las pistas dejadas por los ciervos que le había enseñado su padre a seguir cuando cazaban entre la espesura. Si era aquel el que había descrito Buzz Almond en el informe, no le resultaba sorprendente que no lo hubiese visto la primera noche: ella, que había ido allí buscándolo, había estado a punto de saltárselo.

El sentido común le aconsejaba regresar a la camioneta y volver allí por la mañana, cuando hubiera más visibilidad, pero el sentido común estaba empezando a ceder ante la curiosidad, a la que se sumaba el deseo de seguir los pasos de Buzz Almond en las mismas condiciones a las que se había enfrentado él. Además, la oscuridad nunca la había asustado. Quizá porque a Sarah sí la aterraba, ella, la hermana mayor, no había dejado nunca que le infundiera miedo. Sus amigos y ella jugaban al escondite de noche en el bosque que se extendía a las espaldas de su vivienda y acampaban en el césped de atrás para contar historias de fantasmas con las luces apagadas. La pequeña no tardaba mucho en correr a refugiarse en la casa, pero a Tracy le encantaban. Por si fuera poco, contaba con la Maglite y la Glock.

Salió de la carretera y se metió por entre la maleza, apartando a patadas las plantas enredaderas que se le enganchaban en los pantalones. Cuando llevaba andado un centenar de metros, el ramaje se hizo menos denso y el sendero más definido. Las lluvias recientes habían mullido el suelo sin dejarlo embarrado. Más allá se hacía más pronunciada la pendiente, lo suficiente para que su respiración se volviera más marcada por el esfuerzo. La maleza fue dando paso a robles arbustivos y a pinos que alfombraban de agujas el suelo. Tracy usó la manga de su chaqueta para protegerse el rostro de las ramas y fue partiendo las más pequeñas a medida que avanzaba. El desnivel se fue haciendo más marcado, tanto que acabó por obligarla a inclinarse hacia delante y aumentar el impulso de las piernas mientras sus pulmones seguían llenándose de aire frío. Al menos, el esfuerzo había logrado hacerla entrar en calor y mantener a raya la gelidez de la noche.

Sintiéndose cerca de la cima, se inclinó para evitar una rama, atravesó un último enredo de ramas y salió a la cumbre de una colina bajo la que se extendía una porción de suelo despejado: aquel debía de ser el claro sobre el que había escrito Buzz Almond y que había descrito Earl Kanasket. Se sorprendió ante la extraña sensación de victoria que la asaltó por haberlo descubierto. Apagó la Maglite. El hueco que se había abierto en la capa nubosa permitía el paso esporádico de la luz de la luna, ante la cual el claro se mostraba tal como lo habían presentado ambos: totalmente exento de árboles, viejos o jóvenes, de arbustos y de maleza, como uno de esos círculos segados en medio de una plantación que aparecían de cuando en cuando en las revistas sensacionalistas y que se suponían obra de naves extraterrestres.

Cuando se dispuso a descender por la ladera que tenía ante sí, se dio cuenta enseguida de que había calculado mal el declive. La tierra, resbaladiza por las lluvias y el descenso de la temperatura, hacían que pisarla fuese como tratar de pasar sobre una capa fina de hielo. Las suelas de sus botas se escurrían y amenazaban con hacerle perder el equilibrio y lastimarse un tobillo o partirse una pierna o un brazo. Tuvo que doblarse y caminar de lado para avanzar con algo más de seguridad. A mitad de camino se rindió a la gravedad y se dejó caer hasta el pie de la colina.

Entonces llamó su atención hacia la cima un ruido, que al principio tomó por el ulular grave e insistente de una lechuza y que enseguida se reveló como algo distinto. Las ramas de los árboles, despojadas de las hojas por el otoño, comenzaron a mecerse y azotar el aire y vio doblarse las altas briznas de hierba cuando una ráfaga de viento recorrió de arriba abajo la ladera. El sonido era el mismo que había descrito Earl Kanasket: el de un hombre gimiendo. El viento fue a embestirla con fuerza y le apartó el pelo de la cara como si la estuviese atravesando. Se dio la vuelta y alumbró con la linterna el límite del claro, siguiendo el viento que giraba en el sentido de las agujas del reloj y agitaba como en un baile las ramas de los pinos. Tenía la impresión de estar en el ojo de un huracán y se preguntó si la razón de que no creciese nada allí no sería más la violencia de aquellos remolinos que la maldición de ningún ahorcado.

Mientras seguía el avance del viento, el haz de luz fue a dar en algo que se movía en el confín del claro. Sus tonos pardos la llevaron a pensar que debía de tratarse de un animal, tal vez un ciervo o un oso, pero ni los ciervos ni los osos suelen caminar de pie.

—¡Oiga! —gritó echando a andar—. ¡Oiga!

El desconocido miró hacia atrás sobre su hombro antes de desaparecer de inmediato entre los árboles. Tracy corrió tras él.

—¡Oiga, espere! ¡Espere un minuto!

El hombre no se detuvo y ella trató de darle caza. Al borde del bosque, desenfundó la Glock y usó el haz de luz para buscar entre la arboleda, pero no vio al hombre ni tampoco vislumbró ninguna senda que pudiese haber tomado. Se internó en la espesura, agachándose e inclinándose para abrirse camino con cuidado por entre los árboles caídos. Creyó atisbarlo a la izquierda y siguió avanzando unos cincuenta metros sin dar con rastro alguno de él. Estaba a punto de dar la vuelta cuando sintió que la vegetación se hacía menos poblada y optó por seguir adelante hasta llegar, poco después, al lugar por el que discurría el tendido eléctrico, pendiente entre torres de metal que se sucedían hasta la cadena montañosa.

Pero allí no había nadie.

Se preguntó si no le habría engañado la vista o si habría visto de veras el fantasma de Henry Timmerman del que le había advertido Élan. Bajó al suelo la luz de la linterna y, tras una búsqueda rápida, encontró lo que interpretó como huellas de bota y de una rueda como de bicicleta de montaña. Todas ellas parecían frescas. La última seguía el camino del tendido hasta la cresta de las colinas.

Hasta donde alcanzaba su conocimiento, los fantasmas no montaban en bici.

Tomó unas cuantas fotografías con el teléfono antes de volver por entre los árboles al claro, donde pasó unos minutos recorriendo el lugar con la luz en busca de más huellas. Algo llamó entonces su atención: un arbusto de escaso tamaño. Hincó una rodilla en tierra y tocó el suelo, que parecían haber cavado recientemente.

—En aquel claro no crece nada —había dicho Earl Kanasket.

«Quizá no —pensó ella mientras volvía a mirar al lugar en que había desaparecido el hombre—, pero hay alguien que lo está intentando de todos modos.»

CAPÍTULO 15

Por la mañana, tras salir a correr, Tracy decidió tomar el pulso a la ciudad. El centro de Stoneridge presentaba una mezcla extraña de arquitectura alpina, debida a la inmigración alemana y escandinava que había conocido la zona, y edificios más tradicionales propios del Pacífico Noroeste decimonónico, que le recordaban a los de Cedar Grove. Aun así, si esta tenía un solo semáforo, en Stoneridge no había más que una señal de *stop* al fondo de una larga manzana de establecimientos: un supermercado, una farmacia, una ferretería y una oficina postal, entre otros, en la acera septentrional de la calle, y, en la meridional, un *pub* en el que comer y beber, una floristería y una galería de arte en la que se exponían piezas nativas del noroeste de Estados Unidos. La escena, que tendría que haber sido pintoresca, rebosante de historia y tradición, tenía algo que resultaba perturbador y la hacía parecer tan frágil como un decorado de Hollywood, una fachada a la que faltaba profundidad y que, en lugar de manifestar su pasado, daba la impresión de querer ocultarlo.

Mientras recorría la manzana, se cruzó con ella un turismo blanco que redujo la velocidad al acercarse. Tracy estudió el escudo y las letras azules que llevaba en la puerta y lo identificaba como perteneciente a la policía de Stoneridge. Lo saludó con la mano y hasta pensó en parar para presentarse, pero finalmente prefirió seguir hasta el siguiente cruce. Cuando miró el retrovisor, el coche patrulla había aparcado al lado de la acera.

Giró a la izquierda y rebasó varias iglesias, baptistas y metodistas, y la sede de algún tipo de fraternidad. Las casas eran pequeñas y en su mayoría de un solo piso, con jardines que parecían haberse echado a hibernar, con el césped un tanto descuidado y leña bien apilada bajo voladizos. Su GPS la llevó a una calle bordeada de árboles, donde detuvo el vehículo ante las escaleras de hormigón que llevaban al edificio de ladrillo rojo de la biblioteca de Stoneridge, dotado de dos columnas blancas y un frontón sobre la entrada que hacían que pareciese sacado de la América colonial.

Subió los escalones y sintió el aire cálido que salió a recibirla al abrir la puerta. Dentro, interrumpió a la mujer de mediana edad que se maquillaba tras el mostrador.

—Perdón —dijo la bibliotecaria mientras guardaba la polvera en el bolso y colocaba este bajo la mesa—. Esta mañana no he tenido ni tiempo de adecentarme.

—No pasa nada.

—¿En qué puedo ayudarla?

—Me gustaría consultar anuarios antiguos del instituto y artículos del *Stoneridge Sentinel* —dijo Tracy—. ¿Es posible?

La mujer hizo un mohín.

—¿Muy antiguos?

—De 1976.

—¿Está escribiendo un artículo sobre el encuentro?

No tenía ningún sentido mentirle. Tracy había vivido en una ciudad de provincias y sabía que no iba a tardar en cundir la voz de su presencia por mucho que pretendiese pasar desapercibida.

—En realidad, soy inspectora de homicidios de la policía de Seattle —respondió enseñándole la placa— y esperaba poder revisar algunas noticias de la época. ¿Las tienen quizás en microfichas?

—Las teníamos —respondió la otra en un tono que no hizo ninguna gracia a Tracy—. Hubo un incendio en el año 2000 y lo que no quemaron las llamas quedó destrozado por el agua de los sistemas de seguridad. No queda nada de antes de aquel año.

Tracy pensó un momento antes de preguntar:

—¿Y hay alguna biblioteca por aquí que pueda tener ejemplares? —Lo creía poco probable, pero tenía que intentarlo.

—Del *Sentinel*, lo dudo. Casi todo lo que traía eran noticias locales. De los periódicos más destacados, como el *Columbian* o *The Oregonian* sí puede ser que tengan. Podría probar en la biblioteca de Goldendale, que está a una hora de aquí, hacia el noreste.

Tracy sospechó que hacer tal cosa sería una pérdida de tiempo.

—¿Cuánto tiempo lleva usted viviendo aquí?

—¿Yo? Toda la vida.

—¿Conoce el taller Columbia Windshield and Glass o uno que se llama Columbia Auto Repair?

—Claro que sí.

—¿Sí? Es que no he podido encontrar a ninguno de los dos en la Red y he dado por hecho que ya no existen.

—Es verdad: llevan ya un tiempo cerrados —respondió ella—. Poco después de la muerte de Hastey padre.

Tracy recordó aquel nombre de un artículo sobre el encuentro de antiguos alumnos y sacó el periódico para abrirlo por la página de las fotografías y leer el pie.

—¿Hastey Devoe? —preguntó tendiéndole el diario.

—Ese es Hastey hijo. Su padre era el dueño de los dos negocios. Estaban uno al lado del otro en la Lincoln Road. Su mujer cerró los dos poco después de enviudar.

—¿Ella vive aún? —Aunque no eran muchas las probabilidades de que la señora Devoe tuviese información alguna sobre dos facturas incompletas, Tracy sabía que las empresas pequeñas de las ciudades de provincias eran con frecuencia cosa de familia y que bien podría ser que la mujer hubiese llevado también la contabilidad.

—Pues no lo sé. Lo último que oí fue que la habían llevado a una residencia de Vancouver y que padecía la enfermedad de Alzheimer o alguna demencia.

—¿A qué se dedica ahora el hijo?

—¿Hastey? Trabaja en Reynolds Construction, creo. Por lo menos, lo he visto por la ciudad con uno de sus camiones, pero no me pregunte qué es lo que hace.

La inspectora estudió de nuevo las imágenes del periódico.

—¿Se refiere a la empresa de Eric Reynolds?

—Eso es.

—¿Sigue viviendo aquí Hastey hijo?

—En la misma casa que lo vio nacer, en Cherry.

Tracy tomó nota en su libreta y dio las gracias a la mujer, quien, al ver que se marchaba, le dijo:

—También puede ir a ver a Sam Goldman. Quizás él tenga algún ejemplar del periódico.

—¿Quién es?

—Sam fue director del *Sentinel*. Director y también reportero y fotógrafo. Su mujer, Adele, y él lo hacían casi todo. Ahora está jubilado. Lo consideramos el cronista extraoficial de Stoneridge.

—¿Dónde puedo encontrarlo?

—Viven en Orchard Way —repuso la bibliotecaria, que ya había tomado papel y bolígrafo para apuntarle las direcciones y cómo llegar a ellas.

Minutos después, Tracy volvió a la calle con aquellas anotaciones en la mano. Al llegar a la acera no pasó por alto que el vehículo blanco de la policía se encontraba aparcado a la vuelta de la esquina, oculto solo en parte por el tronco de un álamo.

Siguiendo las indicaciones de la bibliotecaria, al llegar al final de la manzana, tomó a la derecha, pero, en lugar de seguir adelante durante un kilómetro y medio, volvió a girar a la derecha en el siguiente cruce y en el que llegó a continuación antes de reducir la marcha. Se detuvo detrás del álamo, en el aparcamiento que había dejado libre el coche patrulla, que en aquel momento se encontraba parado en el lugar en que había aparcado antes ella, al pie de las escaleras de la biblioteca, cuyos escalones de hormigón estaba subiendo en ese momento un agente de la policía de Stoneridge con las manos en el cinturón.

Las autoridades habían dado buena cuenta de su presencia en el municipio.

Volvió a ponerse en marcha y rebasó el colegio de primaria, mirando de cuando en cuando los retrovisores, por más que no esperase ver al vehículo. El agente no necesitaba seguirla, pues a esas alturas debía de saber de sobra adónde iba y por qué.

Orchard Way era una calle tranquila de árboles estériles y cables de telefonía que pendían lacios entre un poste y el siguiente, pero las farolas y las aceras brillaban por su ausencia. Tal cosa era habitual en las ciudades más antiguas: los residentes que se mudaban lejos del centro centraban su interés en servicios públicos esenciales como la instalación eléctrica, el teléfono, el gas o el alcantarillado. Las aceras y las farolas no figuraban en la lista de prioridades y muchas veces ni siquiera se llegaban a instalar.

Tracy dejó el vehículo al lado del asfalto, junto a una cerca blanca de madera necesitada de una mano de pintura después del invierno que ceñía una extensión modesta de césped, dividida en dos por el camino de cemento que llevaba a una casa de una sola planta y tejado a dos aguas. De este último sobresalía, como una oreja gigante, una antena parabólica.

Abrió la mosquitera y llamó a la puerta antes de volver a cerrarla y dar un paso atrás. A la izquierda se abría una ventana, pero nadie se asomó a ella a mirar antes de que abriesen la puerta haciendo crujir la madera. Tracy calculó que la mujer que empujó la mosquitera debía de rondar los setenta años.

—¿Qué desea? —Su voz era vacilante (no era habitual que llamaran forasteros), aunque no antipática.

—Estoy buscando a Sam Goldman —anunció la recién llegada—. Evelyn, la bibliotecaria, me ha dado esta dirección. Dice que ustedes podrían darme información sobre cómo era Stoneridge en los setenta.

La mujer frunció el ceño, pero no de un modo desagradable.

—¿Quién es, Adele? —El hombre que acudió a su lado no llegaba al metro setenta de altura y tenía el pelo oscuro con canas en las sienes. Se ajustó las gafas de gruesa pasta negra mientras miraba a Tracy con una expresión curiosa y divertida que hizo que le brillasen los ojos como si guardara el mayor secreto del universo.

—Evelyn, la bibliotecaria, le ha dicho que venga a vernos.

Sam Goldman miró a Tracy.

—Dígame, amiga mía, ¿de qué se trata?

—Me gustaría saber algo más de Stoneridge. Cómo era en los setenta, por ejemplo. Tengo entendido que son ustedes algo así como el archivo de la historia de la ciudad anterior al incendio de la biblioteca.

—El 16 de septiembre de 2000 —dijo Goldman con voz más animada—. Un fuego de intensidad 3. El humo se veía desde la redacción, que estaba en Main Street. Yo pensé que había vuelto el fantasma de Timmerman y la ciudad entera estaba de nuevo envuelta en llamas. Lo más sensacional que ocurría aquí desde que Dom Petrocelli dejó sin sentido de un puñetazo a Gordie Holmes durante un pleno del ayuntamiento en 1987.

—Al parecer, acabó con todos los ejemplares de su periódico que guardaba la biblioteca.

—Y derritió las microfichas —añadió Goldman—. Estaban recogiendo fondos para escanearlas y pasarlas a disco, pero sus sueños se hicieron humo con más rapidez que el Pony Express.

—Pues no sabe cuánto lo siento.

—Noticias antiguas… —dijo Goldman sonriendo—. Yo lo tengo todo aquí almacenado. —Se llevó el dedo a la sien—. El mejor ordenador que encontrará al norte del Columbia. ¿Es usted periodista, figura?

—Inspectora de policía.

La mirada y la sonrisa de él se hicieron más grandes. Se volvió a su esposa diciendo:

—La trama se complica, Adele. —Abrió por completo la mosquitera—. Pase, que le estamos dando calor a todo el barrio.

La casa era sencilla, pero estaba decorada con mucho gusto y los muebles, desgastados, estaban muy limpios. Goldman, que, según pudo comprobar Tracy, había estado viendo deportes en la ESPN, tomó el mando a distancia de la mesa de café y apagó el televisor de pantalla plana.

—Espero no estar interrumpiendo nada —dijo ella.

—Lo único que interrumpe usted es nuestra jubilación forzosa —repuso él—. Ya tendremos tiempo de descansar cuando nos toque pasar por el tanatorio. Siéntese.

Tracy tomó asiento en el sofá y Goldman se sentó en una silla tapizada que giró para quedar frente a ella. Apoyadas en la chimenea de ladrillo que se abría bajo una marina y con las patas dobladas había dos bandejas de las de comer ante el televisor.

—¿Quiere café o té? —preguntó Adele.

La inspectora, que tenía la sensación de que su anfitriona no sabía qué hacer, respondió:

—Un té me encantaría, gracias.

Cuando salió de la sala de estar, la oyó abrir y cerrar armarios y llenar una tetera en el fregadero.

—¿Por dónde quiere empezar? —dijo entonces Goldman.

—¿Por el partido del campeonato estatal, por ejemplo? —Tracy trataba con ello de proporcionar a su memoria un punto de referencia (que resultó no ser necesario) antes de pasar a hablar de Kimi Kanasket.

—El sábado, 6 de noviembre de 1976.

—¿Cómo era la ciudad en aquellos tiempos?

—Como Navidad y el Cuatro de Julio fundidos en un solo día —repuso él ilusionado: saltaba a la vista que Tracy había dado con un tema que lo entusiasmaba—. La ciudad estaba tan orgullosa que casi no cabía en sí. Hasta aquel momento, Stoneridge no había ganado una carrera de cojos aunque hubiese tenido dos piernas. Entonces empezó todo.

—¿A qué se refiere?

—A los campeonatos. De fútbol americano, sobre todo, pero también de natación, baloncesto, béisbol, fútbol…

—¿Qué ocurrió? ¿Qué fue lo que cambió?

—Que entró Ron Reynolds en la ciudad como John Wayne en *Río Bravo*. Cambió la forma de verlo todo. Los chavales estaban acostumbrados a perder y, además, se conformaban. Reynolds acabó con todo eso.

—¿Cómo?

—Hacer deporte con él era sudar tinta. Si no estaban jugando, los ponía a entrenar o a hacer gimnasia. Al principio, los padres se quejaban de que el tiempo que tenían que dedicar a todo eso les quitaba horas de estudio, pero Ron se limitó a seguir adelante como Teddy Roosevelt en las Lomas de San Juan sin dejarse amilanar por lo que pensaran de él. Las protestas se cortaron de golpe cuando empezaron a ver ondear los estandartes en el gimnasio y a leer el nombre de sus hijos en mi periódico. Algunos muchachos, además, consiguieron becas y ya sabe que el dinero lo puede todo, amiga mía. Los padres se callaron como monja en el confesionario.

—Era el entrenador del equipo de fútbol americano, ¿no?

—Lo contrataron para que entrenase al equipo de fútbol, pero lo hicieron responsable de deportes y ejerció el cargo durante treinta y cinco años. Hace unos años le hicieron una fiesta de jubilación por todo lo alto en el gimnasio del instituto.

—¿Vive todavía?

—En la misma casa que compró al mudarse aquí.

—He leído que van a ponerle su nombre a un estadio.

—Su hijo se ha encargado de que sea así: su constructora es la que ha puesto los materiales y la mano de obra. La ciudad no está dispuesta a mirarle el diente a caballo regalado.

Tracy no era demasiado aficionada al fútbol americano. Había crecido escuchando los partidos de béisbol de los Mariners con su padre. Sin embargo, al oír el entusiasmo de Goldman, preguntó con la intención de propiciar un entendimiento entre los dos:

—¿Dio usted noticia del campeonato?

—De lo contrario, no habrían dudado en apalearme antes de incendiar el periódico. Aquel año, la ciudad no pensaba más que en los Cuatro Titanes.

—¿Los Cuatro Titanes?

—Eric Reynolds, Hastey Devoe, Archie Coe y Darren Gallentine.

Tracy reconoció los dos primeros nombres de los artículos recientes del periódico.

—¿Por qué los llamaban los Cuatro Titanes?

—Porque no dejaron pasar una sola oportunidad en tres años de competiciones universitarias. Jugaban bien en los dos sentidos.

—¿Qué dos sentidos? —quiso saber ella.

—En defensa y en ataque —intervino Adele, que había entrado en la sala de estar con una bandeja en la que llevaba una tetera y varias tazas de porcelana y gesto de querer decir: «Se sorprendería usted de lo que se llega a aprender en cincuenta años».

—Reynolds podría haber jugado perfectamente en un equipo nacional —dijo Goldman mientras Adele servía a Tracy una taza de té—. Era la pajita que remueve el combinado. Sin él no ganaban. Devoe abría huecos en la línea de ataque del rival para que entrasen por ellos Coe y Gallentine. Coe era rápido y se movía como nadie. Gallentine era el que pegaba fuerte. Cuando defendían, Devoe jugaba de defensa central; Gallentine, de defensa lateral; Coe, de esquinero, y Reynolds, de profundo libre. Logró cinco interceptaciones durante su último curso en el instituto.

La inspectora tomó un sorbo de té con sabor a menta. Dejó la taza en un posavasos y sacó el expediente de su maletín.

—He visto una foto en el periódico.

Mostró a su anfitrión la instantánea de los cuatro jóvenes con el trofeo en alto bajo los focos del estadio y esta vez puso atención a los nombres que aparecían al pie: «(*De izquierda a derecha.*) Hastley Devoe, Eric Reynolds, Darren Gallentine y Archibald Coe, capitanes y Titanes de los Red Raiders».

—Esa la hice yo —dijo él—. Los junté a los cuatro en cuanto acabó el partido, pero no me di cuenta del humo que les salía de la cabeza hasta el momento de revelarla en el cuarto escuro.

—Es muy buena. Es como si toda la ciudad se hubiera visto arrastrada por aquella victoria.

—Jugasen fuera o en casa, siempre llenaban el estadio. En realidad, daba igual que uno fuera o no del equipo: aquel trofeo pertenecía a todos y cada uno de los hombres, las mujeres y los niños de Stoneridge.

—Sé lo que es eso —repuso Tracy.

—¿De dónde es usted?

—De Cedar Grove. Está en las North Cascades. En sus mejores momentos no pasa del millar de habitantes.

—Entonces sí que se puede hacer una idea.

Sintiendo que había conectado con él, Tracy abordó el motivo de su visita.

—Y hay algo que no dejo de preguntarme. ¿Tuvo algún impacto en las celebraciones la muerte de Kimi Kanasket?

Goldman sonrió y volvió a asomar el destello de sus ojos. Tracy casi alcanzó a ver como echaban a andar los engranajes de su cabeza. Él la apuntó con el dedo.

—Suponía que, al final, iba a querer que le hablara de ella.

—¿Y eso?

—Porque imaginaba que una policía que no sabe lo que significa jugar en los dos sentidos no habría venido a verme para revivir las glorias del equipo local de fútbol americano.

Tracy sonrió.

—¿Recuerda la noticia?

—¿La de Kimi? Fui yo el que se encargó de darla.

—¿Qué recuerda?

—Una tragedia digna de Shakespeare.

—¿La conocía bien?

—¿Y quién no conocía a Kimi? Era una estrella del atletismo. En otoño corría campo a través y, en primavera, los cien metros lisos y los cien metros vallas. Quedó segunda en su penúltimo año de instituto y era la favorita para ganar en las dos en su último curso.

—¿Cómo era fuera de la pista?

Goldman no vaciló un instante.

—Una muchacha excepcional: alumna de matrícula, educada… Trabajaba en un café de las afueras de la ciudad para poder ahorrar algo para la universidad.

—El Columbia Diner.

—Ese mismo. Su familia no tenía demasiados recursos y ella iba a ser la primera en graduarse en el instituto y entrar en la universidad. Yo quería dedicarle un artículo. —Dejó escapar un suspiro—. Como le he dicho, aquello fue una verdadera tragedia.

—He visto que la cafetería está cerrada.

—Siguió la senda de los dinosaurios mucho antes de que yo cerrase el *Sentinel*.

—¿Y sus dueños? ¿Siguen por aquí?

—Lorraine y Charlie Topeka, escrito como la ciudad de Kansas. Él era el cocinero y ella, la jefa. Consiguieron sacar adelante el local durante muchos años.

—¿Sabe dónde puedo encontrarlos?

—Charlie está jugando a la petanca con los gusanos y de Lorraine no le puedo decir nada. He oído que se mudó al sur con una hija suya. Debe de estar rondando los ochenta.

—Señor Goldman, me da la impresión de que es usted un hombre muy intuitivo.

—En mis tiempos le tomé el pelo a más de uno. Y, por favor, vamos a tutearnos: no necesito que me recuerden lo viejo que soy. Llámeme Sam.

Tracy sonrió.

—Me parece bien, Sam. No voy a andarme con rodeos: cuando oíste que Kimi Kanasket se había suicidado, ¿qué fue lo primero que pensaste?

—¿Lo primero? —Se detuvo un instante con los ojos cerrados.

—No conseguimos hablar con nadie —dijo Adele.

—Es verdad —confirmó Goldman abriendo los ojos—. Se guardaron lo que tenían mejor que una libra en los calzones de Churchill.

—¿Y a qué crees que se debió?

—La gente no hablaba de esas cosas en aquellos tiempos.

—No querían que nadie les estropease la celebración —apuntó Adele antes de morderse la lengua—. Mejor os dejo a los dos —dijo antes de dar otro sorbo al té.

—Entonces, ¿qué me dices, Sam? ¿Qué fue lo primero que pensaste?

—Supongo que me pasó lo mismo que a todos: me quedé estupefacto. A ninguno de nosotros se le habría pasado nunca por la cabeza que Kimi pudiera hacer una cosa así. De su hermano, no digo que no, pero Kimi…

—¿Porque el hermano era problemático?

—Élan, se llamaba. Se peleó con sus compañeros blancos y consiguió que lo echaran del instituto.

—¿A qué se debió la pelea? —preguntó ella a pesar de estar convencida de conocer la respuesta.

—Las tribus locales estaban protestando por el uso del nombre de Red Raiders y la mascota india del instituto: un chiquillo blanco con pinturas de guerra que salía al campo y clavaba una lanza en la hierba. Las tribus decían que no tenía ningún rigor histórico y que aquello resultaba degradante. Y, volviendo la vista atrás, hay que reconocer que se adelantaron a su tiempo.

—¿Llegó a calentarse mucho la situación?

—Al principio, no mucho. Los ancianos de la tribu plantearon su descontento ante la administración del instituto y el ayuntamiento. Fueron siempre con mucho respeto, hasta que la falta de respuestas los llevó a convencerse de que no les estaban haciendo ningún caso. Eso fue lo que les erizó las plumas.

—Tengo entendido que Earl Kanasket era uno de los ancianos que encabezaron las protestas. ¿Llegó a sufrir Kimi algunos de los efectos?

—Que yo sepa, no. Ella no era como Élan. Insisto en que era una muchacha tranquila y educada. Ella prefería centrarse en sus estudios. —Goldman se inclinó hacia delante y la miró por encima de sus gafas—. ¿Es que sospecha otra cosa?

—Todavía no lo sé —contestó Tracy—. Lo que está claro es que en las conclusiones que se ofrecieron entonces hubo algo que no convenció a un joven ayudante del *sheriff*…

—Buzz Almond.

La inspectora asintió con un movimiento de cabeza.

—Es verdad que tienes un ordenador ahí arriba, ¿no es así?

—Quien no la usa, la pierde, amiga mía. Por lo menos, eso dice mi médico. Yo, desde luego, estoy dispuesto a usarla. —El anciano volvió a reclinarse—. Buzz era un buen hombre y fue un gran *sheriff*. Si pensaba que había algo raro, debía haberlo.

—Dime una cosa, ¿qué hacía una hija perfecta como Kimi con alguien como Tommy Moore?

—Tommy las tenía a todas locas. Era nuestro James Dean. Arrasaba con su presencia. Era capaz de encantar una serpiente para que no le mordiese.

—¿Llegaste a conocerlo bien?

—No mucho. Nunca llegué a hablar con él. Informé de sus combates cuando ganó la Golden Gloves. Podía haber llegado a ser un boxeador de primera: tenía un gancho de izquierda brutal.

—¿Y qué le pasó?

—Bebía demasiado y la ciudad le dio de lado a su manera cuando se supo lo de Kimi. Lo culparon de su muerte. Por lo visto, se volvió a la reserva y desde entonces no se han tenido apenas noticia de él, que yo sepa.

Tracy pasó a los dos recibos del expediente de Buzz Almond.

—¿Qué me puedes decir de Hastey Devoe? Me han dicho que tenía un taller mecánico y otro de reparación de parabrisas.

—Eso es, por el 141 de Lincoln Road, si no me equivoco.

—¿Qué clase de persona era?

—¿Qué quiere decir?

Tracy se afanó en plantear la pregunta de otro modo.

—No sé… ¿Era honrado? ¿Iba a misa? No sé si me explico.

—Yo no tuve nunca trato directo con él, pero tampoco oí nada que pudiese indicar que no era un hombre formal.

—¿Sabes si tenía algo que ver con Tommy Moore?

—Ni idea.

—Al parecer fue un lugar muy interesante en aquella época, ¿no, Sam?

—Podría decirse lo que escribió Dickens en *Historia de dos ciudades*: «Era el mejor de los tiempos, era el peor de los tiempos».

—No sabrá de ningún otro lugar en el que pueda consultar los periódicos de la época, ¿verdad? Evelyn me ha dicho que puedo intentar acercarme a la biblioteca de Goldendale.

Goldman volvió a sonreír.

—Amiga mía, yo le puedo decir cuál es la mejor hemeroteca de por aquí y está mucho más cerca.

Tracy siguió a Goldman por una cocina impecable envuelta en el leve olor de lejía con perfume de limón.

—¿Adónde vas, Sam? —preguntó Adele.

—De regreso al futuro —respondió él mientras conducía a la inspectora a un vestíbulo diminuto situado al lado de la cocina y giraba el cerrojo de una puerta trasera con cortinas.

—No irás a llevarla a ese horrible cobertizo, ¿verdad? —Adele miró a Tracy como si Sam la estuviera arrastrando a ver una película de terror—. Tiene ahí más trastos que la tienda de segunda mano de la ciudad. Se va a poner usted perdida de polvo con lo guapa que viene.

Tracy sonrió.

—No llevo nada que no pueda aguantar un poco de polvo —aseveró, aunque aquella mañana se había puesto el jersey azul de cachemira.

Bajó con Goldman unos escalones de madera que llevaban a una porción soleada de césped rodeada por una cerca de secuoya más alta que ella. El jardín estaba preparado para pasar el invierno: los bancos estaban apilados sobre una mesa de merendero y bajo el amplio porche de un cobertizo independiente. Las puertas del mismo estaban protegidas por un candado grueso. El anfitrión abrió el candado y una hoja de la puerta y usó un cubo de veinte litros para evitar que esta se cerrara. Una vez dentro, encendió con un interruptor dos bombillas desnudas que pendían de las vigas y que iluminaron los tesoros de Sam Goldman: bicicletas, herramientas de jardín, bates de béisbol, un cubo lleno de pelotas de tenis, raquetas de tenis, archivadores y docenas de corbatas con personajes de Disney y de las tiras de Snoopy, entre otros chismes. Adele no había exagerado: aquella colección habría impresionado con motivo a cualquier trapero.

El anciano fue apartando y recolocando sus reliquias mientras se abría paso hasta el fondo del cobertizo. Con cada uno de sus movimientos hacía bailar en los haces de luz un número mayor de motas de polvo. Llegaron a un muro de cajas de mudanzas de Bekins, en pilas de seis o siete, que ocupaban todo el ancho de la construcción. Cada una de ellas llevaba pulcramente escritos el mes y el año con rotulador negro y dispuesta por orden cronológico, desde «7-1969» hasta «12-2000». Goldman movió unas cuantas hasta llegar a la que estaba etiquetada como «6-1975/1-1977».

—Esta será. —Retiró la tapa y dejó a la vista una serie de diarios perfectamente doblados.

—¿Guardabas todos los periódicos? —preguntó Tracy.

—Desde el día que abrimos nuestras puertas hasta el día de la clausura. Yo era como el lechero: repartía a diario.

Goldman fue pasándolos con el dedo.

—Agosto, septiembre, octubre… —Al llegar a noviembre, sacó cuatro de los ejemplares y volvió a tapar la caja para usarla a modo de mesa—. Estos son los de los días anteriores y siguientes al partido —anunció—. Tienen los artículos sobre Kimi Kanasket y podrán darle una idea de cómo era la ciudad.

—Toda una primera plana para el acontecimiento —dijo ella leyendo los titulares del primero de ellos.

¡Stoneridge gana el campeonato regional!
El sábado se juega el nacional.

167

—Como le he dicho, me habrían apaleado si no hubiera abordado la noticia.

La media columna dedicada a la muerte de Kimi Kanasket estaba en la parte inferior de la primera plana.

Rescatado el cadáver de una joven de la ciudad en
el White Salmon.

En ningún lugar del texto se hablaba de suicidio.

—¿No se publicó nada más al respecto? —preguntó ella.

—No hubo nada más que publicar. La incineraron durante una ceremonia privada que celebraron en la reserva. El inspector de policía me dijo que el juez de instrucción había llegado a la conclusión de que se arrojó al río porque la había dejado Tommy Moore. Llegué a tener una copia de su informe, aunque dudo que la guarde. No vi motivo alguno para hacer público el dato, aunque no pasó mucho antes de que lo supieran todos.

—¿Hablaste con el inspector?

—Jerry Ostertag se llamaba.

—¿Vive aún?

—No tengo ni idea, jefa. Lo último que oí fue que se había jubilado y se había ido a pescar al Medio Oeste, a Montana, quizá.

Jenny le había dicho que había muerto. Con todo, aunque Ostertag siguiera con vida, dudaba que recordase muchos detalles de la desaparición de Kimi Kanasket. La muchacha no había sido más que un borrón en un momento que por lo demás fue de alegría para todos, como el tío borracho que monta un espectáculo durante una boda. Nadie quiere reconocerlo ni hablar sobre el incidente: se saca con discreción del edificio para que el resto pueda seguir centrándose en la celebración y, en las reuniones familiares, al recordar el acontecimiento, nadie menciona el percance hasta que, con el paso de los años, se olvida por completo.

CAPÍTULO 16

Tracy y Sam Goldman hicieron copias de las páginas más relevantes del periódico en la fotocopiadora de la papelería de la ciudad. La tarea se prolongó más de lo que habría sido de esperar, porque él no dejó de pararse a hablar con cada «jefe», «amigo mío» o «figura» con quien se encontraba. Ella tenía la sensación de que el anciano estaba disfrutando de lo lindo de aquella distracción de la vida rutinaria a la que, posiblemente, lo habían condenado Internet y los canales de noticias de veinticuatro horas, elementos ambos que habían dejado anticuados casi todos los diarios locales. Goldman era inagotable y, pese a estar jubilado, seguía teniendo las venas llenas de tinta de periódico en vez de sangre. Olía a la legua una noticia jugosa y, de hecho, en aquel instante se había propuesto seguir la pista a una.

Tras dejar a Goldman en su casa, Tracy llamó a Jenny para ponerla al día, agradecerle una vez más que le hubiera abierto las puertas de la casa familiar y asegurarle que la avisaría cuando recibiera el informe del médico forense. Decidió hacer una parada más antes de dejar la ciudad y, mientras recorría la estatal 141, recibió una llamada y puso el teléfono en manos libres.

—¿Inspectora Crosswhite? Soy Sam Goldman.

—Dime, Sam.

—Creo que le va a interesar saber que he recibido otra visita después de marcharse usted.

—¿De un agente de la policía local?

—Ha dado en el clavo, amiga mía. Quería saber de qué habíamos estado hablando y le he dicho que estaba usted interesada en el desfile.

Tracy soltó una carcajada.

—¿Y cómo se lo ha tomado?

—Resopló, me hizo un par de preguntas más y se fue. He imaginado que querría saberlo.

El entusiasmo de él saltaba a la vista.

—Te lo agradezco, Sam. Lo más seguro es que sea solo una cuestión de jurisdicciones. El *sheriff* les ha comunicado mi presencia en la ciudad. La próxima vez que pase por la comisaría, debería presentarme. De todos modos, gracias por avisar.

—No hay de qué, jefa.

Estaba a punto de colgar cuando pasó al lado del apartadero contiguo al sendero que llevaba al claro.

—Oye, Sam.

—Sí.

—¿Sabes algo del claro de la 141? La extensión de campo raso que hay a pocos kilómetros de la ciudad.

—¿Pregunta usted por la leyenda local?

—Esa ya la conozco: prefiero oír noticias más recientes.

—Los chavales del instituto iban mucho allí por la noche, normalmente los sábados.

—¿Ya no?

—Hace unos años, el alcohol provocó un par de accidentes y la policía se puso muy seria.

—¿Has oído que haya alguien interesado en sembrar allí?

—¿A qué se refiere?

—Alguien que esté intentando plantar un arbusto o lo que sea.

—Allí no crece nada.

—Eso es lo que he oído, pero ¿sabe de alguien que pueda estar intentándolo?

—No. Hace años hice un reportaje sobre aquello y estuve investigando su historia. No saqué gran cosa en claro, pero en las laderas de los alrededores había una mina de fósforo. Es de suponer que la empresa que la llevaba debía de hacer allí vertidos ilegales de sus aguas residuales y que el suelo estará contaminado.

—O sea, que nunca se han hecho análisis del suelo.

—¡Qué va! ¿Quién se va a molestar en hacer una cosa así?

—En fin, gracias de nuevo por tu tiempo.

—Lo que usted mande, jefa. Mantenme informado. Me tienes intrigado.

Tracy colgó y recorrió casi dos kilómetros antes de reducir ante la señal de madera del Northwest Park. Giró a la derecha y descendió la carretera bordeada de árboles durante otro kilómetro y medio hasta llegar al puente angosto de hormigón dispuesto sobre el río y detenerse sobre la construcción. A su derecha, las aguas adoptaban un tono acerado surcado por centenares de líneas blancas allí donde las hendían las piedras que sembraban el lecho. A su izquierda, la corriente seguía su camino hacia el Columbia.

Cruzó al otro lado e, inmediatamente después, giró a la izquierda para llegar al aparcamiento. El parque que se extendía al lado era poco más que una parcelita de césped salpicada de mesas que seguían la ribera. Salió del vehículo y estudió el quiosco de metal y cemento que ofrecía al visitante la historia ilustrada del White Salmon. Al parecer, había estado represado durante décadas a fin de obtener energía hidroeléctrica, hasta que, en fechas recientes, se habían introducido medidas destinadas a restaurar la migración natural del salmón real y de la trucha arcoíris desde el océano Pacífico hasta sus desovaderos.

Atravesó el césped para acercarse al agua, que fluía con calma en aquel punto y lamía las piedras de la orilla. La vista se le fue de nuevo corriente arriba, donde cobraban más fuerza las mismas aguas que habían arrastrado corriente abajo el cuerpo de Kimi Kanasket hasta que la había detenido cerca de aquel punto la rama de un árbol caído.

El ruido de un motor y de ruedas al topar con los badenes reductores de velocidad de la carretera volvieron a llamar la atención de Tracy hacia el puente, donde vio un todoterreno blanco y azul de la policía de Stoneridge, distinto del coche patrulla que la había estado siguiendo. El agente que lo conducía la miró desde sus gafas de sol. Parecía muy interesado en lo que estaba haciendo la inspectora.

Ella clavó de nuevo la mirada en el río sin seguir el avance del vehículo recién llegado, aunque sí oyó la gravilla que crujía cuando llegó al aparcamiento y se detuvo. El motor dejó de sonar entonces. Se abrió y se cerró una de las puertas.

—Perdone. —El agente parecía más veterano que el de la biblioteca. Tenía más años y también pesaba más. Tenía el cabello gris y la expresión severa de quien se toma muy en serio su trabajo. El sol destellaba en el cristal de sus gafas de sol y en la placa dorada que llevaba en el ojal situado por encima del bolsillo de su camisa parda de manga corta—. Soy el jefe de la policía de Stoneridge —dijo—, Lionel Devoe.

Otra vez ese apellido.

El recién llegado embutió los pulgares en el cinturón de los pantalones, que llevaba por debajo de la panza.

—Usted debe de ser esa inspectora de Seattle que decía la *sheriff* Almond que iba a venir a la ciudad. Le habría agradecido una llamada de cortesía para informarme de que ya estaba aquí.

—El agente que me ha estado siguiendo no me ha dado la ocasión de presentarme. De todos modos, pensaba ir a hacerles una visita, pero se me ha complicado el día.

Devoe se quitó las gafas, las guardó en el bolsillo de la camisa y se hizo a un lado para no quedar de cara al sol.

—¿Y qué puede haber aquí, en Stoneridge, de tanto interés para una inspectora de Seattle?

Tracy sabía que Jenny le había comunicado ya el motivo de su visita. Imaginó que el otro agente no la había seguido por propia iniciativa, sino siguiendo órdenes, cuando había parado en el bordillo después de haberse cruzado con ella aquella mañana. La experiencia le había enseñado que cuando se remueve el estofado suelen salir a la superficie cosas inesperadas.

—¿Devoe? —dijo por lo tanto—. ¿De qué me suena ese apellido?

—No lo sé.

La forastera chasqueó los dedos:

—Hastey Devoe. ¿No tenía un taller mecánico en aquellos tiempos?

—Ese era mi padre —respondió él, sorprendido a ojos vistas por la pregunta—, pero hace mucho que cerró. ¿Qué interés puede tener eso ahora?

—Nada: simplemente salió su nombre durante una conversación. Tengo entendido que aquella época fue especial en Stoneridge. He leído que se están preparando para celebrar los cuarenta años.

—La *sheriff* dice que está usted interesada en Kimi Kanasket.

—Así es.

—Kimi se suicidó —dijo él—. Se tiró al río.

—Ya, eso es lo que he leído.

Él apartó de ella la mirada para fijarla en la corriente y pareció caer de pronto en la cuenta de por qué había ido allí.

—Aquí es donde encontraron el cadáver.

—Lo sé. Quería echar un vistazo.

—¿Por qué?

—Por nada: quería verlo en persona.

—¿Y qué la ha llevado a interesarse en Kimi Kanasket?

—La *sheriff* me ha pedido que revise el expediente por si encuentro algo.

—¿El expediente? —Devoe parecía más sorprendido que curioso, como lo habría estado quizá quien hubiera buscado dicho documento y lo hubiese dado por destruido.

—Sí. Buzz Almond tenía uno.

—¿Y qué espera encontrar?

—No tengo expectativas: me gusta abordar estas cosas con la mente abierta.

—Pues lo que yo creo es que va a averiguar que Kimi se arrojó al río. O se cayó. Por lo que yo recuerdo, estaba todo muy claro.

—¿Lo recuerda?

—En realidad, no mucho. Un recuerdo bastante vago. Lo que se suele comentar, ¿sabe?

—Supongo que en aquella época no era usted policía.

—No.

—¿A qué se dedicaba?

—¿Por qué me lo pregunta, inspectora?

—Solo intento hacerme una idea de cómo era entonces la ciudad, de cómo la recuerda la gente. ¿Vivía usted aquí?

Devoe volvió a sonreír, aunque con el gesto inquieto de quien desea cambiar de conversación.

—Como le he dicho, cuando viene a la ciudad un compañero de los cuerpos de seguridad, agradezco que me ponga al corriente por cortesía.

—Lo recordaré.

—¿Ya se va?

—Sí.

—¿Y tiene intención de volver?

—No lo sé todavía. Supongo que depende.

—¿De qué depende?

—De lo que me diga el médico forense. —Tracy fingió que miraba la hora—. Todavía me queda un rato de viaje. Gracias por parar a presentarse, jefe.

Dicho esto, se dirigió sin más a su camioneta. Cuando dio marcha atrás, Devoe seguía donde lo había dejado, al borde del agua.

No bien tomó de nuevo la estatal 141, volvió a llamar a Sam Goldman. Aunque respondió Adele, él se puso de inmediato.

—Ha tardado poco.

—Siento seguir molestándote, pero tengo otra pregunta.

—No es molestia. Dispara, señora.

—¿Qué puede decirme de Lionel Devoe?

—Que lleva treinta años de jefe de policía.

—¿Y a qué se dedicaba antes?

—A lo que todos los hijos de Hastey: trabajaba con su padre.

—¿Cuántos hermanos son?

—Tres, pero el mayor, Nathaniel, murió en un accidente de caza.

Tracy meditó dicha información.

—¿Y sabes por qué dejó el negocio familiar para hacerse agente del orden?

—Que pueda citar en el periódico, no, pero, si me permite conjeturar...

—Hágalo, por favor.

—Como le he dicho, el mayor era Nathaniel. Era el que más se parecía a su padre: trabajador y con buen ojo empresarial. Creo que Hastey padre tenía la intención de dejarle el negocio, pero Nathaniel murió. Hastey hijo y Lionel no eran como el padre, tampoco como su hermano: ninguno tenía el mismo interés por el trabajo y tampoco tenían su cabeza y eso provocó muchas fricciones.

—¿No se llevaban bien con el padre?

—Hastey padre quiso pasar el negocio a Lionel después de la muerte de Nathaniel, pero Lionel estuvo a punto de dejarlo en la ruina y el patriarca tuvo que recuperarlo. Supongo que la idea de alejarse de su padre y la posibilidad de disfrutar de los incentivos que ofrece el cuerpo de policía debieron de tener más peso a la hora de entrar en el mismo que cualquier deseo de servir a la respetable ciudadanía de Stoneridge. Aquí, los agentes de la ley no tienen grandes quebraderos de cabeza. Lo único interesante que puede ocurrir es que algún fabricante de meta haga volar por los aires su laboratorio. En resumidas cuentas, si no mete la pata, sabe que puede jubilarse en el puesto.

—O sea, que el cargo está sujeto a elección.

—Podría decirse así, aunque en realidad es que no hay nada entre lo que escoger. Nunca hemos tenido muchos aspirantes. Además, Lionel es íntimo de Eric Reynolds y ese nombre tiene mucho peso en Stoneridge.

—¿El constructor?

—El mismo.

—¿No trabaja también con él Hastey Devoe?

—Sí.

—¿Hastey hijo llegó a encargarse en algún momento del negocio familiar?

—Él no es como su padre. Puede ser que recibiera demasiados golpes en la cabeza, pero lo cierto es que esa criatura no tenía más manera de llegar a la universidad que a través del fútbol, pero lo echaron de la facultad por borracho y tuvo que volver a casa.

Parecía que todo quedaba siempre entre los mismos. Aun así, Tracy, que había crecido también en una ciudad pequeña, sabía que era normal que los amigos se ayudaran de ese modo, conque bien podría ser eso nada más. Con todo, tal cosa no explicaba la cautela con que estaba actuando Lionel Devoe. Ella, por supuesto, no se había creído por un instante que le hubiera fastidiado el simple hecho de que no se hubiese presentado en su comisaría para hacerle una reverencia.

—¿Qué más puedo contarte? —preguntó Goldman.

—Creo que, por el momento, eso es todo —contestó ella, aunque tenía más preguntas por responder que al empezar el día.

CAPÍTULO 17

Tracy llegó al Centro de Justicia avanzada la tarde, pero tampoco se quedó mucho rato. Kins había acordado una reunión con el abogado matrimonialista de Tim Collins en el Distrito Universitario y Faz se había ido pronto a casa para celebrar un cumpleaños familiar. De camino a la cita, Kins la puso al día de las conversaciones que habían mantenido Faz y él con dos de los compañeros de trabajo del difunto y con su superior en Boeing. Ninguno de sus nombres estaba en la lista que les había dado Mark Collins. También habían estado hablando con la persona del departamento de informática de la empresa a la que habían encargado descargar los correos electrónicos de Tim y crear un historial de sus búsquedas recientes en la Red.

—Todos dicen que era buena gente y muy trabajador. Nadie lo vio nunca perder los estribos ni decir nada malo de su mujer. Por lo visto, parecía deprimido estos últimos meses, aunque todos se lo achacan a la ruptura de su matrimonio, pero él no era de los que van aireando sus problemas.

—¿Y qué dicen de su relación con Connor?

—Que era de los que presumen de hijo y que hablaba con él a menudo. Tenía en su cubículo fotografías de los tres, como si siguieran siendo una familia feliz.

—Quizá le estaba costando aceptar la realidad.

—Puede ser. Su hermano, desde luego, nos dijo que se había vuelto muy dependiente de ella.

—¿Y el chaval? ¿Habéis hablado con sus compañeros?

—En realidad, según su tutor y dos de sus profesores, no tiene amigos con los que podamos hablar. Todos lo describen como un muchacho callado y reservado. No es un alumno muy participativo ni ha mostrado mucho interés por las actividades extraescolares.

—¿Algo que pueda hacer pensar que miente?

—Nada. Me dio la impresión de que debe de ser uno de los muchos estudiantes que pasan sin pena ni gloria por el instituto: van a clase, hacen lo justo para ir aprobando y se vuelven a casa.

—O sea, que tampoco ha dado problemas.

Kins meneó la cabeza.

—Ninguno.

—¿Hay algo en las redes sociales?

—Unas cuantas fotos. Nada alarmante. Tenemos el registro de llamadas. Aquella tarde, su padre le envió un mensaje a las cinco y diez para decirle que había mucho tráfico y llegaría unos minutos más tarde.

—¿Él respondió?

—Con una letra: la *K*. En general, no hemos avanzado mucho.

—Por lo menos así puedes pasar más tiempo en casa —dijo ella tratando de sonsacarle.

—Eso sí —respondió él con aire muy poco ilusionado.

—¿Qué pasa? ¿No van bien las cosas?

Kins se encogió de hombros.

—Como siempre, más o menos.

—Pensaba que después del viaje a México se había arreglado algo la situación.

Su matrimonio había pasado por un mal momento cuando Kins y Tracy habían tenido que alargar las jornadas de trabajo durante la investigación del caso del Cowboy, un caso que había hecho mella tanto física como emocional en todo el equipo. Cuando acabó todo, Kins y Shannah se fueron de vacaciones a México sin los hijos y, según él, aquello los había ayudado a recordar por qué se habían casado.

—Sí, pero solo durante un tiempo. Estaba convencido de que lo de tenerme más rato a su lado sería bueno, pero parece que no sabemos hacer otra cosa que sacarnos de quicio.

—¿Sobre qué?

—Sobre cualquier cosa —respondió él con una risotada triste—. Da la impresión de que me está pagando con la misma moneda mis ausencias. Cuando no está en el gimnasio es porque ha ido a jugar al tenis o a su club de lectura.

—¿Y por qué no te vas con ella?

Él la miró pasmado con una ceja en alto.

—¿Al tenis? ¿Con la cadera como la tengo? Y el club de lectura, por lo que sé, no es más que una excusa para beber vino y despotricar de los maridos. No creo que fuera a encajar.

—No puedes culparla de tener vida, Kins. Apenas estamos en casa.

—Lo sé.

—¿Habéis pensado en pedir ayuda?

—Ya lo hemos hecho.

—¿Y por qué no pedís más?

—No lo sé.

El despacho de Anthony Holt se encontraba en la segunda planta de un edificio situado cerca de la Universidad de Washington. Él estaba especializado en derecho matrimonial y su socio, en testamentos y herencias. Tracy calculó que debía de tener unos cuarenta y cinco años, aunque ya peinaba muchas canas y eso le confería un aspecto serio. Era delgado como un corredor de fondo.

—Usted era el abogado matrimonialista del señor Collins, ¿no es así? —dijo Kins después de que todos tomaran asiento.

—Sí. Siento lo que le ha ocurrido.

—¿Cómo se enteró?

—Me llamó para decírmelo el abogado que llevaba el divorcio de Angela.

—¿Cuándo?

—Al día siguiente de su muerte.

—¿A qué hora?

—Por la tarde. Podría averiguar la hora concreta si es importante.

—¿Qué le dijo el abogado?

—Que lo había telefoneado Angela para contarle lo que había ocurrido. Quería hacer las gestiones necesarias para suspender los trámites del divorcio y empezar a validar el testamento.

Kins miró a Tracy. Ambos sabían que debía de haber hecho esa llamada nada más salir de la cárcel.

—¿Sabe cuándo se hicieron esas gestiones?

Holt sonrió.

—Claro que lo sé: el lunes, bien tempranito.

—¿Le sorprendió?

—¿A mí? —Volvió a sonreír—. A mí ya no me sorprende nada en este terreno. Aun así… —Se detuvo a buscar las palabras adecuadas—. Me pareció demasiado pronto, dadas las circunstancias.

—¿Por haber estado en la cárcel hasta el viernes por la tarde, por ejemplo?

—Lo cierto es que se me pasó por la cabeza.

—O por el hecho de que se enfrenta a una acusación de asesinato y a la posibilidad de sufrir una larga condena.

—Eso también.

—¿Tiene alguna idea de por qué podría tener tanta prisa por hacer todas esas gestiones?

—Cuanto antes se desestime el proceso de divorcio, antes podrá ejecutarse la herencia y antes dispondrá ella del dinero. Con todo, debo advertirle que, en estos asuntos, suelo pecar de cínico.

—¿Estaba siendo un divorcio muy polémico?

—En una escala del 1 al 10, yo le pondría un 6, aunque solo porque Tim hacía todo lo posible para que la situación no degenerara más.

—¿Le importaría explicarse? —preguntó Kins.

—Angela estaba presionando para hacerse con el 58 por ciento de los bienes. Mientras tanto, no dejaba de gastar dinero a espuertas. Cada vez le pedía más a Tim y le recriminaba cuando él se negaba a dárselo.

—¿Sabe a qué estaba destinando ella el dinero?

—No: ese era el problema. Ella aseguraba que se le iba en gastos cotidianos de manutención, pero en tres meses había gastado casi cuarenta y cinco mil dólares. Cada vez que pedíamos justificantes respondía con subterfugios. Su abogado tampoco era capaz de dar una explicación. Tim sospechaba que lo estaba atesorando o lo usaba para hacer reparaciones en la casa.

—¿Estaban cerca de resolverlo?

—Ni por asomo. Recurrimos a la mediación, pero no duró mucho. Yo estaba convencido de que habría que ir a juicio.

—Pero en la mayoría de los casos no es necesario, ¿verdad? —quiso saber Kins.

—En el 95 por ciento, como mínimo.

—¿Y por qué iba a ser distinto en este?

—Una vez más, mi opinión puede no ser objetiva, pero, desde mi punto de vista, Angela se había obcecado y no iba a dar su brazo a torcer. De hecho, tampoco tengo claro que quisiera que se resolviese.

—¿Qué quiere decir?

—Mientras durase el divorcio, tenía algo con lo que chantajear a Tim.

—Pero imagino que el juicio habría supuesto un gasto considerable para ambas partes —dijo Kins.

—La cosa les estaba saliendo ya muy cara, pero sí: una vez que hay que pisar los juzgados, el precio aumenta enseguida. No obstante, como las costas se pagan con los bienes, Tim iba a tener que soportar buena parte de la carga.

—¿Qué valor tenía el patrimonio por el que se peleaban?

—En el fondo, no era tanto, unos cuantos millones de dólares. Tim poseía una propiedad adquirida antes de contraer matrimonio que tenía alquilada y no había puesto nunca a Angela en la escritura de fideicomiso, pero ella alegaba que habían usado dinero de ambos para arreglarla y, por lo tanto, le correspondía un porcentaje de la misma. También acusó a Tim de estar ocultando dinero.

—¿Y era cierto?

Holt volvió a sonreír.

—No: Tim quería que se resolviera ya todo. Estaba a un paso de estallar emocionalmente y, de hecho, tuve que convencerlo para que siguiera adelante.

—¿Qué quiere decir con «a un paso de estallar emocionalmente»?

—Angela lo había desgastado casi por completo y él estaba dispuesto a tirar sin más la toalla, darle lo que le pedía y seguir adelante con su vida. No es raro en los divorcios, pero la persona que cede acaba por arrepentirse en muchos casos. Yo no hacía más que decirle que no se precipitara, que al final se iba a resolver todo y que ya le había dado a Angela la casa.

—¿Era lo único que iba a dejarle? —preguntó Tracy.

—No exactamente. Nosotros proponíamos un acuerdo por el que Tim recibiría la vivienda destinada al alquiler y recibiría otros bienes en compensación por su parte de la casa. Todo se reduce, básicamente, a cómo equilibrar la propiedad que corresponde a cada cónyuge.

—¿No iban a vender la casa? —quiso saber la inspectora, recordando la clara impresión que había tenido la noche de autos por el estado en que se hallaban el jardín y el interior.

—Que yo sepa, no. Eso habría ido directamente contra los deseos de Tim y el acuerdo provisional al que habíamos llegado y que aún estaba por resolverse de manera definitiva.

—¿Qué acuerdo?

—Angela necesitaba el consentimiento de Tim para venderla y cualquier cantidad que superase el valor por el que se había valorado la propiedad en el momento de la separación debía dividirse entre ambas partes en el momento de la venta.

—¿Tiene usted copia de ese acuerdo?

—Claro. Si lo desean, puedo hacerles una.

Tracy indicó a Kins con un gesto que había acabado y su compañero dijo:

—Tenemos entendido que el señor Collins estaba reescribiendo sus últimas voluntades.

Holt les tendió una serie de documentos deslizándolos por la mesa.

—Mi socio estaba creando un fideicomiso para Connor. No es extraño en un divorcio. Tim también quería cambiar de representante personal para que, en vez de Angela, fuese Mark, a quien iba a nombrar albacea de su herencia.

—Lo que, en la práctica, significa que, si le ocurría algo, su patrimonio iría a parar a Connor y sería su hermano, y no Angela, quien se encargase de que así fuera —dijo Kins.

—Exacto.

—¿Angela no tendría derecho a ninguna parte de ese fondo de fideicomiso ni poder alguno sobre la distribución de los bienes?

—Así es. El hermano sería el albacea hasta que Connor cumpliera los treinta y uno o considerase innecesario el fideicomiso.

—¿Hasta los treinta y uno? —repitió Kins—. Mucho tiempo, ¿no?

—Tim no quería que Angela tuviera posibilidad alguna de acceder al dinero en caso de que le ocurriese algo. Connor no es precisamente un muchacho de fuerte personalidad y Tim entendía que su hermano garantizaría que no le faltase dinero para sus estudios, para el pago inicial de la compra de una vivienda o para lo que hiciera falta. Quería poner limitaciones. Cuando el hijo cumpliese los treinta y uno, se habría distribuido ya la mayor parte de su patrimonio.

—Sin embargo, el testamento nuevo y la nueva designación de albacea no llegaron nunca a ser una realidad, ¿verdad?

—No: Tim tenía que venir el viernes para firmarlo todo con testigos.

—¿El día después de que lo matasen?

—Sí.

—¿Y ahora qué ocurrirá?

Holt se encogió de hombros.

—Todo irá a parar a la viuda, Angela, que seguirá ejerciendo de representante personal.

—¿Aunque estuvieran separados?

—Aunque estuvieran separados.

—¿Y aunque vaya en contra de la voluntad expresa de Tim Collins?

—Su voluntad expresa no tiene peso alguno si no hay un nuevo testamento firmado ante testigos.

Kins guardó silencio durante el trayecto de regreso al Centro de Justicia, sumido al parecer en sus pensamientos.

—Deberíamos llamar a los agentes inmobiliarios de la zona —dijo Tracy— para ver si Angela ha hablado con alguno y cuándo. ¿Cuándo nos van a dar el registro de llamadas de su teléfono y los archivos de su ordenador?

—Cerrabone dice que Berkshire ha prometido enviarlos en breve. —Kins la miró—. ¿Crees que es ahí adonde fueron los cuarenta y cinco mil dólares?

—La casa, desde luego, daba la impresión de que la estuvieran adecentando para venderla.

—O sea, que estaba dilapidando el patrimonio para reparar sus bienes.

—Una manera como otra de sacar más dinero de él. Si resulta que, al final, vendía esos bienes, todo el beneficio sería para ella.

—Aunque eso sería violar el acuerdo al que habían llegado —apuntó Kins.

—Con Tim muerto, no.

CAPÍTULO 18

Kins salió de la oficina poco después de acabar la reunión con el abogado matrimonialista de Tim Collins. Tracy tenía la intención de quedarse un rato más para ponerse al tanto después de dos días de ausencia. Cuando sonó su móvil, sonrió al ver la identificación de llamada.

—Esperaba que fueses tú.

—Hemos acabado pronto —dijo Dan—. Ha sido un milagro como el de Jesús cuando hizo volver a Lázaro de entre los muertos. He tomado un vuelo que salía antes.

—Esa es la mejor noticia que me han dado en toda la semana. ¿Cuándo llegas?

—Si no hay retrasos, debería estar allí a las nueve.

—¿Y tienes planes de pasar aquí la noche? —preguntó en tono insinuante.

West Seattle estaba a veinte minutos escasos del aeropuerto. Ya habían hablado de si dormiría en casa de ella antes de volver a Cedar Grove para ver cómo estaban Rex y Sherlock, sus dos perros. Sabía que estaría agotado después de una semana larga y difícil y quería sorprenderlo con una cena.

—¿Tenéis descuentos para estudiantes? —preguntó él.

—No, pero sí para jubilados.

—¡Ay!

—De todos modos, creo que podríamos hacer algún apaño.

—Entonces, ya nos veremos, si eso.

Tracy colgó, recogió su abrigo y ya estaba a punto de echar a correr para hacer la compra cuando sonó el teléfono de su escritorio. Estuvo tentada de no contestar, pero vio que se trataba de su línea privada.

—Me muero de sed —dijo Kelly Rosa— y he tenido una semana de infarto. Mi marido está con las niñas en el entrenamiento de fútbol y se las va a llevar a cenar por ahí, de modo que tengo un respiro de un par de horas. Invítame a una cerveza y te desembucho lo que he averiguado de Kimi Kanasket.

Rosa eligió un bar de Capitol Hill llamado Elysian. Tracy la encontró en una mesa del fondo, al lado de una cristalera interior que iba del suelo al techo y permitía a la clientela contemplar los colosales tanques en los que fabricaban la cerveza. Tracy nunca acababa de conciliar el aspecto físico de su amiga con su ocupación. Su poco más de metro y medio de altura y su vestimenta cómoda la hacían parecer más una madre entregada, miembro activo de la asociación de padres del centro escolar de su prole, que alguien que pasara la jornada laboral pateando por los montes y recorriendo bosques y ciénagas para recuperar y examinar restos de cadáveres que a menudo se hallaban en un estado de descomposición tan avanzado como pavoroso. En cierta ocasión le había asegurado que, para ella, el puesto de antropóloga del despacho de medicina forense del condado de King estaba tan vinculado a la historia como a la ciencia. Ella abordaba cada caso nuevo como un enigma que le exigía retroceder en el tiempo para hacer su trabajo, que no era otro que resolverlo.

Rosa bebía cerveza con una mano mientras escribía en su teléfono con la otra. Con dos hijas adolescentes, no tenía más remedio que ser un dechado de eficacia.

—Estos trastos van a acabar con la sociedad —aseveró Tracy señalando el móvil de Rosa al llegar a la mesa.

La otra se puso en pie sin soltar el aparato y la recibió con un abrazo.

—¿Cómo estás? —preguntó la inspectora.

—Todavía no me creo que no tenga nada que hacer. Espera, que estoy hablando con mi marido para confirmar que se lleva a cenar a las niñas después del fútbol.

—Siento que te lo estés perdiendo.

La otra puso un gesto burlón.

—¡Ja! Si no estuviera aquí con una cerveza, estaría de pie, aguantando el frío y la lluvia viendo dar patadas a un balón de un lado a otro del campo. Me has librado de congelarme. —Rosa acabó de enviar el mensaje y dejó el teléfono en la mesa—. ¡Ea! Ya le he quitado el sonido y no estoy para nadie. ¿Y tú cómo estás?

—No me puedo quejar. —Las patas de su silla chirriaron sobre el suelo de terrazo cuando se sentó.

—Hacía mucho que no nos veíamos. Buena señal.

Tracy se concedió un instante para mirar a su alrededor y aspirar el aroma delicioso a lúpulo.

—Un sitio interesante. Me gusta.

—Paul y yo veníamos mucho cuando salía de trabajar —dijo Rosa—, A. N.

—¿A. N.?

—Antes de las niñas. Aunque las dos están convencidas de que su padre y yo no hemos estado en un bar en nuestra vida. A la mayor le hablé el otro día del concierto de los Rolling al que fuimos estando en la universidad y no sé qué me dejó más pasmada, si que no supiera quiénes eran los Rolling Stones o que se negara a imaginarme en un concierto. Espera a que les cuente que un día me teñí el pelo de morado.

Cuando acudió a su mesa la camarera, Tracy preguntó:

—¿Qué vas a beber?

—Una Immortal.

—Es una IPA —informó la camarera a Tracy al paso que le tendía una carta conformada por cervezas como la Loser Pale Ale, o «Rubia del Perdedor»; la Men's Room Red, «Pelirroja del Baño de Caballeros», o la Wise, «Sabia».

—No me vendría mal un poco de sabiduría —dijo la inspectora—, pero ¿quién puede darle la espalda a la inmortalidad?

Rosa dio un sorbo a su cerveza y comentó:

—Bastante mortalidad veo yo en el trabajo.

Si las exigencias de su cargo provocaban algún desgaste en ella, no se le notaba en absoluto. Al menos, Tracy no había llegado nunca a percibirlo: en aquella mujer menuda se concentraba una cantidad inmensurable de energía positiva.

—¿Cómo anda ese noviete tuyo? —preguntó Rosa.

—Bien, aunque ahora mismo parece que los dos estamos saturados de trabajo.

—¡Al cuerno! —El golpe en la mesa con que acompañó su exclamación asustó a la mujer que había sentada en la de al lado—. Trabajo vas a tener siempre. ¿O es que va a dejar de morir gente? Llévatelo a un lugar exótico donde solo te tengas que preocupar de qué cóctel vas a pedir o cuántas veces al día eres capaz de tener sexo.

—No suena nada mal. Si me ayudas a resolver esto, a lo mejor soy capaz de encontrar ese tiempo.

—Eso está hecho —respondió Rosa—, pero estoy esperando a alguien. —Miró a la puerta por encima del hombro de Tracy.

Esta reparó en que en la mesa había tres sillas y recordó que su amiga le había dicho que tal vez pediría consejo.

—¿Quién es?

—Créeme si te digo que la espera vale la pena. —Volvió a mirar hacia la entrada—. Ahí está.

Rosa dejó su asiento y llamó con la mano a un hombre apuesto y recio que buscaba entre la clientela. Al verla, respondió a su saludo y desplegó una amplia sonrisa de dientes blancos.

—¿Me pueden acusar de acoso sexual —musitó Rosa— si le agarro el trasero solo en mi imaginación? —Levantó una mano para dar medio abrazo al recién llegado antes de hacer las presentaciones. —Tracy, Peter Gabriel.

Aquel hombre musculado y de piel bronceada, vestido con unos chinos holgados, una camisa desabotonada en el cuello y un impermeable ligero, parecía sacado de las páginas de un catálogo de J. Crew. El pelo, castaño y rizado, le caía casi hasta los hombros. Tracy se lo imaginó escalando, haciendo esquí extremo o entregado a cualquier otra actividad semejante al aire libre.

—¿Peter Gabriel, como el cantante? —preguntó.

—Se escribe igual —repuso él con un firme apretón de manos. En la que le quedaba libre llevaba una carpeta de cartón delgado—. Buen gusto musical.

Dejó sobre la mesa la carpeta, se quitó el impermeable y retiró la silla que quedaba libre.

—Hace un año más o menos, Peter y yo trabajamos juntos en otro caso de ahogamiento en el río. —Rosa esperó a que pasara una sirena antes de proseguir—. He pensado que quizá pudiera ayudarte en este.

—Muy bien. —Tracy se volvió hacia él para preguntar—: ¿Tú a qué te dedicas, Peter?

Gabriel se estaba desabrochando los puños para arremangarse. En la muñeca izquierda llevaba dos pulseras de colores vivos hechas de hilo trenzado, en tanto que en la derecha lucía un robusto reloj deportivo.

—Trabajo en una consultora de medio ambiente, pero mi pasión ha sido de siempre el descenso de aguas bravas en balsa o en piragua.

En ese momento volvió la camarera con la cerveza de Tracy y ofreció a Gabriel una sonrisa radiante. Él estudió un instante la carta antes de decir:

—Está bien: no puedo dejar pasar la ocasión de probar una cerveza que se llame Loser Pale Ale.

Ya se había ganado a Tracy.

—Peter ha sido monitor de aguas bravas en casi todos los ríos importantes del estado —dijo Rosa—. Domina todos los rápidos, desde los de clase II hasta los de clase V. ¿Me equivoco?

—No mucho —repuso Gabriel antes de ilustrar a Tracy—. Mi padre tenía una empresa en Oregón dedicada al descenso del río Rogue en balsa. Era un negocio familiar. Mis hermanos y yo aprendimos a bajar por sus aguas casi a la vez que a andar. Yo tenía doce años cuando guie mi primera excursión en aguas bravas.

—Hace un año, más o menos, necesité ayuda con un cadáver que sacaron del Skykomish —explicó Rosa. Se refería a un río situado a una hora más o menos hacia el noroeste de Seattle—. Estábamos tratando de determinar si las heridas que presentaba se debían o no a la corriente y me recomendaron a Peter.

—Te agradezco la ayuda —dijo Tracy.

Rosa abrió su carpeta y Gabriel la imitó haciendo otro tanto con la suya.

—Vamos a empezar —propuso— con la conclusión inicial del juez de instrucción, que resolvió que la finada estaba aún con vida cuando cayó al agua. En primer lugar, te advierto que la de ahogamiento es una de las causas de muerte más difíciles de determinar porque, en realidad, no hay ningún signo que la identifique de manera concluyente. El ahogado muere por falta de oxígeno. Dicho esto, coincido con el médico que preparó el informe patológico en que lo más seguro es que la víctima estuviera viva en el momento de caer al río.

—¿De verdad? —dijo Tracy, sorprendida y decepcionada a partes iguales por semejante conclusión.

—El informe que me has dado no deja lugar a dudas: quien la examinó encontró agua en las vías aéreas, incluidos los pulmones y el estómago. Es verdad que podría haber entrado en las dos cavidades de forma pasiva si la corriente era lo bastante violenta, pero, en este caso, creo que se debe más bien a que la víctima seguía respirando cuando se hundió.

—¿Por qué?

—A eso voy a dejar que responda Peter.

—Las aguas del White Salmon están a unos cinco grados en noviembre —señaló él—. Si alguien cae al río con esa temperatura tendrá el reflejo de aspirar súbitamente por la boca. Yo lo sé bien, porque me ha pasado, y a la víctima le tuvo que pasar también si no llevaba chaleco salvavidas ni traje de buceo, de modo que debió de tragar una gran cantidad de agua.

—La que presentaba el cadáver según el informe —dijo Rosa—. Los hematomas también indican que estaba viva al caer al agua y, por lo tanto, seguía corriéndole la sangre por las regiones afectadas. Cuando la contusión se da *ante mortem*, cabe esperar hinchazón, daños en la piel, coagulación en el punto del impacto e infiltración de sangre en los tejidos, lo que explica los cambios de color que refiere el juez de instrucción en su informe y documentan las fotografías. Eso no lo encontrarás en una contusión producida tras la muerte.

Tracy se irguió en su silla. Pese a la sensación de abatimiento, sabía mejor que nadie que la mayoría de los casos no eran otra cosa que lo que parecían. Los casos propios de novela policiaca eran muchísimo más extraños que los evidentes.

—Así que se suicidó.

Rosa comenzó su respuesta cuando la interrumpió la camarera, que llegó con la cerveza de Gabriel y la dejó en la mesa sobre un posavasos.

—¿Pongo algo más?

—Por ahora no, gracias —contestó Tracy.

Cuando se fue, Rosa bebió de la suya y volvió a dejarla en el posavasos.

—En realidad —dijo con calma—, dudo que se quitara la vida.

—¿Qué? ¿Y por qué no?

—Por tres motivos. —La forense fue levantando un dedo tras otro a medida que los exponía—. Primero: la forma que presentan las contusiones; segundo: la naturaleza de las heridas de las que hay constancia, y tercero: la dinámica fluvial. Dejaré que empiece Peter con esto último.

Gabriel tendió a cada una una copia del mismo documento.

—Vamos a empezar por la terminología. El caudal de un río se mide en metros cúbicos por segundo y varía según el río, el mes y otros factores estacionales como la profundidad de la nieve que se haya acumulado en las montañas durante el año, la cantidad de agua de lluvia caída durante la primavera y su intensidad… En fin, cosas así. Eso que tenéis delante es un documento de la página web del Servicio Geológico de Estados Unidos que recoge datos del caudal de casi todos los ríos. La Administración Nacional Oceánica y Atmosférica ofrece información similar: datos históricos de pluviometría, temperatura y caudal de los ríos, entre otros. Es la Biblia de los pescadores y los guías fluviales. Igual que vosotras comprobáis las cámaras de tráfico para ver si hay atascos a la hora de ir a trabajar o volver a casa, nosotros tenemos que ver el caudal del río.

—¿Hasta qué época llegan esos datos? —preguntó Tracy mientras hacía por descifrar sin ayuda el documento.

—Hasta hace unos ochenta años —repuso Gabriel—. Tu cadáver lo encontraron en noviembre de 1976. Los meses de noviembre y febrero son los más impredecibles en mi gremio: es imposible prever el caudal, que un día puede ser altísimo y caer hasta el mínimo poco después. Los llamamos «meses de transición». En septiembre y octubre el nivel suele ser menor que en cualquier otro mes, ya que es cuando merma la escorrentía que provoca en primavera y verano el deshielo de las montañas, pero, si ha sido un año de muchas nieves, puede ser que lleve mucha agua hasta diciembre. En cambio, cuando la nieve es poca, como ocurrió en los dos últimos años, o se alarga el verano y sigue habiendo temperaturas altas entrado el mes de octubre, el nivel será bajo. Con todo, hasta en estos casos, si se dan lluvias tempranas en noviembre o cae algo de nieve en las laderas y se derrite, el caudal puede variar de uno a otro extremo en cuestión de días.

—Entendido. Lo que quieres decir es que no hay más remedio que mirarlo día a día —dijo Tracy—. De todos modos, cuando dices que el río tiene un caudal elevado, ¿de qué velocidad estamos hablando? ¿Cómo lo expresarías de manera que lo entendamos los profanos?

—¿En noviembre?

—Sí.

—En noviembre, el caudal del White Salmon puede llegar a los seis metros cúbicos por segundo, que equivaldría a entre doce y veinte kilómetros por hora, más o menos. En carretera no parece mucho, pero en un río es muchísima velocidad y el nivel de las aguas es altísimo. Cuando la corriente tiene ese nivel, las piedras quedan ocultas. Un guía de descenso de río puede limitarse a lanzarse corriente abajo y superar cualquier circunstancia.

—¿Y una persona también pasaría sobre ellas sin tocarlas?

—Si llevase un chaleco salvavidas, sí, pero sin chaleco ni traje de buceo, lo más seguro es que las aguas la arrastrasen al fondo, sobre todo si ya está herida o no posee experiencia en situaciones así de supervivencia. Yo me he visto en alguna, aunque siempre llevo chaleco y casco y tengo práctica. No es nada agradable. Como no ves venir las piedras, no tienes tiempo para prepararte para el golpe ni ocasión de esquivarlas. Es como si te golpearan con un bate de béisbol. El dolor es insoportable.

Tracy miró a Rosa.

—O sea, que el río llevaba la velocidad suficiente para provocar la clase de heridas contusas de las que se habla en el informe.

—Quizá —dijo ella antes volver a hacer una señal con la cabeza a Gabriel y dar otro sorbo a su cerveza.

—Si el nivel es bajo, el caudal puede ser de entre catorce y diecisiete metros cúbicos por segundo, lo que equivale a siete u ocho kilómetros por hora. Aunque lleva menos fuerza, tampoco hay tanta agua y, por lo tanto, hay más rocas expuestas que sortear. Una persona sumergida en él no impactaría con tanta violencia, pero sí chocaría con más piedras. Sería más un *ra-ta-ta-ta* —dijo golpeando la mesa— que un *¡plas!* —Subrayó esto último estampando la palma de la mano contra el tablero, lo que hizo que Tracy sujetara su vaso de forma instintiva—. Perdón.

—No pasa nada. —Tracy volvió a estudiar el documento que le había dado él, que incluía una gráfica con valores numéricos—. Ayúdame con esto. Según esto, el caudal de la primera semana de noviembre de 1976 era de poco más de catorce metros cúbicos por segundo. ¿Lo he interpretado bien?

—Sí —repuso él usando un bolígrafo para rodear la información en la hoja que tenía ella.

—Por lo tanto —dijo Rosa—, algunas de las heridas que identifica el informe del juez de instrucción encajan con lo que cabría esperar encontrar en un cuerpo que arrojasen a una corriente que avanza a siete u ocho kilómetros por hora: contusiones, cortes y rasguños y alguna abrasión.

—Algunas, pero no todas —dijo Tracy—. ¿Me equivoco?

—En mi opinión, tu víctima sufrió lo que llamamos «lesiones por aplastamiento», que se vinculan, más bien, a traumatismos causados por objetos contundentes. Lo que cabría esperar como resultado de un impacto a gran velocidad.

—Lo que habría ocurrido en caso de estar alto el caudal del río, ¿no?

—No necesariamente —repuso Rosa—, aunque sí es posible. Si se estampó contra una roca y, a continuación, la golpeó, digamos, un tronco o cualquier otro objeto similar, sí.

—Sin embargo, no se dio el caso —concluyó Tracy mirando a Gabriel.

—Según el informe del Servicio Geológico, no —confirmó él.

—Entonces, ¿cómo se hizo las heridas? —preguntó a Rosa.

Esta tomó su copia del informe del juez de instrucción. Había hecho anotaciones en los márgenes, rodeado palabras y dibujado flechas por todas partes.

—En mi opinión, la fractura de la pelvis, las bilaterales de las costillas y las de las ramas pubianas, así como la fisura del esternón, señalan la clase de lesiones que he visto en personas a las que ha embestido un vehículo a gran velocidad.

Tracy sintió que la invadía una descarga de adrenalina. Pensó en Tommy Moore y en los daños de su camioneta.

—La atropellaron. —Necesitaba oírlo decir en voz alta.

—Lo que nos lleva al tercer factor: el dibujo de los hematomas. —Rosa le tendió una de las fotografías del informe forense.

Tracy necesitó unos instantes para llegar a la conclusión de que estaba mirando los cardenales que presentaba Kimi Kanasket en el hombro derecho y parte de la espalda. Gabriel tomó su cerveza y apartó la mirada.

—Los hematomas intradérmicos se dan cuando la sangre se acumula debajo de la piel —informó la experta— y cuando la piel se deforma ante la presión de surcos o salientes, como los que presenta la rueda de un vehículo, se forma un dibujo. —Rosa siguió con un dedo el contorno de algunas de las moraduras—. Cuanto más pronunciados son, más fácil resulta distinguir el trazado. Es muy poco probable que el especialista en patología que estudió el cadáver en 1976 fuese capaz de reconocer este tipo de cosas, pero hoy estamos mucho más acostumbrados a verlo. Yo creo que este es un ejemplo clásico de hematoma producido por el dibujo de una rueda. Le he dado la fotografía a Mike Melton para ver si puede relacionar la lesión con alguna banda de rodadura concreta en el laboratorio criminal de la policía de tráfico.

Aquello era precisamente lo que acababa de proponerse Tracy.

—Está bien. ¿Qué más?

—Sufrió laceraciones y abrasiones en la cara y el pecho, lo que indica que su cuerpo recibió un golpe que la derribó y la impulsó hacia delante.

—Espera un momento —la interrumpió Tracy—. ¿Me estás diciendo que la abatieron y la arrastraron o que estaba ya en el suelo?

—Si la hubieran golpeado para arrastrarla después, sobre el pavimento, por ejemplo, habría esperado ver muchas más abrasiones, piel y músculo despegados del hueso… Lesiones de este tipo.

Tracy pensó en el claro.

—¿Y si en el momento del impacto estaba de pie en una extensión de hierba y tierra?

—Tal vez, pero yo diría que es más probable que estuviera ya en el suelo por la naturaleza de las lesiones y la ubicación del hematoma más llamativo.

Tracy pensó en la visita que había hecho a aquel lugar. Las condiciones meteorológicas habían sido, a juzgar por el informe de Buzz Almond, similares a las de la noche de la desaparición de Kimi. El suelo estaba blando por las lluvias recientes, pero la ladera de la loma que llevaba al claro resbalaba por la humedad y el descenso de la temperatura. Ella, de hecho, había estado a punto de caer.

—Entonces, ¿qué es lo que quieres decirme? —Tracy se inclinó hacia delante para recalcar sus palabras—. ¿Que estaba en el suelo, boca abajo, cuando le vino un vehículo desde arriba y pasó por encima de ella?

—Yo diría que estaba en el suelo —dijo Rosa— y que trató de cubrirse para protegerse, lo que explica el hematoma del lado derecho de la espalda y del hombro. Habría sido un movimiento instintivo.

—Por lo tanto, las contusiones de los antebrazos no tienen por qué deberse al impacto con las piedras del río, sino que podrían haber sido provocadas por un golpe con un vehículo.

—Es posible.

La inspectora se reclinó en su silla.

—¿Estás segura?

Rosa reflexionó por un instante.

—¿De que la golpeó un coche? En un noventa o un noventa y cinco por ciento. De que las lesiones sean atribuibles a eso y no al río, no tanto.

Tracy redujo el ritmo de la conversación. Las preguntas se agolpaban en su cabeza.

—Me estás diciendo que la atropellaron, pero seguía con vida cuando cayó al agua.

—Correcto.

—Dada la naturaleza de las heridas que había recibido, ¿pudo haber llegado sola al río?

—Lo dudo mucho, aunque no sé de qué distancia estamos hablando.

—De mucha.

—No es muy probable. De hecho, yo diría que es imposible.

—O sea, que solo pudo acabar allí en caso de que la llevara alguien.

—Esa sería mi teoría. —Dicho esto, Rosa se volvió hacia Gabriel —. ¿Y tú? ¿Estás de acuerdo?

—Sí. Además, hay otra cosa que quizás haya que tener en cuenta. Si hubiera sido capaz de llegar sola al río, habría estado en condiciones de protegerse mientras la arrastraba la corriente. Sin embargo, no me parece que fuera así, al menos por lo que cuenta el informe.

—¿Qué quieres decir? —preguntó Tracy—. ¿Qué cabría esperar en ese caso?

—Lo que decíamos antes —respondió Gabriel—: rasguños y abrasiones en los antebrazos y las manos por haber intentado protegerse. Además, según el informe, el cadáver tenía puestos los zapatos y el abrigo.

—¿Y eso qué significa?

—Cuando encuentran un muerto en el río sin zapatos y sin otras prendas suele ser porque intentó salvar la vida y tenía todavía cierta lucidez. Una de las primeras cosas que hará será quitarse la ropa que lo arrastra hacia el fondo.

Tracy volvió a mirar a Rosa.

—Vamos a suponer que, en efecto, la golpeó un vehículo. ¿Crees que las heridas pudieron ser mortales? ¿Podrían haberla matado?

—Habría dependido del tiempo que hubiese pasado antes de recibir atención médica. No olvides que fue en 1976 y en una zona remota que no contaba con una unidad de trauma —señaló Rosa—. En resumidas cuentas, cuanto más tiempo estuviera allí tirada, menores serían sus posibilidades de subsistir. Ahora, que si lo que me estás preguntando es si podría haber sobrevivido de haber recibido atención médica inmediata, te diré que sí. Al menos, eso creo.

CAPÍTULO 19

Tracy permaneció aún un rato en la mesa después de que se hubieran marchado los dos. Se sentía mareada, como sumida en una bruma que nada tenía que ver con la cerveza, puesto que ni siquiera había acabado la que había pedido. Necesitaba un instante a solas para considerar lo que acababan de contarle Rosa y Gabriel y hacerlo encajar con lo que sabía. A Kimi Kanasket la habían atropellado, casi con toda certeza en el claro del bosque. Eso era lo que había sospechado Buzz Almond. Por eso había tomado todas aquellas fotografías y por eso estaba tan revuelto el suelo. Lamentó no haber hecho copias de las fotografías ni haberse quedado con los negativos antes de dárselas a Kaylee Wright y sintió de pronto un miedo irracional a que las hubiese perdido. Se acordaba por lo menos de las tres últimas de los daños de la camioneta blanca de Tommy Moore, pero no lograba recordar si salían en ellas las ruedas además de las abolladuras del capó y el guardabarros derecho de delante.

Llamó al número personal de Wright, pero le saltó el contestador automático. Dejó un mensaje y probó con el teléfono de la oficina del *sheriff* del condado de King. Con todo, la creciente animación del Elysian le impedía oír con claridad. Se tapó el otro oído con un dedo a fin de reducir el sonido ambiente.

—¿Dónde dice que está?

—En Tacoma —dijo la mujer del otro lado de la línea—. Está trabajando en el caso de una persona desaparecida.

—¿Ha vuelto ya de Alemania?

—Eso parece.

Tracy dejó también un mensaje de voz en el teléfono del escritorio de Wright. Hasta que esta le devolviera la llamada, no tenía más remedio que tener paciencia, una virtud que no se contaba precisamente entre los rasgos mejor desarrollados de su carácter.

Recogió el bolso y el material que le habían dejado Rosa y Gabriel. Se había puesto ya en pie para marcharse cuando sonó el teléfono. La esperanza de que fuese Wright, sin embargo, dio paso de súbito, al comprobar la identidad de quien la llamaba, a esa horrible sensación de desmayo que acomete a quien advierte que tenía que estar en otro lugar y se ha olvidado por completo.

—Dan —dijo al descolgar.

—Oye, estoy en tu casa. ¿Dónde estás tú?

—Lo siento: me he entretenido. Voy para allá.

—Casi no te oigo.

—Me has pillado en una reunión —aseveró mientras trataba de abrirse camino entre la multitud para salir y dejar atrás el ruido.

—¿A estas horas? Suena como si estuvieras en un bar.

—Ya he acabado. Te lo explico cuando llegue. Voy de camino.

—¿No prefieres que te recoja yo?

—No, ya voy para allá. Tú, entra y ponte cómodo. —Colgó y apretó el paso hacia su camioneta.

Había empezado a lloviznar y había atasco en el acceso a la autopista por culpa de unas obras. En la I-5 también encontró tráfico denso hasta la salida del puente de West Seattle. Trató de pensar en algún supermercado que hubiese de camino para comprar algo que poder hacer de cena, pero no se le ocurrió ninguno y, dado lo tarde que era, concluyó que sería mejor no hacer esperar todavía más a Dan. El inventario mental que hizo de cuanto quedaba en el frigorífico se redujo a un cartón de leche, queso fresco, yogur, condimentos diversos y unas cuantas fiambreras con sobras de comida a domicilio.

Cuando enfiló su calle, la lluvia se había vuelto más intensa. El Tahoe de Dan estaba en la calle, delante de la verja del patio de su casa, y él seguía dentro, sentado en el asiento del conductor. Aparcó en el garaje y salió a buscarlo, usando su chaqueta a modo de paraguas improvisado con el que protegerse de la lluvia. Dan bajó la ventanilla.

—¿Qué haces sentado en el coche?

—La combinación de la puerta de la cancela no funciona —respondió él en tono irritado.

Tracy volvió a sentir que se le encogía el corazón.

—Lo siento: he vuelto a cambiarla. —Se había obsesionado con eso desde que la había atacado en su propia casa un acosador.

—Creo que lo mejor es que me vuelva a Cedar Grove. Debería asegurarme de que Sherlock y Rex se encuentran bien. Le dije al cuidador que volvería esta noche.

—No lo hagas, por favor.

—Los dos hemos tenido una semana difícil. Quizá no sea la mejor noche.

—Sí que lo es, Dan. Lo que pasa es que me llamó Kelly Rosa por el caso de Stoneridge, quedamos para tomarnos una cerveza y hablar de lo que tenía y… Lo siento, pero…

—Se te olvidó.

—He metido la pata. —Miró hacia arriba. El agua le corría por la espalda—. ¿Podemos resguardarnos de la lluvia?

Él volvió a cerrar la ventanilla, salió del vehículo y la siguió por el garaje hasta la puerta que se abría a la cocina. No llevaba la maleta.

Una vez dentro, Roger soltó un sonoro maullido.

—Voy a darle de comer para que se tranquilice. —Sacó una lata de la despensa y le quitó la tapa—. ¿Cómo han ido las declaraciones? —preguntó mientras apartaba al gato y echaba el alimento en un plato.

Dan se encogió de hombros.

—Algunas mejores que otras. El presidente de la compañía no dice la verdad. De hecho, lo he sorprendido en varias mentiras. Por desgracia, tengo que volver la semana que viene. La idea no me apasiona, precisamente.

—Pues a nosotros nos ha pasado una cosa increíble en el caso del homicidio de Greenwood —dijo Tracy—. El hijo se nos presentó allí, solo, y confesó.

—¿Pero no había confesado la madre?

—Sí.

—¡Vaya! ¿Y qué vais a hacer ahora?

—De momento, lo estamos revisando todo.

—A no ser que se retracte uno de los dos, no vais a poder libraros de que se considere que existe una duda razonable.

—Lo mismo ha pensado el fiscal. —Tracy fue a la despensa en busca de pasta, pero no encontró.

—¿Y qué quería Kelly Rosa?

—Está convencida —repuso desde detrás del tabique— de que la muchacha de Stoneridge no se suicidó. Cree que alguien tuvo que atropellarla con un coche y arrojarla después al río.

Dan dobló la esquina para entrar en la cocina.

—¡Dios mío! ¿De verdad?

—Sí. ¿Te imaginas a alguien capaz de hacer algo así?

Él sacudió la cabeza y se apoyó en la encimera.

—Tu semana deja la mía a la altura de una merienda campestre. ¿Puede demostrarlo Rosa?

—Puede probar que la arrollaron y que seguía con vida cuando cayó al río.

—¿Con vida? —preguntó él, pensando como un abogado—. Entonces, ¿sobrevivió al atropello?

—Rosa cree que es posible, pero hay que tener en cuenta un montón de factores. —Se acercó a él y le envolvió la cintura con los brazos—. Te he echado de menos. —Le besó los labios—. ¿Pedimos algo al Thai Kitchen?

Dan sonrió apretando los labios antes de responder:

—Dado el contenido de tu frigorífico, creo que no va a haber otro remedio.

—Lo siento —repuso ella con un gruñido—. Pensaba llegar a casa más temprano.

—No te preocupes. No tengo nada contra la comida a domicilio.

Tracy dio un paso atrás y se apoyó en la encimera, sintiéndose de pronto abrumada y muy sensible. No podía evitar comparar lo que le había ocurrido a Kimi Kanasket con el final que había tenido Sarah.

—Lo sé, pero quería hacerte yo la cena.

—De verdad que no pasa nada. —Dan se acercó al ver que se humedecían los ojos de ella—. ¿Qué pasa?

Ella pensó entonces en Angela y Tim Collins y en lo que había dicho Kins que se había vuelto su matrimonio con Shannah y no pudo evitar pensar que, en otro tiempo, todos ellos debieron de ser como Tracy y Dan y sentir la misma embriaguez cada vez que se veían.

—¿Nunca vamos a encontrar tiempo para nosotros? Sé que tienes que sentirte como si siempre fueras el segundo plato.

—Ya soy mayorcito, Tracy, y conozco bien las exigencias de un trabajo sin horarios.

Ella soltó un suspiro.

—Pues la semana pasada me pareció que te sentiste frustrado.

—Más bien desengañado. Ya te lo dije: simplemente me había creado expectativas que quizá no eran muy realistas. Lo entiendo: es tu trabajo y, de hecho, el mío a veces no es mucho mejor. Siempre vamos a tener conflictos de esta clase.

—¿Y qué hacemos?

—Por el momento, me da la impresión de que no podemos hacer gran cosa.

—¡Qué optimista!

—Escucha: si alguno de nosotros siente en un momento dado que esto no está funcionando, tenemos que ser sinceros y decírnoslo. De pequeños éramos amigos, Tracy, y deberíamos seguir siéndolo siempre.

—¿Eso es lo que quieres?

—Yo no, ¿y tú?

—Tampoco.

Dan posó las manos en la cadera de ella.

—Estuve doce años casado y sé que compartir casa con una persona no significa estar con ella. Mi mujer y yo dormíamos en la misma cama, pero encontrábamos un montón de excusas para no estar juntos. Al final, yo siempre encontraba un motivo para quedarme trabajando y ella, para tener una aventura, conque vamos a hacer un trato: cuando estemos juntos, sabremos valorar ese tiempo y sacarle todo el jugo posible.

Tracy alzó la mirada para encontrarse con la de él.

—Supongo que últimamente has debido de sentirte poco querido.

—Como te he dicho —contestó Dan con una sonrisa—, ya soy mayorcito. El día que lo piense, te lo diré. De momento, vamos a pedir, que me muero de hambre.

Ella se inclinó hacia él.

—La comida va a tardar al menos veinte minutos. Creo que me da tiempo a hacer que dejes de sentirte poco querido.

—¿Veinte minutos? Estás hablando con un hombre que lo hizo una vez contigo en el tiempo que tarda en cocerse la pasta.

—Me acuerdo, aunque, la verdad, dudo que sea algo de lo que haya que sentirse orgulloso.

—Pues entonces no pensaste lo mismo.

—Da igual: esta vez aprovecharemos los veinte minutos.

CAPÍTULO 20

Había diluviado durante toda la noche. Tracy y Dan se habían quedado en la cama cenando comida tailandesa directamente de los recipientes en que se los habían enviado y oyendo caer la lluvia, que corría por las tejas del tejado y hacía un sonido metálico de tragamonedas dando premios al recorrer los canalones y bajantes. Por la mañana había amainado, aunque sobre la ciudad se había extendido una opresiva capa de nubes grises.

Dan se despidió de Tracy con un beso en la cancela.

—¿Seguro que no voy a poder convencerte para que vengas conmigo a Cedar Grove y me ayudes a ahuyentar a ciento treinta kilos de perros enloquecidos?

—Tengo unas ganas tremendas de verlos, pero tú vas a tener que pasarte casi todo el día preparando el trabajo de la semana que viene y yo puedo aprovechar para repasar algunas cosas y, con suerte, hablar con la rastreadora.

—Cobarde —dijo él—. Mira que dejarme solo con esas fieras…

Cuando se fue Dan, Tracy recogió la sala de estar y ya estaba a punto de meterse en la ducha cuando sonó el teléfono.

—Siento no haber contestado a tu llamada de anoche. —Kaylee Wright tenía voz de estar agotada—. Estábamos buscando un cadáver en Tacoma.

—Eso me han dicho. ¿Qué pasó con lo de Alemania?

—Tuve que dejarlo cuando encontraron el cuerpo y pensaron que podía tener alguna relación con Ridgway —dijo refiriéndose a Gary Ridgway, el asesino del río Green—. Regresé en un vuelo nocturno.

—¿Disteis con el cadáver?

—¡Qué va! Se hizo de noche y el tiempo no nos acompañó. Estoy esperando a que nos digan si podemos salir hoy otra vez.

—No habrá paz para los malvados.

—¡Que me lo digan a mí, que todavía estoy con desfase horario! Lo único que me hacía falta era ponerme a corretear de noche por el bosque con la que estaba cayendo.

—Al menos yo no te llamé para darte más trabajo. Me gustaría ir a echarle un vistazo a las fotografías que te di. Ni siquiera hace falta que nos veamos: con que me digas dónde están…

—Pues precisamente las tengo aquí, en casa. Esperaba poder acabar el informe este fin de semana, pero ahora no tengo claro que vaya a tener tiempo.

—¿Las has visto? —preguntó Tracy, que había dado por sentado que Wright no habría tenido tiempo de empezar siquiera.

—Me las llevé a Alemania para el viaje. Ya te he dicho que me gustan los desafíos y la verdad es que me habías dejado intrigada. No había llegado a redactar nada formal, pero he tomado bastantes notas.

—¿Cuándo sabes si tienes que volver a Tacoma?

—Deberían decirme algo a las diez. Me da tiempo a tomarme una cafetería entera contigo mientras espero. ¿Puedes venir a mi barrio?

Quedaron en un café cercano a la casa que tenía Wright en Renton. Como en el caso de Kelly Rosa, que, aunque en teoría trabajaba para el condado de King, tenía que brindar sus dotes únicas al resto del estado, el talento de Wright también estaba muy solicitado.

Llevaba en la oficina del *sheriff* del condado de King casi treinta años, durante los cuales también había trabajado una temporada de inspectora de la científica y de homicidios, pero debía su fama a su condición de primera rastreadora diplomada del condado, capacidad que había seguido cultivando a lo largo de los años. Los inspectores que recurrían a sus servicios coincidían en que Wright no veía igual que el objetivo de la cámara, sino más: alcanzaba a descubrir hasta lo que pasaban por alto los investigadores más baqueteados.

Todo apuntaba a que el Pit Stop había sido un taller mecánico antes de que un alma emprendedora con más imaginación que Tracy lo convirtiera en cafetería. El suelo de hormigón estaba pintado de color óxido y las paredes, adornadas con rótulos metálicos de repuestos de automóvil y carteles de mujeres ligeras de indumentaria apoyadas en el capó de un coche o subidas ociosas a una motocicleta. Sobre los elevadores habían colocado tablas de madera para trocarlos en mesas para los clientes y en una barra de la que emanaba el aroma delicioso del café.

Wright la esperaba en un rincón cercano a una de las tres puertas de cortina metálicas del antiguo taller. Las ventanas que se abrían sobre la puerta envolvían el lugar en una luz neblinosa. El cielo se había tintado de gris oscuro y amenazaba con descargar de nuevo una lluvia violenta. En la mesa, bajo una lámpara con pantalla cónica que pendía de un cable, Wright había dispuesto las fotografías de Buzz Almond en distintos montones y, de pie, hojeaba una libreta de tamaño folio. Tracy señaló con la barbilla la taza de porcelana de Wright, que contenía, mediado, un café con leche tipo capuchino, a juzgar por la espuma.

—¿Te pido otro?

—Por el momento tengo bastante. Lo más seguro es que más tarde tenga que inyectarme más.

Tras saludarse, Tracy ocupó un taburete situado frente a Wright y miró los montones de fotografías que había colocado sobre la mesa.

—Da la impresión de que le has dedicado mucho tiempo —comentó.

—Como ya te he dicho, me tienes intrigada. Quiero saber si estoy sobre la pista correcta. He pasado algo a máquina para que lo tengas presente. —Tendió a Tracy una copia de un informe preliminar—. Doy por hecho que quien las hizo tenía cierta formación policial o un instinto muy desarrollado.

Aunque en el momento de confiarle las fotografías no tenía la menor idea de lo que querían ilustrar, más allá de lo que parecía evidente, después de hablar con Kelly Rosa y Peter Gabriel, Tracy comenzaba a sospechar que sabía lo que había ocurrido, por más que aún se encontrara lejos de poder demostrarlo. Tommy Moore había atropellado a Kimi Kanasket antes de arrojarla al río.

—¿Cómo lo sabes?

Wright seguía de pie, como un crupier en el casino.

—Responden a una secuencia lineal. —Tomó uno de los montones y fue a la primera página de su informe—. Tardé un poco en descubrirlo, pero, una vez que lo tuve claro, todo cobró sentido. Deja que te lo vaya explicando.

Quitó la goma elástica del primer montón y fue dándole una tras otra las instantáneas a medida que recorría lo que había escrito.

—Las primeras se tomaron en la carretera, donde empezaba el sendero. La he marcado con un 1 en el reverso. El que las hizo o la que las hizo…

—Él —dijo Tracy.

Wright asintió con un movimiento de cabeza.

—El que las hizo siguió tomando una tras otra a medida que avanzaba. —Informó a Tracy de que, en el informe, estaban numeradas del 2 al 12 y las fue comentando de manera metódica. Al dejar en la mesa la última, retiró la goma del segundo montón y fue tendiéndoselas también una a una—. Al llegar a esta zona de tierra y hierba despejada de árboles, la fotografió en el sentido de las agujas del reloj, primero por el perímetro y, a continuación, mientras caminaba hacia el centro. —Eran las imágenes que iban del 13 al 22. Acabado el segundo montón, siguió con el tercero—. Acto seguido, las fue tomando a medida que salía del lugar. Por la dirección que presentan las sombras del suelo conforme avanzan las fotos, yo diría que debía de ser a media tarde avanzada y a principios o mediados del otoño.

—En noviembre —confirmó Tracy.

—Cuando entró, estaba mirando al este o al sureste y salió hacia el norte o el noroeste. —Tendió a Tracy las que iban de la 33 a la 45—. Por eso he dado por hecho que tenía formación policial, aunque dudo mucho que ni él ni ninguno de sus compañeros recibiesen adiestramiento alguno sobre cómo interpretar estas imágenes. Si no, tú no estarías sentada aquí en este momento.

—Era ayudante del *sheriff* —dijo la inspectora—, pero era novato. Acababa de entrar en el cuerpo. ¿Por qué dices que yo no estaría sentada aquí?

Wright sostuvo una de las instantáneas como quien contempla una obra de arte.

—Estas están entre las mejores huellas de una rueda que he visto que haya capturado una cámara.

—¿A qué crees que se debe?

—Me aventuraría a suponer que el suelo estaba húmedo cuando pasó el vehículo, tal vez porque había llovido de manera moderada. Si la lluvia es muy violenta, puede convertirlo todo en un lodazal y, si el suelo es demasiado duro, no se obtienen buenas huellas. En este caso se daban las condiciones perfectas. —Wright le enseñó tres fotografías que había marcado con los números del 46 al 48—. Casi parece que hayan hecho un molde de la rodada.

Tracy sabía que eso era muy buena señal.

—¿Puedes identificar el tipo de rueda por las huellas?

—Yo no: no tengo la base de datos necesaria, pero el laboratorio criminal sí. —Wright apuró el café y puso las manos sobre la mesa—. Cuéntame: ¿hay algo en particular que quieras saber?

Tracy miró los distintos montones, pero no se atrevió a tomar ninguno por miedo a estropear el orden tan esmerado en que los había dispuesto Wright.

—Hay unas cuantas fotos de una camioneta blanca…

—Las he visto. —La rastreadora tendió la mano para recoger uno de los montones y pasó las imágenes con el pulgar hasta llegar a ellas—. Aquí están. —Colocó tres sobre la mesa mirando hacia donde estaba Tracy.

—¿Podría ser este el vehículo que dejó las rodadas?

—Cuando las vi pensé que podía ser esa la razón por la que las había añadido aquí. —Wright se apoyó en los antebrazos y usó como puntero el extremo superior de un lápiz con goma—. No fotografió el dibujo de la rueda, pero sí el lateral. Los del laboratorio pueden ampliar el negativo y, si se leen la marca y el modelo, buscarlas en las bases de datos y compararlas con las huellas que tenemos.

Tracy pensó encargar tal misión a Michael Melton y apartó para ello las imágenes de la camioneta de Tommy Moore.

—Ya sé que no tienes mucho tiempo. ¿Me podrías hacer un resumen de tu opinión y tus conclusiones?

Wright se irguió en su taburete y se tomó un segundo para reorganizar las fotografías.

—Tu ayudante del *sheriff* estaba siguiendo la pista de unas ruedas que entraron y salieron por el mismo camino, porque siguen dos sentidos opuestos.

—Tiene sentido.

—Además, pudo sospechar que el vehículo que las dejó iba a la caza de alguien. Yo estoy segura de que fue eso lo que pasó, pero no puedo decirte si él lo dedujo o no.

Tracy levantó la mirada del documento mientras Wright retiraba la banda elástica de otro montón de fotos y las colocaba sobre la mesa. Una vez más usó la goma del lápiz como puntero.

—¿Ves eso? Son huellas de calzado hechas por una persona que se movía con rapidez.

—¿Que corría?

—Lo de correr es subjetivo: lo que tú consideras correr puede parecerme a mí un trote ligero. Lo que puedo decirte es que el paso medio de una mujer es de entre sesenta y setenta centímetros más o menos si va caminando y, si corre, de entre metro y medio y dos metros, dependiendo de su altura, del terreno y de si es corredora de fondo o de velocidad. He conseguido tomar dos medidas y extrapolar la distancia para llegar a la conclusión de que las zancadas son de entre un metro y medio y metro ochenta. La diferencia se debe probablemente al terreno más que a otra cosa.

—¿El que fuera de noche también influye?

—Por supuesto. En ese caso tendría que haber estado más atenta a por dónde pisaba, aunque puedo decirte que iba bastante decidida. Iba corriendo, lo que también nos indica que la estaban siguiendo.

—¿Por qué das por hecho que era una mujer?

—También podría ser un varón no muy alto.

—¿Pero por qué?

—Quien dejó las huellas llevaba algo de tacón y… —Wright volvió a hacerse con el montón y pasó las instantáneas hasta dar con la que estaba buscando para dársela a Tracy—. Esta pisada es equivalente a una talla 38 de mujer y el grosor del talón y la forma de la suela indican que no era una bota, sino más bien la clase de zapato que llevaría alguien que tiene que trabajar de pie. He buscado fotos de algunos de los que se usaban en 1976.

Wright revolvió unos papeles y le dio unas hojas sueltas. La inspectora sabía por otros casos que Wright tenía acceso a una base de datos informática de calzado en el laboratorio criminal de la policía estatal de Washington, que contenía miles de huellas distintas. Solo había que introducir la impresión dejada por una suela para que el ordenador buscase coincidencias. Los que le mostraba Wright en aquel momento eran de la clase resistente de zapato que habría esperado Tracy en una camarera.

—Todo esto nos lleva a la extensión de campo raso, que es donde la escena se vuelve horrible de veras.

La rastreadora le dio otro montón de fotografías, pero Tracy tuvo que dejarlas en la mesa para secarse las palmas de las manos en los vaqueros. Como le había ocurrido la víspera en la cocina, sospechó que aquel caso le estaba provocando una reacción visceral. Se sentía mareada y febril.

—¿Estás bien? —le preguntó Wright.

Ella tardó en responder:

—Dame un segundo. —Fue al mostrador y pidió un vaso de agua helada. Después de saber por Kelly Rosa lo que era probable que hubiese ocurrido allí, las fotografías de la tierra removida ofrecían una interpretación demasiado clara. Tras unos sorbos de agua notó que se aliviaba la sensación de vértigo—. Perdona —dijo al volver a la mesa—, pero hay algo en este caso que me toca demasiado hondo.

—No tienes por qué disculparte —contestó la otra, que desplegó varias fotografías y volvió a hacer del lápiz un puntero mientras se explicaba—. Para dejar un surco así, el vehículo tuvo que ir a mucha velocidad en el momento de llegar al suelo.

—¿Cómo que «llegar al suelo»?

—El vehículo que dejó estas huellas dio en el llano desde cierto ángulo —aseveró Wright, que confirmó así la opinión de Rosa de que Kimi había sufrido heridas por aplastamiento—. Dada la dirección de las rodadas, podemos dar por sentado que la camioneta atravesó la loma. —Revolvió las imágenes y puso otra sobre la mesa—. Esta era la que estaba buscando. —Todo apuntaba a que esa fotografía la habían tomado desde el claro y en dirección a la ladera empinada—. Esto me hace suponer que tu ayudante del *sheriff* había llegado a la misma conclusión: que el vehículo atravesó la loma, saltó en el punto en el que dejan de verse las huellas y aterrizó aquí, donde se ve esa depresión que debió de hacer con el parachoques.

—¿Por qué está tan revuelto el suelo?

—Imagino que, si iba a gran velocidad y no esperaba encontrarse de pronto en el aire, el conductor quitó el pie del acelerador por instinto y pisó el freno, de modo que, al aterrizar, la camioneta rebotaría y patinaría. Si no estaba acostumbrado a conducir fuera de la calzada, habría vuelto a acelerar, lo que habría hecho que las ruedas traseras levantasen la tierra en el sentido contrario a las agujas del reloj, que es lo que tienes aquí.

Tracy sintió que el corazón se le salía del pecho.

—Has dicho que aquí «la escena se vuelve horrible de veras». ¿Por qué?

La otra dejó las fotografías sobre la mesa y se tomó un instante mientras rebuscaba en otro montón y exponía unas cuantas más.

—Porque en el suelo había alguien.

—¿Dónde? —Tenía la boca y los labios secos. Tomó otro sorbo de agua—. Quiero decir, ¿cómo lo sabes?

Wright le enseñó otra instantánea.

—Al aterrizar, la camioneta borró parte de las huellas, pero no del todo. —Señaló con la goma del lápiz—. ¿Ves las tres depresiones que hay aquí, donde la hierba aparece aplastada en la misma dirección?

—No mucho.

Wright buscó entre las otras fotografías y le mostró una a la vez que le tendía una lupa de escaso tamaño.

—En esta se ve un poco mejor. Aquí. ¿Ves que la hierba está aplastada?

—Sí, aquí sí.

—Es imposible que tu ayudante del *sheriff* las reconociera sin haber recibido adiestramiento. De hecho, me sorprende que fuese capaz de registrarlas con la cámara. Si no hubiera sido tan exhaustivo, probablemente no aparecerían en las fotos. Puede que pensara que eran huellas de zapato. Fue de veras brutal, pero también fue fortuito. Lo he visto cientos de veces. Son las señales que dejan impresas la cabeza, el hombro y la cadera de una persona.

—¿Alguien de costado?

—Sí y, a juzgar por la profundidad de la marca que dejó el vehículo en el lugar del impacto, la alcanzó justo por debajo de la cadera.

Una vez más, el análisis de aquella experta coincidía con el parecer de Rosa, quien aseguraba que Kimi Kanasket había sufrido fractura de pelvis. Wright recogió aquellas fotografías y comenzó a desplegar otras en una serie de hileras.

—Tu investigador fotografió también un buen número de huellas de zapato. Yo diría que hay al menos tres juegos, aunque podrían ser hasta cinco.

Tracy se sintió de súbito paralizada.

—¿Había más personas?

—Sí, sin lugar a dudas. —Wright se inclinó hacia delante y señaló la primera imagen de la fila de arriba—. Estas son de unas Converse, que en aquella época estaban muy de moda entre los chicos. Talla 45.

—O sea, que estamos hablando más de un joven que de un niño.

—Sí. Estas —añadió enseñándole una segunda fotografía— también son Converse y tienen la misma talla, pero la impresión es más profunda que la otra. Aunque no puedo estar segura del todo, diría que la huella es de alguien más robusto.

—Pero también joven.

Wright le tendió una tercera instantánea.

—Otras Converse, pero más pequeñas: talla 42 o 43.

—Por lo que estamos hablando de una segunda o tercera persona.

La rastreadora buscó entre las fotografías y puso otra sobre la mesa.

—Estas son Puma, que también eran muy populares entonces entre la juventud, y también son de la talla 43.

—O sea, que vamos por tres o quizá cuatro.

Wright le dio otra, pero el dibujo de la huella era muy diferente del que habían dejado las Converse o las Puma. Una serie de marcas con forma de acento circunflejo sobre tres hileras de barras diagonales dispuestas de modo que la del centro se inclinaban en el sentido contrario respecto de la primera y la tercera, como una fila de barras inversas entre dos de barras en el teclado:

^^^^^^^^^^

\\\\\\\\\\\\

////////////

\\\\\\\\\\\\

—También de la talla 45 —dijo la experta.

—No parece una zapatilla de deporte —señaló Tracy.

—Es que no lo es: es una bota de goma. He estado investigando. El dibujo es característico de las de la United States Rubber Company, que se pusieron de moda en los setenta. Tenían una gran demanda por ser impermeables y, además, estar forradas de piel, lo que las hacía más calentitas. Las inventaron para los soldados de la segunda guerra mundial y tuvieron mucha aceptación entre los cazadores, pero la fábrica cerró cuando empezó a necesitarse la goma para otros usos bélicos. —Tendiéndole otra fotografía, dijo—: Hay algo más.

Tracy la acercó a la luz.

—¿Qué es?

—Yo lo tuve que mirar con el microscopio —dijo Wright mientras le daba la lupa—. Son hojas de tabaco masticadas. Esto es solo una hipótesis, pero, si alguien está mascando tabaco en un vehículo que salta por los aires, como parece que hizo este, y vuelve a caer al suelo de golpe…

—Se lo habría tragado y lo habría vomitado luego.

—O lo habría escupido de manera involuntaria. —A continuación, dispuso sobre la mesa las fotografías de las impresiones que habían dejado los zapatos tal como habrían estado en el claro—. ¿Qué ves aquí por las huellas?

—Están por todas partes —comentó Tracy— y miran hacia todas las direcciones posibles.

—Algunas están desdibujadas y otras se ven alargadas. No siguen ninguna pauta, porque es evidente que los que las dejaron no seguían ningún propósito deliberado.

—Estaban aterrados, nerviosos.

—Asustados, confundidos —añadió Wright antes de ofrecerle las que iban de la 49 a la 53, que mostraban las huellas de las botas. Tracy se las acercó.

—Estas están por donde las marcas que dices que dejó el cuerpo.

—No solo alrededor, sino también debajo.

La inspectora la miró con gesto de quien pide que se le aclare lo que acaba de oír.

—¿Debajo?

—La persona que llevaba esas botas recogió el cuerpo.

Dicha aseveración confirmaba, una vez más, la opinión de Rosa: a Kimi Kanasket la habían trasladado una vez malherida.

—¿Ves esa huella redondeada que hay en el barro? —dijo Wright.

—Sí.

—¿Y esta de aquí, en la que solo se ven la fila de uves invertidas y la primera de barras?

—Sí.

—Están a cuarenta centímetros o medio metro de separación. La primera es la que se deja al clavar una rodilla en tierra y la segunda, la parte más ancha del pie del que las llevaba. ¿Ves estas suelas distorsionadas y como movidas?

—Sí.

—Hacen pensar que quien dejó las otras se puso en pie a continuación, pero con el peso de alguien más, que debió de hacer que se tambaleara para ajustar el peso y recuperar el equilibrio. Levantar en vilo a una persona no es tan fácil como se piensa, porque pesa más de lo que puede parecer. Aunque sean 45 kilos.

—En este caso eran 57.

Al oírlo, Wright alzó la mirada de las fotografías y se enderezó.

—Una chiquilla de diecisiete años —dijo Tracy—, metro setenta de altura y 57 kilos de peso, que, además, corría y tenía toda una vida por delante.

La otra guardó un instante de silencio antes de preguntar en voz baja:

—¿Qué le hicieron?

—Todavía no lo sé con certeza y estoy empezando a preguntarme si, fueran quienes fuesen, tenían la menor idea de lo que estaban haciendo en realidad.

La posibilidad de que fuesen cuatro, quizá cinco, los jóvenes que estuvieron en el claro la noche que murió Kimi Kanasket cambió por completo la concepción que tenía Tracy del caso. Aquello no exculpaba a Tommy Moore, aunque, de haber sido él, habría tenido que buscar la ayuda de otros con rapidez, quizá demasiada para que encajase con la cronología que revelaba la investigación de Buzz Almond. De ser cierto lo que contaban tanto aquel como su compañero de piso, Moore llevó a casa a su acompañante tras salir del Columbia Diner y después volvió a su apartamento. No pudo pedir ayuda a su compañero, porque este había hablado aquella noche tanto con Élan y su pandilla como con el ayudante del *sheriff*.

Élan, por su parte, había estado fuera aquella noche y había contado con un grupo de jóvenes acompañantes, pero estos habían acudido en ayuda de Earl Kanasket y resultaba difícil imaginar que, de pronto, cambiasen de actitud para perseguir a Kimi, por más que todo pudiese haber sido un accidente.

Lo primero que había acudido a la memoria de Tracy cuando le había dicho Wright que en el claro habían estado presentes al menos cuatro jóvenes habían sido los artículos sobre el campeonato de fútbol americano del instituto y eso la llevó a pensar que quizás Buzz Almond no los había incluido en su expediente con la simple intención de ayudar a los testigos a recordar aquel fin de semana.

Tracy había marcado el número antes de acabar de cruzar el aparcamiento de camino a su vehículo. El teléfono de la casa de Sam Goldman sonó seis veces antes de que, en el momento en que pensaba que saltaría el contestador, respondiera a mitad del séptimo.

—Sam, soy la inspectora Crosswhite, de Seattle.

—¿Cómo van los malos, jefa?

Subió a la cabina de la camioneta y cerró la puerta.

—Siguen descarriados, Sam. Lo siento, pero tengo más preguntas que hacerte.

—Dispara. Estoy encantado de echar un cable, conque, si sé la respuesta…

Tracy oyó a Adele decir en un segundo plano:

—¿Quién es, Sam?

—Es la inspectora de Seattle —respondió él antes de volver a dirigirse a Tracy—. ¿En qué puedo ayudar?

—Los Cuatro Titanes —dijo ella mientras hurgaba en su maletín para sacar el cuaderno y buscaba entre sus notas—. Reynolds, Devoe, Coe y…

—Gallentine.

—Eso. ¿Qué puedes contarme de ellos, Sam?

—¿Qué quieres saber?

—¿Cómo eran fuera del terreno de juego?

Goldman se detuvo unos instantes y Tracy oyó a Adele exclamar:

—¡Unos gallitos! —Era evidente que estaba escuchando la conversación.

—¿Y eso?

—No eran malos chicos —aseveró Goldman—. Ya sabe lo que son estas cosas. Ninguno destacaba en nada y, de la noche a la mañana, se convirtieron en el centro de atención y vieron su nombre en el periódico una semana tras otra. Los adultos los paraban en la calle para felicitarlos y hacerles preguntas sobre el siguiente partido. Se les subió un poco a la cabeza.

—¿Se metieron en algún lío?

—Si lo hicieron, amiga mía, yo no me enteré.

—No te veo muy convencido.

—Porque corrían rumores, pero, claro, nada que pudiese yo poner en letra de imprenta.

Tracy vio a Kaylee Wright salir de la cafetería y dirigirse a su todoterreno y se despidió de ella con la mano mientras respondía a Sam:

—A veces los rumores tienen algo de verdad.

—Y también llevan consigo demandas —añadió él con una risotada—. Yo soy como Joe Friday: solo publico los hechos.

Ella, sin embargo, se resolvió a insistir.

—¿Y quién pudo haber presentado una demanda?

—Cuando los críos empiezan a leer su nombre en el periódico y a recibir palmaditas en la espalda, a veces pueden llegar a pensar que nada de lo que hagan está mal. Cosas de chavales de instituto, ya sabe.

—¿Beber? ¿Fumar maría?

—Ahí está la cosa. Si a cualquiera de esa edad lo pillan con una cerveza, la policía lo lleva a casa y a nadie le importa, pero si pillan a uno de los Titanes y lo lleva a casa la policía, se entera toda la ciudad y todos se echan a temblar pensando que quizá los echen del equipo y se vaya al garete una temporada entera sin derrotas.

—Sí, pero tú estabas al tanto de cuanto pasaba. ¿Había algo de verdad en aquellos rumores?

Goldman soltó un suspiro antes de responder:

—En una ciudad pequeña como esta no hay muchas cosas que hacer…

—¿Alguno de ellos tuvo, que tú sepas, un amorío con Kimi Kanasket?

Él guardó silencio y Tracy supo que estaba hilando unas preguntas con otras para descubrir adónde quería ir a parar.

—En ese caso, yo no tendría por qué haberme enterado.

—¿Nunca oíste nada?

—¿Sobre eso? No.

—¿Ni tampoco había entre ellos ninguna otra conexión, que recuerdes?

De nuevo hubo una pausa larga al otro lado.

—Coe y Gallentine hacían atletismo. Eso es lo único que se me ocurre.

—¿Qué me puedes contar de Arthur Coe?

—Archie Coe —la corrigió Goldman—. Un buen chico. De los cuatro era quizá del que menos se hablaba. Se alistó en el ejército al acabar el instituto, pero lo dejó: volvió a casa con una baja médica.

—¿Sabe por qué?

—Oficialmente se lastimó la espalda.

—¿Y extraoficialmente?

—Al parecer, tuvo algún tipo de depresión nerviosa. Ahora vive en Central Point. Trabaja en el vivero o, al menos, trabajaba allí la última vez que intenté hablar con él, hace quince años.

Tracy pensó en el hombre que había visto en el claro y en el arbusto recién plantado.

—¿Llegó a casarse? ¿Tiene hijos?

—Está divorciado. Su mujer y sus hijos viven en California. Creo que en Palm Springs.

—¿Para qué quiso hablar con él hace quince años?

—Estaba escribiendo un artículo sobre el vigésimo quinto aniversario del campeonato, pero resultó no ser el homenaje periodístico que estaba esperando todo el mundo.

—¿Por qué no?

—Eric Reynolds es el único de los cuatro que llegó a algo. Jugó cuatro años en la Universidad de Washington, pero se destrozó la rodilla durante un entrenamiento estando en su segundo año. Una lesión así, que hoy es poca cosa, lo dejó para el arrastre en aquella época. Jamás llegó a ser la estrella que había sido en el instituto, aunque, tras graduarse, volvió a casa y montó su empresa de construcción y material de obra. No habrá edificación pública a este lado de Seattle en la que no vea un cartel de Reynolds Construction.

Tracy volvió a consultar sus notas.

—¿Y qué me dice de Darren Gallentine?

—Se pegó un tiro. Vivía en Seattle.

—¿Cuándo?

—A finales de los ochenta, creo.

—¿Sabe por qué?

—Ni idea, amiga mía. El último de los cuatro es Hastey hijo, considerado universalmente el borracho de la ciudad. Como le he dicho, con eso era difícil hacer un artículo de homenaje, así que lo archivamos.

—¿A qué se dedica Hastey en la empresa de Reynolds?

—Llevaba un camión de cemento hasta que lo pillaron conduciendo bebido por tercera vez. Ahora creo que se dedica a sacarle brillo al sillón en la oficina.

—Parece que Reynolds es un amigo muy fiel.

—En las ciudades pequeñas, los lazos de amistad son muy fuertes.

—Lo sé —dijo ella pensando en Cedar Grove—. Voy a necesitar echar otro vistazo a tus periódicos, Sam. ¿Te importa?

—En absoluto, amiga mía. No teníamos planes de ir a ninguna parte.

CAPÍTULO 21

El lunes por la mañana, Tracy se dirigió al edificio achatado de hormigón de Airport Way que albergaba el laboratorio criminal de la policía estatal de Washington. El viernes había salido de la cafetería sintiéndose a un tiempo animada y aturdida. Tenía pruebas forenses definitivas de que Kimi Kanasket no se había arrojado al White Salmon. Ni mucho menos: la habían embestido y le habían pasado por encima con un vehículo antes de echar sin más su cuerpo al río como si fuera un desecho.

Y tenía muy claro que debía centrar su atención en los Cuatro Titanes.

Se abstuvo de llamar a Jenny: había aprendido a no informar de forma prematura de sus conclusiones cada vez que creía haber hecho un avance significativo en algún caso, pues ya eran muchas las ocasiones en las que las pistas que tenía habían resultado ser falsas y había tenido que desdecirse y dar explicaciones.

El despacho de Michael Melton estaba en el primer piso. Este científico forense de categoría cinco se hallaba en lo más alto del escalafón de su oficio, lo que debía tanto a su longevidad como a su talento y a la dedicación que profesaba a su trabajo. Podría haber ganado tres veces su salario de haber trabajado para una empresa forense privada, tal como hacían muchos después de beneficiarse de la formación y del prestigio que obtenían en el laboratorio criminal.

Él, en cambio, seguía en su puesto año tras año, aun en los momentos en que había tenido que costear los estudios universitarios o la boda de sus seis hijas. Los inspectores sabían que tal fidelidad se debía a cierto sentimiento de responsabilidad respecto de las víctimas y sus familiares. Formaba parte de la junta directiva de la sección de Seattle del Servicio de Apoyo a las Víctimas y tocaba junto a otros tres colegas en un grupo de *country* y *western* llamado The Fourensics a fin de recaudar fondos para dicha asociación. Aquel oso de abundante cabellera castaña salpicada de canas y barba a juego tenía los dedos ágiles para rasguear una guitarra y la voz dotada de un sorprendente efecto tranquilizador.

Tracy lo encontró en su oficina, que contenía una mezcla ecléctica de retratos de familia, martillos de bola, machetes militares y hasta una sartén de hierro colado, pruebas todas ellas de casos que había ayudado a resolver.

—¿A qué debo el placer de ver a mi inspectora favorita? —preguntó—. A ver si lo adivino: ¿el caso de Tim Collins?

—En realidad estoy aquí por otro.

—Siempre que no quieras nada para esta noche… Estoy de concierto en Kells.

Se refería a un bar irlandés muy popular del mercado de Pike Place al que ella acudía también a veces.

—¿Y no me lo has dicho?

—Me acabo de enterar. Vamos a sustituir a un grupo de *folk* irlandés.

—No te preocupes: no me corre tanta prisa. —Tracy apoyó el maletín en la mesa y sacó los sobres de fotografías para buscar las imágenes de las rodadas—. Me gustaría que me dijeras la marca y el modelo de la rueda que dejó estas huellas. Vas a tener que retroceder en el tiempo, porque las fotos son de 1976.

Como los zapatos, los neumáticos dejan marcas únicas en el suelo. Hasta las que coinciden en modelo pueden distinguirse por el desgaste del dibujo y el deterioro en forma de cortes y arañazos que presenta el caucho. Para esto último, sin embargo, era necesario tener delante la rueda que había dejado la huella para poder compararla con la fotografía y eso resultaba punto menos que imposible. Con todo, conocer el fabricante y el modelo le sería útil en extremo si, por ejemplo, coincidían con las de la camioneta de Tommy Moore o de cualquier otro vehículo con el que pudiera topar en su segunda visita a la biblioteca personal de Sam Goldman.

—Las bases de datos informáticas no llegan hasta esa fecha —le advirtió Melton.

Tracy no había esperado una respuesta así.

—¿Y no hay otro modo de hacerlo? —preguntó.

—Tengo un amiguete que es un hacha en estas cosas. Voy a ver qué me dice.

—Esto podría ser de ayuda —dijo dándole las tres fotografías de la camioneta blanca. Buzz Almond se había centrado en los daños de la carrocería, pero en dos de las imágenes aparecía también una porción de la rueda delantera—. A ver si eres capaz de usar tu magia para ampliarlas lo suficiente para distinguir la marca y el modelo.

—Para ver si coinciden con las que dejaron estas huellas.

—O si son diferentes —dijo.

—Entonces sí que serán de ayuda. —Melton se bajó las gafas hasta la punta de la nariz y se llevó a la altura de los ojos las instantáneas para estudiarlas—. ¿Tienes los negativos?

—Están en el sobre.

Él sacó las tiras de película del apartado frontal de uno de los sobres de Kodak y las puso a la luz antes de abrir un cajón y sacar una lupa para mirar por ella la fotografía y, a continuación, los negativos. Apartando la lente sin hacer comentario alguno, preguntó:

—Imagino que no es una investigación en curso. ¿No es así?

—Es un caso sin resolver de 1976 y es muy doloroso, Mike.

—Todos lo son, ¿no?

—Una chiquilla de diecisiete años que desapareció volviendo a casa del trabajo. Encontraron su cadáver en el río al día siguiente, por la tarde, y llegaron a la conclusión de que se había suicidado. Sin embargo, las pruebas apuntan a que no fue así: la atropellaron. Aquello lo dejó inmóvil, como había imaginado Tracy. Melton meneó entonces la cabeza.

—¿Cómo puede la gente vivir con la conciencia tranquila?

Tracy recordó lo que le había dicho Sam Goldman del artículo sobre el vigésimo quinto aniversario del campeonato estatal, que había desechado al advertir que no iba a ser el homenaje festivo que había imaginado.

—Puede que no siempre les resulte fácil —contestó.

Cuando llegó a su rincón del Centro de Justicia, Tracy mandó un correo electrónico al departamento de matriculación de Olympia para solicitar información sobre la camioneta de Tommy Moore, cuyo número de placa figuraba en las fotografías de Buzz Almond. También introdujo los nombres de Eric Reynolds, Hastey Devoe, Lionel Devoe, Darren Gallentine y Archibald Coe en Accurint y también en el Centro Nacional de Información Criminal. Por último, remitió un segundo correo a matriculación para pedir la marca y el modelo de cualquier vehículo que hubiese registrado a nombre de alguno de ellos o, dado que en 1976 estaban aún en el instituto, de sus padres.

Recibió la respuesta aquella misma tarde: la matrícula de la camioneta de Tommy Moore había servido para averiguar que el vehículo había pasado en enero de 1977 a manos de un comprador de Oregón que con el tiempo lo mandó al desguace. El que Moore la hubiera vendido dos meses después de la muerte de Kimi hizo que pusiera en duda su afirmación de que había hecho arreglar el parabrisas y el chasis. Si tenía pensado venderlo, ¿para qué iba a molestarse? Por otra parte, tal vez eso explicara los recibos al contado: Lionel Devoe, que llevaba entonces el negocio de su padre, podía haberle hecho descuento por pagar en metálico a fin de no tener que reflejar la transacción en sus libros de contabilidad ni, por lo tanto, pagar impuestos por ella.

El segundo informe la informó de que los talleres de Hastey Devoe padre disponían de varias camionetas, incluidas algunas grúas que posiblemente usaran ruedas todoterreno. Earl Kanasket tenía una Ford de 1968; Ron Reynolds, un Ford Bronco de 1973; Bernard Coe, que Tracy supuso que sería el padre de Archibald, una Chevrolet de 1974. Cualquiera de aquellos automóviles podía haber estado equipado con neumáticos similares. De hecho, en su opinión, eso era lo más probable. También sospechaba que las probabilidades de que alguno de ellos siguiera en circulación eran, a lo sumo, escasas. Y pensar siquiera que alguno pudiera tener aún las mismas ruedas que en 1976 resultaba absurdo.

Los resultados de Accurint confirmaron que Hastey Devoe vivía aún en Stoneridge y había una factura de electricidad que situaba el domicilio de Archibald Coe a escasa distancia de allí, en Central Point, como había dicho Sam Goldman. Por la dirección, debía de ser un apartamento. La de Eric Reynolds estaba también en Stoneridge, aunque la búsqueda que hizo en Google y por satélite reveló que la propiedad estaba lejos del centro urbano y rodeada de extensiones de frutales. Aunque no encontró registro público alguno sobre Darren Gallentine, tampoco esperaba hacerlo, pues Goldman le había dicho que se había quitado la vida.

Aparte de Tommy Moore, el único que tenía antecedentes penales era Hastley Devoe, al que habían arrestado tres veces, en 1982, 1996 y 2013, por conducir bajo los efectos del alcohol. Ni quería imaginar las veces que habría conducido borracho sin que lo parasen ni las que lo habrían detenido y lo habrían soltado por ser hermano del jefe de policía.

Tracy buscó el nombre de Gallentine en los Archivos Digitales del Estado de Washington y dio con una coincidencia. Darren John Gallentine había muerto el 12 de octubre de 1999 a los cuarenta y un años. El certificado de defunción del Departamento de Salud registraba como causa de la muerte una herida de bala en la cabeza causada por él mismo. También encontró un breve obituario en los archivos de *The Seattle Times*. Gallentine había trabajado durante casi dos décadas en calidad de ingeniero de la Boeing después de graduarse en la Universidad de Washington en 1981. Dejaba una esposa, Tiffany, y dos hijas, Rebecca, de diecisiete años, y Rachel, de catorce. La familia había pedido que, en lugar de mandar flores, se hicieran donativos a un organismo llamado Evergreen Health Clinic Northwest. Por Google supo que la clínica seguía existiendo y que había estado prestando sus servicios en la zona del estrecho de Puget desde 1973. De Tiffany Gallentine no encontró nada. Podía ser que hubiera muerto, se hubiera vuelto a casar, se hubiera cambiado el nombre o, sin más, no hubiera hecho nada que supusiese su inclusión en el buscador. Los nombres de Rebecca y Rachel Gallentine arrojaron en Facebook numerosos resultados de mujeres de la edad que debían de tener ya, pero, dado que las hermanas debían de estar rondando los treinta, también podían haberse casado y cambiado el apellido, lo que hacía que los resultados obtenidos fuesen muy poco fiables.

Decidida a recorrer el camino más corto, llamó a la clínica que aparecía en la necrológica y pidió hablar con el director. Sabía que pisaba un terreno pantanoso. En virtud de la Ley de Transferencia y Responsabilidad del Seguro Médico, la confidencialidad del historial de un paciente se mantenía aun después de la muerte del interesado y la legislación se mostraba especialmente quisquillosa con cuanto tuviera que ver con psicoterapia. La pusieron con un tal Alfred Womak, que confirmó que el centro había tratado a Darren Gallentine, pero no manifestó intención alguna de revelar la causa.

Tracy le hizo saber que se encontraba cerca de allí y que agradecería que le concediese unos minutos y el director convino en dedicarle veinte a las dos.

La Evergreen Health Clinic Northwest estaba situada en un elegante centro comercial del Northwest Gilman Boulevard de Issaquah llamado The Village, a media hora o tres cuartos de hora de carretera al este de Seattle. La meseta que albergaba dicha ciudad, antaño un conjunto de colinas de bosque virgen, estaba considerada por muchos de los habitantes de Seattle un ejemplo de la profanación urbana del medio ambiente. En la pasada década, las promotoras habían talado copiosas extensiones de bosque para construir casas, comercios, escuelas e instalaciones deportivas. La población se había triplicado en muy poco tiempo, sobre todo con matrimonios blancos de clase media con hijos pequeños que no habían dudado en adquirir viviendas de gran tamaño a precios asequibles.

Los edificios de The Village, conectados por caminos de madera y ladrillo, incluían restaurantes, un «estudio» de peluquería, un lujoso establecimiento de venta de cocinas, galerías de arte y un centro de yoga, además de la clínica. Tracy pudo hacerse una idea del probable perfil de los pacientes habituales: maridos desbordados por las obligaciones laborales, amas de casa insatisfechas que se sentían infravaloradas e hijos que recibían orientación sobre problemas de falta de atención, ansiedad y otros trastornos vinculados al estrés.

Un sonido de campanas tibetanas anunció su llegada cuando entró a una sala de recepción de colores suaves y música relajante. Womak fue a recibirla en el vestíbulo y la acompañó a su despacho, que parecía el interior de una *yurta* que tuviera, eso sí, por paredes ventanales por los que se contemplaba el paisaje oriental de las colinas. Calculó que el director de la clínica debía de haber cumplido los sesenta no hacía mucho. Tenía la barba que parecía obligada en los profesionales del campo de la salud mental, entradas en el pelo y gafas de montura metálica.

—Como ya le he dicho por teléfono, inspectora, las leyes federales me prohíben darle información alguna sobre el tratamiento del señor Gallentine.

Ella insistió. Por eso prefería reunirse cara a cara con sus testigos: siempre era más fácil colgar un teléfono que hacer caso omiso de la persona que se tiene delante. También había aprendido a evitar entrar en debates con ellos y a limitarse a hacer que contestaran sus preguntas.

—Lo entiendo. Lo que sí ha podido es confirmarme que fue paciente de este centro.

—Sí.

—¿Durante cuánto?

—Poco menos de dos años.

—¿Vino con asiduidad durante ese tiempo?

—Eso parece por el historial de sus pagos.

—¿Y siguen teniendo una copia de su ficha?

—Física, no: trasladamos los expedientes de más de cinco años a un almacén y nos quedamos solo con los ficheros electrónicos.

—Luego alguien tuvo que escanear el contenido de los expedientes.

—Correcto.

—Para poder acceder a ellas, hacer búsquedas y todo eso.

—Correcto.

—¿Indican sus archivos si alguien ha pedido en algún momento ver el expediente del señor Gallentine antes que yo?

—No ha habido solicitudes anteriores.

—¿Estaba casado el señor Gallentine?

—Según su historial, sí.

—¿Y su mujer no lo ha pedido?

—En los documentos no figura que lo haya hecho.

A Tracy le pareció extraño, dado que Darren Gallentine se había suicidado. Era de esperar que la esposa hubiese querido saber si los informes de su psicoterapia podían revelar el motivo. Quizá Tiffany Gallentine lo sabía. Tracy, desde luego, tenía claro por qué se había pegado un tiro su padre: por el dolor y la depresión que le causaron la desaparición y presunta muerte de Sarah.

—¿Tenía hijas menores en aquella época?

—Dos.

—¿Y ninguna pidió ver su historial?

—Nadie ha pedido nada por ninguna causa —repuso Womak con aire diligente.

—¿Recibieron alguna clase de tratamiento la señora Gallentine o alguna de sus dos hijas?

—Nuestros archivos indican que vinieron a unas sesiones de orientación familiar para el duelo tras la muerte del señor Gallentine.

—¿Cuánto tiempo?

—Unas cuantas visitas solamente.

—¿El terapeuta del señor Gallentine sigue trabajando aquí?

—La terapeuta —corrigió él antes de responder—: No.

—¿La despidieron?

—No voy a contestar ninguna pregunta sobre el historial laboral de nuestros empleados.

—Estoy tratando de determinar si el centro investigó de algún modo por qué se suicidó uno de sus pacientes mientras recibía tratamiento de forma habitual. —Sabía que, a veces, bastaba con poner en entredicho las decisiones del interrogado, sobre todo si este era médico, para picar su ego y llevarlos a defender sus actos y, con ello, revelar información que callarían en otras circunstancias.

Womak, sin embargo, supo conservar la calma.

—Tenemos reuniones semanales con el personal para hablar del tratamiento de los diversos pacientes y, por supuesto, analizamos la situación cuando un paciente decide poner fin a su vida.

—¿Les había ocurrido antes de lo del señor Gallentine?

—Por desgracia, sí.

—¿Cómo podría hacerme con una copia de su historial?

—Sería necesario que el señor Gallentine hubiese designado a un albacea y este nos notificara que renuncia al carácter confidencial del documento.

—¿Tienen en su ficha el domicilio que habitaba el señor Gallentine?

—Sí. —Womak le proporcionó la dirección.

—¿Sabe si la señora Gallentine ha vuelto a contraer matrimonio o vive aún por aquí?

—Me temo que lo ignoro.

—¿Y sus hijas, Rebecca y Rachel?

—No lo sé. Lo siento. Ha pasado mucho tiempo.

—¿Sabe si la señora Gallentine trabajaba fuera de casa cuando pidió tratamiento el señor Gallentine?

—No, ni tampoco tengo modo alguno de saberlo.

Womak miró el reloj y fue a levantarse diciendo:

—Me temo que no puedo dedicarle más tiempo.

—¿En qué año se suicidó?

—En octubre de 1999.

El obituario de Gallentine decía que había trabajado en la Boeing hasta 1997.

—¿Y su historial de pagos? ¿Se encargó el seguro de la Boeing de su terapia?

Womak volvió a sentarse. Sus dedos bailaron sobre el teclado que tenía en el escritorio y, a continuación, alzó la nariz para leer la pantalla con sus lentes bifocales. Según su ficha, el tratamiento lo costeó su seguro, pero no era el de la Boeing, sino el de su mujer, empleada de Microsoft.

Tras salir de la clínica, Tracy llamó a Ron Mayweather y le pidió que buscase en el registro de la propiedad la dirección de los Gallentine que le había dado Womak. También le encargó mirar en los archivos del condado de King y averiguar si se validó un testamento a nombre de Darren John Gallentine en 1999 y si se nombró a un albacea. A continuación, llamó a información telefónica para pedir el número de Microsoft.

—¿Algún departamento en particular?

—¿Cuántos tienen?

—¿Cuánto tiempo tiene usted?

—Recursos humanos —contestó Tracy.

CAPÍTULO 22

Tiffany Gallentine había cambiado su apellido a Martin y era directora de desarrollo comercial en Microsoft. Tracy no había pasado por alto la inquietud de su voz cuando se había presentado por teléfono como inspectora de Seattle (omitió «de homicidios») y le había pedido unos instantes de su tiempo.

—¿Sobre qué desea hablar? —le había preguntado.

—Tengo algunas preguntas que hacerle sobre su difunto esposo, Darren Gallentine.

—¿Qué?

Su tono era a un tiempo de alivio y confusión y, quizá también, en cierto grado, de irritación. Era evidente que al oír «policía de Seattle» e «inspectora» había temido por su marido actual o por sus hijas. Aun así, recibir de pronto una llamada de una investigadora que desea hablar del cónyuge que se quitó la vida no debía de figurar en la lista de diversiones de nadie.

—Mi marido se suicidó de un disparo hace quince años.

—Entiendo que se trate de una cuestión dolorosa, señora Martin, y no tengo intención alguna de causarle dolor de forma injustificada, pero tengo unas preguntas que podrían ser relevantes para un asunto que estoy tratando en el condado de Klickitat.

—No sé por qué. Mi marido murió en nuestra casa de Issaquah.

—De nuevo se mezclaban en su voz el alivio y el desconcierto.

Tracy optó por ser sincera.

—Estoy en los comienzos de una investigación y no deseo robarle más que unos minutos.

Aquel era el momento en el que el interlocutor solía dar con una excusa para decir: «Me pilla en mal momento», pero Tracy suponía que Martin, profesional que tenía que estar más que acostumbrada a mantener conversaciones incómodas y a la que no debía de sobrar tiempo libre, preferiría enfrentarse cuanto antes al mal trago a pasar una tarde o un día entero rumiando al respecto.

—A las tres y media tengo un hueco —respondió—. Después de eso, tendré que pasarme el resto de la tarde al teléfono y mañana salgo de viaje de negocios.

El despacho de Martin se encontraba en uno de los edificios del West Campus que tenía la compañía en Redmond. Después de pedir un mapa e indicaciones en el centro de recepción, Tracy aparcó en la zona designada para visitantes y apretó el paso por uno de los caminos. No había estado nunca en la sede de Microsoft, un conjunto extenso de edificios y zonas despejadas que le recordaba mucho a su facultad: fuentes, un lago, campos de césped y jóvenes paseando de un lado a otro con vaqueros, zapatillas de deporte y mochilas.

Tiffany Martin no tenía un aspecto tan informal. Iba vestida con pantalón de vestir y una camiseta dorada y se encontró con Tracy en un vestíbulo de cristal y cemento. Aunque debía de haber mediado la cincuentena, el peinado y el maquillaje la hacían parecer más joven.

—Va a necesitar esto para entrar —dijo dándole un pase de invitada antes de escoltarla al interior del edificio con la misma rapidcz con la que habría apartado de la vista del público a un pariente loco.

La llevó a una sala de reuniones de ambientación moderna, lo que era de esperar en el caso de una empresa de tecnología cuyo éxito dependía de la innovación. Las paredes eran blancas y estaban cubiertas con lo que parecían grabados japoneses y la moqueta era de un gris funcional. Martin retiró una de las sillas que había dispuestas en torno a la mesa de cristal, pero Tracy se dirigió al ventanal que daba al corazón del campus.

—Yo sería incapaz de trabajar con todas estas distracciones.

—Una aprende a olvidarse de ellas —dijo la otra en tono frío—. Además, aquí no tenemos mucho tiempo libre.

La inspectora no buscaba una respuesta concreta: solo pretendía ayudar a Martin a relajarse mediante una conversación trivial. Sin embargo, la mujer tenía los ojos y la boca tan tensos que pensó que podía estallar de un momento a otro.

—De todos modos, debe de estar bien tenerlo disponible —señaló.

—Ayuda a los empleados a ser más eficientes. —Martin fue a reunirse con ella ante la ventana.

—Dígaselo a mis jefes. La única distracción que tenemos nosotros es una cafetera de hace diez años.

—Tengo que confesarle que me ha inquietado su llamada, inspectora. No sé qué puede tener que ver con nada la muerte de Darren.

—Lo entiendo. —Tracy hizo rodar hacia ella una de las sillas de cuero negro de la mesa y las dos tomaron asiento—. Me temo que se trata de un tema espinoso.

Martin lucía brazaletes de oro y plata que tintineaban cada vez que movía el brazo o lo apoyaba en la mesa de cristal.

—Eso fue hace ya mucho, inspectora, pero una nunca llega a superar algo así. Por más que lo intente, siempre hay algo que se lo recuerda.

—¿Cuánto tiempo estuvieron casados? —Tracy tenía la esperanza de calmarla mediante una pregunta sencilla.

—Veintiún años.

—¿Se conocieron en la universidad?

—En la Universidad de Washington: estábamos juntos en el departamento de ingeniería.

Las respuestas de Martin eran breves y directas. Tracy decidió ir al grano.

—Parece que su marido tenía un buen puesto en la Boeing y del que ocupa usted aquí puede decirse lo mismo. Imagino, por la dirección que tenían en aquella época, que su casa no debía de estar nada mal.

—Darren tenía fantasmas —aseveró Martin, previendo adónde quería llegar Tracy—. Yo no lo sabía cuando nos casamos y lo cierto es que los mantuvo a raya al principio de nuestro matrimonio.

—¿Qué clase de fantasmas?

—De entrada, no dormía bien. —Se detuvo—. No dormía, de hecho. No le gustaba dormir. Se quedaba levantado hasta muy tarde y muchas veces volvía a estar en pie a las tres. Con tres o cuatro horas de sueño podía darse por contento. Eso, al final, acaba por hacer mella.

—¿Sabe por qué no podía dormir?

—Él decía que no lo necesitaba.

—Pero usted sospechaba que había algo más.

—Tenía pesadillas. Me despertaba gimiendo y revolviéndose. Cuando lo despertaba, estaba cubierto en sudor y resollando. Y fue a peor.

—He leído en la necrológica que trabajó en la Boeing hasta 1997.

—Lo despidieron. —Se encogió de hombros—. Se lo buscó él solito. Se volvió autodestructivo. Empezó a beber de noche para conciliar el sueño y luego pasó a beber también con la comida. Tuvo un par de incidentes en el trabajo: comentarios poco apropiados con los compañeros. Tuve que ir a recogerlo un par de veces. Al final le dije que no pensaba criar a nuestras hijas en un entorno así y que estaba dispuesta a divorciarme si no buscaba ayuda.

—¿Lo hizo?

—Fue a terapia, aunque, a juzgar por el resultado, es fácil concluir que no llegó a obtener la ayuda que necesitaba.

—¿Le dijo alguna vez de qué iban las pesadillas?

Ella negó con la cabeza.

—A mí no, desde luego. Decía que no lo sabía, que cuando se despertaba no se acordaba de nada.

—Pero dice que fueron empeorando, ¿no?

—Por las reacciones que tenía cuando se despertaba. No sé qué era lo que soñaba.

—¿Cuándo empezaron?

Martin se tomó un instante. Las pulseras tintinearon cuando se llevó la mano a la boca para pasarse el índice y el corazón por el labio inferior.

—Poco después de tener a la mayor. Hablé una vez de eso con su terapeuta, después de la muerte de Darren. Ella dijo que el nacimiento de un hijo podía despertar cosas de la infancia. Traumas por abandono, por ejemplo, o por maltratos.

—¿Le dijo de qué podía tratarse en el caso de su marido?

—No. Y, a esas alturas, tampoco quería saberlo en realidad.

—¿Qué edad tenían sus hijas cuando se quitó la vida su marido?

—Rebecca tenía diecisiete y Rachel, catorce.

—¿Y nunca han llegado a averiguar por qué?

—¿Además de la depresión y el abuso de sustancias nocivas?

—¿Ha pedido alguna vez ver su historial médico?

—¿Para qué? —repuso con un suspiro—. ¿Qué sentido habría tenido?

—Parar saber si dijo en algún momento qué era lo que lo atormentaba, por qué pasaba las noches en vela, por qué bebía…

Martin siguió frotándose el labio inferior.

—¿Y para qué iba a querer saberlo? —dijo en tono suave, aunque sus ojos parecían querer desafiar a Tracy a ofrecerle un motivo—. ¿De qué me iba a servir, si es que había algo?

—Para dar con una respuesta.

—Una respuesta que a lo mejor no es la que queremos.

—La entiendo.

—No. —Martin levantó una mano mientras clavaba en ella sus ojos azules. Parecía cansada—. Dudo mucho que lo entienda, inspectora. No se ofenda, pero con los años han sido muchos los que me han dicho lo mismo y nadie que no haya pasado por lo mismo puede tener la menor credibilidad cuando hace esa afirmación.

—A mi hermana la asesinaron con dieciocho años. Yo tenía veinte. Dos años después, mi padre, abrumado por el dolor, se mató de un disparo. —Se detuvo un instante. No tenía la intención de hacer que Tiffany Martin se sintiera mal, sino solo de propiciar cierta complicidad con ella—. Yo estuve veinte años sin saber lo que le había ocurrido a mi hermana y, aunque dar con la verdad fue muy doloroso, desconocerla era mucho peor.

La otra contuvo el aliento y miró por la ventana, al parecer al borde del llanto, antes de volverse hacia ella.

—Lo siento. Supongo que no debería dar por sentado que soy la única que ha pasado por esto.

—No se preocupe: no tenía por qué saberlo.

—De eso se trata, ¿verdad? De que no lo sabemos. ¿Se imagina cuántas personas han venido después de aquello para decirme que habían perdido del mismo modo a algún ser querido?

—Muchas —repuso Tracy—. Demasiadas.

Martin asintió con la cabeza y la inspectora respetó su silencio.

—¿Me ha dicho que tuvo que ver con alguna investigación?

—Podría ser. Todavía no lo sé.

—¿Sobre qué está investigando?

Tracy no veía modo alguno de suavizar los hechos.

—En 1976 desapareció una joven de diecisiete años que era compañera de instituto de su marido.

—Dios mío. —Martin hundió la cabeza entre las manos—. ¿Y cree usted que la mató? ¿Por eso tenía pesadillas? —Tracy tuvo la impresión de que durante años Martin había hecho sus conjeturas sobre qué era lo que atormentaba a su marido.

—No. No estoy diciendo eso, señora Martin: en realidad, acabo de empezar con las indagaciones. La comisaría del *sheriff* llegó a la conclusión de que la muchacha se había suicidado.

—¿Entonces?

—Los avances de estos últimos años nos permiten revisar casos antiguos de formas que no eran posibles en 1976. Ahora podemos evaluar de otro modo las pruebas. En este momento es lo único que estoy haciendo.

—¿Y las pruebas apuntan a que no se suicidó?

—Hay expertos que sostienen eso.

—¿Y creen que Darren pudo tener algo que ver?

—Empezaré por el principio. El caso lo investigó un joven ayudante del *sheriff* que dejó una carpeta con cuanto había averiguado. Entre sus papeles había un par de artículos de periódico y una fotografía de su difunto esposo con sus compañeros de clase.

—¿Qué salía en la foto?

—Su marido y su equipo con los uniformes de fútbol americano.

—¿Por qué iba a estar eso en la carpeta?

—No lo sé. Por eso estoy aquí: por ver si hay algún motivo.

—¿No se lo han preguntado al ayudante del *sheriff*?

—Murió. Estoy intentado estudiar todo lo que contiene su expediente. El nombre de su marido era uno de los que busqué en nuestras bases de datos y, de momento, es todo lo que tengo.

—Tracy calló que ella era la más accesible por vivir en las cercanías e intentó volver a encauzar la entrevista—. ¿Volvía a menudo su marido a Stoneridge?

—No. Nunca.

—¿Nunca?

—Yo no recuerdo que viajara allí una sola vez.

—¿Vivían todavía allí sus padres estando ustedes casados?

—Hasta sus últimos días.

—¿Y nunca expresó ningún deseo de ir a verlos?

—Pasábamos las vacaciones en nuestra casa de Issaquah, que era más grande y podía albergar a toda la familia. Así podían pasar la noche, porque en casa de sus padres no habríamos cabido todos. Eran gente sencilla. Su padre trabajaba en la empresa municipal de mantenimiento. Les encantaba venir aquí a ver a las crías.

—¿Y sus amigos de instituto? ¿Nunca fue a verlos?

—No.

—¿Llegó usted a conocerlos?

—Él decía que no tenía mucha relación con ellos.

—Luego no se puso en contacto con ninguno, ¿no?

—Yo, desde luego, no los conocía.

—¿Y los encuentros de antiguos alumnos?

—Nunca iba.

A Tracy le resultó muy extraño: Sam Goldman había descrito a Gallentine como uno de los cuatro héroes del equipo, lo que lo debía de haber convertido en una celebridad de por vida en su ciudad. Además, sabía por experiencia que cosas como el hecho de ganar un campeonato podían dar pie a amistades duraderas.

—¿Le dijo alguna vez su marido que había ganado el campeonato estatal de fútbol americano durante su último año de instituto?

Martin la miró con gesto inexpresivo.

—Sabía que jugaba al fútbol, pero nunca me dijo nada de eso.

—¿No le choca que nunca se lo mencionase?

—No lo sé. No mucho, la verdad: los deportes tampoco estaban entre sus aficiones. Quiero decir que le gustaba ver los partidos y fue a alguno que otro, pero no era ningún fanático.

Tracy pensó en ello unos instantes y cometió un error, porque su pausa dio a Martin ocasión de mirar el reloj de la pared.

—Tengo que irme —anunció poniéndose en pie de súbito—. Tengo una conferencia telefónica.

—Supongo que fue usted albacea del patrimonio de su marido —dijo entonces Tracy.

—Sí.

—Y tiene acceso al historial de sus terapias.

Martin negó con la cabeza.

—No pienso ir allí, inspectora.

—Tal vez no haga falta. Solo tendría que darles…

—¿Para qué? ¿Para correr el riesgo de arruinar más todavía los recuerdos que tienen mis hijas de su padre? Ni siquiera sabe si tiene o no relación con lo que está investigando. No pienso hacerles esto a mis hijas y a mis nietos sin un buen motivo. La muerte de Darren fue muy traumática para ellas. Eran unas niñas. No voy a hacer que vuelvan a revivirlo.

Tracy tuvo que recurrir a su argumento final.

—Pero hay que pensar también en otra familia, señora Martin: una familia que no pudo ver crecer a su hija y que aún no tiene todas las respuestas.

—Tendrán que buscar la forma de reconciliarse con lo que les ocurrió, inspectora, igual que hicimos nosotras. Lo que me cuenta es algo terrible y lo siento mucho, pero no voy a hacerles esto a mis hijas y a mis nietos. Y ahora me va a tener que perdonar, pero llego tarde. La acompañaré a la salida.

Tracy le dejó una tarjeta de visita y volvió al Centro de Justicia, pensando sobre todo en el hecho de que Darren Gallentine no hubiera dicho nunca nada a su mujer del campeonato estatal que había ganado, pese a que se conocieron pocos años después de aquella hazaña, en un momento, además, en que cabría esperar que cualquier deportista joven cargado de testosterona habría estado dispuesto a sacar no poco partido de un hecho así. Todo apuntaba a que él no quería tener nada que ver con aquello, ni con Stoneridge, ni siquiera para ver a sus padres y pese al hecho de haber partido de allí convertido en un héroe. Se diría que los recuerdos de los días de gloria no tenían cabida en su cerebro, atestado de las pesadillas que atormentaban su sueño, lo llevaron a beber y lo arrastraron, al final, al suicidio. No pudo menos que preguntarse si tendrían algo que ver con lo que había ocurrido a Kimi Kanasket.

El teléfono de Tracy interrumpió sus pensamientos. La identificación de llamada le dijo que se trataba de Michael Melton, del laboratorio criminal.

—Te acabo de enviar mi informe —le dijo—, pero me ha parecido buena idea hacerte la versión abreviada.

—Te lo agradezco.

—El neumático que dejó aquellas huellas era un B. F. Goodrich 35×12.50R15, una rueda todoterreno muy popular en la época para camionetas y vehículos de campo, de modo que había millones de ellas en circulación. ¿Te doy la mala noticia?

—Pensaba que sería esa. A ver si lo adivino: la marca y el modelo de la rueda de la camioneta blanca de las fotos no coinciden con las de las huellas.

—Hemos podido trabajar con los negativos que nos diste de la camioneta, pero solo he conseguido identificar parcialmente el modelo, no la marca.

—¿Qué puedes decirme del modelo?

—El tamaño de la rueda de la camioneta coincide con el de la que hizo la huella, pero del resto no puedo decirte nada.

—O sea, que no lo sabemos.

—Lo siento. Ojalá pudiera darte algo más concreto.

Kins se volvió de su ordenador en cuanto vio a Tracy entrar en el cubículo, se puso en pie y le tendió dos hojas de papel.

—Bingo —le dijo señalando el primero de dos correos electrónicos—. Angela Collins había hablado con un agente inmobiliario para vender la casa. Recibió un correo electrónico con la tasación.

—¿Cuándo? —preguntó ella buscando la fecha.

—La misma semana que compró una pistola.

—¿Has hablado con él?

—Acabo de colgar. Dice que le pidió que la tasara y, además, le aseguró que pensaba ponerla en venta en cuanto acabasen las vacaciones, o sea, a pocos días de la fecha del juicio.

—Quizás antes de que estuviera consumado el divorcio —señaló Tracy—. ¿No te dije yo que la estaba arreglando para venderla?

—Lo que habría sido violar el acuerdo.

—Aunque solo si seguía con vida Tim Collins. Eso demostraría que hubo premeditación.

—Puede ser —dijo Kins—. Voy a ver al agente inmobiliario: quiero asegurarme de que está todo bien atado. ¿Vienes conmigo?

En ese instante sonó el móvil de Tracy.

—Espera. —Buscó en el bolso y sacó el teléfono. Vio que era Jenny Almond.

—Querrás que te ponga al día, ¿verdad? —preguntó Tracy.

—En realidad, te llamo para informarte de algo. Me acabo de enterar de que Earl Kanasket está en el hospital.

Si su amiga se había puesto en contacto con ella no era, claro está, porque a Earl le doliese el estómago.

—¿Qué ha pasado?

—Tengo entendido que ha sufrido un ataque. Ha sido el hijo quien lo ha llevado, aunque parece ser que contra la voluntad de su padre.

—¿Cómo lo sabes?

—He llamado al hospital para hablar con el equipo que lo está tratando.

—¿Es muy grave?

—Ha empezado ya a respirar sin ayuda, pero se niega a recibir ninguno de los tratamientos que podrían salvarle la vida. Parece ser que les ha dicho a los médicos que está preparado para dejar este mundo y reunirse con su mujer y su hija.

Tracy recordó el momento en que Élan Kanasket le dijo que su madre se había ido a la tumba sin saber lo que le había ocurrido a Kimi y predijo que su padre seguiría el mismo camino. Demostrar que Élan se equivocaba era lo de menos: lo que más le importaba era que Earl pudiera morir con la tranquilidad de conocer la verdad y las probabilidades de que ocurriese tal cosa se acababan de reducir de manera drástica.

—Las actividades del aniversario empiezan esta semana, ¿verdad? —dijo Tracy.

—Sí.

—Tengo que encargarme de una cosa esta tarde, pero, en cuanto acabe, voy para allá. ¿Sigue disponible la casa de tu madre?

—Sí. No vuelve hasta la semana que viene. ¿Quieres que nos veamos para hablar de lo que has descubierto?

—Lo más seguro es que llegue tarde. ¿Por qué no te pongo al día mañana?

CAPÍTULO 23

A la mañana siguiente, pese a haber llegado tarde a la granja de los Almond y haber tenido dificultades para conciliar el sueño, dejó la cama antes de que empezara a cantar el gallo. Los pensamientos que la habían hostigado durante la noche volvieron a asaltarla en cuanto despertó.

Salir a correr solía despejarle la mente. Cuando salió de casa, equipada con ropa deportiva de invierno eran las 5.15, aún no había amanecido y, al decir del termómetro que había al lado de la puerta principal, estaban por debajo de los tres grados. Tomó el que se había convertido en su recorrido habitual, siguiendo la cresta de las colinas con la intención de completar lo que calculaba que sería un circuito de diez kilómetros. Aunque no era fácil orientarse en la oscuridad, llevaba una linterna frontal y el suelo era firme.

Cuando llegó a la cima, se detuvo para ubicarse. La carretera estatal caía al oeste y Stoneridge al sur. Se había acostumbrado a seguir la ladera en dirección este para luego volverse hacia el noroeste hasta llegar a la granja. Sin embargo, le sobrevino un pensamiento que la hizo correr hacia el sur siguiendo una senda menos transitada y manteniendo a su izquierda la 141, su punto de referencia. El follaje se hizo más denso a medida que avanzaba y estuvo tentada varias veces de parar y darse la vuelta, pero siguió adelante con el convencimiento de que había tomado el camino correcto.

Descendió una pendiente sintiendo el impacto en las rodillas y las espinillas, recorrió casi un kilómetro de terreno llano y llegó a otra cuesta, ascendente y más escarpada que la anterior. La enfiló con la respiración agitada y la sangre bombeando con fuerza en brazos y piernas y, al llegar arriba, entrelazó los dedos detrás de la cabeza y echó a caminar mientras se afanaba en recobrar el aliento. A sus pies se extendía el claro. Siempre había tenido un gran sentido de la orientación.

Bajó andando, marcando el aire con la respiración. Por las colinas comenzaba a asomar el primer anuncio del alba: un cielo rosado que arrojaba su luz imprecisa sobre el claro y los árboles que lo rodeaban. Se dirigió al lugar en que había caído Kimi según Kaylee Wright, el mismo que había elegido alguien para plantar un arbusto, cuyas hojas empezaban a mostrar ya las puntas pardas. Pasó allí unos instantes, rogando en silencio por Kimi, por su hermana, Sarah, y por otras jóvenes como ellas. Cuando acabó la asaltó un pensamiento que la llevó a volverse para estudiar el punto en el que había visto a aquel hombre la noche que había visitado por primera vez el claro. Se acercó a la arboleda y se internó en ella. La luz del día hacía más fácil ver por dónde había de pisar.

Dentro del bosque, reparó en lo que parecía un plantón muerto tirado en el suelo con la raigambre intacta aún. Se inclinó para recogerla y observó algunas más que habían descartado de forma similar, todas ellas con su cepellón. Siguió el rastro y encontró un montón, docenas de plantas diferentes en distintos estados de descomposición.

«En aquel claro no crece nada.»

Sin embargo, había alguien que no se había dejado disuadir.

Siguió recorriendo la espesura hasta llegar al camino que seguía el tendido eléctrico. Se le había despertado la curiosidad, que la llevó ladera arriba siguiendo las rodadas hasta la cima de la colina. Desde allí examinó los alrededores sin ver, no obstante, nada que destacase. Siguió caminando por la cresta poco menos de dos kilómetros y ya estaba a punto de dar la vuelta cuando se encontró contemplando una dilatada extensión de tierra con numerosos invernaderos de gran tamaño, un edificio de atención al público de madera de secuoya y lo que parecía más de una hectárea de hileras de plantas en maceta, cepas, arbustos y plantones de árboles.

Un vivero.

Miró el reloj y apretó el paso para volver a la casa.

En la granja, llamó al vivero de Central Point y confirmó que Archibald Coe trabajaba allí, si bien la mujer con la que habló le hizo saber que no llegaría hasta las once. Tenía que ser él el hombre que había visto la noche que llegó al claro, lo que significaba que no podía ser otra la persona que estaba intentando hacer crecer arbustos y otras plantas en el lugar en el que habían atropellado a Kimi Kanasket, durante años, a juzgar por la cantidad de ellas que había visto Tracy.

Llamó a Jenny para ponerla al corriente de cuanto había averiguado e informarla de su intención de ir a hablar con Archibald Coe en Central Point. También quería entrevistarse con Hastey Devoe, aunque sospechaba que podía ser difícil si no podían abordarlo cuando estuviera solo. La *sheriff* propuso hacer que lo siguieran y avisar a Tracy en caso de que descubriesen algo.

Poco antes de las once, la inspectora subió a la camioneta para internarse en una densa niebla. Cuando llegó al vivero, la mujer que había tras el mostrador del amplio edificio de secuoya la informó de que Archibald Coe se hallaba al cargo del centro de jardinería del vivero, donde se ocupaba de plantas anuales, perennes y de follaje. Lo más seguro es que lo encontrase en uno de los grandes invernaderos de cristal. Se ofreció a llamarlo por el interfono del vivero, pero Tracy declinó la oferta y aseguró que prefería dar con él. La mujer le dijo que lo más probable era que estuviese en el último.

De camino al invernadero, Tracy se cubrió con la capucha de su chaqueta de Gore-Tex contra una lluvia cada vez más insistente y fue eludiendo los charcos a fin de no pasar el resto del día con los zapatos y los calcetines mojados. La ominosa oscuridad del cielo hacía pensar que las condiciones meteorológicas aún tenían que empeorar y la empujó a apresurarse al interior antes de lo que tuvo por un diluvio inminente.

Dentro, se quitó la capucha y se sacudió para desprenderse del agua de lluvia. En lo alto brillaban tubos fluorescentes sobre mesas de plantones de perennes en distintos estados de gestación e hileras de plantas y arbolitos en maceta. Hacía mucho más calor que fuera y el aire estaba húmedo e impregnado del olor agrio a fertilizante.

No fue difícil encontrar a Archibald Coe. Era la única persona del invernadero y, además, no se distinguía en nada de la fotografía más reciente de su permiso de conducir: a excepción de algún que otro mechón de pelo gris, Coe era calvo, enteco y con pómulos marcados y círculos oscuros bajo sus ojos hundidos. Vestido con botas de agua que le llegaban hasta las rodillas y un impermeable ajado de color verde militar, avanzaba entre hileras de árboles jóvenes que crecían en macetas de cerámica naranja regándolos con lo que parecía una alcachofa de ducha en el extremo de una barra de metal. Al verla acercarse, bajó aquella vara y la estudió con rostro inexpresivo y mirada casi ausente.

—¿Archibald Coe?

La vara dejó de echar agua, salvo un ligero chorrillo que siguió cayendo unos segundos antes de cortarse del todo.

—Soy Tracy Crosswhite, inspectora de Seattle. —Le mostró la placa, que no hizo nada por alterar su gesto impasible—. Me gustaría hacerle unas preguntas.

—Estoy ocupado —dijo con voz suave, tono de disculpa y aspecto de estar agotado tras una jornada laboral completa—. Tengo trabajo.

—No voy a robarle mucho tiempo, señor Coe. Ni siquiera tiene que dejar lo que está haciendo mientras hablamos.

Él pareció inseguro unos instantes, pero, a continuación, volvió a levantar la vara y se puso a regar el siguiente árbol de la fila arrastrando tras él la manguera.

—¿Le ha dicho alguien que iba a venir? —preguntó Tracy, perpleja ante la aparente falta de interés de Coe.

Él negó con la cabeza.

—No.

—La gente suele preocuparse cuando llega un inspector sin avisar para hacerle unas preguntas.

Él alzó la vista al techo de cristal al oír el estruendo de la lluvia que arreciaba, semejante a una bandada de pájaros que se hubiera resuelto a hacerlo añicos con el pico.

—¿No tiene curiosidad por saber de qué quiero hablar?

—¿De qué quiere hablar? —Coe bajó la mirada.

—De Kimi Kanasket.

El repiqueteo se hizo más intenso. Había empezado a caer granizo, que golpeaba el cristal antes de deslizarse hacia los vértices de los marcos de metal. Coe volvió a levantar la vista y Tracy se dio unos instantes para estudiarlo. Lo que había tomado por indiferencia se reveló entonces como una clara fragilidad. El joven esquinero que Sam Goldman había descrito como rápido y ágil, caminaba arrastrando los pies con la languidez de un anciano que temiera perder el equilibrio y caer al suelo. Cada movimiento resultaba tan deliberado y metódico que no pudo menos de preguntarse si no estaría sedado.

—¿Recuerda a Kimi Kanasket?

Él asintió con un movimiento de cabeza.

—Íbamos juntos al instituto. Los dos hacíamos atletismo. Ella era muy rápida. —Dejó la vara en el suelo y regresó con paso lento al principio de la hilera. Recogió del suelo una caja, la agitó para

251

sacar de su interior palitos del tamaño y el color de cigarrillos y se puso a meterlos en el mantillo de cada maceta.

La inspectora optó por cambiar de táctica.

—¿Qué árboles son estos?

—Limoneros.

—¿Aquí, en el noroeste?

—Tenemos un comprador en el Sur de California, pero es posible criarlos aquí: lo único que hay que hacer es saber cuidarlos.

—¿Cómo se metió en esto de las plantas?

—Mi padre tenía un vivero. —Coe siguió metiendo barritas de fertilizante en la tierra—. Él decía que las plantas son como los hijos.

—¿Sí? ¿Y eso?

—Nacen de una semilla, echan ramas y se hacen más altas y fuertes, pero hay que alimentarlas.

—¿Tiene usted hijos? —preguntó Tracy.

Coe asintió con un gesto.

—¿Un niño? ¿Una niña?

—Sí.

—¿Uno de cada sexo?

—Sí.

—¿Qué edad tienen?

Él clavó la vista en el suelo y, tras unos instantes, respondió:

—Ya no lo sé.

—¿No los ve?

Coe negó sin palabras antes de recoger del suelo la vara y ponerse a regar la siguiente hilera de plantones. Tracy, recordando que, según Tiffany Gallentine, Darren se había quitado la vida al cumplir su hija los diecisiete, preguntó a continuación:

—¿Qué edad tenían cuando se divorciaron usted y su mujer?

Él respondió esta vez sin dudar:

—Quince y diez años.

—¿Quién es el mayor?

—La niña.

—Entonces sabe usted lo que es ser padre, señor Coe.

Él pasó a la siguiente planta sin responder.

—Sabe que, a veces, los hijos no hacen lo más correcto.

El chorro de agua planeó sobre el mismo árbol antes de que lo dirigiese al siguiente árbol de la fila.

—Sin embargo —prosiguió Tracy—, los perdonamos. Cuando acuden a nosotros para confesarnos que han hecho algo malo, los perdonamos. Todos cometemos errores. —Era el mismo discurso que había dirigido antes a tantos sospechosos.

—Yo ya no los veo —dijo él—. Ya son mayores. No hablamos.

—Kimi Kanasket no saltó al río. ¿Verdad, señor Coe?

Él no respondió. Quedó paralizado unos instantes. El agua empezó a hacer un charco en una de las macetas.

—¿Qué pasó en el claro del bosque, señor Coe?

—No lo sé —dijo como quien sale de un trance antes de tirar de la manguera en dirección a la siguiente planta.

—¿Y quién puede decírmelo?

—No lo sé. —Coe volvió a tirar de la manguera, pero esta había quedado atrapada bajo una de las macetas de cerámica y tuvo que volver para liberarla. La lluvia caía en cascada por los paneles de cristal y desdibujaba cuanto había en el exterior.

—Earl Kanasket lleva cuarenta años sin saber lo que le ocurrió a su hija —dijo Tracy—. Usted tiene hijos. Tiene que saber cómo se siente uno… cuando pierde a un hijo y no puede entender por qué.

Coe empezó a balancearse alternando el peso de su cuerpo entre los talones y la punta de los pies.

—Yo no los veo —repitió—. No veo a mis hijos.

—Y yo puedo ayudarle, señor Coe. Si me dice qué ocurrió, puedo ayudarle.

Él pasó a la siguiente planta, arrastrando los pies y la manguera.

253

—Tengo que trabajar —dijo—. Tengo que regar.

—¿Por qué está plantando en el claro, señor Coe?

Él no respondió.

—Fue a usted a quien vi aquella noche, ¿verdad? Es usted quien lleva plantas allí, ¿no?

—En aquel claro no crece nada. Todo muere.

—Sin embargo, usted está plantando. Está plantando donde atropellaron a Kimi. Lo ha intentado muchas veces. ¿Por qué lo hace, señor Coe?

Su rostro, ya enfermizo, se había vuelto pálido como el de un fantasma. Parecía estar a punto de echarse a llorar.

—Kimi seguía viva —dijo ella—: no murió en el claro.

Coe alzó la mirada y, por vez primera, sostuvo la de Tracy.

—Quien fuera quien la atropelló no la mató, señor Coe: seguía con vida cuando la arrojaron al río. Dígame qué pasó. Ha sido usted un ciudadano responsable durante cuarenta años. No ha cometido jamás un delito. La gente sabe perdonar, señor Coe, pero exige responsabilidades. Me da la impresión de que a usted le pasa lo mismo. Lleva soportando esta carga cuarenta años. Ya va siendo hora de que se libere y la saque de su pecho. Cuénteme lo que pasó aquella noche en el claro.

—En aquel claro no crece nada. Todo muere —concluyó él antes de volverse y dirigir la vara al siguiente árbol de la hilera.

CAPÍTULO 24

Jenny la llamó cuando salía del vivero.

—Parece que Hastey Devoe quiere adelantarse a todos en la celebración del aniversario: ha salido a comer y está dejando sin existencias un bar de las afueras de Vancouver. Sospecho que no va a tardar mucho en subir al coche para volver a casa.

—Pues, si lo que queríamos era tenerlo aislado, ¿qué mejor sitio que el calabozo?

—Eso es precisamente lo que había pensado yo. Haré que mis chicos lo detengan antes de que llegue a Stoneridge y te llamaré cuando lo tengan.

—Entretenedlo si pide hacer una llamada.

—Eso vamos a hacer. ¿Qué te ha dicho Coe?

—No mucho, por desgracia. —Le resumió la conversación que había tenido con él, la opinión que le merecía y lo que, a su parecer, podía significar todo a la luz de la fragilidad emocional de Darren Gallentine y su suicidio—. Estoy segura de que es él la persona que vi aquella noche en el claro y de que lleva años plantando cosas allí. He encontrado docenas de plantas desechadas en el bosque.

—Lo hace a manera de homenaje —sentenció Jenny.

—Lo intenta, porque allí no crece nada. Todo muere. Eso es lo que me ha dicho. Hemos dado con el camino acertado, Jenny. Lo sé. Estoy convencida de que Coe sabe lo que ocurrió allí y eso sigue martirizándolo. Solo tengo que encontrar el modo de hacer que me lo cuente. Si consigo que me diga lo que ocurrió, las pruebas circunstanciales que tenemos se volverán no ya pertinentes, sino confirmatorias y quizá condenatorias.

—¿Quieres que hable con el fiscal del distrito? Quizá podamos ofrecerle alguna clase de trato a cambio de su declaración…

—No creo que así consigamos nada —dijo Tracy—. No se está resistiendo. Tiene una gran fragilidad emocional y parece que rememorar lo que ocurrió allí es una puerta que no es capaz de abrir ni mencionar. Voy a tener que buscar con mucho cuidado un modo de abordarlo. Podemos estudiarlo con más detenimiento cuando tus ayudantes traigan a Devoe.

—¿Adónde vas ahora?

—A buscar más periódicos viejos.

Sam Goldman la recibió con una sonrisa.

—¿Ha venido en el Batmóvil? —dijo.

—Puede que me haya saltado un par de limitaciones de velocidad —contestó ella.

—Una de las cosas buenas que tiene el puesto, ¿verdad?

—Desde luego, mucho mejor que la paga, los horarios o los elogios.

Goldman soltó una carcajada.

—Tú lo has dicho, amiga mía. Las de los profes, los periodistas y los polis son las profesiones peor pagadas del planeta. —Se hizo a un lado para dejarla pasar—. Me has dicho que querías echar otro vistazo a los periódicos.

—Si no es mucha molestia…

—¡Qué va a ser molestia, jefa! —Ya iba por la cocina, camino del recibidor trasero.

Su esposa estaba sentada a una mesita situada frente a la ventana, con un lápiz y un libro de sudokus y la misma expresión entre preocupada y curiosa, como si no supiera bien qué pensar de aquella interrupción continuada del ritmo de su jubilación.

—*Regreso al futuro II*, Adele —anunció Goldman.

—Me alegro de verla otra vez —dijo ella a Tracy—. ¿Le hago una taza de té?

—Hoy no, muchas gracias. Le prometo no robarle mucho rato a Sam.

Él estaba encantado.

—Tiene sitios que visitar y gente con la que hablar, Adele. ¡Es una mujer embarcada en una misión!

Salieron por la puerta de atrás y el anciano repitió el ritual de abrir el candado que mantenía cerradas las puertas del cobertizo y colocar el cubo de veinte litros para evitar que se cerrasen. A continuación, encendió la luz y se abrió paso entre los trastos hasta llegar a los montones de cajas que contenían el trabajo de toda su vida.

Encontró la que ya había retirado antes y sacó los números que interesaban a Tracy, quien abrió el primero.

Stoneridge huele la victoria gracias a Reynolds

El artículo de primera plana continuaba en una página interior que contenía textos complementarios y fotografías. En una de estas, Eric Reynolds salía trotando del terreno de juego tras el partido con el casco en alto y la sonrisa de oreja a oreja de un crío al que espera un futuro brillante. Tracy, que había sido profesora de instituto en una ciudad de provincias, sabía que no todo el mundo tenía una oportunidad así. Detrás de él, el campo estaba lleno de compañeros de equipo celebrando la victoria, muchachas vestidas de animadoras y padres y estudiantes con gorro de lana y abrigo que enarbolaban banderines y pancartas hechas a mano.

—Este fue el partido que lo convirtió en una leyenda aquí —anunció Goldman mientras se ajustaba las gafas y observaba el periódico por encima del hombro de Tracy—. Hasta entonces solo se habían interesado por él centros de enseñanza menores, pero después de aquello empezó a llamarlo todo el mundo. Hizo más de doscientas yardas y dos anotaciones y todavía logró dos tantos más. Cuando fue a buscarlo la Universidad de Washington, se acabó la discusión: su padre quería que Eric fuese allí y no había más que hablar. Aunque en aquella época no se montaba el revuelo de ahora, publicamos un artículo para anunciar su decisión. De hecho, firmó su solicitud de admisión en nuestra redacción y desde allí la envió por fax a la universidad. —Goldman reflexionó un instante—. Debía de correr el mes de febrero. —Apartó la caja y retiró la tapa de la que tenía debajo para ir pasando diarios hasta dar con la edición que buscaba.

—¿Lo ve? El 17 de febrero de 1977 —anunció desplegando las hojas—. Un día que no caerá en desgracia.

En primera plana se reproducía un retrato de Eric Reynolds sentado ante un escritorio con la pluma en la mano. Ron Reynolds estaba de pie al lado de su hijo, con una mano apoyada en la mesa y la otra estrujando el hombro del joven. Los dos miraban sonrientes a la cámara. Se parecían mucho: Eric había heredado la mandíbula marcada de su padre y una sonrisa ligeramente más pronunciada en el lado izquierdo. A diferencia de Ron, que llevaba el pelo rapado y tenía los rasgos severos de un sargento de instrucción, Eric tenía largo hasta los hombros su cabello rubio y facciones más amables. Sus ojos debían de ser azules, si bien la imagen estaba en blanco y negro, y destellaban en lugar de arder con la intensidad de los de su padre, como los del clásico alumno de instituto que derretía los corazones de las chicas con solo mirarlas de soslayo.

—Me subí a una mesa para hacer esa foto —explicó Goldman con cierto orgullo.

—¿La madre no se unió a la celebración?

—Murió antes de mudarse de California del Sur. Solo eran ellos dos.

—¿No tenía hermanos?

—No: Eric era el niño bonito. Aquel año también llevó al equipo de baloncesto al campeonato estatal. Además, en béisbol lanzaba lo bastante bien como para que lo hubiesen querido reclutar para ese deporte; pero Ron dejó muy claro que la estrella era el fútbol americano y Eric tenía la intención de jugar de mariscal de campo y pasar a la liga nacional.

El artículo seguía en la página siguiente, ilustrado por otra fotografía de Eric, en esta ocasión con una chaqueta del instituto con más insignias que un uniforme de *boy scout* y apoyado en lo que debía de ser el vehículo que tuvo antes del todoterreno (parecía un Jeep) con capota de lona.

Tracy alzó el periódico y lo orientó hacia la luz amarilla para verlo mejor. Entonces se dio cuenta de que se trataba, en realidad, de un Bronco con ruedas todoterreno. Sin embargo, su euforia inicial no tardó en disiparse cuando vio que, aunque se distinguía algo del dibujo de la rueda, apenas se veía el lateral, en el que tenían que aparecer la marca y el modelo.

—Mierda.

—¿Qué está buscando, jefa?

—La rueda. Tengo que saber la marca y el modelo.

—Déjeme ver. —Goldman tomó el diario, se llevó las gafas a la frente y estudió la instantánea—. Esta está recortada.

—¿De verdad?

—Claro: para que encajase con el texto.

—¿Y todavía tienes la foto original? —preguntó ella, cauta pero optimista, dada la inclinación que parecía tener Goldman a guardarlo todo.

Él la miró con una sonrisa astuta.

—Me subestimas, figura. —Se dirigió a una fila de ficheros que recorría la pared lateral. Cada uno de los cajones llevaba delante una tarjeta blanca con la tinta descolorida y, en algunos casos, apenas visible. Volvió a colocarse las gafas sobre las cejas y se inclinó para leer aquellas cartulinas por lo escaso de la luz—. Esta —dijo, pulsando el botón con el pulgar para abrirlo—. Guardábamos las de cada número, porque uno nunca sabe cuándo va a necesitar una foto de archivo.

Como los cajones de periódicos, el cajón estaba bien organizado con subcarpetas verdes etiquetadas. Goldman las fue pasando desde el principio y el movimiento de su mano se hizo más lento a medida que llegaba a las del final.

—Pues no —concluyó.

—¿No la tienes? —preguntó Tracy.

—Que no es este cajón.

A continuación, volvió a cerrarlo y abrió el que tenía debajo, donde repitió el proceso. Se detuvo y sacó una de las subcarpetas del principio.

—Esta es. —Llevó la carpeta a la mesa que habían improvisado con la caja de mudanzas y reveló las instantáneas en blanco y negro que había sueltas en el interior. Las pasó con la velocidad de un crupier y fue dejando a un lado las que no tenían nada que ver con Eric Reynolds ni su padre—. Aquí están. —Fue pasando las que mostraban al muchacho ante un edificio enlucido, con la chaqueta del instituto puesta o quitada, según el caso—. Fue Adele la que tuvo la idea de fotografiarlo apoyado en el coche para que no hubiera tanto contraste —dijo sosteniendo una de las fotografías—. Decía que todas estas parecían sacadas de una ficha policial.

Le tendió la instantánea en que salía apoyado en el Bronco. Alguien, posiblemente Goldman, había usado un lápiz de grasa rojo para tazar un rectángulo y delimitar la parte de la fotografía que saldría en el periódico. Fuera de él, bajo el guardabarros delantero del

Bronco, la cámara había capturado una parte de la colosal rueda que no aparecía en la imagen publicada. En ella se veían tanto el dibujo como una porción del lateral en la que, sin embargo, no era posible distinguir la marca ni el modelo, al menos a simple vista.

—Sam, voy a tener que llevarme esta foto y su negativo, porque no me va a valer ninguna copia. Te doy mi palabra de que, en cuanto la escanee, te la devolveré. El negativo voy a tener que enviarlo al laboratorio criminal que tiene la policía estatal de Washington en Seattle.

A Goldman le brillaban los ojos de entusiasmo.

—¡Vaya! ¡Esto sí que va a ser una batallita que contar a los nietos! —exclamó.

En ese momento, a la inspectora se le ocurrió otra cosa.

—¿Puedo ver la edición dedicada al desfile? Una en la que aparecían muchas fotografías.

—Esa fue la del día… martes, 9 de noviembre de 1976 —dijo él.

Tras dar con la caja, encontró el número y lo abrió como si fuera una reliquia centenaria antes de colocarlo con cuidado sobre la mesa improvisada. Tracy estudió las imágenes que resumían el acontecimiento: los habitantes de Stoneridge llenaban las aceras sonrientes y lanzaban vítores al paso de la procesión, que iba encabezada por animadoras con una pancarta en la que habían pintado a mano CAMPEONES ESTATALES y en la que no faltaba la banda. Los jugadores y sus entrenadores atestaban camionetas y descapotables. El ángulo desde el que estaban tomadas algunas de las fotografías permitían ver mejor los vehículos que transportaban a los del equipo con sus sudaderas: una ranchera, un Mustang, una camioneta que llevaba a varios jugadores de pie en la caja y un camión de plataforma en el que había sentados más de veinte con los pies colgando por el lateral y saludando a la multitud.

Tracy miró más de cerca una en la que aparecían tres de los Cuatro Titanes: Eric Reynolds, Hastey Devoe y Archibald Coe sentados sobre el respaldo del asiento trasero de un Cadillac descapotable. El primero sostenía un trofeo por encima de su cabeza y Devoe tenía el índice levantado y una sonrisa amplia. Coe, a su lado, tenía la mirada ausente y el rostro impasible que ella le había conocido en el vivero. Reparó en la ausencia de Darren Gallentine y lo buscó en el resto de instantáneas sin encontrar en ninguna su rostro ni su número de sudadera. Tampoco vio el Bronco de Reynolds y no pudo evitar preguntarse por qué, siendo así que habría sido de gran utilidad en el desfile con solo retirarle la capota de lona.

En ese momento le sonó el teléfono y Tracy reconoció el número.

—Acaban de traer a Hastey —anunció Jenny.

CAPÍTULO 25

Aunque la comisaría principal del *sheriff* de Klickitat estaba aún en Goldendale, a cincuenta minutos de allí, Buzz Almond había abierto una secundaria «occidental» en Stoneridge a fin de ofrecer un mejor servicio a aquella parte del condado y, para ser sinceros, de hacer quizá más breve el trayecto de su casa al trabajo. Cuando llegó allí, Tracy decidió que sería mejor hacer esperar unos minutos a Hastey Devoe mientras Jenny y ella escaneaban la fotografía de Eric Reynolds apoyado en el parachoques del Bronco y la enviaban a Kelly Rosa y Michael Melton. La inspectora pidió a Rosa que estudiara si el dibujo que presentaba el hematoma Kimi Kanasket en la espalda y el hombro coincidía con el del neumático de la imagen. Comunicó a Melton que iba a enviarle los negativos por mediación de un ayudante del *sheriff* y le pidió que comparase la huella que aparecía en ellos con la que tenían del claro.

Los ayudantes que arrestaron a Hastey Devoe hicieron saber a su superior que se había negado a hacer la prueba del alcoholímetro y a responder a sus preguntas y que había pedido hacer una llamada telefónica. Quizá podía parecerle un contratiempo menor que lo detuvieran por sospechar que conducía bajo la influencia del alcohol, toda vez que debía de suponer que su hermano Lionel, jefe de policía, iba a sacarle las castañas del fuego.

Tracy sabía que tendría que haberlo alejado de su elemento si quería tener la esperanza de que le dijera algo. Habría preferido interrogarlo después de saber a qué conclusión habían llegado Melton y Rosa, pero eso no iba a ser posible: estaba convencida de que Lionel no iba a tardar en tener noticia de lo que había ocurrido y sabía que era poco probable que se le presentara en breve otra ocasión de tenerlo delante sin compañía.

La alentó ver la sonrisa de superioridad de Devoe esfumarse en el momento en que entró en la sala con Jenny. Lionel debía de haberle advertido de la presencia en la ciudad de una inspectora de Seattle que estaba haciendo preguntas sobre Kimi, pero, fuera como fuere, tenía que saber que, cuando la *sheriff* se presentaba en la sala de interrogatorios para hablar con uno en persona era porque el asunto en cuestión era más grave que una simple detención por conducir ebrio.

—Esto se está convirtiendo ya en costumbre, Hastey —dijo Jenny mientras retiraba una silla y tomaba asiento.

Tracy ocupó la otra que había en la sala. Entre Devoe y ellas no mediaba mesa alguna ni ningún otro elemento que pudiera brindarle cierta sensación de alivio. Olía como la sede de una fraternidad a la mañana siguiente de una fiesta.

La inspectora recordó que, en las fotografías que había visto de él de joven, el exceso de peso le había conferido un aspecto inocente y pueril. Tenía la sospecha de que debía de haber sido de los que despiertan la risa de sus compañeros al quitarse la camiseta para tirarse de bomba en ríos y lagos o hacer la danza del vientre mientras acababa con una cerveza. Debía de ser el payaso de la clase, uno de los John Belushi, Chris Farley o John Candy que pululan por el mundo. Sin embargo, las cosas no siempre acaban bien para esta clase de hombres: Belushi y Farley murieron por causa de las drogas y Candy murió de un ataque al corazón después de mucho luchar contra su sobrepeso. Todos ellos habían sido actores competentes y es muy posible que crearan el personaje que representaban en público con la intención de encubrir sus inseguridades y sus fantasmas.

Bastaba ver a Devoe para suponer que a él tampoco le iban a ir bien las cosas. El exceso de alcohol y otros abusos habían convertido su grasa infantiloide en pliegues flácidos que parecían hundir la silla en la que estaba sentado y sus rasgos aniñados en una masa carnosa y pálida. Su atuendo era un desastre: llevaba los chinos y el polo azul arrugados y desaliñados, y este último, manchado además de sudor bajo las axilas y el cuello. El pelo, gris y ralo, también estaba despeinado y húmedo.

Lanzó una mirada a Jenny para anunciar:

—Me gustaría hacer una llamada.

—En cuanto hayamos tenido ocasión de hablar y ficharte —dijo la *sheriff*.

—No voy a decir nada. —Devoe clavó la vista en un rincón vacío de la sala.

—En ese caso, limítese a escuchar. —Tracy acercó un tanto su silla para obligarlo a mirar hacia ella.

—¿Y usted quién es?

—Lo sabe muy bien, señor Devoe: soy la inspectora de Seattle de la que le ha hablado su hermano.

—¿Y qué quiere? —El detenido cruzó los brazos.

—Comentar con usted un par de cosas sobre Kimi Kanasket.

Devoe arrugó la frente.

—¿Sobre quién? —dijo en un tono muy poco convincente.

Tracy se acercó más aún hasta dejar menos de un palmo entre sus rodillas y las de él.

—Quiero que me hable de la noche que desapareció Kimi Kanasket.

—No sé de quién me habla. —Tenía la voz dañada y áspera de quien bebe y fuma más de lo que debería.

—Por supuesto que lo sabe. Fue compañera suya el último año de instituto y este fin de semana se homenajea precisamente a aquella promoción. Además, usted estaba presente aquella noche. Estaba usted en el claro. Eric Reynolds, Archibald Coe, Darren Gallentine y usted eran inseparables, los Cuatro Titanes. Cuénteme lo que ocurrió.

Aunque había apartado la mirada de ella, su nuez subía y bajaba de manera perceptible mientras él se revolvía inquieto en la silla. Pese al aire acondicionado de la sala, habían empezado a caerle gotas de sudor por el contorno de sus patillas y el olor a animal salvaje que imperaba en la habitación se hizo más intenso.

—No… —Se aclaró la garganta—. No sé de qué me está hablando.

—¿Qué número calza, Hastey?

—¿Por qué quiere saberlo?

—Un 47, ¿verdad?

—Se equivoca —respondió—: un 45.

—Y en el instituto le gustaban las Converse, como a su colega Eric.

—Yo no…

Tracy se inclinó hacia delante.

—Claro que sí, Hastey, y voy a demostrarlo. Voy a demostrar que estaba usted en el Bronco cuando Eric atropelló a Kimi y que usted y su hermano Lionel, y quizás hasta su padre, arreglaron el parabrisas y el guardabarros del vehículo, así que no me intente convencer de que no estaba allí ni sabe nada.

—Quiero hablar con mi hermano.

—¿Su hermano? Pensaba que preferiría llamar a Eric Reynolds. Es él quien lo ha estado encubriendo cuarenta años. ¿O no? Claro que tampoco tenía muchas más opciones. Los dos comparten un secretito, ¿verdad? Por eso lo puso en nómina en su empresa y por eso lo mantiene en su puesto de trabajo. Hasta ayudó a financiar la campaña de Lionel para la jefatura de policía, y todo por el mismo motivo: para que tuvieran el pico cerrado. Él daba la impresión de estar sufriendo ardores tras una comida picante en exceso. Estaba empapado en sudor.

—Corríjame si me equivoco, Hastey.

Devoe no dijo nada.

—Lo malo que tienen las mentiras, Hastey, es que nunca van solas. ¿Verdad? Piensan que, si todos coinciden en no decir nada, no les puede pasar nada a ninguno, pero a continuación tienen que volver a mentir una, dos veces más, hasta que, no mucho después, lo han hecho tantas veces que ya no saben lo que es cierto. —Tracy se apoyó un dedo en el esternón—. Pero la verdad sigue ahí dentro. Está bien enterrada, lo sé, y no deja de picotear, decidida a salir a la luz. Picotea, picotea y picotea hasta que uno no puede más: no consigue dormir, ni hacer ninguna otra actividad, se da a la bebida y a comer más de la cuenta, se destruye a sí mismo y se pregunta si acabará por tener un ataque al corazón o a perder por entero la cabeza como le ocurrió a Darren Gallentine.

El detenido estaba blanco como la pared.

—Y ese secreto, que parecía tan poca cosa, se ha convertido de pronto en un ancla colosal atada a su cuello, que empieza a hundirlo porque ya no tiene la fuerza necesaria para mantener la cabeza por encima del nivel del agua. Usted ha empezado ya a ahogarse, Hastey. Se está hundiendo y lo sabe. Se está ahogando. ¿No quiere librarse de esa ancla? ¿No quiere liberar su conciencia? Usted no mató a Kimi Kanasket: usted no conducía, simplemente estaba allí, se encontraba en el lugar equivocado en el peor momento. A cualquier alumno de instituto le puede ocurrir en algún momento. Dígame qué pasó. Dígamelo y yo haré cuanto esté en mi mano por ayudarlo.

Devoe dio la impresión de estar teniendo dificultades para respirar, como si estuviese a punto de hiperventilar. Tracy se lo imaginó haciendo algo similar al reunirse en corrillo durante un partido. Cansado, agotado y convencido de ser incapaz de jugar un minuto más, pero reacio a dejar en la estacada al resto del equipo. A diferencia de Eric Reynolds, el guaperas destinado a jugar en las grandes ligas; Darren Gallentine, inteligente y atlético, y aun Archibald Coe, con planes de entrar en el ejército en calidad de oficial, Hastey no tenía otra cosa que el fútbol americano: eso era lo que le permitía encajar, porque el papel de payaso de la clase comportaba, necesariamente, que los compañeros se rieran no solo con él, sino también de él, y eso podía ser muy doloroso. En consecuencia, Hastey olvidaba su extenuación y volvía a la línea para estampar su humanidad contra la de sus oponentes una y otra vez, hasta la saciedad, porque era aquel el camino que lo llevaba a ser aceptado. Eso, ser aceptado, era lo único que deseaba. Por eso Tracy sabía, aun antes de verlo abrir la boca, que Hastey Devoe no iba a decir jamás nada que comprometiera a nadie y mucho menos a la mano que le había dado de comer todos aquellos años. Nunca iba a implicar a Eric Reynolds.

—Quiero hablar con mi hermano —dijo.

Lionel Devoe llegó a la comisaría minutos después de la llamada de Hastey. Por supuesto, no tuvo que recorrer mucho trecho. Se asomó a la sala de interrogatorios con gesto y voz quebrados que se crisparon más aún cuando vio que su hermano no estaba allí.

—Lo vamos a fichar, Lionel —anunció Jenny—, y va a pasar la noche en el calabozo para que mañana puedan formularse cargos contra él. Entonces podrás pagar la fianza y llevártelo a casa.

—Voy a llamar a Dale —repuso él refiriéndose al fiscal del condado— para que sepa de qué va todo esto en realidad.

—Yo que tú empezaría a buscar más bien un buen abogado —replicó Jenny—. Con Dale he hablado yo ya: pretende acusar a Hastey de delito grave por reincidencia y no piensa ofrecerle ningún programa de erradicación sin una suspensión de su permiso de conducir ni un tiempo entre rejas.

A él se lo iban a llevar los demonios.

—¿Se puede saber qué estás haciendo exactamente, *sheriff*?

—Mi trabajo, Lionel. Si quieres arremeter contra alguien, deberías enfadarte con tu hermano. Y buscarle ayuda antes de que se mate o mate a alguien.

—No me vengas con sermones. Y no me digas que tus ayudantes han ido a tropezarse con Hasley precisamente hoy, el día en que está aquí esa. —Lionel apuntó hacia Tracy—. ¡Qué casualidad! Has hecho que lo sigan y lo has arrestado para que ella pueda hablar con él de Kimi Kanasket.

—¿De qué lado estás tú, Lionel? —dijo Jenny con gesto y voz de completa inocencia—. Ya sé que es tu hermano, pero está borracho como una cuba y necesita ayuda.

—Lo que me preocupa es que estés apoyando una caza de brujas basada en alegaciones infundadas de hace cuarenta años y que encima arrastres a mi hermano. Se supone que este fin de semana va a ser de celebración, de celebración de una victoria pasada y de compromiso con el futuro.

—Igualito que hace cuarenta años —dijo Tracy.

—¿Qué? —espetó él.

—Hace cuarenta años nadie quiso que la muerte de una joven india estropease el fin de semana en que se celebraba la final del campeonato, de modo que a Kimi Kanasket la arrojaron al río y la olvidaron.

Lionel Devoe dio un paso al frente con el dedo levantado.

—Déjeme decirle algo, inspectora.

—No —repuso ella alzando su propio índice—, va a ser usted quien me deje que le diga yo algo: hace cuarenta años, esos cuatro confabularon para mantener en secreto lo que le habían hecho a Kimi Kanasket y dudo que actuasen sin ayuda. Desde luego, el parabrisas y el parachoques del coche no se arreglaron solos. ¿Sabe usted por casualidad algo de todo eso?

El jefe de policía meneó la cabeza con gesto burlón.

—Era usted quien llevaba el negocio de su padre en aquella época. ¿De verdad no sabe nada de dos facturas pagadas al contado por el arreglo de una carrocería y la sustitución de una luna delantera?

Él respondió con una sonrisa atribulada.

—¿Sabe cuál es el problema, inspectora? Que ha salido usted de pesca y ha echado el sedal al agua, pero no tiene anzuelo ni cebo. —Se enderezó—. Si cree que puede demostrar algo, hágalo, pero, si no, haga el favor de dejarnos a mi hermano y a mí fuera de esta caza de brujas que ha organizado.

—No se preocupe, que lo voy a demostrar. Puede estar seguro. Cuando mi padre me sacaba a pescar, me enseñó que no siempre hace falta cebo para atrapar un pez. Yo, al menos, los he pescado con mosca, con señuelo, con red y con lanza. ¡Hasta con las manos los he llegado a pescar!

—Entonces, que tenga suerte. —Lionel se dirigió a la puerta.

—Y cuando llame a Eric Reynolds para ponerlo sobre aviso, dígale que a continuación tengo pensado hablar con él.

El comentario de Tracy lo hizo pararse en seco. Giró la cabeza para fulminarla con la mirada, pero al abrir la boca fue incapaz, a todas luces, de articular lo que quería decir. Fue Jenny quien se encargó de rellenar el silencio:

—Lo mejor que puedes hacer es buscarle un abogado a tu hermano antes de mañana, Lionel.

CAPÍTULO 26

Tracy renunció a salir a correr a la mañana siguiente tras llegar a la conclusión de que a su organismo no le vendría mal un día para recuperarse. En realidad, no le apetecía hacer ejercicio: tenía la sensación de estar llegando a un callejón sin salida y eso le resultaba muy frustrante. Lionel tenía razón: sus bravatas y acusaciones no la iban a llevar muy lejos si no conseguía nada más. Su mejor baza seguía siendo Archibald Coe, pero tenía que dar con un modo de hacer que se abriera.

Le bastó mirar por la ventana para reafirmarse en la decisión que había tomado al descubrir que había nevado por la noche, tal como ponía de manifiesto el centelleante paisaje argénteo. Era hermoso, pero a la manera de un lago de alta montaña en invierno, que a la vez resulta frío, capaz de hacer castañetear los dientes del más avezado y entumecerlo hasta el tuétano. Mike Melton fue a desanimarla aún más cuando llamó para hablarle de la imagen del neumático del Bronco de Eric Reynolds.

—Lo siento. El laboratorio ha hecho horas extras —anunció— y sé que estoy empezando a sonar como un disco rayado, pero no hay nada concluyente en la imagen. Con lo poco que se ve de la rueda me es imposible determinar con total certidumbre que coincida en marca y modelo con las rodadas que se fotografiaron en el suelo. Parecen similares, Tracy, y podrían ser la misma, pero en aquella época había otros fabricantes que hacían modelos demasiado parecidos a ese para que puedan descartarse.

Tracy empañó con su aliento la ventana de la cocina.

—O sea, que no puedes decir que sea la misma, sino solo que podría serlo.

—Puedo decir que la huella que se ve impresa en el suelo en las fotografías es semejante a las que esperaría que hiciera ese neumático, pero no que lo haya dejado ese neumático. Lo siento: sé que no es la respuesta que querías oír.

Era verdad que tenía un problema.

Dio las gracias a Melton. En realidad, su información no había sido del todo inesperada y, desde luego, aquello era preferible a que le hubiera dicho que las ruedas no eran, definitivamente, las que habían hecho aquellas huellas. Con todo, que existiese entre ambas una similitud no la llevaba exactamente adonde quería llegar. Sospechaba que Kelly Rosa le iba a ofrecer la misma conclusión: el dibujo del hematoma de la espalda y el hombro de Kimi Kanasket era como el que cabría esperar de una rueda como aquella, pero no podía aseverar a ciencia cierta que lo hubiese provocado aquella y no otra.

Se apartó de la ventana y se sentó a la mesa para volver a estudiar lo que sabía y en qué punto se encontraba su investigación. Estaba claro que sobraban pruebas circunstanciales que indicasen que a la víctima la habían perseguido antes de atropellarla con una camioneta dotada de neumáticos todoterreno. Eric Reynolds conducía un vehículo con ruedas así, pero también Tommy Moore y Élan Kanasket, en tanto que Hastey y Lionel Devoe tenían acceso a automóviles de empresa que también podían tenerlas, por no hablar ya de otras muchas camionetas y todoterrenos del condado. Lo mismo cabía decir de las huellas de calzado. A excepción de las botas de caza, pertenecían a marcas muy populares entre los varones jóvenes de aquella época.

Más allá de aquello, como ocurría con cualquier otro caso de hacía décadas, las pruebas estaban plagadas de elementos de incertidumbre que ningún abogado defensor que se preciase iba a dudar en explotar. El jurado se iba a preguntar por qué se llevaba en aquel preciso instante aquel caso ante los tribunales y hasta los argumentos más convincentes sobre los avances que se habían logrado en el campo de la tecnología podían quedar en nada ante uno más práctico y humano: el de si cabía justificar el procesamiento de tres o cuatro hombres a los que jamás se les había conocido ningún otro acto violento contra nadie fundándose en pruebas cuestionables. Si no conseguía nada más, al fiscal le iba a resultar casi imposible convencer a un jurado de que sacrificase sus vidas por una joven muerta hacía cuarenta años.

Alguien llamó a la puerta y Tracy se sorprendió al ver a Jenny en el porche. Parecía preocupada.

—Vengo del vivero de Central Point —anunció y a Tracy le dio un vuelco el estómago—. Un empleado ha encontrado a Archibald Coe ahorcado en uno de los invernaderos.

Entraron al comedor, pero no se sentó ninguna de las dos. Tracy se sentía como si le hubieran coceado el estómago.

Jenny había acudido al vivero después de recibir la llamada aquella misma mañana.

—No respondía al teléfono ni a las llamadas que le hacían por los altavoces del establecimiento —aseveró—. Alguien se dio cuenta de que no había fichado la noche anterior y se acercó al invernadero.

—¿Estás segura de que ha sido un suicidio?

—El que lo encontró dice que la puerta no estaba cerrada con llave. He llamado a un equipo de la científica, pero no hay indicios de pelea. Colocó una serie de plantas formando un círculo a su alrededor, ató una cuerda a una de las vigas, se subió a una maceta de cerámica y la volcó de una patada.

—Un monumento conmemorativo, como el del claro —concluyó Tracy.

—Sí, parece que esa era su intención.

—¿Ha dejado alguna nota?

—No. Al menos, no hemos encontrado ninguna. He enviado a un par de agentes a inspeccionar su apartamento. Dadas las circunstancias, creo que será mejor que no te metas demasiado en esto. Deja que se encargue mi gente y yo te informaré si damos con algo.

Tracy no podía llevarle la contraria, pero eso no aliviaba su frustración. Renegó entre dientes.

—Tenía que haberlo previsto. Era tan frágil…

Jenny se encogió de hombros.

—¿Y qué podías haber hecho?

—No lo sé.

La inspectora que llevaba dentro no podía hacer caso omiso de la sospecha de que Coe no se había quitado la vida ni de la idea de que su muerte resultaba demasiado oportuna y, sin embargo, como ciudadana, no dejaba de pensar que, si Coe se había quitado la vida, había sido, en cierta medida, por su culpa: las preguntas que le había formulado sobre Kimi Kanasket habían empujado al vacío a un hombre ya tocado. Sentía un gran peso por ello, pero también sabía que se trataba de una confirmación más de que la causa de la crisis nerviosa de aquel era la misma pesadilla que había atormentado a Darren Gallentine. Resultaba imposible pasar por alto las similitudes entre las circunstancias de ambos. Los dos tuvieron problemas cuando nacieron sus hijos y cuando sus hijas alcanzaron la adolescencia. Sospechaba que Coe, como Gallentine, llevaba años preguntándose si debía seguir viviendo o acabar con todo y que solo había logrado subsistir siguiendo una rutina estructurada. Al interrumpirla, Tracy había hecho añicos su tenue existencia y aquello había bastado para hacerlo abandonar la angosta cornisa por la que transitaba. Si es que era cierto que se había quitado la vida.

Lo único que sabía con seguridad era que acababa de perder su mejor ocasión de averiguar qué había ocurrido en realidad aquella noche en el claro… y quizá también la última oportunidad que tenía de demostrarlo.

Después de que Jenny regresara a Central Point, sonó el teléfono y Tracy reconoció el prefijo, 509, como perteneciente a la región occidental del estado de Washington, que incluía el condado de Klickitat. Aunque el número no le sonaba, contestó a la llamada.

—¿Inspectora Crosswhite?

—Dígame.

—Soy Eric Reynolds. Tengo entendido que desea hablar conmigo.

CAPÍTULO 27

No le resultó fácil dar con un hueco en el aparcamiento atestado del Columbia River Golf Course y, de hecho, al final tuvo que dejar el vehículo en doble fila, bloqueando la salida de varios automóviles. Dio por sentado que saldría mucho antes de que regresaran los golfistas. El sol había conseguido asomarse entre las nubes y, aunque seguía haciendo frío, había derretido todo atisbo de la nieve caída por la mañana. De camino al club de campo, reparó en la colosal pancarta que pendía del alero del tejado y explicaba la presencia de tamaña multitud: se estaba celebrando el torneo de golf Ron Reynolds.

Eric le había hecho saber durante la breve conversación telefónica que había mantenido con ella que tenía que jugar a las 11.10, pero que podía encontrarse con él una hora antes en el campo de prácticas y estaría encantado de hablar con ella. Por su tono, parecía estar organizando una comida de negocios, sin atisbo alguno de preocupación ante la idea de que una inspectora de homicidios de Seattle quisiera interrogarlo por la muerte de una joven acaecida hacía cuarenta años. Tracy tenía claro que aquello no iba a ser como hablar con Archibald Coe ni con Hastey Devoe.

Tracy entró en la tienda del club para preguntar cómo llegar al campo de prácticas y encontró a golfistas que iban desde octogenarios de cabello blanco a muchachos de rostro infantil recién salidos del instituto. Por todas partes pululaban jóvenes con las chaquetas de la Stoneridge High School o el uniforme de animadora. Algunos llevaban carritos de golf y otros trataban de parecer ocupados en cualquier otro quehacer.

Aunque Tracy tenía copia de la fotografía más reciente del permiso de conducir de Eric Reynolds, no la necesitaba: era fácil dar con él. Estaba de pie al fondo del campo, lanzando pelotas de golf a una red situada a unos doscientos cincuenta metros de distancia al tiempo que charlaba sonriente con el grupo de admiradores que se había congregado a su espalda y que parecía estar pendiente de cada una de sus palabras, como si fuese aún el favorito del instituto. Era alto, aunque no demasiado, pues apenas superaba el metro ochenta, pero seguía gozando de la constitución musculosa de un atleta. El día estaba dedicado a Stoneridge y Reynolds vestía con orgullo los colores del instituto: el rojo de los pantalones y el chaleco y el blanco de la camisa y los zapatos de golf.

Tracy prefirió quedarse atrás y observarlo mientras escuchaba los silbidos y los golpes que producían una docena de palos de golf al dar en las pelotas de entrenamiento. Reynolds advirtió su presencia en el borde del *green* pasados unos minutos. Sabía sin duda quién era, pero, si tenerla delante le resultaba perturbador, no lo parecía por su reacción. La saludó inclinando levemente la cabeza y levantando un instante la mano, como quien indica a un amigo de toda la vida que lo espere unos segundos. Tras dirigir unas palabras más a la concurrencia, metió la varilla de su palo en la bolsa y se quitó el guante blanco mientras se acercaba a ella.

—Inspectora Crosswhite —dijo tendiéndole la mano—. Espero no haberla hecho esperar mucho tiempo.

—No, en absoluto —repuso ella.

Reynolds miró al cielo, de color azul pálido y surcado de grandes nubes blancas.

—Por suerte, parece que vamos a tener buen tiempo. Mira que les dejé claro a los organizadores que era tentar al destino programar un torneo de golf en noviembre. Normalmente lo celebramos a finales de la primavera, pero este año se han empeñado en que tenía que coincidir con el aniversario y la dedicatoria del estadio.

—Se celebra entonces todos los años.

—Sí. Lo creamos con la intención de recaudar fondos para las becas de la Stoneridge High School. —Señaló hacia el club de campo—. He reservado una sala para que podamos hablar.

Caminaron hasta allí charlando de cuestiones triviales. Durante el trayecto, lo saludó media docena de personas y él respondió a todas por su nombre. Al llegar, Reynolds le abrió la puerta, la dejó pasar y la siguió al interior. El vestíbulo enmoquetado estaba decorado con placas, fotografías y una vitrina para trofeos, aunque lo cierto es que, en general, el club era menos ostentoso que los de Seattle.

Reynolds la llevó a un comedor pequeño preparado para albergar un banquete formal, dotado de una docena de mesas redondas con manteles blancos y cubiertos, así como de un estrado y un micrófono en la cabecera, y la condujo a una de aquellas, en la que descansaban una jarra de té helado y dos vasos.

—¿Me permite que le sirva un poco? —preguntó.

—Gracias —dijo ella.

—No tiene azúcar.

—Perfecto —repuso Tracy tomando asiento en una de las sillas del banquete, conformándose de momento con dejarlo hacer el papel de anfitrión.

Reynolds se sentó también, aunque cruzó las piernas fuera de la mesa mientras bebía su té.

—He oído que tiene algunas preguntas para mí sobre la noche de la desaparición de Kimi Kanasket.

—¿Quién le ha dicho eso?

Él sonrió.

—Los dos conocemos la respuesta a esa pregunta —contestó—. El jefe Devoe está un pelín nervioso con todo esto: está convencido de que va a estropear el ambiente de celebración de este fin de semana.

—¿Y qué más le ha contado el jefe Devoe?

—Que había llegado usted a la ciudad para investigar la muerte de Kimi Kanasket porque dudaba que se hubiera suicidado y que estaba insinuando que yo podía tener algo que ver con ello, además de Hastey y quizás Archie Coe y Darren Gallentine.

—¿Sabe que Archibald Coe se ha ahorcado esta mañana?

—No. —Reynolds dejó su vaso en la mesa. Parecía sorprendido de veras—. No lo sabía.

—¿Cuándo fue la última vez que habló usted con el señor Coe?

El interpelado cerró los ojos y dejó escapar el aire que tenía en los pulmones. Tras un instante, meneó la cabeza y abrió los ojos.

—Vaya. —Se tomó unos momentos más antes de responder—: Hace mucho tiempo. Años.

—¿No han estado en contacto?

—No.

—¿No ha asistido a ninguno de los encuentros de su promoción?

Reynolds se incorporó y descruzó las piernas para inclinarse hacia ella.

—No. Tengo entendido que tuvo problemas al volver del ejército.

—¿Qué clase de problemas?

—Psicológicos. Por lo visto, tuvo una crisis nerviosa, aunque desconozco los detalles.

—¿Recuerda quién se lo dijo?

Él negó con la cabeza.

—No. Fue hace ya mucho tiempo.

—¿No le echó usted una mano?

—Yo estaba en la universidad y, como tenía entrenamiento de fútbol americano a diario, eran raras las veces que volvía a casa. —Se llevó las manos a los labios como un niño que se dispone a rezar—. Fue esta ciudad la que nos unió a los cuatro, inspectora: los Cuatro

Titanes. —Volvió a erguirse a la vez que separaba las manos—. Pero la verdad es que fuera del campo no teníamos una relación tan estrecha. Aunque éramos amigos, Archie y Darren se movían en unos círculos y Hastey y yo en otros.

—¿Cuándo fue la última vez que habló con Darren Gallentine?

—Coincidimos en la universidad. A veces nos cruzábamos en el campus y hablábamos unos minutos, pero no teníamos mucho trato.

—Sabrá que también se suicidó.

—Sí. Hace años, creo.

—Sin embargo, Hastey Devoe y usted sí han mantenido la amistad.

Reynolds se encogió de hombros como quien dice: «¿Y qué le voy yo a hacer?».

—Hastey y yo vivíamos a pocas casas de distancia. Cuando llegamos al instituto, Hastey era un alma en pena y yo lo convencí para que jugase al fútbol. De hecho, fue mi padre el que se empeñó. —Sonrió—. Estaba convencido de que sería beneficioso para su confianza y su forma física. Le dijo que lo convertiría en una estrella y lo hizo. Hastey podría haber jugado en la universidad de haber seguido teniendo buenas notas, pero le fue imposible: necesitaba siempre que alguien lo ayudara a organizarse y lo guiara y, en casa, no siempre lo tenía.

—¿Por qué?

—Su padre era demasiado duro con él. Lo era con todos sus hijos, porque ninguno llegaba a lo que esperaba de ellos. Nathaniel era quizá la excepción, pero murió en un accidente de caza. Después de eso, parece que las cosas se pusieron aún más difíciles para Lionel y Hastey. A Hastey padre no le importaba decirles que se avergonzaba de ellos. Era un hombre difícil de querer.

—O sea, que su padre y usted tomaron a Hastey hijo bajo su amparo.

—En cierto sentido, supongo que podría decirse que sí. Nosotros estábamos solos, porque habíamos perdido a mi madre por causa del cáncer cuando yo tenía ocho años. Hastey pasaba muchas noches en mi casa y siempre hemos sido como hermanos.

—¿No suponía una carga?

Reynolds sonrió con los labios unidos.

—Por eso lo quitamos de conducir y le dimos un puesto en un despacho. —Se incorporó en su asiento—. Mire, a pesar de sus fallos, se porta bien con los míos y es afable. Es una persona humilde y llevadera. A los clientes les gusta y a mí también.

—Sabe que lo han vuelto a detener por conducir ebrio, ¿verdad?

—Sí, lo sé.

—Y me quiere hacer ver que no lo mantiene en nómina por una cuestión de lealtad.

—Eso es parte del motivo, claro. —Puso un codo en la mesa—. No es mal chaval, inspectora: simplemente necesita ayuda. Lionel lo protege demasiado y se lo pone todo muy fácil. A ver si este último arresto hace que espabile.

—Me sorprende que Lionel no haga caso de su consejo, teniendo en cuenta que fue usted el principal patrocinador de su campaña de jefe de policía.

Otra sonrisa.

—En primer lugar, Lionel es su hermano y Hastey es adulto. En segundo lugar, imagino que, aquí, lo de «principal patrocinador» no tiene el mismo significado que, imagino, en Seattle. Un par de miles de pavos destinados a hacer carteles, una valla publicitaria y unas cuantas pegatinas no es gran cosa. La vida me ha tratado bien y, si puedo usar parte de lo que me ha dado en ayudar a amigos de toda la vida o a gente a la que pueda ser útil, lo intento. No soy ningún santo, pero hago lo que puedo.

—¿Cosas como este torneo de golf?

—Exacto. Hoy se están recaudando fondos para el instituto. Hay familias que han sufrido mucho la crisis económica y el dinero que consigamos ayudará a comprar libros, pagar el salario de los profesores y cosas así.

—Además de un estadio de fútbol americano que recibirá el nombre de su padre.

—No, a eso no se destinan los fondos.

—Eso lo paga usted de su propio bolsillo.

—Lo paga la empresa.

—Usted conducía un Ford Bronco estando en el instituto.

Reynolds mostró una ligera sorpresa ante el cambio repentino de tema.

—Eso sí que es poner a prueba mi memoria. De eso hace ya mucho, pero sí, conducía un Bronco bastante antes de que O. J. Simpson diese tan mala publicidad al modelo. —Sonrió, al parecer al recordarlo—. Era amarillo canario y tenía luces de posición en el techo, barras de protección antivuelco y capota negra, ruedas de gran tamaño, cabrestante en la rejilla del radiador y una de esas bocinas que parecían sirenas de niebla. Si ya era fácil vernos llegar, nos oían desde más de un kilómetro de distancia. Dudo mucho que hubiese nada más odioso. Después de los partidos, nos subíamos todos en ese trasto y nos paseábamos por la ciudad. Hastey no paraba de darle a la bocina. A la gente le encantaba.

—¿Cazaba usted?

—Mi padre. A mí, lo de matar animales no me atraía mucho. Yo era más de salir con el todoterreno, sobre todo después de una lluvia intensa. El coche acababa con tanto barro encima que resultaba imposible distinguir el color.

—¿Y salió alguna vez a correr con él al claro?

—¿El de la 141?

—Sí.

Dio la impresión de que reflexionaba un tanto antes de responder:

—Quizás una o dos veces, pero aquello lo usábamos sobre todo para juntarnos a beber los sábados. Llegábamos con seis o siete coches, encendíamos los focos, poníamos la música alta y bebíamos cerveza. —Se encogió de hombros—. No hacíamos daño a nadie.

—¿Cómo se enteró de lo de Kimi Kanasket?

Reynolds se echó hacia atrás hasta dejar en el aire las patas delanteras de la silla y embutió las puntas de los dedos tras la hebilla de su cinturón. Clavó la mirada en el techo y habló con voz pausada, como quien intenta recordar.

—Creo que lo supimos en algún momento de aquel domingo. El sábado por la noche habíamos jugado el campeonato y tras el partido salimos todos: jugadores, entrenadores y padres. Pasamos la noche en Yakima y el domingo nos montamos en el autobús y volvimos a casa en caravana. Puede ser que alguien nos dijera algo durante el viaje. Recuerdo la conmoción que me causó, pero tal vez lo supe por un artículo del periódico, quizás el lunes. No me lo tome al pie de la letra. Mi memoria no da para tanto.

—¿Cuál fue su reacción?

Él encogió un hombro.

—La de todos: asombro, consternación… La ciudad es pequeña ahora y antes lo era todavía más. Aquí nos conocemos todos. Con esa edad se cree uno invulnerable. De pronto, oye una cosa así y se queda estupefacto. Fue toda una conmoción.

—O sea, que conocía usted a Kimi.

—Por supuesto. Nos conocíamos todos.

—¿Qué relación tenía con ella?

—Nos llevábamos bien. Kimi era lista y muy deportista. Iba a competir en el campeonato estatal de atletismo y creo que también iba a ir a la Universidad de Washington. No éramos grandes amigos, pero la conocía.

—¿No tuvieron ningún devaneo?

Reynolds soltó una risita.

—¿Kimi y yo? No. Entre otras cosas, porque a nadie se le hubiese ocurrido intentar nada con ella.

—¿Por qué no?

—Porque tenía hermano y novio. No me acuerdo de cómo se llamaba, pero sí que había ganado la Golden Gloves y que tenía un genio de los mil demonios.

—¿Tommy Moore?

—Eso: Tommy Moore.

—¿Cómo sabe lo de su genio? —preguntó Tracy.

—A él y al hermano de Kimi los echaron del instituto por una pelea.

—¿Y sabe a cuento de qué estalló la pelea?

—En aquella época se formó un revuelo por el uso que hacía el instituto del nombre de Red Raiders. Decían que era poco respetuoso con los nativos americanos. Y lo era, pero no tanto como la idea de sacar a un chaval blanco con pinturas de guerra para que clavase una lanza en el terreno de juego. —Reynolds volvió a apoyar las patas delanteras de la silla—. Eran otros tiempos. Los ancianos se plantaron y se pusieron en pie de guerra. A mí, desde luego, me daba igual lo que nos dijeran: yo solo pensaba en ganar, en acabar la temporada sin una sola derrota y traer a casa el trofeo del campeonato estatal.

—Dice que se fueron en autobús a Yakima la noche del sábado y no volvieron hasta el domingo por la mañana.

—Eso es.

—¿Qué hizo usted el viernes por la noche?

—Esa sí es fácil: me quedé en casa. ¡Cualquiera salía la víspera de jugar un partido a las órdenes de Ron Reynolds! Por hijo suyo que fuese y por más que fuera a jugar de primer mariscal de campo, no habría dudado en dejarme calentando el banquillo.

—O sea, que no salió.

—No: me quedé en casa.

—En ese caso, le sorprenderá saber que Archibald Coe me dijo ayer que salieron todos juntos la noche del viernes. —Una vez más, Tracy pretendía descolocar a Reynolds y sacarlo de su elemento.

—Mucho —respondió agitando la cabeza—. ¿Habló ayer con él?

—Sí.

—¿Y qué impresión le dio?

—Lo vi frágil.

Él volvió a hacer una pausa, al parecer para reflexionar sobre esto último.

—Teniendo en cuenta su estado, puede que Archie estuviera confundido o no pensara con claridad.

Tracy dejó flotar en el aire la respuesta de Reynolds. Su instinto de detective volvió a convencerse de que la muerte de Coe había ocurrido en un momento demasiado oportuno después de años de convivencia con los fantasmas que lo estaban atormentando, fueran estos cuales fueren.

—¿Hay alguien que pueda responder por usted?

—¿Sobre qué?

—Sobre la noche que murió Kimi.

—Claro que sí: mi padre.

—¿Dirá que estaba usted en casa?

—Eso fue lo que le dijo al ayudante del *sheriff* que fue a vernos a la semana siguiente.

La respuesta la sorprendió.

—¿Fue un ayudante del *sheriff* a hablar con su padre?

—Sí. Eso es lo que yo recuerdo. Se presentó en casa y me preguntó si conocía a Kimi. Dijo que estaba atando algunos cabos. Quiso saber si había salido la noche del viernes y si por casualidad la había visto y yo le respondí lo mismo que a usted: que había estado en casa y me había ido temprano a la cama. Como ya le he dicho, lo que más me importaba era ganar ese campeonato estatal. Supongo que debió de redactar un informe o algo, ¿no?

—Eso cabría esperar —concluyó Tracy.

CAPÍTULO 28

Podía ser que Reynolds estuviera mintiendo y Buzz Almond no hubiese ido a interrogarlo sobre lo que estaba haciendo aquella noche. Eso habría sido arriesgarse mucho, aunque no tanto si ya sabía, o al menos creía, que el expediente —o la parte de este que lo incriminaba— se había destruido. En cuanto al hecho de que revelar a quien investigaba el caso que el ayudante del *sheriff* lo había interrogado sobre aquella noche pudiera hacer pensar que Almond ya lo había tenido por sospechoso, tampoco tenía por qué preocuparse, toda vez que tenía preparada una coartada.

Su padre.

En tal caso, Reynolds podía estar ofreciéndole la información necesaria para convencerla de que los agentes del orden ya habían llegado antes a aquella vía muerta. Con todo, si era cierto que Buzz Almond le había preguntado dónde se encontraba aquella noche, quería decir que, cuando menos, había abrigado la misma sospecha que ella: que Reynolds y los otros tres Titanes habían tenido algo que ver en la muerte de Kimi.

Martes, 23 de noviembre de 1976

Buzz Almond aparcó su Suburban en el camino de entrada de la modesta vivienda de una planta situada al fondo del callejón sin salida. Las agujas de los pinos circundantes cubrían el tejado de tejas de madera y colmaban los canalones. Los parterres carecían de flores y el césped había quedado enterrado bajo las hojas caídas de las ramas ya desnudas del arce que crecía en el centro del jardín. Aparcado en el camino de gravilla había un Ford Bronco.

El ayudante del *sheriff*, ataviado con unos pantalones Levi's y zapatillas de deporte, se subió la cremallera del chaquetón y se acercó al vehículo. El sol del otoño lanzaba destellos en el parabrisas, que no tenía más manchas que unas motas de savia caída de los árboles. Tampoco presentaba ninguna raja ni mella. No tenía siquiera restos de insectos que hubieran podido estrellarse contra él. La junta de goma de la luna también parecía nueva. Rodeó el chasis pasando las manos por los guardabarros y las puertas. Pese a la lluvia y la nieve que habían caído en los últimos días, el Bronco parecía recién sacado de un lavadero, sin una mota de polvo en la carrocería ni en los surcos de las gigantescas ruedas.

Cuando llegó al lado del copiloto se detuvo para quitarse las gafas antes de acercarse más. Tras unos instantes, dio un paso atrás y tomó un ángulo diferente para observar el lugar en que iban a encontrarse el guardabarros derecho y la puerta, separados por un espacio delgado. Pasó la mano entre los dos: el capó y el guardabarros presentaban un tono de amarillo ligeramente distinto del de la puerta.

—¿Está usted interesado en el coche?

Buzz Almond alzó la mirada para ver a Ron Reynolds, que salía en ese instante por la puerta lateral de la casa. No podía negar que era el entrenador del equipo de fútbol americano del instituto: lo delataban el chándal Adidas y la gorra blanca con las iniciales SH bordadas encima de la visera.

—¿Cuánto pide? —preguntó el recién llegado. En el cartel de la ventanilla solo se leía: «Se vende», además de un número de teléfono.

—Dos mil quinientos.

El recién llegado hizo lo posible por poner cara de decepción.

—Es algo más de lo que quería gastar.

—Es del último año que los fabricó Ford con la caja abierta y tiene todos los extras: asientos de butaca, barras antivuelco, luces de posición en el techo, cabrestante delantero... ¿Ha visto el anuncio en el *Sentinel*?

—No —dijo Buzz—. Solo pasaba por aquí.

La primera vez que había visto el Bronco había sido en el aparcamiento de la Stoneridge High School. Había buscado la matrícula y había averiguado que estaba registrada a nombre de Ron Reynolds. En realidad, el vehículo no le interesaba tanto como los neumáticos, que eran todoterreno y de gran tamaño.

—¿Cuántos kilómetros tiene?

—Poco más de setenta mil.

—¿Y lo compró usted nuevo?

—No: me lo vendieron de segunda mano.

—Parece que le ha hecho algún arreglo en la carrocería. —Buzz señaló el guardabarros delantero derecho.

—Algo sí que le he hecho —reconoció Reynolds dando un paso al frente para estudiarlo desde el mismo ángulo que el otro—, pero va como la seda. ¿Le interesa dar una vuelta con él?

—¿Puedo oír primero el motor?

—Claro. —Reynolds se metió la mano en el bolsillo y sacó el llavero. Ni se molestó en subir al automóvil: abrió la puerta y se inclinó sobre el asiento para meter la llave en el contacto y encenderlo.

—Arranca bien —sentenció Buzz.

—Ya le he dicho que va como la seda.

—¿Dónde ha reparado la carrocería? —preguntó.

—No fue nada: solo un par de abolladuras. Lo acabo de traer de Columbia Auto Repair.

—También le acaba de cambiar el parabrisas, ¿verdad?

—Por matar dos pájaros de un tiro —dijo Reynolds—. Lo mismo: una marca que tenía de una piedra.

—¿Y dónde lo ha arreglado?

—En el mismo sitio. Cerca, cruzando la calle. También le he cambiado el aceite, las bujías y el filtro de aire. No me haría gracia que el que se lo quede tenga ningún problema. Por cierto, yo soy Ron Reynolds. —Le tendió la mano—. Trabajo de responsable de deportes y entrenador de fútbol americano en el instituto.

Buzz le estrechó la mano.

—Ted —dijo—. Felicidades. He leído lo de su gran victoria. Imagino que ha sido toda una hazaña a juzgar por el revuelo que se ha formado.

—Gracias. Sí, es algo muy emocionante para un centro tan pequeño, pero créame si le digo que va a ser solo el principio: todavía tenemos muchos campeonatos que jugar. Solo tengo que hacer que esos chicos den todo lo que llevan dentro.

—En cuanto a lo del coche, deje que hable con mi mujer y le vuelvo a llamar.

—¿Seguro que no quiere dar una vuelta?

—Para eso prefiero venir con ella. Le gusta mucho el amarillo, así que quiero que lo vea, a ver si así hay trato.

—Lo entiendo. ¿Caza usted? Las ruedas todoterreno se las puse hace algo más de un año.

—No, pero a los dos nos gusta salir al campo.

—Perfecto. ¿Tiene mi teléfono?

Buzz señaló el número que había en el cartel de SE VENDE.

—Lo he apuntado al llegar. Estamos en contacto. —Había empezado a alejarse cuando se volvió de nuevo como si se le hubiera ocurrido algo en ese instante—. ¿Le importa si le hago un par de fotos para enseñárselas a mi señora? Si no me deja comprarlo, tengo un hermano más al norte que caza y pesca y quizá pueda quererlo.

—Sin problema —repuso el vendedor—, pero no tarde mucho, porque esta tarde viene otra persona que está interesada.

—Le agradezco que me lo diga. —Almond sacó la Instamatic del bolsillo del abrigo y tomó un par de instantáneas con cuidado de sacar bien la cubierta lateral de las ruedas y el dibujo. Volvió a guardarse la cámara antes de decir—: Gracias. Creo que ya tengo todo lo que necesito.

Cuando llegó a casa de Jenny aquella noche, tal como habían quedado, la *sheriff* abrió la puerta con gesto angustiado. Llevaba en brazos a Sarah, que tenía puesto un bañador, los ojos desfigurados tras unas gafas de natación y una pistola de agua en la mano. Tracy oyó a Trey reír y chillar en algún lugar de la casa.

—Perdón —se disculpó Jenny dando un paso atrás para dejarla pasar antes de cerrar la puerta—. A Neil se le ha alargado la jornada. Me ha dicho que cenemos sin él.

—Ese parece ser el menor de tus problemas —repuso Tracy al ver a Trey llegar corriendo por el pasillo también con traje de baño, gafas y pistola de agua.

El chiquillo, al verla, detuvo sus pasos antes de echar a correr hacia otra habitación entre gritos y carcajadas.

—Solo tengo que conseguir que se meta en la bañera para poder dejar lista nuestra cena, porque la niñera se ha encargado ya de la cena de ellos.

—Deja que te eche una mano. —La invitada tendió los brazos hacia Sarah, que sonrió y se fue encantada con ella.

—Tengo tes —dijo la pequeña levantando un dedo por cada año que había cumplido.

—Lo sé. ¿Me prestas tu pistola?

Con el juguete de la niña en la mano esperó a que volviese a asomar Trey y le dijo:

—¡Alto ahí en nombre de la ley, caballero!

290

El pequeño quedó inmóvil y Tracy añadió:

—Soy inspectora de la policía de Seattle y voy a arrestarlo por no haber parado en un cruce.

Trey miró a su madre sin saber qué hacer y Jenny, con gesto impávido, se limitó a arquear una ceja.

—Ahora, escúcheme bien: cuando cuente hasta tres, quiero verlo enfilar esas escaleras hasta llegar al cuarto de baño o, de lo contrario, me veré obligada a detenerlo y meterlo en el asiento trasero de mi coche patrulla.

Él, sin atreverse siquiera a sonreír ante el rostro de piedra de Tracy y Jenny, echó a correr escaleras arriba con pies y manos.

—Parece que tienes dominada la situación —dijo Jenny con una sonrisa—. Espera, que pongo la cena.

Tras el baño, Tracy supervisó a Trey y a Sarah mientras se ponían el pijama y los metió en la cama. Aunque tenían cuartos separados, Sarah prefería dormir en la cama nido de su hermano, que estaba cubierta con una colcha que la hacía semejante a un coche de carreras de la NASCAR.

Leyó a cada uno un cuento de su elección, se mantuvo firme cuando intentaron convencerla para que les leyese uno más y besó en la frente a Trey, que corrió a esconderse bajo las sábanas. Cuando fue a hacer lo mismo con Sarah, la pequeña saltó de pronto, se le agarró al cuello y le dio un piquito en los labios.

—¿Tú tienes niños? —le susurró como quien comparte un secreto.

—No —musitó Tracy—, no tengo niños.

Entonces, Sarah le pinchó el vientre con un dedo.

—¿Ahí tampoco?

—No, ahí tampoco hay nada.

La cría la soltó y volvió a su cama para acurrucarse entre las mantas.

Cuando bajó las escaleras, Tracy encontró a Jenny en la cocina, regando con una salsa de limón y ajo de olor penetrante un par de pechugas de pollo sobre sendos lechos de arroz y guarnición de brécol.

—¡Eso huele que alimenta! —aseveró la invitada.

Jenny colocó la sartén sobre el fuego.

—Es una vieja receta muy socorrida, sencilla pero sana. Parece que mis fierecillas no te han dejado muy maltrecha.

—Son un encanto.

—Pero pueden llegar a ser agotadores, sobre todo cuando alguno de nosotros tiene que trabajar hasta tarde. —Ofreció a Tracy uno de los platos y una copa de vino, que llevaron al comedor antes de sentarse a la mesa. Jenny se dejó caer en su silla con un suspiro como un globo que se desinfla—. Estos momentos de paz no tienen precio.

Durante la cena, puso a Tracy al día de la investigación sobre la muerte de Archibald Coe.

—No hay signos de que hayan forzado la entrada ni de forcejeo y el médico forense no ha dado en el cuerpo de Coe con ninguna marca que pueda hacer pensar que no actuó por voluntad propia. No hay nada que indique que no se suicidó.

—Excepto lo oportuno del momento.

—Solo lo oportuno del momento.

—¿Dejó alguna nota?

—No.

Tracy tomó un sorbo de vino.

—¿Y sus jefes? ¿Notaron algo fuera de lo normal?

—Nada, aparte de tu visita para hablar con él, que resultó del todo insólita. Coe no hablaba mucho con nadie: llegaba, hacía su trabajo y se iba a casa. De hecho, sorprende lo poco que sabían de él.

—¿Y en su apartamento tampoco había nada?

—Algo sí que había —dijo Jenny—. Hemos encontrado toda una farmacia: paracetamol, antidepresivos, somníferos… Eso sí, no tenía ordenador de sobremesa ni portátil, ni tampoco teléfono móvil ni vehículo propio. Por lo visto iba a todas partes en bicicleta.

—Lo que viene a confirmar, sin lugar a dudas, que era él el hombre al que vi en el claro aquella noche. —Dejó los cubiertos en el mantel, frustrada ante el hecho de haberse encontrado tan cerca y haber visto esfumarse de ese modo la ocasión—. ¿Os habéis puesto en contacto con su exmujer y sus hijos?

—La exmujer nos ha dado las gracias. Parecía triste, pero no sorprendida, y nos ha dicho que se encargaría de llamar a sus hijos. De todos modos, tengo sus teléfonos por si quieres hablar con ellos después de que pase todo esto.

—Sí que me gustaría preguntarles si su padre llegó a confiarles en algún momento qué era lo que lo atormentaba.

Tracy pensó en el instante en el que Sarah le había dado un beso en los labios y le había preguntado: «¿Tú tienes niños?». Aunque no los tenía, sabía bien que nadie podía llegar a apreciar de veras las experiencias de otros, sus alegrías y sus penas, si no las conocía en primera persona o tenía vivencias similares. Si la hipótesis con la que estaba trabajando en aquel momento era correcta y los Cuatro Titanes tenían algo que ver con la muerte de Kimi, sospechaba que ni Darren Gallentine ni Archibald Coe habían llegado a ser conscientes del dolor de Earl y Nettie Kanasket hasta que les había tocado ser padres y, sobre todo, hasta el momento en que sus hijas habían cumplido la edad de Kimi. Aquello había sido, a todas luces, lo que había llevado al extremo su crispación.

Jenny apartó su plato, aunque ninguna de las dos había acabado de comer.

—Háblame de la conversación que has tenido con Eric Reynolds.

—Te lo cuento mientras fregamos los platos. —Los llevaron a la cocina y Tracy los enjuagó bajo el grifo y se los pasó a Jenny para que los metiese en el lavavajillas—. Ha estado muy medido, profesional, correcto. Si estaba nervioso o intranquilo, desde luego, no lo ha demostrado.

—Un mentiroso, ¿no? —Jenny apuró lo que le quedaba en la copa antes de dársela a Tracy.

—Puede ser. Me dijo que una semana o dos después de que encontrasen a Kimi fue a verlos a su padre y a él un ayudante del *sheriff*.

—¿Mi padre?

—No me lo ha dicho, pero, si eso es cierto, tuvo que ser él.

Jenny dejó la copa y se secó las manos con un paño.

—No recuerdo haber leído nada sobre eso en el expediente.

—Es que no está.

—¿Y te ha dicho qué quería?

—Dice que le preguntó dónde había estado la noche del viernes en que desapareció Kimi. Quería saber si había salido.

—O sea, que mi padre sospechaba de él.

—Puede ser. Reynolds dice que tenía la impresión de que el ayudante del *sheriff* solo preguntaba si alguien la había visto aquella noche.

—¿Y qué le dijo Reynolds?

—Que había estado en casa, descansando para el gran partido, y que su padre puede atestiguarlo. Si te paras a pensarlo, en caso de ser mentira, no se trata de una muy arriesgada, ya que es sencilla, verosímil y muy difícil de refutar.

—¿Por qué iba a mentir sobre algo así y correr el peligro de llamar la atención sobre sí mismo? No parece lógico.

—Yo también me lo he preguntado. Puede ser que me esté diciendo que ya hubo alguien que siguió ese camino y no llegó a ninguna parte o que sepa, o al menos crea, que alguien eliminó ese informe del expediente y, por lo tanto, no puedo demostrar que no esté en lo cierto ni poner en entredicho su declaración. Además, como te he dicho, su padre sigue vivo para corroborar su testimonio.

Jenny llenó la tetera en el grifo.

—Me pregunto si es por eso por lo que dice el sistema que se destruyó el expediente. ¿Puede ser que mi padre quisiera que quien lo buscase creyera que ya no existía? Pone que se ha destruido, se lo lleva a casa y lo guarda con llave en su escritorio. —La *sheriff* colocó la tetera sobre la llama azul de la hornilla—. ¿Por qué no se limitó a hacer un duplicado?

—Quizá porque había algo que no podía duplicar.

—¿Como qué?

—Fotografías, por ejemplo. Puede ser que tomase fotos del coche de Eric Reynolds o, más concretamente, de las ruedas.

—Estaba interesado en ver si coincidían con las rodadas que había fotografiado sobre el terreno.

Jenny le tendió una caja con infusiones diversas y ella escogió la de manzanilla por no tomar cafeína: ya estaba bastante nerviosa y sabía que le iba a costar dormir.

—¿Podemos acusar a Eric con lo que tenemos?

—Por desgracia —contestó Tracy— los del laboratorio criminal me han dicho que en la fotografía que les enviamos no hay nada que apunte de manera irrefutable a que el dibujo de los neumáticos sea el mismo de las huellas del claro. La forense me ha dicho lo mismo del hematoma que tenía Kimi en la espalda. Si eso es todo lo que tenemos, dudo mucho que podamos hacer ninguna acusación. Después de cuarenta años, sigue siendo mucha la incertidumbre.

—Entonces, ¿qué podemos hacer ahora? —preguntó Jenny mientras abría otro armario y sacaba el azucarero y un tarro de miel.

—Eso es lo que he estado pensando. Hasta ahora me he centrado en la secuencia de lo que ocurrió, pero tal vez tenga que cambiar de punto de vista para considerar por qué ocurrió.

—¿Pudo ser la hostilidad que despertó el uso de la mascota?

—Es verdad que había varios artículos sobre eso en el periódico —dijo Tracy—, pero me da la impresión de que, en el fondo, no fue un asunto tan controvertido. Además, dudo mucho que los alumnos del instituto llegaran a soliviantarse demasiado por eso. Creo que Eric Reynolds no mentía al decir que ese asunto preocupó más a los padres que a los hijos. Yo he sido profesora de instituto y sé que hay alumnos que ni siquiera saben cuál es la mascota del instituto y otros a los que, en realidad, no les importa. Bastante tienen con pensar a quién van a llevar al baile, qué van a hacer el sábado por la noche, después del partido, o cómo van a conseguir hacerse con bebidas alcohólicas o llevar a su pareja a la cama. —Se apoyó en la encimera para pensar—. Aquella noche tuvo que ocurrir algo más.

La tetera empezó a pitar y Jenny vertió agua hirviendo en dos tazas para tender una a Tracy.

—Si todo esto lo ha dirigido Eric Reynolds, tal vez tenga algo en su ordenador o su teléfono: un mensaje de texto que haya enviado a Lionel o a Hastey, por ejemplo. Tenemos bastante para que el juez emita una citación, lo que nos permitiría echar un vistazo.

La inspectora había pensado ya en ello.

—No creo que Reynolds sea tan descuidado. Si tenemos razón, estamos hablando de alguien que se las ha ingeniado no solo para mantener el secreto durante cuarenta años, sino para garantizar el silencio de otros.

—En eso estoy de acuerdo, pero Hastey es un borracho y Lionel no es ninguna lumbrera. Cualquiera de los dos podría haberle enviado un correo electrónico o un mensaje de texto.

—Puede ser. Lo que pasa es que, si conseguimos echar un vistazo y nos equivocamos, le estaremos revelando que sospechamos de él.

—Eso ya lo sabe, Tracy.

—Tienes razón.

—¿Qué más opciones tenemos? —quiso saber Jenny—. Ha tenido cuarenta años para encubrir sus huellas. Además, a menos que podamos dar con algo más, parece que hemos topado con una vía muerta.

CAPÍTULO 29

El gallo no cantó a la mañana siguiente y Tracy se preguntó si no habría acabado sus días en las fauces de un coyote o un mapache. Por eso no era bueno cacarear demasiado: quien lo hace delata su posición y se vuelve vulnerable. Esta reflexión la llevó a pensar en Eric Reynolds y en cómo se había adelantado a los acontecimientos invitándola a interrogarlo. ¿Cómo podía dar con un modo de aprovechar aquello para hacerlo vulnerable? Se puso la ropa de deporte y se ató las zapatillas con la esperanza de que el aire fresco la estimulara y las endorfinas la ayudasen a pensar en algo que aún no hubiera considerado.

Eligió el camino más largo al claro, con el que estaba empezando a sentir cierta conexión. Lejos de tener miedo de los fantasmas que decían que lo habitaban, aquel lugar le daba paz. Cuando llegó, vio que las hojas del último arbusto que había plantado Archibald Coe habían empezado a ponerse pardas y a marchitarse y no se debía precisamente a la falta de lluvia.

—No puedo ayudarte si no tengo nada más —dijo en el punto en el que había estado tumbada Kimi Kanasket—. Ojalá pudiera. No sabes cuánto me gustaría, por tu padre y por tantas otras como tú, pero necesito algo más.

Alzó la vista a la colina, quizá esperando que las hojas empezaran a agitarse, se balanceasen las ramas y el viento barriese la ladera y le golpeara el rostro como había hecho aquella primera noche. Sin embargo, no acudieron a ella ni el viento ni ninguna inspiración.

Cuando volvió a la granja, se sentó a la mesa y escribió los distintos móviles que acudieron a su mente: aventuras amorosas, celos o un posible enfrentamiento de los Titanes con Élan y su pandilla… o con Tommy Moore. Quizá el hecho de ver las posibilidades sobre el papel, fuera de su cabeza, le señalara un camino nuevo. Aun así, como antes el viento, la inspiración seguía estando ausente.

Desconectó el teléfono de su cargador, empezó a subir las escaleras mientras comprobaba si había recibido alguna notificación y vio que tenía una llamada perdida. No tenía registrado el número ni lo reconocía, pero el prefijo era de Seattle. Como habían dejado un mensaje, escuchó lo que había grabado en el contestador. Cuando se identificó quien lo había grabado, Tracy se detuvo. La voz sonaba vacilante e insegura. No se parecía en nada a la de la resuelta mujer de negocios con la que había hablado hacía unos días. Sin esperar siquiera a que acabara el mensaje, pulsó el botón de devolver la llamada y corrió a salvar los últimos escalones para meterse en el cuarto de baño.

Sesenta minutos más tarde volvía a estar al volante de su camioneta y se dirigía al norte por la I-5 siguiendo una ruta que tenía la impresión de que podría hacer ya con los ojos vendados. Seguía teniendo el pelo húmedo y algo tieso, porque, con la precipitación, había omitido enjuagárselo del todo después de enjabonarlo. Llamó a Jenny por el camino para explicarle lo que había ocurrido y comunicarle que no iba a poder ir a su comisaría para preparar la declaración jurada en apoyo de la citación que les permitiera registrar la casa de Eric Reynolds.

—¿Por qué no haces un borrador y dejas pendiente un par de párrafos? En el viaje de vuelta puedo ir dictándotelos dependiendo de lo que averigüe, si es que averiguo algo, porque quién sabe si esto nos va a llevar a alguna parte.

Llevaba casi cuatro horas conduciendo cuando se aproximó a los estadios de béisbol y de fútbol americano de Seattle, situados al sur de los rascacielos del centro de la ciudad. Tomó la I-90 en dirección este y, quince minutos después, la dejó para dirigirse a la urbanización de The Highlands. Siguiendo las indicaciones del GPS, giró a la derecha al llegar a lo alto de la colina y pasó un centro comercial de reciente construcción para llegar a una rotonda con una extensión de césped rodeada por una cerca de hierro forjado que llegaba hasta la cintura. El perímetro estaba ceñido por farolas antiguas y pintorescas viviendas adosadas de dos plantas de estilo colonial inglés. Pese a que hacía un día espléndido de otoño, el parque y la acera estaban desiertos a excepción de un hombre que paseaba solitario a un labrador color chocolate atado a una correa.

Tracy encontró la dirección y aparcó en la calle, al pie de las escaleras que daban a un porche de escasas dimensiones. Había llegado antes de la hora, pero no tenía intención alguna de esperar en el vehículo. Salió, subió con prisa los escalones y llamó a la puerta.

—Mamá, ya está aquí —oyó decir en el interior a una voz femenina antes de que sonara la cerradura de seguridad al abrirse.

Tiffany Martin apareció entonces en el umbral con gesto resignado y dijo:

—Pase, por favor.

En la entradita de mármol aguardaban dos mujeres adultas de unos treinta años y notable parecido. Estaban tan bien arregladas como su madre, peinadas, maquilladas y bien vestidas, pero, igual que ella, parecían tener el alma en vilo. Tracy sabía que todas estaban reviviendo aquellos momentos terribles de hacía quince años y sintió tener que hacerlas pasar por aquello.

—Le presento a mis hijas, Rachel y Rebecca —anunció la anfitriona.

Tracy saludó a una y luego a la otra y Martin las llevó a una sala de estar impecable con muebles de cuero blanco a la que aportaban un toque de color una palmera de hojas generosas situada en el rincón, cerca de una mesa de juegos, y un óleo enorme. Toda la pieza olía a ambientador de vainilla.

—Aquí tiene —dijo a continuación con voz débil mientras señalaba con la barbilla la carpeta marrón que descansaba sobre la mesita de cristal.

Ninguna de las presentes hizo ademán de tocar aquel objeto y Rachel, que estaba de pie junto a su madre, le pasó un brazo por encima del hombro.

—Hemos hablado las tres —explicó esta última— y no queremos hacer sufrir más de lo necesario a ninguna otra familia.

—Es todo un detalle de su parte.

—Pero también hemos decidido que no queremos leer el contenido —siguió diciendo Rachel—. No queremos conocer los detalles de lo que llevó a mi padre a hacer lo que hizo, sea lo que sea. No nos parece que tenga sentido.

—Lo entiendo —repuso Tracy.

—Mi padre… —La hija que se había erigido en portavoz necesitó unos instantes para serenarse. Miró a su hermana—. Nuestro padre era un buen hombre. Fue un buen padre. Tenía problemas. Nosotras nos dimos cuenta a medida que crecíamos, aunque él nunca permitió que fuéramos conscientes de la gravedad de su situación. Quiso protegernos de todo aquello. Tenemos muy buenos recuerdos de él y eso ha hecho más difícil nuestra decisión. No queremos volver a vivir aquel dolor.

—Sé cómo se sienten.

—Ya nos ha contado nuestra madre —dijo Rachel—. Ese es otro de los motivos por los que hemos decidido hacer esto: estamos convencidas de que tratará con sensibilidad nuestro sufrimiento.

—Cuenten con ello. ¿Qué desean que haga con el expediente cuando acabe de estudiarlo?

Las tres se miraron y Tiffany Martin indicó con un gesto a su hija menor que prosiguiera.

—Esperábamos que pudiera examinarlo en algún lugar cercano —dijo Rachel—. Algún lugar discreto. Nosotras la esperaremos aquí.

—No estamos preparadas para leerlo —aseveró la madre—, pero hemos pensado que, quizá, si lo estudia y descubre que, no sé, que no es tan malo, podría venir a decírnoslo.

—Claro que sí —repuso Tracy.

—Si vemos que no vuelve… —añadió Martin—, sabremos lo que significa. En ese caso, nos gustaría que se quedara con el historial: no lo queremos.

Todas se pusieron en pie envueltas en un silencio incómodo y lanzando furtivas miradas a la carpeta. Cuando Tracy vio que nadie tenía intención de recogerla de la mesita, se acercó a ella y se la metió bajo el brazo.

Las cuatro regresaron en grupo a la puerta principal, que abrió Tiffany Martin.

—Estaremos aquí hasta las dos —dijo—. Si no tenemos noticias de usted para entonces, saldremos a comer para tratar de no pensar mucho en todo esto.

Sin más, Tracy salió al porche y vio cerrarse la puerta tras ella.

CAPÍTULO 30

Tuvo que sustraerse a la tentación de abrir el expediente y ponerse a leerlo al entrar en su camioneta. En lugar de ello, se apresuró a llegar a la biblioteca de Issaquah, a escasa distancia de allí. En el centro de la ciudad reinaba una actividad frenética. La zona había resucitado recientemente con la llegada de familias jóvenes y las autoridades municipales habían sabido conservar el atractivo de un núcleo urbano en el que no faltaban robles añosos y ciruelos, un teatro con marquesina en la que se anunciaba para la temporada de invierno el musical *Oklahoma*, restaurantes con terrazas —vacías aquel día frío de noviembre— y una gasolinera clásica de la Shell de los años cuarenta.

Tracy corrió a entrar en la biblioteca, no veía la hora de averiguar lo que había confiado Darren Gallentine a su terapeuta. Solicitó una sala privada al bibliotecario, quien le dijo que podía reservar una durante una hora. No era más grande que las que usaban en el Centro de Justicia para los interrogatorios. De hecho, apenas cabían en ella el escritorio que había pegado a la pared del fondo y dos sillas. Tracy dejó la carpeta sobre la mesa y sacó de su maletín un bolígrafo y una libreta. Antes de abrir el historial, se detuvo un instante a pasar la mano sobre la cubierta, recordando el momento en el que supo que habían descubierto los restos de Sarah después de veinte años de incertidumbre y, tras correr a su casa a recuperar las cajas que había guardado en el armario de su dormitorio, se encontró vacilante ante ellas, sin atreverse del todo a abrirlas. En ese momento la asaltaba la misma inseguridad, la misma sensación de quien está a punto de subir a una montaña rusa y, entusiasmado por comenzar, se ve alarmado por lo que pueda ocurrir.

Abrió el historial de Darren Gallentine y comenzó a leer.

Viernes, 5 de noviembre de 1976

Hastey Devoe abrió otra lata de cerveza.

—Ven con papi —dijo mientras se llevaba a los labios el borde de metal para echar atrás la cabeza y tomar un buen trago.

—No deberías pasarte con la cerveza —le advirtió Eric Reynolds, apoyado en el capó del Bronco, que estaba en los confines del círculo de luz de la linterna de campaña de Darren. Dio la última calada a un cigarrillo de marihuana y, tras contener el aliento, expulsó el humo—. Mañana por la noche tenemos un partido importante.

—Solo me estoy hidratando —dijo Hastey—. Me ayuda a mantener el calor con este puto frío.

—Lo único que digo es que hoy deberías dominarte un poco.

—Esta temporada no ha afectado a mi rendimiento en ningún partido, ¿no?

—Es verdad —reconoció Archie—, pero, si sigues bebiéndote media docena por noche, de aquí a poco te va a costar meter en los pantalones del uniforme el trasero ese gordo que tienes. —Remató sus palabras con una risotada idiota que ponía de manifiesto que estaba colocado.

—Si no fuera por mi pandero —replicó Hastey—, ninguno de vosotros estaría leyendo su nombre en el periódico todas las semanas.

—¡Me cago en…! ¿Por qué crees que tengo que romper la línea por el *tackle* y salirme siempre?

—Porque eres un gallina y no quieres llevarte un golpe.

—No, porque tu pandero está tapando el hueco por el que tendría que pasar yo —sentenció Archie.

—Pues a Darren eso no lo para —dijo Hastey—. ¿A que no, Darren?

Darren Gallentine se encontraba a unos metros de ellos, sentado sobre una piedra. No estaba ebrio ni había fumado: con dos cervezas había tenido de sobra. Cada vez se le hacían más largas aquellas veladas. Tendió el brazo y giró la rueda de la linterna para aumentar su luz. El propano siseó con fuerza. Calculó que la bombona todavía debía de estar a la mitad. Se divertía con aquellas charlas y los comentarios que se hacían unos a otros, pero nunca participaba demasiado y, además, después de toda una temporada, los chistes empezaban a volverse muy repetitivos. Lionel, el hermano de Hastey, les había pagado una caja de cerveza y un par de porros y todos habían salido a hurtadillas de sus respectivas casas para ir al bosque. Se había convertido en costumbre los viernes por la noche. También iban algunos sábados, después de los partidos, aunque solo porque, cuando llegaban, al ser ya tarde, solía haber una fiesta ya avanzada y la mitad de las chicas estaban borrachas. Hacían su entrada en el Bronco tocando esa estúpida bocina que tanto gustaba a Hastey, y todos los aclamaban mientras ellos daban vueltas por el claro. En aquellas ocasiones triunfaban, sobre todo entre las jóvenes. Eric decía que era como «pescar a tiros en un barril» y que aquella temporada había tenido más relaciones que una puta en Las Vegas.

—¿Por qué crees que lo llaman Darren *el Toro*? – preguntó Hastey a Archie.

—Porque tiene que apartar tus posaderas si quiere encontrar el hueco —respondió él.

El aludido sonrió, pero prefirió no intervenir.

—Si es así, a lo mejor la próxima vez que te pasen la pelota me quedo tumbado —dijo Hastey lanzándole la lata vacía a Archie con muy poca puntería— y dejo que te machaquen los de la línea defensiva del contrario.

—Aquí no se va a quedar tumbado nadie. —Eric lanzó la colilla entre la maleza y estrelló su lata de cerveza contra el tronco de un árbol que crecía a escasa distancia de donde estaban Hastey y Archie intercambiando insultos. El recipiente rebotó y se puso a girar como aspa de helicóptero salpicando parte de su contenido.

—¡Joder! —dijo Hastey limpiándose la cerveza que le había caído en la camisa—. ¿Qué bicho te ha picado, capullo? Acabas de desperdiciar una lata casi entera.

—Yo sí que os voy a patear el pandero a los dos si no os calláis de una puta vez —dijo Eric.

—Ahora voy a llegar a mi casa oliendo a cerveza.

—¡Pero si esa es la colonia que usáis en tu familia! —exclamó Archie.

—Hombre, mejor que las rosas… —contraatacó Hastey con un movimiento afeminado de la muñeca—. ¿Tu padre sigue trabajando en la floristería?

—Es un vivero, idiota.

—¿Y allí no hay flores?

—¿Os podéis callar? —insistió Eric.

Darren se incorporó con ganas de irse a casa. Su aliento formaba volutas de vaho y el frío estaba empezando a colársele por el cuello bajo la chaqueta vaquera forrada de borrego y a calarle las suelas de sus Converse. Le llamaban *el Toro* porque, midiendo un metro ochenta de estatura y pesando casi cien kilos, corría con las hombreras bien agachadas para apartar de un golpe a quien se cruzara en su camino.

—Estás enfadado porque Cheryl Neal ha salido con Tommy Moore —dijo a Eric sin dejar de descortezar una rama.

—¿Qué? —clamaron al unísono Hastey y Archie.

—¿Pero ese pringado no estaba con Kimi Kanasket? —preguntó Hastey a Eric.

Eric lanzó a Darren una mirada que pretendía ser desafiante, pero su metro noventa escaso y sus ochenta kilos no hacían de él ninguna amenaza para su amigo y lo sabía. No era solo la diferencia de tamaño: Darren era el más fuerte del equipo y lo demostraba a diario con las pesas del gimnasio.

—Kimi le ha dado la patada a Moore y Moore le ha pedido salir a Cheryl —informó Darren.

—¿Y ella le ha dicho que sí? —quiso saber Hastey.

—Por supuesto —terció Archie—. Esa anda siempre más caliente que el pico de una plancha. Hasta tú tendrías posibilidades con ella, Hastey.

—¿Por qué no vas y se lo cuentas a todo el puto instituto? —dijo Eric a Darren.

—¿Y por qué iba a querer salir con él? —preguntó Hastey.

—Porque es una puta —dijo Eric.

—Sí, pero hasta ahora era tu puta —sentenció Archie.

—Ahora sí que te la has buscado. Te voy a patear los huevos.

Eric bajó del capó y echó a andar hacia Archie con los ojos encendidos. Hastey se interpuso y Archie no dejó pasar la ocasión de ocultarse tras los matorrales. Era rápido, pero solo porque era más bajo que el resto y más delgado, no llegaba a los setenta kilos. Eric lo habría hecho papilla.

—Sí, eso: corre, cobarde. ¡Y que te lo pases bien de camino a casa!

—No la pagues con él —dijo Darren antes de arrojar al suelo el palo sin corteza y ponerse a buscar otro.

—¿Por qué has tenido que sacar el tema? —preguntó Eric.

—Pues porque llevas toda la noche enfadado por eso y mañana tenemos partido.

—No sufras por mí, que pienso rendir como siempre.

—Perfecto, porque yo no estoy dispuesto a viajar hasta Yakima para perder el último partido que voy a jugar en mi vida.

—Vámonos de aquí. ¡A casa todo el mundo! —dijo Eric tomando las llaves del bolsillo de su chaqueta—. Recoge la linterna.

—Es lo mejor que podemos hacer —repuso Darren mientras obedecía.

—¿Qué? —gimoteó Hastey—. ¡Si todavía quedan tres cervezas sin abrir! Además, no es ni siquiera medianoche.

—Déjalas —le dijo Eric.

—No puedo hacer eso, señor —dijo el otro mientras se cuadraba como un militar, con la panza asomando por debajo de la camisa y por encima del cinturón, e imitaba un saludo castrense—. Un marine de Estados Unidos no deja nunca atrás a un soldado.

—Déjalas —insistió Eric—. Si nos paran, no quiero que estén en mi coche.

—¿Y quién coño nos va a parar? ¿No somos los amos de esta ciudad? —Hastey soltó un aullido fuerte y prolongado.

—Venga, subid a la camioneta.

—¡Me pido delante! —Hastey arremetió contra Archie, que acababa de salir de detrás de la maleza, y a punto estuvo de tirarlo al suelo. A renglón seguido, se hizo con el tirador de la puerta del copiloto—. Tú vas detrás.

—De todos modos, íbamos a necesitar una grúa para meter tu pandero en la caja —contestó Archie.

—¿Quieres que saquemos una escalerilla para que puedas subir? —dijo Hastey.

Darren apagó la linterna y los sumió a todos en la oscuridad antes de subir a la caja del Bronco. Se sentó, como Archie, con la espalda apoyada en la parte trasera de la cabina y sintió el frío en la parte de atrás de los vaqueros. Cuando dobló los dedos le pareció que los tenía gordos como salchichas y con las articulaciones rígidas.

Consideró que era un buen modo de prepararse para el partido, pues, según las previsiones meteorológicas, se iba a jugar en unas condiciones aún más frías. Rezó por que no nevase: no le gustaba nada jugar con nieve, pues con cada golpe tenía la impresión de que se le estuvieran quebrando los huesos.

—Tengo que mascar tabaco —dijo Archie metiendo la mano en la bolsa que llevaba en un bolsillo trasero y echándose una porción a la boca.

—¡No se te vaya a ocurrir escupirme esa mierda! —exclamó Darren.

—Ni manchar la camioneta —añadió Eric mientras arrancaba—, que mi padre me mata.

Los faros y las luces de posición montadas en la barra antivuelco iluminaron los alrededores como poderosos reflectores. Eric puso la marcha atrás, reculó con rapidez, cambió el sentido de la marcha y aceleró el motor mientras giraba el volante en la dirección contraria, lo que hizo que las colosales ruedas traseras patinaran y escupiesen una andanada de chinas. Archie fue a chocar contra Darren, que había sido lo bastante despierto para prever el movimiento de Eric y aferrarse a la barra. Eric hacía lo mismo cada vez que conducía, pero a Archie siempre parecía tomarlo por sorpresa. Nunca había sido el más agudo de los cuatro.

Hastey soltó uno de sus gritos de guerra y subió al máximo el volumen del reproductor de cartuchos de ocho pistas para que tronara «It's a Long Way to the Top», de AC/DC, mientras el Bronco avanzaba dando botes y cercenando zarzas y matorrales con el cabrestante y la rejilla del frontal. Instantes después, dejaron de un salto los arbustos para enfilar la 141 sin que Eric levantara en ningún momento el pie del acelerador. En lo que llevaban de temporada, aquella maniobra, que él llamaba «correr en cueros», solo les había supuesto un sobresalto cuando se cruzaron delante de un camión articulado que iba en el sentido contrario al suyo. Habían pasado tan cerca de él que Darren alcanzó a oír el silbido de los frenos neumáticos del otro vehículo.

El viento que azotaba la caja de la camioneta había hecho que la temperatura descendiera otros diez grados más o menos. Darren, sin soltar la barra antivuelco en el punto en que se unía al Bronco, se metió bajo la axila la mano que tenía libre. Archie iba sentado a su lado, encorvado y con las rodillas en el pecho y las manos y la barbilla escondidas entre ambos, como una tortuga que intentara retirarse al interior de su caparazón.

—¡Ve más despacio! —gritó Darren, aunque sabía que el conductor no podía oírlo por encima de la música y el viento y que, en cualquier caso, no iba a reducir la velocidad. Eric era un exaltado con un ego descomunal. Ni siquiera le importaba un bledo Cheryl Neal. Se lo había confesado: lo único que estaba haciendo era utilizarla.

Sin embargo, poco después moderó la marcha y Darren, por un instante, pensó que no solo lo había oído, sino que le había hecho caso para variar. Acto seguido, no obstante, se le ocurrió que tal vez se les había agotado al fin la suerte y habían topado con una patrulla de la policía. Se volvió para mirar y vio que los focos de la camioneta estaban iluminando a alguien que caminaba por el arcén de la carretera: una joven con un abrigo que avanzaba de espaldas a ellos.

Eric bajó la música.

—¡Vaya! Mira lo que tenemos aquí —dijo mientras se ponía a la altura de la muchacha, que no era otra que Kimi Kanasket.

Darren renegó entre dientes, convencido de que iba a haber problemas.

Kimi llevaba un abrigo de lana que le llegaba a las rodillas y las piernas desnudas hasta los zapatos.

—Hola, Kimi —dijo Eric con el codo apoyado en la ventanilla.

La muchacha volvió la cabeza, pero, por lo demás, no les hizo el menor caso y siguió caminando.

—¿Adónde vas?

—A mi casa.

—¿Quieres que te acerquemos?

Darren sabía lo que estaba haciendo Eric. Si podía, jodería a Kimi solo por joder a Cheryl Neal y a Tommy Moore, pero no se iba a salir con la suya: era imposible que Kimi picase el anzuelo, aunque, por otra parte, su rechazo no haría sino aumentar la cólera de Eric.

—No, gracias: prefiero ir a pie.

—¡Menuda locura! Estás muy lejos todavía y hace un frío que pela. Venga, que te llevamos.

—No hace falta. Conozco bien este trayecto y mis padres me están esperando.

—¿Qué pasa? ¿No te caemos bien?

Ella no respondió. Darren no pasó por alto que se encontraba incómoda. No tenía miedo y, de hecho, dudaba que hubiese muchas cosas que pudieran asustar a Kimi, pero saltaba a la vista que estaba molesta.

—Déjalo ya, Eric —gritó desde la caja.

—Calla —dijo el otro—, que solo estamos charlando. ¿Qué pasa, Kimi? ¿No te caemos bien? ¿Por qué? ¿Por esa historia de los Red Raiders?

Hastey se inclinó hacia la ventanilla izquierda para lanzar un grito de guerra indio.

«¡Menudo imbécil!»

Kimi puso los ojos en blanco.

—Eric —insistió Darren—, vámonos a casa.

—¿Dónde has dejado esta noche a tu novio, Kimi? Me han dicho que te ha dejado porque eres muy sosa en la cama. ¿Será que las indias no os abrís de piernas?

Ella dejó de andar y se volvió para quedar mirando al vehículo.

—Sabes muy bien dónde está y también a quién se está follando. ¿No será más bien que el soso en la cama eres tú, Eric?

—¡Serás puta! —le espetó él frenando de golpe. Trató de abrir la puerta del Bronco, pero se le atascó el cinturón.

Aquel retraso permitió a Darren ponerse en pie y bajarse de un salto de la caja.

—Corre —dijo a Kimi, que lo miró con los ojos abiertos de par en par—. Corre: sal de aquí pitando.

Ella hizo lo que le decía. Eric consiguió zafarse del cinturón y salió trastabillando de la cabina mientras le dedicaba un reniego tras otro a voz en cuello. Kimi saltó entonces al bosque y Darren fue a sujetarlo con un abrazo de oso.

—Déjala en paz, Eric. Que se vaya.

—Suéltame.

El otro lo apretó con más fuerza.

—No. Cálmate primero.

Unos segundos después, sintió que Eric dejaba de hacer fuerza.

—De acuerdo. Ya me he calmado. ¿Ves? Ya me he calmado.

—Pues vámonos a casa, ¿vale? Vámonos a casa. Mañana por la noche jugamos el partido y nos centramos en lo que nos hemos propuesto.

—Ya te he dicho que estoy bien.

Darren lo soltó y Eric le dio un empujón en el pecho, pero no quiso reaccionar, no quería tensar más aún la situación. Eric bufaba como un toro. Volvió a la camioneta y cerró de un portazo con la cabeza gacha. Darren miró a Archie, que se había incorporado en la caja como si quisiera saltar y tenía los ojos desencajados. Pensó en bajarlo para volver con él andando, pero todavía quedaban más de cinco kilómetros con aquel frío y ya era muy tarde.

—Siéntate —dijo por lo tanto. Se aupó y volvió a meterse en la caja, pero en aquel instante supo que había acabado con Eric Reynolds y Hastey Devoe. Quizás Archie y él pudieran seguir siendo amigos, aunque, desde aquel sábado, no quería tener nada que ver con aquellos dos idiotas. Tenía sus propios planes más allá del fútbol americano: quería hacerse ingeniero y diseñar aviones para la Boeing y no pensaba dejar que ninguno de ellos se los jodiese.

Eric pisó el acelerador y el Bronco se lanzó hacia delante con una sacudida. El motor rugía a medida que el vehículo cobraba velocidad. De pronto, el parachoques delantero hizo ademán de querer hincarse en el suelo y las ruedas marcaron el asfalto al frenar. Darren y Archie fueron a estrellarse contra la cabina. La cabeza del primero dio contra algo sólido al verse impulsada hacia atrás. El Bronco empezó a girar, Eric derrapó en medio de la carretera quemando neumático. Aceleró de nuevo y el Bronco echó a correr por la carretera en la dirección en la que había huido Kimi.

—¡Me cago en…! —gritó Darren por encima de la música *heavy* y del viento. Se quitó a Archie de encima y se tocó la coronilla, que le palpitaba de dolor. Estaba viendo las estrellas.

La camioneta salió del asfalto y se lanzó a la maleza dando botes. Darren se había aferrado a la barra con una mano y con la otra al cuello de la chaqueta de Archie para hacer lo posible por que no saliera despedido. Hastey no dejaba de ulular ni de soltar a voces su estúpido grito de guerra.

—¡Eric! —exclamó Darren, aunque su voz era un susurro frente al viento y la música—. ¡Eric, para!

Enfilaron el angosto sendero y el Bronco comenzó a subir una pendiente. Darren se afanaba en evitar que Archie o él cayeran al fondo de la caja, con los músculos de los brazos tensos por el esfuerzo. Las ramas de los árboles azotaban la parte trasera del vehículo y le hicieron agachar la cabeza. La cuesta se hizo más pronunciada y revolucionó más aún el motor.

—¡Mierda! —gritó entonces Eric.

Darren quedó paralizado al instante. Su trasero se despegó de la caja de la camioneta y sus manos soltaron la barra y a Archie. Todo ocurrió con una rapidez vertiginosa pero también muy lentamente. Archie y él habían salido despedidos de la caja y flotaron por un segundo antes de golpear con fuerza contra el suelo. Lo recorrió una oleada de dolor. Rodó una y otra vez, dando con una piedra tras otra en un ciclo que pareció interminable antes de detenerse al fin. Quedó allí tendido, con el cuerpo y la mente tratando de procesar lo que acababa de ocurrir y evaluar si estaba o no herido y, en el primer caso, si era grave. Poco a poco, consiguió ponerse en pie, dolorido, aunque, al parecer, sin ninguna lesión grave. Archie gemía y murmuraba poco más allá, sumido en la oscuridad. Darren se acercó a él.

—¿Estás bien? Archie, ¿estás bien?

El otro soltó un reniego y se puso de rodillas, aturdido, pero, por lo demás, también sin heridas graves. Darren trató de orientarse y se dio cuenta de que Archie y él habían saltado del vehículo en el momento en que había rebasado el cambio de rasante. Habían caído en la otra ladera de la colina, a mitad de camino del claro aproximadamente. A sus pies, el Bronco, con las luces de posición de la barra encendidas, parecía una nave espacial que se hubiera estrellado. Había dado media vuelta y estaba mirando hacia la cumbre, aunque torcido en un ángulo de casi cuarenta y cinco grados. Levantó una mano para protegerse del resplandor de los focos y comenzó a descender.

Oyó gritar a Hastey y llegó también a él el eco de su voz.

—¡Estoy sangrando, tío! ¡Estoy sangrando, Eric! ¡Joder! ¡Mierda! ¡Estoy sangrando!

Darren llegó tropezando al pie de la colina. Hastey caminaba en círculos con la mano puesta en la frente. La sangre que se colaba entre sus dedos le corría por la manga de la chaqueta. En un primer momento no vio a Eric, pero, a continuación, al apartarse Hastey, lo encontró de pie ante lo que parecía un tronco derribado pero que enseguida identificó como Kimi.

—¡Dios! —Clavó una rodilla en tierra.

La joven yacía de costado, inmóvil y con los ojos cerrados.

—¿Qué has hecho? ¿Qué coño has hecho, Eric?

Eric no se movía. Tampoco decía nada: estaba allí de pie, con la mirada clavada en Kimi. Tras ellos, Hastey seguía lloriqueando.

—¡Tengo sangre, tío! ¡Tengo sangre!

—¡Calla! —le gritó Darren—. ¡Cállate!

Archie llegó al fin al pie de la colina y, al ver a Kimi en el suelo, rompió también a lamentarse.

—¡No! ¡No! ¡No…! —Y, dándose la vuelta, se dobló sobre sí mismo y se puso a vomitar.

—¿Qué has hecho, Eric? —repitió Darren—. ¿Qué has hecho?

Archie no dejaba de arrojar y de proferir juramentos.

—¡Maldita sea! ¡Maldita sea!

—¡Tengo sangre, Eric! ¡Tengo sangre!

—¡Calla! —exclamó Darren—. ¡Callaos todos!

Archie se enderezó y contuvo una nueva arcada. Hastey dejó de gimotear. Darren se arrodilló al lado de Kimi. Tenía el cuerpo retorcido, se diría que destrozado.

—No la he visto —dijo al fin Eric—. Ni siquiera la he visto.

—La has atropellado —declaró Darren—: has caído sobre ella.

—¿Está muerta? —preguntó Archie echándose a llorar—. ¿Está muerta?

—Estaba en el suelo. ¿Qué hacía ahí? —dijo Eric—. No ha sido culpa mía.

—Pues claro que ha sido culpa tuya —replicó Darren—. ¿De quién si no?

Eric se abalanzó contra él, pero Darren se incorporó de un salto y estampó un hombro contra la caja torácica de su atacante, haciéndolo retroceder con la fuerza de sus piernas y caer de espaldas al suelo. Cerró el puño con la intención de asestarle un golpe violento. Estaba deseándolo. Quería atizarle, darle una paliza de los mil demonios, pero Hastey y Archie le agarraron el brazo antes de que pudiera partirle la cara y lo apartaron a rastras de él.

—La has matado, colega —dijo Darren con lágrimas en la cara—. La has matado.

Eric, con la respiración agitada, se puso en pie. De la nariz y la boca le escapaban vaharadas blancas. Tenía las manos enredadas en el cabello, como si pretendiera arrancárselo.

—¿Qué hacemos, Eric? —le preguntó Hastey aterrorizado y con la cara empapada en sangre por el corte de la frente—. ¿Qué hacemos?

—Hay que salir de aquí —repuso él.

—¿Qué? —dijo Darren.

—Hay que salir de aquí ahora mismo. Ya. —Eric iba de un lado a otro. Pese a la oscuridad, se distinguía la palidez de su rostro, en el que destacaban los ojos, convertidos en dos puntos negros.

—No podemos dejarla aquí, Eric.

—Y, entonces, ¿qué hacemos? ¿Eh, Darren? ¿Qué quieres que hagamos?

—Hay que buscar un teléfono y llamar a alguien.

—Está muerta, Darren. ¿A quién vamos a llamar? ¿A la policía? ¿Y qué le contamos? ¿Que la hemos atropellado?

—Es que yo no la he atropellado: has sido tú.

—Tú también estabas en la camioneta. Estábamos todos. La hemos atropellado todos.

—No —insistió Darren—. Ni lo sueñes, Eric.

—Yo quería alistarme —balbució Archie—. Yo quería alistarme en el ejército después de graduarme.

—Escuchadme —dijo Eric—. Irán contra todos nosotros, porque íbamos todos en la camioneta. Nos harán análisis de sangre y sabrán que hemos estado bebiendo y fumando. Nos van a meter a todos en la cárcel y no una noche ni una semana. ¡Joder, esto se considera asesinato! Por asesinato te mandan a la silla eléctrica. Nos matarán a todos.

—Yo no puedo ir a la cárcel —declaró Hastey—. No puedo ir a la cárcel.

—Hay que salir de aquí —insistió Eric—. Hay que salir ya.

—No podemos dejarla aquí, Eric —repitió Darren.

—Nadie sabe que hemos salido. Nadie. Mañana tenemos partido: todos pensarán que nos hemos pasado la noche en casa, en la cama, para estar descansados. Nuestros padres no saben que nos hemos escapado y dirán que estábamos acostados.

—No podemos dejarla aquí.

—Yo tampoco quiero hacerlo, Darren. Claro que no quiero hacerlo, joder, pero no tenemos más remedio. ¿No lo entiendes? Hay que hacerlo.

Darren no podía dejar de llorar.

—Os voy a llevar a casa —dijo Eric—. Os llevo a todos a casa y luego voy al teléfono público de la gasolinera y hago una llamada anónima. ¿De acuerdo?

—¿Y mi cabeza? —preguntó Hastey—. ¿Qué quieres que les diga que me ha pasado en la cabeza?

—Tengo un botiquín en el camión. Mi padre lo lleva siempre para cuando sale a cazar. Te limpiamos la herida, te la vendamos y tú, mañana, te pones una gorra. Eres muy alto y nadie alcanza a verte la cabeza. Durante el partido vas a llevar casco y luego podrás decir que te la has hecho jugando. —Eric se frotó la frente como si tratase de combatir una migraña brutal y, a continuación, se secó las lágrimas—. Nadie tiene por qué enterarse. —Los miró a todos mientras hablaba con voz atropellada—. ¿Me oís bien? Nadie tiene por qué saberlo. Todo tiene que seguir igual: mañana ganaremos el campeonato y seguiremos con nuestras vidas, tal como habíamos planeado. Seguiremos con nuestras vidas. Archie, tú entrarás en el ejército y Darren y yo iremos a la Universidad de Washington. Tú,

Hastey, irás al centro de estudios superiores para mejorar tus notas y poder unirte a nosotros. Por Kimi no podemos hacer nada ya: está muerta. Fue un accidente, pero está muerta. Si decimos algo, también podemos darnos por muertos nosotros, porque tendríamos que despedirnos de nuestras vidas.

Darren lo estaba escuchando, pero sus palabras le sonaban como si llegaran de un lugar muy lejano, como si no fuesen reales, como si nada de aquello lo fuera. Seguía viendo estrellitas titilarle ante los ojos, como las que había percibido tantas veces tras un golpe en la cabeza. Eso era: la conmoción cerebral le impedía pensar con claridad. Todo aquello era fruto de su imaginación. No tenía otra explicación. Nada de aquello era real. No podía serlo.

Nada de aquello era real.

Tracy dejó sobre la mesa la última hoja del informe de la terapeuta. Por el resto del historial supo que Darren había acudido en un principio a la clínica porque sufría ansiedad, si bien ignoraba qué era lo que la estaba causando. Había dicho a la especialista que se había despertado un día de madrugada con la mente acelerada y había sido incapaz de volver a conciliar el sueño. Poco después había tenido también la misma sensación por la noche y había empezado a tener problemas para dormir. Como llegaba al trabajo convertido en un zombi por la falta de sueño, se había dado a los somníferos y al *whisky*. Hizo saber a la terapeuta que tenía pesadillas en las que veía a una adolescente con el cuerpo quebrantado y maltrecho. Habían empezado al cumplir Rebecca quince años y, poco después, la muchacha que las protagonizaba comenzó a atosigarlo noche tras noche. Daba igual cuántos sedantes tomara o cuánto *whisky* bebiera: la joven acudía sin falta.

En sus pesadillas, él estaba de pie ante ella, creyéndola muerta, cuando ella abría los ojos y lo miraba desde el suelo susurrándole: «Ayúdame, por favor. Ayúdame».

La especialista dio por sentado que la muchacha era Rebecca y que Darren sufría un miedo irracional a perder a su hija. Fue necesario un largo proceso de dos años para que el paciente lograra identificarla y recordar lo que había ocurrido con Kimi Kanasket. En el último informe del expediente, después de que Darren describiera el incidente con toda clase de detalles, la terapeuta escribió que él había logrado «un gran avance» al reconocer que la pesadilla no era un sueño, sino un recuerdo. Recordaba aquella noche con tanta claridad como si hubiera sido la víspera. A continuación, añadió que, al dejar su consulta aquella tarde, Darren había expresado su alivio y asegurado que hacía años que no se sentía tan ligero, como si se hubiera liberado de una carga onerosa.

A continuación, volvió a su casa y se pegó un tiro.

Tracy cerró la carpeta y se puso en pie, aunque no dejó la sala de inmediato. Tras una larga pausa, recogió el bolígrafo y la libreta. No había tomado una sola nota.

De regreso al domicilio de Tiffany Martin, pensó en lo que le había dicho y decidió, a la postre, hacerlo lo más sencillo posible. Sintió cierta inquietud al subir los escalones del porche y, en el momento de llamar a la puerta, tenía el corazón desbocado. Abrió Tiffany. Rachel y Rebecca aguardaban tras ella y las tres parecían extenuadas.

—Su marido —dijo a Tiffany antes de mirar a Rachel y a Rebecca para añadir—, su padre fue un buen hombre. Tuvo la mala suerte de encontrarse en el lugar y en el momento equivocados, pero era un hombre muy bueno y respetable.

Las tres se echaron a llorar. Les caían lágrimas de los ojos mientras tapaban los sollozos con sus manos. Tiffany se volvió y todas se aferraron una a otras en un abrazo intenso, terrible.

CAPÍTULO 31

No le iba a ser fácil olvidar la imagen de Tiffany Martin y sus hijas deshechas en lágrimas de tristeza y de arrepentimiento, pero también de alegría. Sospechó que, aun antes de aparecer ella en sus vidas, las tres debían de haber sufrido sus dosis de insomnio mientras se preguntaban por qué se había quitado la vida su esposo y su padre. Sabía por experiencia que, cuando la respuesta no se presenta de manera manifiesta, el cerebro puede llegar a conclusiones terribles, porque en los veinte años que siguieron a la desaparición de Sarah ella había imaginado toda clase de posibilidades pavorosas.

Deseaba ir sin más rodeos a ver a Eric Reynolds para informarlo de que sabía, definitivamente, lo que había ocurrido con Kimi. Quería borrarle de la cara aquella sonrisa petulante y confiada, preguntarle cómo había sido capaz de disfrutar de una existencia tan acomodada después de arruinar tantas otras. Se engaña quien piense que en un homicidio se pierde una sola vida: siempre son muchas las que se destruyen. Con todo, Tracy también era consciente de que saber que Reynolds era culpable no era lo mismo que demostrarlo en un tribunal de justicia. Cierto es que tenía las pruebas materiales que proporcionaban las fotografías de Buzz Almond y también el dictamen de Kaylee Wright y Kelly Rosa, pero estas últimas solo podían ofrecer su opinión y ella necesitaba hechos.

ROBERT DUGONI

De camino a casa, iba pensando en las dificultades que planteaba el informe terapéutico de Darren Gallentine. Aun cuando pudiera presentarlo como prueba —algo de lo que, en realidad, no tenía garantía alguna—, cabía la posibilidad de que un buen abogado consiguiera invalidarla. Cabía presentar toda clase de argumentos que la rebatiesen, como, sin ir más lejos, que se trataban de los falsos recuerdos de un hombre atormentado que había deformado los hechos de manera inconsciente a fin de lograr vivir con ellos, pero que distaban mucho de lo que había ocurrido de verdad. Además, tampoco dejaba de ser un testimonio referencial: lo que había confiado Darren a su terapeuta —a quien todavía no había localizado Tracy— no era una declaración hecha ante un tribunal y, por lo tanto, tampoco podía ofrecerse como la verdad. La defensa no dudaría en sostener que no estaba contrastada ni podía someterse a un contrainterrogatorio y resultaba, por ende, inadmisible.

Empezó a preguntarse si toda la investigación no había sido una soberana inutilidad y si no sería precisamente aquella la conclusión a la que había llegado también Buzz Almond.

MARTES, 23 DE NOVIEMBRE DE 1976

Buzz Almond regresó a casa, pero, en lugar de salir de su vehículo de forma inmediata, permaneció unos instantes contemplando la casita que había alquilado para su familia. Iban a tener que mudarse: cuando naciera el bebé, no habría espacio para todos.

Tenía ya muy claro que Kimi Kanasket no se había suicidado. Estaba convencido de que Eric Reynolds, y tal vez los otros tres integrantes de los Cuatro Titanes, habían topado con ella cuando volvía de trabajar por la 141 y de que había ocurrido algo, no sabía exactamente qué, pero habían hablado, tal vez de cosas propias de chicos de instituto, y la conversación había desembocado en algo terrible. Habían alcanzado a Kimi con el Bronco y la habían arrollado en el

320

claro. Por eso estaba revuelta la tierra. Buzz había comparado las rodadas dejadas en la hierba y el barro con el dibujo de los neumáticos del Bronco de Eric Reynolds y había llegado a la conclusión de que eran las mismas. Por eso había huellas de pies que iban en todas direcciones. No tenía que ver con las salidas que organizaban los sábados los jóvenes, porque aquel sábado no había habido ninguno en la ciudad. En realidad, no había quedado nadie, porque toda la ciudad había acudido al partido del año. Aquella tierra, por lo tanto, la habían revuelto la noche del viernes.

La inspección del terreno lo llevó a sospechar que en ningún momento habían tenido la intención de hacer daño a Kimi. Lo más seguro era que solo hubiesen querido asustarla, pero, al llegar a la cumbre de la colina, el Bronco había salido por los aires y habían perdido el dominio de la situación. Todo había quedado en manos de la física. Todo lo que sube tiene que bajar y, en este caso, la camioneta descendió con una fuerza y una velocidad brutales y fue a aplastar a Kimi Kanasket, al lado mismo del lugar en el que la ciudad de Stoneridge había ahorcado a un inocente hacía cien años. Buzz podía haber disculpado a aquellos cuatro muchachos por haber atropellado a Kimi, pero lo que ocurrió después resultaba imperdonable. Lo que ocurrió después, cuando arrojaron su cuerpo al río como si fuese basura, fue un acto deliberado e intencionado.

Sentado en su vehículo, Buzz supo también que jamás los condenarían y aquel convencimiento al que se enfrentaba lo estaba llevando a preguntarse por qué se había hecho agente de la ley y esa pregunta le estaba revolviendo el estómago.

Pasando por encima de Jerry Ostertag, había presentado directamente a su teniente la información que tenía. Se había sentado con él para informarlo de cuanto había averiguado, seria y sinceramente, y le había mostrado las fotografías. Sin embargo, mientras hablaba, la sonrisa casi imperceptible de su superior le había dejado claro que se estaba limitando a seguirle la corriente.

—¿Cuánto tiempo lleva usted en el cuerpo? —fueron las primeras palabras que salieron de su boca.

«¡Bien por Buzz Almond, el listillo de la clase! —debía de estar pensando—. No eres más que un novato y se te ve a la legua la inexperiencia, más que a una virgen en su noche de bodas.»

Su teniente no iba a hacer nada al respecto, como tampoco haría nada Jerry Ostertag. El informe patológico hablaba de suicidio, las pruebas circunstanciales indicaban lo mismo y los dos preferían contentarse con aquella conclusión, por pereza o porque les daba exactamente igual. Buzz había llegado a un callejón sin salida. Tenía la intención de entregar a su teniente el expediente que había elaborado, pero, estando allí sentado en su despacho, tuvo claro que lo arrojarían a una caja y acabaría arrinconado en algún almacén polvoriento, oliendo a naftalina, desechado y olvidado. Como Kimi Kanasket. Por lo tanto, decidió que lo archivaría él mismo como una investigación en activo, para saber exactamente dónde podría encontrarlo en caso de que decidiera volver a echarle un vistazo en algún momento.

A Jerry Ostertag no le había gustado que pasase por encima de él. No había dudado en buscar a Buzz cuando este acabó su turno y volvió al edificio para fichar. No se había andado con rodeos. Le había preguntado quién diablos se creía y qué creía estar haciendo exactamente. Le dejó claro, sin dar lugar a equívocos, que aquel no era modo de hacer amigos, que los policías tenían que protegerse entre sí y que debería plantearse si de veras tenía intención de prosperar en el cuerpo, sobre todo en el condado de Klickitat. En aquel momento le habría asestado con gusto un puñetazo en la boca, pero aquello habría supuesto el final de su carrera profesional y hacía tiempo que no podía pensar solo en sí mismo: también estaban Anne, Maria, Sophia y el bebé que venía de camino. Tenía que ofrecerles la vida que merecían y no podía sacrificar todo eso por la satisfacción de darle una tunda a Jerry Ostertag.

Salió del vehículo y subió los escalones de su casa. Sentía los pies tan pesados como si los tuviera metidos en bloques de hormigón y el corazón en un puño por la impotencia. Cuando atravesó el umbral, Maria y Sophia acudieron corriendo desde la cocina, descalzas y aún con los camisones que tenían a juego y con el cabello alborotado que habría de cepillar bien Buzz cuando desayunaran.

—¡Papá, papá, papá! —exclamaron con su voz dulce, capaz de derretir el corazón de un ángel.

Levantó a cada una de ellas con un brazo y las dos se le agarraron al cuello para besarlo y restregar sus caritas contra él. Por horrible que fuese pensar siquiera en ello, lo que ocupaba su cabeza en aquel instante era que Kimi Kanasket estaba muerta y no había nada más que pudiese hacer por ella. Tenía que anteponer a aquellas dos chiquitinas que tenía en brazos, prodigándole su amor incondicional, y al bebé que venía de camino.

Anne siguió a las niñas hasta su dormitorio. Vestida con el uniforme de enfermera, estaba tan hermosa y sensual como el día en que se había fijado en ella por primera vez: ella era justo el bálsamo que necesitaba aquella mañana. «Eres un tío afortunado, Buzz Almond —pensó, haciendo lo posible por convencerse—. Tienes una suerte…»

—Venga, chicas —las alentó Anne—. Acabaos el desayuno antes de que se enfríe.

Buzz volvió a dejarlas en el suelo y las dos se alejaron de puntillas.

—He hecho gachas de avena —dijo ella mientras recogía sus llaves y se dirigía a la puerta— con arándanos.

—Gracias —dijo él.

Anne se detuvo entonces para mirarlo bien.

—¿Te pasa algo?

—Un mal día en el trabajo —respondió él apartando la mirada, aunque sabía que ella no había pasado por alto sus lágrimas.

—¿Tiene arreglo?

Buzz volvió a pensar en Kimi y en Earl y Nettie Kanasket. Supo entonces que aquella iba a ser la parte más difícil de su trabajo, que lo acompañarían a casa —ellos y otras familias que, como ellos, estarían sumidas en la pena y el dolor— mucho después de acabar el turno.

—No creo. Esta vez no.

Tracy volvió a West Seattle y desmontó todo el expediente de Buzz Almond para disponer todos sus elementos en la mesa del comedor. Tuvo que espantar dos veces a Roger hasta que, por fin, se decidió a distraerlo con comida.

Había aprendido que, con los casos difíciles, resultaba a veces de gran ayuda ver todas las pruebas en un mismo lugar. Pese a la certidumbre que tenía en aquel momento de lo que había ocurrido el 5 de noviembre de 1976, sentía que aún no tenía una visión completa del asunto. Se le escapaban algunos detalles. Por lo común, en estos casos, lo que faltaba no era nada espectacular: no se trataba de una pista oculta que solo era capaz de desentrañar la mente de un Sherlock Holmes, sino de algo mucho más sencillo, algo que dictaba la lógica y, sin embargo, no se había detenido a considerar, del mismo modo que no se para uno a pensar en el significado de un semáforo en rojo, sino que se limita a levantar el pie del acelerador para pisar el freno.

Fue tomando uno tras otro los informes para ojearlos y, a continuación, estudió las fotografías preguntándose si no habría en ellas algo evidente que hubiera pasado por alto. Podía ser, aunque dudaba que no hubiera llamado tampoco la atención de Kaylee Wright. Con respecto a Kelly Rosa y su análisis del informe médico no pudo sino llegar a la misma conclusión. Por lo tanto, los descartó.

Entonces pasó a las pruebas que todavía no había logrado encajar en aquel rompecabezas y miró los recibos de la reparación de la carrocería y el parabrisas que habían expedido los dos talleres de

Hastey Devoe padre: uno de la Columbia Windshield and Glass, por valor de 68 dólares, y otro de 659 de la Columbia Auto Repair. Buzz los incluyó en su expediente porque había sido allí donde habían arreglado el Bronco con dinero contante. Resultaba sorprendente que se hubieran emitido, que Eric Reynolds los hubiese solicitado y, más aún, que Buzz hubiera dado con ellos. Sin embargo, la pregunta no era *cómo*, sino *por qué*. ¿Qué había podido llevar al ayudante del *sheriff* a buscar aquellos recibos?

Pensó de nuevo en la declaración de Eric Reynolds de que Buzz Almond había ido a su casa a preguntar si había salido la noche del viernes. ¿Por qué había sospechado de Eric? El único motivo era que hubiese sospechado primero que las rodadas podían pertenecer a los neumáticos del Bronco. Por lo tanto, era más probable que hubiera hecho aquella visita no para hablar con Eric, sino para ver el vehículo y determinar si presentaba daño alguno. De ser cierto esto último, nunca habría buscado los recibos, porque no existirían. Por lo tanto, su existencia tenía que significar que ya habían llevado a reparar el Bronco.

En aquel momento empezó a tomar forma lo que había estado inquietándola casi desde el principio y que resultó no ser una sola cosa, sino varias relacionadas entre sí. Fue entonces cuando Tracy supo que se había equivocado de medio a medio.

Kaylee Wright se inclinó sobre la mesa y usó una lupa dotada de una luz brillante y montada sobre un brazo para examinar las fotografías. Tracy, de pie a su lado en el despacho de casa de Wright, hacía lo posible por no atosigarla ni meterle prisa. La había llamado al móvil para participarle sus sospechas y pedirle que estudiara de nuevo las imágenes. Después de pasar casi diez minutos revisando una tras otra, la experta se enderezó y apartó la lupa. Tracy tuvo la sensación de estar en una sala de justicia, esperando el veredicto del jurado.

Wright la miró y reconoció con un suspiro:

—Tienes razón. No me había dado cuenta.

Tracy sintió que la invadía un raudal de adrenalina.

—¿Estás segura?

—Segurísima. Lo siento: debería haberme dado cuenta.

—No te preocupes. Ni siquiera habías acabado tu análisis.

—Pero tendría que haberlo visto.

—Bien está lo que bien acaba, Kaylee.

—La camioneta que dejó estas huellas entró y salió dos veces.

La inspectora se obligó a hacer las preguntas en orden, una a una, sin precipitación, para asegurarse de que tenía todas las pruebas necesarias para apoyar su tesis.

—¿Cómo lo sabes?

Wright rebuscó entre las fotografías de su escritorio hasta dar con la que quería. Ajustó la lupa sobre ella.

—Echa un vistazo —le dijo apartándose.

Tracy observó la imagen ampliada mientras Wright proseguía:

—Esta es la foto en la que mejor aparece la rodada. En ella se ven claramente dos recorridos de ida y dos de vuelta. En algunos puntos se superponen, pero los automóviles, como las personas, no siguen nunca una línea recta bien definida y aquí se ve con claridad dónde se desvían los distintos trayectos.

—¿Pueden ser de dos vehículos distintos que fuesen uno detrás del otro? —preguntó ella con la intención de eliminar tal posibilidad.

—No: los dos juegos los hicieron las mismas ruedas y en un lapso de tiempo relativamente breve.

—¿Cómo puedes saber que no pasó mucho tiempo? ¿Por qué no pudo transcurrir una semana o un mes? —Tracy sabía que no era el caso, ya que, según el informe de Buzz Almond, las imágenes eran del lunes posterior a la desaparición de Kimi Kanasket.

—Vuelve a mirar las huellas: si las segundas se hubieran hecho mucho después de las primeras, cabría esperar ver fragmentos de tierra seca desmoronada. Acuérdate de lo que te dije: en mi opinión, para conseguir huellas de tanta calidad hace falta que el suelo se mojara y luego se congelase en un periodo relativamente corto. Eso tuvo que hacer que se endurecieran como un molde de escayola. Si hubiese llegado otro vehículo más tarde, habría destrozado el primer juego de rodadas y veríamos terrones secos que habrían saltado del suelo. Aquí no se ve nada de eso.

—O sea, que tuvo que volver el mismo vehículo antes de que el suelo tuviera tiempo de helarse.

—Yo diría que antes de que transcurrieran una hora o dos. Dudo que podamos determinarlo con más precisión, aunque quizá por el registro de las temperaturas de aquella época puedas averiguar cuál fue la de aquella noche en concreto.

El cerebro de Tracy se puso en funcionamiento.

—Está bien. Ahora, pasemos a las huellas de bota. Van de donde estaba tendido el cuerpo de Kimi al lugar en el que se detienen las rodadas que llegan al claro. ¿Es así?

Wright asintió con un movimiento de cabeza.

—Yo diría que sí, que entre esos dos puntos hay un juego de huellas deliberadas.

—De modo que la persona que llevaba puestas las botas volvió al coche y lo hizo cargando con el cuerpo.

—Sí: anduvo en línea recta hacia el cuerpo y, tras recobrar el equilibrio, volvió al vehículo.

Tracy siguió pensando en voz alta:

—Y el hecho de que esa persona recogiese a Kimi y avanzara vacilante por su peso y el de que no haya más huellas en dirección al coche indican que lo hizo sola, que no había nadie más para echarle una mano.

—Eso parece —aseveró Wright, a quien, al parecer, le había venido una idea a la cabeza.

—¿Qué pasa? —quiso saber Tracy.

—Quizá no sea nada, pero ¿recuerdas que te dije que estas botas las hacían para soldados hasta que cerró la empresa?

—Sí.

—La empresa no volvió a fabricar botas y eso podría ayudarte en la investigación.

—¿Cómo?

—De entrada, hoy hay poquísimas. Si encuentras alguna, será solo, quizás, en algún sitio web de ropa antigua y por muchísimo más dinero de lo que costaban entonces. Es muy probable que quienes tuvieran unas las guardasen.

—¿Quieres decir que crees posible que el dueño de estas las tenga todavía?

—Estaban muy solicitadas por lo resistentes que eran. La gente podía llevarlas entre veinticinco y cincuenta días al año, quizá. De hecho, puede que quien tuviese unas no necesitara volver a comprar otras en la vida. Lo único que digo es que no eran botas de las que tiras o donas a una obra de caridad.

Tracy pensó en ello, pero no dijo nada.

—¿No vas a contarme lo que significa todo esto en tu opinión? —dijo Wright.

—¿Te acuerdas de cuando me dijiste que lo que ocurrió en aquel claro había sido «horrible de veras»?

—Sí.

—Pues creo que te quedaste corta. Para mí que habría que calificarlo, más bien, de maligno.

CAPÍTULO 32

Poco después de las seis de la tarde, Tracy llamó a Jenny desde su camioneta para comunicarle su intención de volver a Stoneridge aquella misma noche para ver a Eric Reynolds. Su amiga insistió en brindarle refuerzos, pero ella declinó la oferta y, al final, Jenny cedió. No pretendía pecar de heroica ni de estúpida. Lo había pensado mucho y estaba convencida de que sabía bien qué era lo que estaba a punto de ocurrir.

—Ha tenido cuarenta años para hacer algo —aseveró.

—Nunca ha tenido que hacer nada —repuso la *sheriff*—. ¿No ves que nadie lo acusó en ningún momento?

—Llevo mi Glock conmigo y, además, él no me espera. Aunque estuviera armado, podría vaciarle el cargador antes de que tuviera tiempo de apuntarme.

Jenny discutió con ella, aunque se rindió pronto. Al final, acordaron que esperaría en las inmediaciones en un vehículo del cuerpo y con refuerzos y que Tracy estaría todo el rato al teléfono.

La inspectora tenía la dirección de cuando había estado haciendo averiguaciones en la base de datos de Accurint y, al introducirla en su iPhone, solo tuvo que seguir las indicaciones que la llevaron sin contratiempos a la magnífica residencia, colosal en comparación con lo que se estilaba en Stoneridge, aunque no tan ostentosa como algunas de las mansiones que se habían construido en los barrios más acaudalados de Seattle. Con todo, a aquella casa de dos plantas y fachada de piedra y madera compensaba en terreno circundante lo que le faltaba en metros cuadrados construidos y majestuosidad. Tras pasar entre dos pilares de piedra, el camino de entrada serpenteaba a través de lo que en la oscuridad parecía una vasta extensión de frutales y viñedos con un lago artificial. Pese a su belleza, el lugar daba también la impresión de incomunicación y hacía pensar en una isla desierta, perdida y solitaria.

Tracy aparcó en el espacio circular que precedía a la vivienda, al lado de una Chevrolet Silverado. La temperatura había descendido en picado desde que había salido de Seattle aquella misma tarde y el cielo nocturno se había oscurecido aún más por la presencia de una pesada masa nubosa que atenuaba todo sonido y enfriaba la brisa más débil.

Se acercó a la puerta principal, hecha de vidrio emplomado y roble y llamó al timbre. No pudo evitar imaginar a un mayordomo que la abría para darle la bienvenida. Dentro oyó ladrar a los perros, que callaron obedientes cuando se lo ordenó Eric Reynolds.

—¿Inspectora Crosswhite? —dijo él al abrir con gesto del todo perplejo—. ¿Qué hace aquí a estas horas?

Los dos animales parecían terriers ratoneros. Uno de ellos emitió un gruñido grave.

—Calla, Blue.

A la voz del dueño, el perro agachó la cabeza, si bien mirando en todo momento a Tracy.

—Tengo un par de preguntas más. Sé que es tarde, pero, con todas las celebraciones de este fin de semana, he imaginado que iba a ser difícil dar con un hombre como usted.

—Acabo de llegar del banquete. —Llevaba mocasines negros, pantalones de vestir y una camisa bajo un jersey de cuello de pico.

Tracy detectó en su actitud un aire sutil de humildad que no había estado presente durante la conversación que habían mantenido

330

en el club de golf. Parecía cansado física y emocionalmente. Se preguntó si no habría estado bebiendo.

—No voy a robarle mucho tiempo —le aseguró—. Solo quiero hacerle unas preguntas.

Reynolds se hizo a un lado y los perros se retiraron. Como el exterior, la decoración estaba dominada por la piedra y la madera naturales, que conferían a todo un aire rústico. Tracy no vio una sola fotografía familiar entre los cuadros y las esculturas de camino al estudio de su anfitrión. Al entrar, reparó en la pistola que descansaba sobre una mesa de póquer junto a un equipo de limpieza de armas de fuego y en el olor distintivo del disolvente Hoppe's 9.

—¿Haciendo un poco de mantenimiento? —preguntó.

Reynolds miró a la mesa como si hubiera olvidado que tenía allí el arma.

—En realidad, acababa de empezar a ver una película. —Señaló un televisor enorme que había en el otro extremo de la sala y en cuya pantalla había quedado congelado Bradley Cooper con uniforme militar.

—*El francotirador* —dijo ella—. ¿No se le va a hacer muy tarde?

—No suelo acostarme temprano.

—¿No duerme usted bien?

—No, qué va. ¿Quiere un trago? —preguntó acercándose a la mesa de póquer en la que estaba el arma, pues tenía el mueble bar a la derecha.

—No, gracias. Tiene usted una casa muy aislada. ¿Vive solo?

—Sí, señora —repuso con una sonrisa nostálgica—. En fin, con Blue y Tank. Estoy divorciado, desde hace ya veinticinco años.

—¿Y no echa de menos tener compañía?

—Con Blue y Tank tengo suficiente. Estoy acostumbrado a la soledad.

—¿No tiene hijos?

—No, ¿y usted?

—También estoy divorciada, también desde hace años y también me he habituado a vivir sola.

—¿Sin perros?

—Con un gato muy dependiente.

Reynolds le ofreció un sillón de cuero situado frente a la chimenea de piedra. Tracy no pasó por alto el voluminoso armero que había en un rincón con la puerta pesada entreabierta y varias escopetas visibles. El anfitrión fue a ocupar un sofá a juego situado al lado de una o dos lámparas de mesa que ofrecían una luz suave. Los dos perros saltaron al asiento para acurrucarse a su lado. Blue no apartaba el ojo de ella.

Cuando se sentó, el bajo de los pantalones se retrajo unos centímetros y dejó ver sus calcetines marrones.

—Dígame, ¿qué puedo hacer por usted?

—Acabo de volver de Seattle —anunció Tracy—. He hablado con Tiffany Martin, la viuda de Darren Gallentine, y con sus dos hijas.

—Vaya. —Reynolds rascó a Blue entre las orejas y le acarició la cabeza.

—Tenían diecisiete y catorce años cuando su padre se quitó la vida y nunca supieron por qué.

—Porque no dejó ninguna nota de suicidio, imagino.

—En efecto.

—¡Qué cosa tan terrible! —dijo él.

—Quien no la haya vivido no puede hacerse una idea. Nos gusta creer que nuestros padres son perfectos y, de pronto, nos damos cuenta de que son humanos y tienen todas las faltas y las imperfecciones de cualquier hijo de vecino. Yo creo que es lo más difícil de aceptar.

—Lo dice por experiencia.

—Mi padre se mató de un disparo.

—Lo siento. —Reynolds, que no había dejado de acariciar a sus perros, se puso a mover el pie derecho de forma rítmica.

—Darren estaba yendo a terapia cuando se suicidó. —Tracy hizo una pausa y se aseguró de que la estuviera mirando a los ojos—. La especialista elaboró un expediente del tratamiento, pero la familia no pidió nunca verlo. Imagínese: por un lado, podría darles muchas respuestas, pero, por el otro, era posible que encontrasen en él las faltas e imperfecciones del cabeza de familia. Decidieron pasar página. Sin embargo, descubrieron que no era tan fácil dejar a un lado algo tan traumático. Él, desde luego, no había podido y, al parecer, Archibald Coe tampoco. Hastey tampoco parece haberlo conseguido y yo diría que, pese a las apariencias, usted no es ninguna excepción.

—Le aseguro que no sé de qué me habla, inspectora. —No parecía desafiante, sino, más bien, cansado.

—Sí que lo sabe, señor Reynolds. He leído el historial de Darren Gallentine y sé que reveló a su terapeuta lo que ocurrió la noche de la muerte de Kimi Kanasket. Me refiero a la salida que hicieron los cuatro para beber y colocarse, a la irritación que le produjo saber que Cheryl Neal había salido con Tommy Moore y a la suerte horrible y cruel que quiso poner a Kimi Kanasket en su camino.

Él no dejaba de mover el pie.

—No —dijo—: yo estaba en mi casa.

—Puede que dijera eso a Buzz Almond cuando fue a su casa a fotografiar el Bronco, pero yo sé que es mentira. Darren lo cuenta todo con mucho detalle. Usted se puso furioso. Era muy irascible en aquella época, aunque parece que ha hecho avances notables en este sentido, y persiguió a Kimi hasta el bosque con el Bronco. No quería atropellarla. Ni siquiera pensaba con claridad: estaba fuera de sí y eso le pasaba mucho. No era más que un chiquillo que había visto a su madre morir de cáncer y había tenido que crecer sin ella y satisfacer las expectativas heroicas de su padre. Estaba bajo una presión tremenda. Toda la ciudad esperaba mucho de usted en particular. Era usted el favorito, la gran esperanza. Eso es demasiado peso para que recaiga en los hombros de un chaval de dieciocho años. Los otros tres, Darren, Archie y Hastey, también formaban parte de los Cuatro Titanes, pero no tenían la misma presión. El centro de atención era usted. Usted era la estrella e imagino que tanta tensión tuvo que ser insoportable, sobre todo aquella noche, la víspera del partido más importante de la historia de esta ciudad de provincias.

—Ya le he dicho, inspectora, que yo nunca le di mucha importancia a ese asunto de los Cuatro Titanes ni al hecho de ser el favorito de mi equipo. Eso no eran más que etiquetas que nos asignaban, que me asignaban.

—Quizás usted no, pero otros sí. Su padre sí, desde luego, y, quiera o no admitirlo, usted deseaba satisfacer esas expectativas. Por eso en la fotografía en la que posan los cuatro con el trofeo los otros sonríen y usted parece, sin más, aliviado. Seguro que pudo respirar al fin después de superar la temporada, sabiendo que pronto estaría lejos de Stoneridge y del recuerdo de lo que había hecho, que no tardaría en entrar en la universidad, donde sería, al fin, uno más. No pretendía atropellar a Kimi. No fue premeditado, sino algo horrible que no tenía que haber ocurrido, pero que ocurrió. Los cuatro estaban asustados, tanto que ni siquiera podían pensar con claridad. No sabían qué hacer. Su vida cambió por completo en un instante. Si aquello salía a la luz, no tardarían en olvidarse los galardones, la atención y la publicidad que les habían prodigado, y todo por un incidente horrible que los marcaría de por vida. Eric Reynolds, favorito del instituto al que habían concedido una beca completa para estudiar en la Universidad de Washington, convertido en un homicida, un criminal que había arrojado su vida a la basura por no ser capaz de dominar su genio.

Él daba la impresión de haber tomado un sedante y no estar sino parcialmente presente en la sala mientras Tracy seguía refiriendo lo que había ocurrido aquella noche. Ella no tenía duda alguna de que la parte de él que ya no estaba allí había regresado al claro, retrocediendo cuarenta años para revivir aquel momento pavoroso. Tampoco dudaba que, pese a la riqueza y al éxito de que parecía disfrutar, había vuelto muchas veces a aquella noche. La única diferencia radicaba en que él sabía disimularlo en público mejor que el resto, ocultarlo tras la fachada que había creado, tras aquella gran casa, su próspero negocio y una personalidad extravertida, pero a Eric Reynolds lo consumía la culpa. Aquel era el motivo por el que vivía solo, sin una esposa, sin hijos e incapaz de dormir. Por eso tenía en la mesa de póquer la pistola, que, sospechaba Tracy, debía de haber estado allí muchas otras noches.

—Kimi se tiró al río —dijo él—. Estaba deprimida porque Tommy Moore había ido aquella noche con Cheryl Neal al café en el que trabajaba.

—Estoy segura de que eso es lo que le gustaría creer, Eric, que en todos estos años ha hecho cuanto estaba en su mano por convencerse de que es eso lo que ocurrió, porque la alternativa era despertarse cada mañana pensando que mató usted a esa chiquilla y eso es algo demasiado horrible para hacerle frente. Eso es lo que hace nuestra mente: nos protege, entierra los recuerdos que más daño pueden hacernos para que seamos capaces de convivir con nosotros mismos. —Miró a la imagen congelada de Bradley Cooper—. Los soldados lo entienden. A ellos les piden hacer cosas terribles. Ven cosas espantosas y se preguntan si eso los convierte en gente atroz. ¿Hacer algo horrible lo convierte a uno en una persona horrible?

—¿Cuál es la respuesta, inspectora?

—Usted no quería matar a Kimi Kanasket, al menos, cuando la atropelló: aquello fue un accidente, un accidente provocado por una mala decisión impulsada a su vez por la testosterona, la rabia y las drogas, pero impremeditado a fin de cuentas. Eso no lo convierte en un asesino, Eric, y si usted y el resto hubiesen asumido la responsabilidad de lo que hicieron aquella noche, Darren y Archie seguirían con vida, Hastey no habría pasado la suya arrastrándose a diario de cerveza en cerveza y usted no estaría aquí solo.

»Sin embargo, no fue eso lo que hicieron: convinieron en que nunca hablarían de lo que había sucedido. Dejaron a Kimi allí tirada y usted los llevó a todos a casa, pero, al llegar allí, se dio cuenta de que no podía abandonar allí el cuerpo, porque sería dejar cabos sueltos. Conque se puso las botas que usaba para cazar, ya que había empezado a nevar, y volvió al claro. Puso a Kimi en la parte trasera del Bronco, la llevó al río y la lanzó al agua. Ese, Eric, sí que fue un acto deliberado que, además, no podrá negar. No puede esconderse tras esta fachada que ha creado.

»Cuando acabó, llevó el Bronco a Lionel Devoe, que dirigía entonces el negocio de su padre, y mandó arreglar la carrocería y la luna delantera convencido de que con aquello le había puesto fin a todo aquel asunto. Sin embargo, no fue así, y todo porque Buzz Almond no pensaba dejar que acabara así. Lo peor de todo, lo más paradójico y lo más triste es que podría haber terminado de otro modo, Eric: no tenía por qué haber tenido aquel final.

—¿Ah, no?

—No, porque Kimi no estaba muerta.

Reynolds dejó de acariciar a los perros. El pie también había dejado de agitarse.

—Seguía viva, Eric, y si hubiese hecho lo correcto, si hubiese pedido ayuda, Kimi habría sobrevivido. —Vio esfumarse el poco color que conservaba en el rostro, que quedó tan pálido y enfermizo como el de un cadáver.

Reynolds no se puso en pie cuando Tracy se levantó de su asiento. Los dos perros se incorporaron sin dejar de observarla. Pensó en hacerse con la pistola, pero no tenía derecho a confiscarla y él tenía acceso a otras muchas armas. Sin duda debía de haberlas sacado muchas noches sin llegar a usarlas y Tracy consideró poco probable que recurriese a ellas aquella noche.

Tracy lo dejó sentado en su sofá con sus dos perros, aunque solo físicamente, porque saltaba a la vista que su mente había vuelto al claro, un lugar que, sin dudas, frecuentaba a menudo en sus sueños. Se preguntó si esta vez no habría bajado la vista para mirar a Kimi Kanasket y tratar de asimilar lo que Tracy acababa de revelarle mientras se preguntaba qué habría ocurrido si hubiese hecho lo correcto.

CAPÍTULO 33

No tuvo que esperar fuera de la puerta de la hacienda de Reynolds ni en el arcén de la carretera: si estaba en lo cierto, sabía perfectamente adónde iba a ir él una vez que regresara mentalmente del claro. De hecho, era impensable que dejara de ir allí.

Había cumplido la promesa que había hecho a Jenny de mantenerse en contacto telefónico con ella y la había puesto al corriente de sus intenciones. Por lo tanto, la siguieron los refuerzos.

Aparcó delante de la manzana sin preocuparse por que pudieran ver su camioneta. Reynolds no la había visto nunca y lo cierto es que no destacaba entre el resto de vehículos similares y de modelos más antiguos de la zona. Además, dudaba que a Eric Reynolds le hubiera importado de haberlo sabido. Los dos coches patrulla del *sheriff* se encontraban en la manzana contigua, fuera del alcance de la vista.

Por los huecos que dejaban los árboles, empezó a caer nieve en forma de los copos grandes y pesados que gustaban de atrapar con la lengua Sarah y ella y de ver cómo flotaban hasta caer al suelo desde la ventana del dormitorio de Tracy, tan emocionadas como en Nochebuena. Sabían que aquella nieve era de la que cuajaba y eso podía significar un día sin colegio, dedicado a jugar en el jardín con sus amigos. Aquel era uno de los mejores recuerdos que conservaba de su infancia, a los que se había aferrado para que nadie se los robase.

El sonido del motor colosal de la Silverado precedió al resplandor de los faros que fue a incidir en el retrovisor derecho de su camioneta y anunció su llegada. Imaginó el momento en que, hacía cuarenta años, había enfilado el Bronco aquella misma calle, maltrecho por el golpe. Eric Reynolds pasó a su lado sin volver siquiera la cabeza y siguió hasta la casita de una sola planta en la que había crecido, aunque su mirada daba la impresión de haberse quedado cuatro décadas atrás.

Aparcó la Silverado detrás del Dodge Durango en el aparcamiento cubierto por un techado de plástico que el tiempo había vuelto amarillo y los pinos habían cubierto de agujas. El todoterreno era una adquisición que había regalado a su padre las Navidades anteriores, un verdadero derroche, aunque lo cierto era que, sin Ron Reynolds, Eric no habría llegado nunca a nada. Eso es lo que pensaba, lo que lo había llevado a creer él todos aquellos años, que, sin su ayuda, habría pasado media vida en la cárcel como un criminal convicto y jamás habría podido disfrutar de los elogios, las sonrisas y los agasajos de viejos conocidos, cuyos saludos parecían empezar siempre del mismo modo: «¿Te acuerdas de cuando…?».

Salió de la camioneta. La luz del porche que cubría la entrada lateral se encendió y arrojó un haz de luz de color amarillo enfermizo que contrastaba con el blanco puro de la nieve que comenzaba a cubrir el suelo y esponjar los árboles. La puerta se abrió y dejó ver a su padre, que salió al umbral mientras se colocaba las gafas. Pese a haber cumplido ochenta y dos años, aún tenía buen aspecto y se movía sin dificultades. La gente decía que Ron Reynolds se había convertido en una versión anciana de sí mismo. Aún gozaba de una constitución fuerte, brazos poderosos y rasgos esculpidos y seguía llevando el pelo al rape, pese a la gran cantidad de estilos que habían ido apareciendo y desapareciendo con el paso de las décadas.

—¿Qué haces aquí? —quiso saber.

—¿Qué hiciste, papá? —le preguntó él a su vez—. ¿Qué hiciste?

339

Sábado, 6 de noviembre de 1976

Ron Reynolds comprobó el retrovisor por si veía faros acercarse y, al no observar ninguno, salió de la carretera y, dejando atrás la maleza, recorrió con cuidado el sendero. Tenía destrozados el guardabarros derecho y el capó, pero la parrilla metálica del parachoques delantero había cumplido con su función y absorbido la mayor parte del impacto. Por sorprendente que resultara, los faros seguían funcionando e iluminaban la ligera nevada.

Eric había llegado a casa con los ojos desorbitados y farfullando de forma casi incomprensible que había que llamar a la policía y contárselo todo a alguien. Tenía las pupilas contraídas como cabezas de alfileres y tan negras como la noche y había necesitado una buena bofetada para calmarse y dejar de hablar. Se había echado a llorar entre hipidos y sollozos que a veces rayaban incluso en alaridos. A continuación, volvió a balbucir algo acerca de Kimi Kanasket, decía que la había matado.

Reynolds padre se había puesto furioso al saber que su hijo se había escapado de casa la víspera del partido más importante de sus vidas. Había estado esperando su regreso, pensando si debía castigarlo y en qué iba a consistir el castigo, pero, al oír aquellas últimas palabras, se le había helado la sangre y se le habían aflojado las piernas.

—¿De qué estás hablando? —le había preguntado.

Eric, sentado en el sofá, no dejaba de gemir y agitar la cabeza.

—¡Cuéntamelo, maldita sea!

Y Eric se lo había contado: que había salido de casa a hurtadillas para beber cerveza con Hastey, Archie y Darren; que Cheryl Neal había salido con Tommy Moore; que, de vuelta a casa, habían visto a Kimi caminando sola por el arcén.

—Yo no quería darle, papá. Te juro que no quería darle.

—¿Qué me estás diciendo? ¿Qué quieres decir con darle? ¿Le has pegado?

Le había contado que habían discutido, que él había perdido los nervios y la había seguido por el bosque con la camioneta.

—Solo quería asustarla —le había dicho—, pero entonces remontamos aquella colina y… y se me fue el coche. El morro cayó en picado. Tuvo que caerse, papá. Kimi estaba en el suelo y la camioneta… la… Hay que llamar a alguien, papá. Hay que llamar a alguien.

Ron había salido corriendo a la calle, sin creer nada de lo que le estaba diciendo su hijo hasta que vio los destrozos que había sufrido el vehículo. Entonces fue cuando se hizo cargo de la gravedad y la magnitud de la situación. Fue el estado en que se hallaba el Bronco lo que lo hizo darse cuenta de que estaban a punto de perderlo todo, todo lo que habían construido con tanto empeño.

Cuando volvió a entrar, Eric se había levantado del sofá y ya tenía el teléfono en la mano. Su padre había arrancado el cable de la pared y le había quitado el aparato de las manos.

—¿Qué coño crees que estás haciendo?

—¡Tenemos que llamar a la policía, papá! No pensaba hacerlo, pero hay que hacerlo. No podemos dejarla allí.

—¿Llamar a la policía? ¿Y qué les vas a decir? ¿Eh? ¿Qué les vas a decir? ¿Que ha sido un accidente?

—Es que ha sido un accidente.

—¿Y crees que te van a creer? Cuatro niños blancos persiguiendo a una india en su camioneta. ¿Con qué intención? ¿Eh? ¿Con qué intención, Eric?

—Para asustarla. Nada más.

Ron lo había agarrado por el pelo.

—¿Asustarla o violarla?

—No, papá, no.

—Borrachos, hasta arriba de marihuana y pretendéis que se crean lo que queráis contarles. Yo, desde luego, no me creo tus mentiras.

—Nunca se nos habría ocurrido hacer una cosa así, papá.

—Os van a llevar a juicio. Os van a llevar a juicio a todos y os van a condenar, y todo, todo lo que tanto nos ha costado desde que naciste se irá a la mierda.

—Podemos contárselo, papá: podemos explicarles lo que ha pasado.

—¿Y te crees que los padres de esa muchacha, todos esos indios, de hecho, lo van a entender? ¿Eh? ¿Qué crees que van a hacer? ¿Aceptar, sin más ni más, lo que quieras contarles? ¿Crees que van a decir: «Está bien, ha sido solo un accidente, gracias por contárnoslo»? Y, mañana, ¿qué? ¿Eh? ¿Qué pasa con el partido? ¿Sabes cuántos ojeadores de equipos universitarios va a haber en ese partido? ¿Tienes la menor idea de los sacrificios que he tenido que hacer por ti? Ya puedes despedirte de todo. ¡De todo!: la beca, la universidad, la liga nacional… ¿Eso es lo que quieres? ¿Decirle adiós a todo?

Eric se había dejado caer en el ajado sofá, respirando con dificultad y con el rostro lleno de lágrimas.

—¿Qué les has dicho a los demás? ¿Qué van a decir que ha pasado?

El hijo había alzado la vista para mirarlo.

—Nada, no van a decir nada. Sus padres no saben que han salido, así que dirán que estaban en la cama, descansando para el partido.

Ron lo había señalado con un dedo.

—Pues eso es lo mismo que vas a decir tú. ¿Entiendes?

—Papá, yo no puedo…

—Tú vas a decir que estabas en casa, en la cama, descansando para el partido y yo diré que estaba aquí contigo. ¿Me entiendes?

Voy a mentir por ti, hijo. Voy a jugarme el cuello y mentir por ti. ¿Sabes lo que significa eso? Que, desde este momento, estaremos unidos como siameses: si tú vas a la cárcel, yo iré contigo. ¿Lo entiendes? Y yo no voy a ir a la cárcel, de modo que vas a decir que estabas en casa durmiendo. ¿Está claro?

Eric había asentido sin palabras.

—Quiero oírtelo. ¡Dilo, maldita sea!

—Estaba en casa durmiendo.

—¿Y yo dónde estaba?

—En casa también. Estabas en casa conmigo.

—¿Dónde está? ¿Dónde la habéis dejado?

—En el claro. Está en el claro.

—Dame las llaves.

—¿Qué? ¿Qué vas a hacer?

—Voy a limpiar lo que habéis ensuciado vosotros. Voy a arreglarlo. Tú, mueve el trasero y ¡a la cama! Y ni se te ocurra levantarte. ¿Me entiendes? No te levantes y que ni se te pase por la cabeza hablar de esto con nadie.

Ron sobrepasó la cumbre de la colina y salvó despacio la ladera opuesta. No había dejado de nevar y el campo empezaba a verse cubierto por un polvo ligero que también se acumulaba en el parabrisas. Los faros del vehículo avanzaron lentamente por el suelo hasta llegar al lugar en que acababa la pendiente e iluminar una irregularidad en el camino semejante a un tronco caído y espolvoreado de blanco.

El conductor detuvo el Bronco y salió sin prisa. La joven estaba de costado y no se movía. La nieve que se había ido posando sobre ella le había blanqueado el pelo negro. El frío se había vuelto glacial. Oyó un ruido semejante al gemido de un hombre. Miró hacia la pendiente. Los árboles comenzaron a agitarse y a balancearse y la nieve empezó a salir despedida en todas direcciones como impelida por una explosión repentina. El lamento se hizo más intenso y una brisa fuerte impulsó la nieve colina abajo en una ráfaga violenta que le golpeó la cara a su paso. Se volvió y observó su trayectoria mientras los copos formaban un remolino en el sentido de las agujas del reloj siguiendo el borde del claro y haciendo centellear las ramas. De pronto, el viento cesó con la misma brusquedad con la que se había levantado y los copos de nieve volvieron a posarse con dulzura en el terreno.

Ron se acercó al cuerpo. Era Kimi Kanasket. Parecía destrozada, aunque no había mucha sangre, tal vez por el frío y la nieve. Las ruedas de la camioneta habían levantado la tierra. «Bien», pensó: daría la impresión de que alguien había estado divirtiéndose con el todoterreno.

Clavó una rodilla en tierra y notó la humedad que se le colaba por el pantalón de deporte. Sin saber muy bien como alzarla, metió una mano bajo la cadera y la otra bajo el hombro para atraerla hacia sí. Intentó ponerse en pie, pero trastabilló. Entonces hizo una segunda tentativa y consiguió ponerse en pie, aunque de forma poco estable. Logró recolocar su peso y a punto estuvo de caer de espaldas y tirarla al suelo.

Cuando, al fin, recobró el equilibrio, la llevó a la parte de atrás del Bronco. La rueda de repuesto pendía de la puerta trasera, que no podía abrir por tener los brazos ocupados. Por lo tanto, se acercó a un costado y la dejó rodar al interior de la caja, donde había colocado un saco de dormir abierto. La joven cayó con un ruido sordo con los brazos y las piernas flojos. Ron respiraba con dificultad lanzando vaharadas que el viento disolvía de inmediato. Tenía el corazón acelerado y estaba sudando, pese al frío de la nieve que se le derretía en la coronilla descubierta y le resbalaba por el rostro.

Cubrió el cuerpo de ella con el saco de dormir y subió con rapidez a la cabina, donde se frotó las manos ante el aire caliente de la ventilación. Cuando fue capaz de doblar los dedos sin sentir dolor, reculó, miró hacia atrás por encima del asiento y vio algo al borde del claro a la tenue luz de los faros traseros.

«¿Hay ahí un hombre?» El corazón le dio un vuelco y la respiración se le heló en el pecho. Salió de un salto de la camioneta, pero cuando volvió a mirar atrás no vio más que un remolino de nieve. Entró de nuevo y dejó cuanto antes el claro, salvando la colina y recorriendo el sendero que llevaba a la 141. Ya había pensado dónde llevarla: al lugar donde echaban al agua las balsas que descendían los rápidos de Husum, cerca del puente. Allí podría acceder con el Bronco hasta el río y todos darían por hecho que la joven se había arrojado a sus aguas.

Comprobó por los espejos que no lo seguía ningún vehículo, miró por encima del asiento a la caja de la camioneta y vio que el saco de dormir había empezado a deslizarse y había dejado al descubierto parte de la cabeza de la muchacha. Dobló a la derecha en Husum Street y apagó las luces del Bronco al cruzar el puente de hormigón. En cuanto llegó a la orilla opuesta, giró de nuevo a la derecha hasta llegar a un aparcamiento de tierra y siguió avanzando para detenerse entre los robles enanos, con cuidado de no acercarse demasiado a la pendiente que descendía hasta el río, pero esperando camuflar el vehículo entre los árboles.

Apagó el motor y se concedió unos instantes para recobrarse. Miró el retrovisor central y los laterales, se llenó los pulmones de aire y se apeó. Dado que tenía las manos libres, pudo apartar la rueda de repuesto y abrir el portón trasero. Agarró el saco de dormir y deslizó el cuerpo de la joven hacia él para volver a levantarla en vilo. La nieve se había derretido y su cuerpo parecía estar menos frío. Le resultó más fácil transportarla, porque esta vez no había tenido que levantarla desde el suelo. Podía mantener mejor el equilibrio y distribuir el peso de forma más regular. Escuchó el río, cuyas aguas, más que rugir, emitían un ruido semejante al del tráfico de una autopista que aumentaba de volumen a medida que se aproximaba a sus aguas.

La muchacha se movió.

Él estuvo a un paso de dejarla caer.

Ella se sacudió.

A continuación, abrió los ojos.

A Reynolds se le heló el aliento en la garganta.

La joven alzó la cabeza para mirarlo. Separó los labios y emitió un jadeo largo y poco profundo, como de aire que escapara de un neumático, acompañado de un susurro:

—Ayúdeme.

Ron Reynolds quedó paralizado, sin respiración e incapaz de mover las piernas.

—Ayúdeme —repitió ella con voz débil, pero más clara—. Por favor, ayúdeme.

Él respiraba con jadeos entrecortados. Tras una larga inspiración, halló al fin la voz.

—No puedo —dijo—. No puedo. —Y, dando un paso hasta la orilla, la dejó rodar por sus brazos.

El cuerpo de ella fue a dar en el agua con un ruido considerable, se sumergió un instante y volvió a salir a la superficie. Los brazos de Kimi Kanasket se agitaron antes de que la corriente la empujara con violencia río abajo.

Eric Reynolds estaba de pie en el camino de entrada de la casa de su infancia. La nieve había empezado a pegársele al cabello y a la ropa, a derretirse y caer por su cara. Su padre no le preguntó de qué estaba hablando. No le pidió que entrara. Debía de haber previsto aquel momento, aunque, después de cuatro décadas, tal vez había acabado por convencerse de que jamás tendría que vivirlo.

—Hice lo que tenía que hacer —aseveró sin un atisbo de arrepentimiento.

—¿Seguía estando viva?

Su padre no respondió.

—Y tú lo sabías: sabías que seguía viva.

—Eso es irrelevante.

—¿Irrelevante? —preguntó Eric con aire incrédulo—. Has dejado que creyera todos estos años que fui yo quien la mató. Nos has hecho creer a los cuatro que la matamos nosotros.

—Es que fuisteis vosotros: habría muerto de todos modos.

—No, papá, no habría muerto. Acabo de hablar con la inspectora y me ha dicho que habría sobrevivido.

—Eso no lo puede garantizar nadie.

—Si me hubieses dejado hacer esa llamada, habría podido sobrevivir.

—Y, luego, ¿qué, Eric? —replicó su padre sin perder la calma—. ¿Qué les habrías contado luego a todos? ¿Esa mentira de que había sido un accidente?

—Es que fue un accidente. Fue un puñetero accidente. Éramos unos críos.

—Tú tenías dieciocho años: te habrían juzgado como adulto.

—¿Sabes qué? ¡Ojalá lo hubiesen hecho! Ojalá lo hubiesen hecho, porque llevo cuarenta años mortificándome y dudo que nada hubiera podido ser peor que lo que he tenido que soportar, que lo que sé que tuvieron que soportar Darren y Archie y que lo que sigue soportando Hastey.

—Pues yo diría que a ti te ha ido muy bien.

—¿De verdad? ¿Eso crees, papá? ¿No te has dado cuenta nunca? ¿Sabes por qué me divorcié, papá? No, porque nunca te has molestado en preguntármelo. Pues me divorcié porque no podía tener hijos. Me hice la vasectomía antes de casarme sin decírselo a mi mujer y le hice creer que el problema era de ella. ¿Y sabes por qué lo hice? Para asegurarme de que nunca tendría hijos, porque me daba miedo tener una hija, papá, una hija que creciera hasta ser adolescente y a la que no pudiese mirar sin ver a Kimi ni recordar lo que hice. Lo que *creía* haber hecho. Nos has dejado vivir convencidos de que la matamos y eso acabó con Darren, ha acabado con Archie y está acabando con Hastey. Eso es lo que nos has hecho, papá: has dejado que nos suicidemos todos.

—Hice lo que hice para proteger a mi hijo, para proteger todo lo que conseguimos con tanto esfuerzo. Lo habrías perdido todo: la beca, la universidad…

—¿Cambiaste su vida por mi universidad?

—Habrías ido a la cárcel.

—Ojalá. No tienes ni idea de las veces que he deseado estar preso, porque entonces, al menos, habría podido decir que tenía lo que merecía y tal vez habría podido rehacer mi vida en lugar de vivirla así, como un cobarde.

—No tienes hijos y no lo sabes, pero tú habrías hecho lo mismo.

—No —repuso Eric—. No lo habría hecho. Habría hecho esa llamada si me hubieras dejado. La habría hecho, papá. Quería llamar a la policía, pero tú no me dejaste, porque, en el fondo, no estabas pensando en mí, sino en ti, en conservar tu legado. Por eso el estadio y por eso permitiste que creyera que la maté: para poder seguir manejándome y hacerme creer que, de no ser por ti, yo no sería nada. Por eso hiciste lo que hiciste. No tiene nada que ver conmigo.

—Cuando perdí a tu madre, me juré que no iba a volver a perder nunca nada más. Hice lo que tenía que hacer para conservar lo que quedaba de esta familia.

—Mamá se habría avergonzado de mí y todavía más de ti.

Ron Reynolds tardó en responder. Los dos quedaron de pie, envueltos en el silencio. La nieve había empezado a caer con más fuerza.

—Lo hecho está —dijo al fin el padre con aire resignado—. No se puede cambiar el pasado. Mañana nos dedicarán el estadio y nuestros nombres pasarán a la historia para siempre.

Y, con eso, dio un paso atrás y cerró la puerta. Un instante después se apagó la luz amarillenta y dejó a Eric de pie en la oscuridad, con la nieve cayendo con fuerza a su alrededor. Se dirigió hacia su camioneta y, de pronto, se detuvo a preguntarse algo. Su padre había sido siempre muy organizado, minucioso y práctico. Era eso lo que había hecho de él un entrenador de primera. Volvió la vista al garaje descubierto y entró pasando al lado del vehículo. El interior estaba a oscuras, pero usó la linterna del móvil para examinar el material deportivo que se había ido acumulando durante toda una vida. Las botas de pesca pendían de una alcayata al lado de pantalones y chaquetas de caza, una ballesta, raquetas de tenis, palos de golf en su bolsa, bates de béisbol en un cubo, una mochila… Debajo de todo esto, encontró los contendores de plástico azul marcados con rotulador negro, desvaído, pero aún descifrable.

Rebuscó hasta dar con la que decía: «Equipo de caza». Abrió la tapa y alumbró el interior. Las botas de caza de su padre estaban guardadas con gran cuidado, rellenas de papel de periódico a fin de que no perdieran la forma.

CAPÍTULO 34

Tracy vio a Eric Reynolds salir del garaje. Lo esperó en la carretera, al lado mismo de su camioneta. Él no se sobresaltó al verla, como si hubiera esperado encontrarla allí. Quizás hubiera ido a casa de su padre con la única intención de hacerse con las botas, pero su padre había abierto la puerta. Tracy pudo ver, por el lenguaje corporal de ambos, que estaban manteniendo la conversación que debían haber tenido hacía cuarenta años, sin un abrazo, un apretón de manos ni muestra alguna de afecto o calor humano. Los dos habían mantenido las distancias: aunque físicamente estaba a un paso de distancia, parecían encontrarse a años luz. El diálogo había sido breve, lo que quería decir que no habían negado nada, no habían discutido ni habían intentado explicarse. Cada uno de ellos había hecho lo que había hecho y había vivido con las consecuencias de su decisión.

Aunque no llevaba chaqueta, Eric Reynolds no parecía tener frío. Levantó las botas de caza.

—Las fotografías del lugar recogían dos juegos de rodadas de entrada y otros dos de salida —dijo Tracy—. Alguien regresó solo y se la llevó. No acababa de entender que hubiese podido ser ninguno de los cuatro, pues lo habrían hecho juntos, y, aun cuando hubiera sido usted, no tenía sentido que se cambiara de calzado. ¿Para qué iba a volver a casa, ponerse las botas y volver? Es verdad que estaba nevando, pero en esas circunstancias no se habría parado nunca a considerar algo así. Luego estaban los dos recibos de haber cobrado dinero en metálico. Setecientos dólares es mucho más de lo que puede tener a mano un alumno de instituto, por más que lo hubieran pagado entre los cuatro. Tampoco imaginaba que pudieran ser tan previsores como para pedir una factura. Lionel le hizo el favor a su padre, pero no estaba dispuesto a hacerlo gratis, e imagino que su padre quería el recibo por si se achantaba, para recordarle que él también estaba ya implicado.

—Él siempre ha pensado así —dijo Eric—: siempre pendiente de los detalles para no dejar ni un cabo suelto. Temió que le saliera el tiro por la culata cuando Lionel lo llamó para decirle que el ayudante del *sheriff* había ido a verlo y se había llevado los dos recibos. La madre de Lionel era la que llevaba la contabilidad y no sospechaba nada. Se limitó a hacerle una copia. Mi padre dio por hecho que debió de ser también él quien vino a ver la camioneta y hacerse pasar por un posible comprador. Supusimos que no iban a tardar en venir por nosotros, pero no ocurrió nada. Luego, siendo ya Lionel jefe de policía, mi padre le pidió que averiguase si seguía abierta la investigación. Él encontró el expediente y creí que lo había destruido, pero parece que me equivocaba. —Miró hacia la casa—. ¿Qué va a pasar ahora?

—La *sheriff* lo va a llevar todo al fiscal del condado, que tendrá que decidir qué cargos presenta.

—Lo que ocurrió no fue culpa de Hastey, ni tampoco de Darren ni de Archie, sino mía. Hastey ya ha sufrido bastante.

—Todo eso habrá que resolverlo —dijo ella—. La pistola que hay en la mesa de su casa…

Eric Reynolds asintió con la cabeza.

—La saco casi todas las noches y casi todas las noches pienso en hacerlo, pero no puedo. Así que la limpio y la pongo otra vez en su armario. Soy un cobarde. Quizás he sabido siempre que iba a llegar este día. Quizá tenía la esperanza de que llegara. Quiero que se sepa la verdad. Aunque pueda parecer extraño, es un consuelo.

—Voy a tener que requisarle esa pistola, Eric, y el resto de sus armas.

—Lo entiendo. Me preocupan mis perros.

—Podemos volver a su casa para que ponga sus cosas en orden, envíe los correos electrónicos que necesite o haga alguna llamada. Me pondré en contacto con la *sheriff*, que es amiga mía, y le diré que se ha prestado a acompañarme voluntariamente. Cuando volvamos de su casa, lo llevaré a declarar a la comisaría. Vamos a intentar hacerlo del modo más civilizado posible. Quedará detenido y ya se verá en qué acaba el juicio.

—¿Y mi padre?

—También habrá que detenerlo. —Tracy guardó silencio y miró a la casa.

—No se preocupe, inspectora, que él tampoco se va a suicidar. El ego de Ron Reynolds no le dejará reconocer que al final ha perdido.

CAPÍTULO 35

Tracy pensó si debía esposar a Eric Reynolds, pero al final decidió que era mejor no hacerlo. Lo siguió a su casa y por el camino llamó a Jenny para decirle que lo estaba escoltando para que pudiera ocuparse de sus perros y poner en orden sus asuntos. La *sheriff* y la otra patrulla arrestarían a Ron Reynolds para llevarlo a la comisaría occidental, donde se encontraría con ella para fichar al padre y al hijo y para que este prestara declaración. Las dos dudaban que Ron fuese a decir nada.

La inspectora y el detenido entraron juntos a la casa y los perros corrieron a saludar a su dueño. Blue se puso a ladrar a Tracy. Él tenía los ojos anegados en lágrimas. Aquellos animales debían de ser la única familia que había tenido en muchos años.

Cruzaron la sala de estar y entraron en el estudio. La pantalla plana del televisor estaba apagada y el 45 no estaba ya en la mesa de póquer.

—Lo habré guardado —dijo Eric.

Cuando se dirigía al voluminoso armero del rincón, los dos perros, que nunca se alejaban mucho de él, dieron de pronto media vuelta y rompieron a ladrar. Casi al mismo tiempo, mientras Tracy analizaba la situación, llegó una voz de la puerta situada en el extremo opuesto de la sala, que daba al jardín.

—¿Es esto lo que estás buscando? —Lionel Devoe dio un paso al frente con el 45 de Eric en la mano y apuntando a Tracy.

La inspectora fue a echar mano a su Glock, pero ni siquiera ella era tan rápida.

—Yo no lo haría —dijo Devoe.

Tracy quedó petrificada, con una mano en la culata de su arma y evaluando a toda prisa la gravedad de su posición. Los dos perros se pusieron a dar vueltas alrededor de Devoe mientras él avanzaba hacia el centro de la sala. Blue gruñía y Tank se había puesto a ladrar. Estudió la sala en busca de lugares que poder usar para protegerse y trató de calcular si le sería posible alcanzar la salida, pero concluyó que no era muy probable.

—¿Qué estás haciendo, Lionel? —dijo Eric.

—Aparte la mano lentamente, inspectora. —Devoe iba de uniforme completo y parecía tranquilo y calculador. Todo apuntaba a que había pensado bien lo que iba a hacer.

Tracy obedeció sin dejar de observar al jefe de policía en busca de una ocasión, de un instante de distracción que lo llevara a apartar la mirada. Solo necesitaba un segundo o dos para sacar el arma y disparar. Para sus adentros, urgió a los animales a hacer algo heroico: morderle una pierna, abalanzarse sobre él…, cualquier cosa.

—Lionel —dijo Eric con voz más firme—. ¿Qué coño crees que estás haciendo?

Devoe tenía la vista clavada en Tracy.

—Calla la boca, Eric, y calla también a esos chuchos o te juro por Dios que los mato a los dos. Levante las manos muy lentamente, inspectora.

—Esto es una locura, Lionel —dijo Eric.

—He dicho que te calles.

Tracy alzó las manos hasta la altura de los hombros. Devoe le había hecho un favor, porque en los campeonatos de tiro siempre se había mostrado más rápida con la mano contraria, lo que le había valido el sobrenombre de *Crossdraw* por la pistolera cruzada. Con los brazos como los tenía, solo necesitaba un movimiento rápido.

Eric no pensaba dejar de hablar.

—Ya no hay nada que hacer, Lionel. Baja esa dichosa pistola.

Devoe avanzó con cuidado hacia Tracy sin dejar de apuntarla al pecho. Los perros lo seguían a una distancia prudencial, ladrando.

—Dese la vuelta.

—Lionel, deja la dichosa pistola. La *sheriff* ya está al tanto de todo.

—Lo sé —dijo el jefe de policía—. He estado escuchando su frecuencia. Ha recibido refuerzos, pero no está aquí, sino arrestando a tu padre. —A continuación se dirigió a Tracy—: Le he dicho que se dé la vuelta.

Ella obedeció y Devoe se colocó tras ella y, con mucho tiento, le quitó la Glock antes de retroceder con rapidez. La inspectora tuvo que despedirse de la oportunidad que se le había brindado. Tenía que volver a evaluar la situación y buscar una opción distinta.

—Esto es una locura, Lionel —insistió Reynolds.

Devoe le lanzó una mirada fugaz, más confiado una vez desarmada Tracy.

—¿De verdad? ¿De verdad, Eric?

—Baja el arma, Lionel. Ya le he contado todo. Lo sabe todo y la *sheriff* también.

—No deberías haberlo hecho, Eric. No tendrías que haber dicho nada. Teníamos un trato: todos teníamos que guardar silencio. —Dio un paso atrás y dejó la Glock en la mesa de póquer—. ¿Puedes callar a tus putos perros?

—Son perros —respondió él— y ladran por instinto.

—No tendrías que haber roto el trato sin hablar primero con Hastey y conmigo.

—Lo sabía ya, Lionel. La inspectora lo sabía todo.

—Quizá sí, pero no tenía ningún modo de demostrarlo. No tendrías que haber hablado. ¿No podías tener el pico cerrado? ¡Joder! ¿Quieres callar a esos perros?

—Han pasado ya cuarenta años, Lionel. ¿De qué nos ha servido tener la boca cerrada?

—Da igual. Tenías que habernos consultado, haberle preguntado a Hastey. Ese era el trato, aunque imagino que los dos sabíamos que íbamos a acabar llegando a una situación como esta, ¿verdad?

—¿A qué te refieres?

—A que sabíamos que Hastey o tú decidiríais hacer una estupidez así y yo tendría que pararos los pies.

—Ella es inspectora de homicidios, Lionel. ¿De verdad vas a matar a una inspectora de homicidios? ¿Cuánto crees que van a tardar en apresarte?

El jefe de policía sonrió.

—No voy a ser yo quien mate a nadie, Eric.

—Tiene su pistola —dijo Tracy a Reynolds sin dejar de mirar a Devoe en espera de una oportunidad, calculando la distancia que mediaba entre ella y la mesa y la velocidad con la que podría alcanzarla. «No la suficiente»—. Quiere matarme a mí con su pistola y a usted con la mía para hacer que parezca que nos hemos liquidado mutuamente.

El otro volvió a sonreír.

—¿Lo ves, Eric? Por eso es inspectora. Sin embargo, no ha acertado del todo. No acabo de imaginarme esa escena. Más bien me veo a Eric pillándola por sorpresa. La escena es la siguiente: la inspectora, aquí presente, te acompaña a casa después de dejarte claro que os ha descubierto a ti y a tu padre. Te deja que pongas tus cosas en orden antes de llevarte a comisaría, pero tú tienes otros planes. Tienes la pistola fuera, porque siempre la sacas por la noche, lo puedo testificar yo y lo puede testificar Hastey. La atraes hasta aquí y le das una sorpresa. Un tío como tú no va a la cárcel. Conque le pegas un tiro y después te suicidas. —Devoe se encogió de hombros—. Dado que, en sentido estricto, estamos dentro del término municipal de Stoneridge, la investigación me corresponde a mí. Desde luego, cuando dé el caso por concluido, puedes estar seguro de que voy a destruir ese dichoso expediente.

—No tienes por qué hacer nada de eso, Lionel —dijo Reynolds—. Yo ya he asumido la culpa: le he dicho que ni tú ni Hastey tuvisteis nada que ver con aquello.

—Muy generoso de tu parte, Eric. Ojalá pudiésemos retrasar el reloj cuarenta años y hacer que sea cierto, pero no lo fue entonces ni lo es ahora. Yo fui el que arregló la camioneta de tu padre. Ella, si tiene la carpeta de Buzz Almond, lo sabe ya. También sabe que eliminé el informe con las fotografías que hizo Buzz de tu camioneta. No pienso ir a la cárcel por ti ni por tu padre, ni dejar que Hastey acabe entre rejas por ti. —Devoe miró a Tracy—. Ya le dije, inspectora, que tenía que haberse olvidado de este asunto. Lo hecho está. Nadie quería que ocurriese: aquello fue un accidente. Tenía que haberlo dejado correr.

—Eso dígaselo a Earl Kanasket —contestó ella.

—¿Va a devolverle a su hija? Entonces, ¿qué sentido tiene todo esto? ¿Qué gana él?

—Paz, Lionel —dijo Eric—, la paz de haber cerrado al fin, él y nosotros, un ciclo. Es lo correcto. Teníamos que haberlo hecho hace cuarenta años. Teníamos que haberlo hecho entonces.

—Sí, sí. —Devoe encañonó a Tracy—. Creo que todos vamos a pasar página a nuestro modo.

Los perros ladraron con más violencia.

—No —insistió Reynolds.

—Calla, Eric. Por una vez en tu vida, ¡cierra el pico!

—¡Lionel! —exclamó Eric.

Devoe apartó de ella la atención y la puntería durante una fracción de segundo, que era todo lo que necesitaba Tracy: se precipitó hacia la derecha y golpeó el borde de la mesa de póquer para volcarla. Las fichas del juego cayeron y repiquetearon en el suelo de madera. En ese instante bramó el 45, cuyo sonido reverberó en el techo abovedado como una descarga de artillería. La inspectora dio por hecho que vería trozos de mesa saltar por los aires, pero no ocurrió tal cosa. Recogió la Glock de entre las fichas de colores y se levantó de detrás de su parapeto.

El jefe de policía seguía en el centro de la sala, dirigiendo hacia ella el arma de Eric mientras la buscaba con la mirada.

«Muy lento.» Tracy efectuó dos disparos al tórax de Devoe, que retrocedió como un borracho que perdiera el equilibrio y cayó al suelo emitiendo un chasquido sordo al golpearlo con la cabeza.

El tiempo se detuvo un instante. El aire estaba preñado del olor de la pólvora y a Tracy le pitaban los oídos por las detonaciones. Los perros seguían ladrando, aunque su voz sonaba hueca. En la otra punta de la sala estaba Eric Reynolds, sentado en el sofá, donde se había desplomado con una mano puesta por debajo de su hombro derecho y sangre corriendo entre los dedos.

Tracy se puso en pie y fue primero hacia Devoe. Tras apartar de una patada el 45, puso una rodilla en tierra y llevó dos dedos al cuello del jefe de policía. No tenía pulso. Había olvidado ponerse el chaleco antibalas. Entonces se acercó a Eric Reynolds. Los dos perros, inquietos, desconcertados, se deshacían en brincos y en gemidos.

—Tranquilos —dijo él con voz débil mientras les tendía la mano que tenía libre a fin de calmarlos. Estaba pálido, tenía las pupilas dilatadas y parecía a punto de perder el conocimiento.

—Aguante. —Tracy había llamado ya por teléfono—. Aguante, Eric.

Una hora más tarde se encontraba de pie ante la casa de Eric Reynolds, protegida de la nieve por el porche mientras observaba la ambulancia que se lo llevaba haciendo girar las luces. En el jardín delantero se arremolinaba media docena de ayudantes del *sheriff* del condado de Klickitat en espera de que llegase el equipo de investigación criminal que había solicitado Jenny a la comisaría de Vancouver de la policía estatal de Washington.

—¿Cómo está? —preguntó Tracy al ver acercarse a su amiga una vez que hubo arrancado la ambulancia.

—Estable. Lo llevan a Goldendale, al hospital del condado, para evaluar su estado y ver si necesitan trasladarlo por aire a Harborview, pero no creen que sea preciso.

Eric había tenido suerte de que la bala le alcanzara el hombro derecho y de que Devoe no le disparase en la cabeza al agacharse para cargar.

—¿Tenéis a Ron Reynolds?

—Sí. No va a decir nada. Ha pedido un abogado. Ni siquiera ha preguntado por su hijo: parece preocupado solo por sí mismo.

Jenny contempló la belleza de aquellos campos salpicados de nieve.

—Una verdadera tragedia, ¿no?

—Y en muchos sentidos —repuso Tracy.

—¿Cómo puede hacerle eso un padre a su propio hijo? Hacerle creer durante tantos años que ha matado a alguien, dejar que cargue con la culpa… Es terrible.

El comentario hizo que la inspectora recordase a Angela Collins y los problemas que estaba encontrando el equipo A para hacer encajar la confesión de su hijo con las pruebas encontradas en el lugar del crimen y en aquel momento se dio cuenta de que habían abordado la investigación desde la perspectiva equivocada desde el principio.

—¿Tracy?

—¿Sí?

—¿Estás bien?

—Sí, solo estaba pensando en otro caso.

CAPÍTULO 36

Avanzada la tarde del viernes, Kins colgó el teléfono y volvió su silla para mirar a Fazzio.

—¡Agárrate, Faz, que vienen curvas! Esto se pone cada vez más extraño.

—Deja que lo adivine: Tim Collins ha vuelto de entre los muertos para confesar que el tiro se lo dio él mismo.

—Casi. Era Cerrabone. Dice que Atticus Berkshire acaba de anunciar que ya no es oficialmente el abogado de Angela Collins.

Faz se levantó de la silla como movido por un resorte y cruzó el cubículo.

—¡No me jodas! ¿Qué ha dejado en la estacada a su propia hija?

—Cerrabone dice que acaba de recibir la notificación por correo electrónico. No ha dado ningún motivo: ha dicho que lo dejaba y ya está.

—¿Y quién va a sustituirlo?

—Nadie: no hay sustituto.

Faz analizó un instante la información.

—A lo mejor cree que no lo va a necesitar. Como no se han formulado cargos contra ella…

—Ese no es motivo para que Berkshire se quite de en medio —apuntó Kins.

—¿Puede ser que considere que el caso le toca muy de cerca, que le afecta emocionalmente? Ya sabes lo que dicen: «¿Usted se representa, letrado? ¡Vaya defendido imbécil que se ha buscado!».

—Si fuese así, ¿no sería lo más lógico que hubiera buscado antes otro abogado para su hija?

—A lo mejor lo nombran el lunes —dijo Faz.

—Puede ser. Supongo que seremos de los primeros en enterarnos. —Al ver que su compañero se ponía la chaqueta, preguntó—: ¿Vas para casa?

—Todavía no. Con el partido de los Huskies, hoy el tráfico estará imposible en el Distrito Universitario hasta las siete. Tenía pensado acercarme al Palomino para ver allí la primera parte.

—¿Te importa hacer un par de horas extra? —le pidió Kins—. Me gustaría hablar contigo de unas cosillas.

Los del equipo B, contiguo al suyo, tenían colgado un televisor de pantalla plana.

—¿Tú te quedas?

—No tengo nada mejor que hacer: Shannah tiene club de lectura y los críos se han quedado con unos amigos. He quedado en que los recogería de camino a casa.

—Entonces, voy a llamar al Palomino para que nos lo traigan —concluyó Faz.

Una hora y media más tarde, Faz y Kins seguían sentados en el cubículo de su equipo, comentando las distintas posibilidades que se planteaban en aquel caso. Sobre la mesa del centro descansaban cajas vacías de comida para llevar, aunque habría resultado imposible encontrar en ellas una sola sobra de pasta, pan ni aun lechuga. Al fondo se oía a los presentadores analizar, jugada a jugada, el partido de los Huskies y, por los retazos que llegaban a sus oídos, Kins podía asegurar que la cosa no iba nada bien: los de Stanford ganaban por 0 a 21 cuando estaba a punto de acabar la primera parte.

—Entonces, el padre entra echando sapos y culebras por la boca —dijo Faz—. Agarra la escultura de cristal y la emprende a golpes con ella. El chaval interviene y se lleva una guantada.

—En ese caso, ¿qué le hace ir al cuarto de atrás?

—La mujer, que ha corrido hacia allí.

—¿Cuándo?

—Cuando él le ha dado la bofetada al crío.

—¿Y por qué tira la escultura al suelo? ¿Cómo es que no la lleva consigo? —preguntó Kins.

—Porque ya no le hace falta. De hecho, no la lleva en el momento de liarse a patadas en las costillas con ella.

—Entonces, dime cómo llega ella al cuarto si él la está zurrando.

—Connor dice que se metió en medio para pararlo y su padre le dio a él una bofetada. Eso le da a Angela el tiempo suficiente para llegar al fondo del pasillo. El marido la persigue, Connor lo agarra por la pierna para detenerlo y así es como acaba su huella en el zapato del padre. Él se zafa del chaval de una patada y sigue pasillo adelante. El chaval se levanta y va por la pistola.

Kins meditó unos instantes.

—De acuerdo, pero ¿y si fue Angela quien le disparó?

—Entonces fue como dice ella: el marido le está pegando y Connor se esconde en el dormitorio del fondo. Cuando acaba el marido, tira la escultura y va al cuarto para recoger al crío, pero él está asustado y no quiere irse con él, de modo que el padre le atiza también a él. Mientras, Angela se ha hecho con el arma, cruza el pasillo y lo mata.

Una vez más, Kins repasó mentalmente la explicación de su compañero.

—Y, si es así, ¿qué hace durante los veintiún minutos que tarda en llamar a emergencias?

—Yo creo que eso es precisamente lo que apunta a Connor como autor de los disparos —aseveró Faz enderezando la espalda e inclinándose hacia delante—. Ella intenta limpiar todo para proteger a su hijo y aprovecha ese tiempo para preparar la declaración que van a presentar a la policía. Le dice que confesará, que nos dirá que ha sido ella la que lo ha matado. Al fin y al cabo, se ha criado en casa de un abogado penalista, ¿o no? Como dice Tracy, lo más seguro es que Berkshire animase las sobremesas con sus batallitas de los tribunales. Lo más seguro es que creciera pensando en cosas como los derechos de los detenidos o la legítima defensa. Pudo dedicar esos veintiún minutos a calmar al chaval y convencerlo para que le siguiera el cuento y hacer que ensayara su versión hasta estar satisfecha de que sabía bien lo que tenía que decir.

—¿Y por qué limpia la escultura? Si es por las huellas dactilares, precisamente la presencia de las de Tim Collins en el cristal le ayudaría a demostrar que la usó para golpearla.

—Esa, amigo mío, es la pregunta del millón —repuso Faz.

—Esa y por qué vino Connor a ofrecer su confesión si su madre se había prestado a hacer de chivo expiatorio.

—Se me ocurren dos opciones: puede que él se sienta culpable y no quiera que su madre tenga que pagar por algo que ha hecho él o que todo forme parte de un plan de ella para eximirlos a los dos.

—¿Y ahora por qué se retira Berkshire?

—Ni idea. —Faz parecía agotado.

Kins lanzó una lata vacía a la papelera y Faz estiró el cuello y miró el reloj. Habían vuelto al mismo callejón sin salida de siempre.

—Se hace tarde —dijo el último—. Deberíamos irnos los dos a descansar y, después de haber dormido, empezar de nuevo, más frescos, el lunes. Venga, vámonos.

—Vete tú. Los críos me han preguntado si pueden quedarse una hora más en casa de sus amigos.

Faz se levantó de su asiento y agarró la chaqueta deportiva del perchero que pendía en su rincón.

—No trasnoches mucho.

—Tranquilo. —Kins volvió a sentarse con aire frustrado. Tenían que estar haciendo algo mal. Lo sabía. Sabía que se le escapaba algo, algo que ayudaría a dar sentido a todas las pruebas que tenían. Estaba convencido de que era Angela la que había matado a Tim: tenía un interés económico para hacerlo y, además, todo apuntaba a que había estado haciéndose con dinero de su marido, tratando de sacarle tanto como fuera posible para destinarlo a una casa que sabía que iba a vender. Sin Tim, le correspondería el cien por cien de las ganancias y, además, gozaría del dominio absoluto del resto de propiedades, por cuanto él no había acabado aún de modificar su testamento. Por si fuera poco, no veía a Connor reuniendo el valor necesario para apretar el gatillo, al menos si no tenía nada más que lo empujase.

Kins abrió el expediente del caso y recordó el truco que hacía Tracy de desplegar en un mismo lugar todas las pruebas. Tomó la carpeta y la caja de cartón y los llevó a la sala de reuniones, donde separó cuanto tenían y comenzó a desplegar las declaraciones de los testigos, las fotografías, los informes, la escultura y los demás objetos que tenían envueltos en bolsas de plástico.

Volvió a repasarlo todo, ojeando los informes que habían elaborado Tracy y él, las declaraciones y los informes forenses del laboratorio criminal. Sin embargo, no se le ocurrió nada nuevo. Estudió las instantáneas del lugar del crimen e imaginó a Connor sentado al lado de su madre en el sofá de la sala de estar, ambos callados y descalzos. Entonces lo asaltó una pregunta.

—¿Qué hacéis sin zapatos? —dijo en voz alta.

Connor tenía que irse con su padre. Este le había enviado un mensaje diciendo que iba a recogerlo y el chaval le había respondido: *K*. Hacía frío. ¿Por qué no llevaba calzado o, al menos, calcetines?

A continuación le vino otra idea. Buscó entre las fotografías y dio con las de la habitación en la que habían matado a Tim, pero no vio maleta alguna, ni una bolsa de deporte o una mochila. Tampoco había ninguna en la sala de estar.

—¿Por qué no has preparado el equipaje? Si te vas de fin de semana, ¿qué haces sin equipaje?

Podía ser que tuviera ropa en el apartamento de su padre.

—O quizá no iba a irse con él. —Kins no había dejado de pensar en alto—. Puede que no tuviese intención de irse con su padre.

De pronto le pareció relevante algo que había leído en el informe del médico forense y había obviado en aquel momento. Lo buscó y localizó el párrafo en el que hablaba de las condiciones en que se hallaba el cadáver cuando lo encontraron. Tim Collins llevaba zapatos negros de cordones, pero tenía uno desatado. Volvió a examinar las imágenes que había tomado el forense en el lugar del crimen y miró el calzado de Tim Collins para comprobar que, en efecto, uno de los cordones no tenía nudo.

Acababa de averiguar cómo llegó la huella de Connor al zapato de su padre.

CAPÍTULO 37

Aunque el acto destinado a rebautizar las instalaciones polideportivas remozadas como Estadio Ron Reynolds se suspendió hasta fecha indefinida, el sábado por la noche sí hubo partido.

Perdió Stoneridge.

La mañana del lunes, Tracy y Kins acudieron a pie a los juzgados del condado de King para reunirse con Cerrabone y discutir con él lo que cabía hacer con el caso de Angela Collins. El fiscal estaba trabajando en otra causa, pero convino en hablar con ellos durante el descanso matinal. Entraron en una sala de reuniones de mármol llena de muebles de roble amarillentos que parecían tan añosos como el edificio. Kins explicó por qué la retirada de Berkshire iba a confirmar, en su opinión, su teoría de que habían abordado el caso de manera equivocada y Tracy expuso su idea de cómo podían sacar la investigación de la vía muerta con la que habían topado. Cerrabone se mostró escéptico, pero tuvo que reconocer que la propuesta de la inspectora era totalmente ética y que no tenían nada que perder por intentarlo.

—Angela ya no tiene abogado que la represente —apuntó Kins—. Si se aviene a hablar con nosotros, Berkshire no puede evitarlo. Solo le será posible ver y escuchar y estoy convencido de que lo va a hacer. Creo que quería que quedara constancia de su versión de lo ocurrido, que se pillara los dedos.

—Desde luego, no es normal que se comporte así. Eso no tengo más remedio que admitirlo —dijo Cerrabone—. Así que quizá tengas razón en el fondo. —El descanso tocaba a su fin—. Esta tarde haré unas llamadas y os mantendré informados.

Angela Collins accedió a acudir voluntariamente al Centro de Justicia cuando la llamó Kins para comunicarle que quería repasar con ella una serie de cuestiones relativas a la declaración de su hijo. Aunque había expresado cierta renuencia, daba la impresión de que, en el fondo, iría de buen grado.

Llegó sola, sin abogado, como había predicho también Tracy. Kins la llevó a la sala de interrogatorios del cristal de vigilancia mientras Tracy y Cerrabone los observaban desde la sala adyacente. Momentos después, llegó Faz acompañado por Connor Collins y Atticus Berkshire.

—¿Qué hace ahí mi madre? —preguntó el joven.

—A ella también le vamos a hacer unas preguntas —dijo Tracy.

Pulsó un interruptor y por un altavoz entró la voz de Kins.

—Hay una novedad muy interesante, Angela.

—¿Sí? —la mujer parecía tranquila. Las lesiones apenas se veían ya bajo el maquillaje. Todo apuntaba a que no hacía mucho que la habían peinado y le habían hecho la manicura. Más que de viuda doliente, tenía el aspecto de alguien que se había preparado para una cita, con vaqueros de corte recto, botines y un jersey suave de color rojo.

—¿Es cierto que ya no tiene abogado que la represente?

—Sí.

—¿Ya no la representa su padre?

—Lo hemos decidido de mutuo acuerdo.

—¿Y no ha buscado a otro profesional?

—Como no quedan cargos pendientes contra mí, inspector, no veo motivo ninguno para gastar cuatrocientos dólares a la hora en un abogado defensor.

Kins dio unos golpecitos en la mesa antes de decir:

—Estará al tanto, claro, de que Connor ha confesado. ¿Verdad?

Ella asintió con un gesto solemne.

—Sí.

—Y que eso quiere decir que uno de los dos no dice la verdad.

Angela se encogió de hombros.

—Nos dijo usted que llamó a emergencias minutos después del disparo.

—Eso es: primero llamé a mi padre y, después, al 911.

—Sin embargo, tenemos una vecina que dice haber oído el disparo en el mismo momento en que veía aparecer por su ventana el autobús de las 17.18 de la tarde. Usted llamó a su padre a las 17.39 y, a emergencias, a las 17.40. Tenemos veintiún minutos de los que no sabemos nada, Angela.

Si la información supuso sorpresa alguna para ella, su rostro no lo reveló.

—Yo estaba consternada, inspector: no recuerdo cuánto tiempo pudo pasar.

—Veintiún minutos.

—En ese caso, tendré que creer en su palabra.

—También dijo que su marido la golpeó con la escultura de cristal.

—¿Quiere ver los puntos?

—No, ya he visto las fotografías —dijo Kins.

—Entonces, ¿adónde quiere llegar?

—Me gustaría saber por qué no hay huellas en la escultura.

Esta vez sí parecía totalmente desprevenida.

—¿Perdón?

—La escultura no presenta una sola huella dactilar: ni suya, ni de él ni tampoco de Connor.

—Pues… no lo sé.

—¿Limpió usted la escultura, Angela?

—¿Y para qué iba a limpiarla?

—Para proteger a Connor.

—Eso es absurdo.

—Connor vio a su marido golpeándola e intentó detenerlo. ¿No es así? Tomó la escultura y forcejearon. Su marido tiró a su hijo al suelo y usted aprovechó ese momento para huir al dormitorio del fondo. Connor, desde el suelo, alargó el brazo y agarró a su padre por el pie para intentar detenerlo. Hasta le quitó el zapato. Por eso encontramos ahí huellas suyas.

Angela Collins había empezado a temblar como quien va a romper a llorar. Cruzó los brazos y clavó la mirada en un rincón de la sala. Tracy no dejaba de observar tanto su reacción como la de Atticus Berkshire y la de Connor.

—¿Por qué no nos cuenta la verdad, Angela? —pidió Kins.

Por las mejillas de ella empezaron a correr lágrimas.

—Lo único que quería Connor era protegerme —aseveró—. Solo quería protegerme. No creo que tuviera intención de disparar a Tim. No lo hizo a propósito.

—¿Qué? —dijo Connor en voz baja y Tracy confirmó su corazonada.

Lo único que permanece inalterable en el caso de los psicópatas es su ego: piensan que es imposible que los atrapen, porque se creen más listos que nadie.

Atticus Berkshire posó una mano sobre el hombro del muchacho, actuando ya no como su abogado, sino como su abuelo, y Connor alzó la vista para mirarlo.

—¿Por qué dice eso?

En la otra sala, Angela se enjugaba las lágrimas con un pañuelo de papel.

—Cuando Connor le disparó, me puse histérica. No sabía qué hacer. Le dije a mi hijo que soltase el arma en la cama y se fuera a la otra sala. La recogí para dejar también mis huellas y me puse a limpiarlo todo. Estaba obnubilada. Recordé que mi padre dijo una vez que la policía puede usar contra uno cualquier prueba que encuentre, así que limpié todo lo que vi. Cuando volví a la sala de estar, Connor había recogido la escultura del suelo y la estaba colocando otra vez en la repisa de la chimenea. Le pedí a gritos que la dejara donde estaba y entonces me di cuenta de que tendría sus huellas por todas partes y la limpié también.

—Es mentira —dijo Connor mirando a su abuelo con los ojos desorbitados y la respiración alterada.

—Es un niño, inspector —aseveró Angela—, un niño que intenta proteger a su madre.

—Es mentira —volvió a decir el hijo, en voz más alta y con lágrimas en los ojos—. ¿Por qué miente?

—¿Por qué mató a tu padre, Connor? —preguntó Tracy.

Berkshire guardó silencio.

—Me dijo que no tenía más remedio que hacerlo, que mi padre nos lo iba a quitar todo y que no le iba a dar nada durante el divorcio. Dijo que mi padre no quería tener nada que ver con nosotros, que se había buscado una novia y que quería vender la casa, que nosotros tendríamos que mudarnos y que no teníamos adónde ir.

—¿Cómo se hizo tu madre las heridas?

Él se había puesto a sollozar y le temblaban los hombros. Berkshire lo envolvió con un brazo.

—Cuéntanos lo que pasó —le pidió su abuelo.

—Me hizo que la golpeara con la escultura. Me dijo que le diera en la parte de atrás de la cabeza para que no le dejase cicatriz. Yo no quería, pero me dijo que tenía que hacerlo si no quería que fuésemos los dos a la cárcel, porque a mí me iban a acusar de ser su cómplice y de haber atraído a mi padre a la casa con engaños.

—¿Y las lesiones de las costillas? ¿Cómo se las hizo?

—Me pidió que se las patease, pero yo no podía, porque no llevaba zapatos. Entonces me dijo que me pusiera uno de los de mi padre, porque, además, por los cardenales podrían saber con qué se los habían hecho.

—¿Por eso estaban tus huellas en el zapato?

—Supongo.

—Y por eso él lo tenía desabrochado. Cuando se lo volviste a colocar, se te olvidó atarle el cordón.

—No lo sé. No me acuerdo.

Tracy miró a Atticus Berkshire, que seguía con el brazo posado en los hombros de su nieto, pero miraba a través del cristal a su hija con el gesto de alguien a quien han asestado una puñalada en el corazón.

—¿Por qué hace esto? —quiso saber el pequeño limpiándose la nariz en la manga de la chaqueta.

—Tiene una enfermedad mental, Connor —repuso su abuelo—. Tu madre no está bien.

—¿Y puedes ayudarla?

Berkshire negó con un movimiento solemne de cabeza.

Tracy y Kins habían presumido que el abogado sabía, o al menos sospechaba, no solo que había sido su hija la que había matado a su yerno, sino que sufría, cuando menos, cierto grado de sociopatía y posiblemente un trastorno límite de la personalidad. Para un padre era algo terrible tener que aceptar algo así de sus hijos y lo más seguro es que él hubiera estado resuelto a defenderla a todo trance hasta el instante mismo en que se dio cuenta de que a ella no le importaba sacrificar a quien fuera con tal de salvarse, incluido su propio hijo. Aunque él nunca habría permitido que Angela prestase declaración, lo más probable era que no hubiese tenido elección: al fin y al cabo, él debía de saber mejor que nadie que Angela había hecho siempre lo que había querido y conseguido siempre lo que se le había antojado y que quien se había interpuesto entre ella y sus deseos había pagado las consecuencias. Un abogado aguerrido y competente como él tenía que haber sabido que la declaración de su hija constituía, en potencia, un error garrafal que corría el riesgo de no casar con las pruebas.

—Pero habrá alguien que sí pueda ayudarla, ¿no? —insistió su nieto.

—Pueden intentarlo —respondió él—, pero hay enfermedades mentales que no tienen cura. En este momento, tu madre representa un peligro para ti.

—¿Te pidió tu madre que confesaras? —le preguntó Tracy.

—Me dijo lo que tenía que contarles y que no podían condenarnos a los dos por el mismo crimen. —Entonces miró a Berkshire—. Me aseguró que tú nos sacarías a los dos de esta, que no teníamos por qué preocuparnos, que podríamos quedarnos con todo el dinero, que ella iba a hacerse con las riendas, que no nos echarían de casa y que, si hacía exactamente lo que ella me decía, todo saldría bien, pero que, si no, iríamos los dos a la cárcel. —Connor Collins prorrumpió de nuevo en sollozos—. Yo no quería que le pasara nada malo a mi padre. No sabía que mi madre le fuese a pegar un tiro.

Atticus Berkshire apartó a su nieto de la ventana.

—Tranquilo —le dijo—. Ya verás como todo se arregla, pero ahora tienes que decir toda la verdad. Tienes que contárnoslo todo tal como fue.

—¿Lo vas a hacer, Connor? —preguntó Tracy.

—¿Y qué le va a pasar a ella? —quiso saber él.

—La juzgarán por haber matado a tu padre, Connor, pero no por ti. Nada de esto ha sido culpa tuya.

El joven volvió a mirar a la mujer que había sentada al otro lado de la ventana. Tracy tenía la impresión de que, por más que estuviese viendo a su madre y oyendo su voz, no tenía nada claro que conociera a la persona que había en aquella sala. De pronto miró a Tracy con gesto afligido. La tristeza había dado paso a una expresión más lúcida. Era miedo.

—¿Irá a la cárcel?

—Sí —aseveró Tracy.

—¿Pero saldrá alguna vez?

—No, Connor: no saldrá nunca.

Después de que ficharan y procesaran a Angela Collins en la prisión del condado de King, Tracy y Kins volvieron al cubículo del equipo A. Era tarde y los dos estaban agotados emocionalmente. Del y Faz se habían ido ya y Tracy estaba a punto de hacer lo mismo. Dan volvía de Los Ángeles y esta vez iban a pasar unos días en Cedar Grove.

—Me voy a casa —anunció—, que esta semana ha sido muy larga.

Kins hizo girar su asiento para mirarla.

—¿Cómo sabías que iba a funcionar?

Ella pensó entonces en Eric Reynolds.

—Es terrible cuando a un hijo lo despojan de su convencimiento de que sus padres son perfectos. Los críos quieren creer que sus padres van a estar siempre a su lado para protegerlos. Una de las peores cosas de crecer es precisamente la pérdida de esa ingenuidad que nos permite a todos creer en mitos y fantasías y que en ese momento cede el paso a la cruda realidad. No queremos creer que nuestros padres no son perfectos y que algunos, de hecho, distan mucho de serlo.

Kins se meció en su silla.

—Hay otra cosa de la que quería hablar contigo —dijo él.

—¿De Amanda Santos?

Él cerró los ojos al paso que soltaba un suspiro.

—No ha pasado nada, Tracy: solo hemos quedado un par de veces a comer.

—Gracias por contármelo —repuso ella aliviada ante la sinceridad de su compañero.

—En casa llevamos tiempo con problemas y tú lo sabes. Cuando conocí a Amanda mientras investigábamos lo del Cowboy, sentí algo que no había sentido desde hacía mucho tiempo.

—A nadie le amarga un dulce, Kins.

—Lo sé. En ningún momento pensé hacer nada, pero luego encontré una excusa para llamarla y charlar un rato con ella y, después, otra para pedirle que comiera conmigo.

—Es muy guapa.

Él asintió.

—Sin embargo, ahora me doy cuenta de que lo que está en juego no somos solo Shannah y yo, ¿verdad?

—Yo no tengo hijos y no me gusta dar consejos sobre un asunto del que no sé demasiado.

Kins sonrió.

—Apuesto a que sabes mucho más de lo que quieres reconocer.

—A lo mejor los años de docencia en un instituto me enseñaron lo que sufren los hijos durante un divorcio.

—Yo no soy perfecto, ni mucho menos, pero todavía no estoy preparado para que ellos se den cuenta.

—Es que nadie es perfecto, Kins.

—No, pero tienes razón: para ellos, ahora lo soy más que nunca y no pienso renunciar a eso sin aplicarme un poco más en mi matrimonio.

—Ojalá funcione.

—Ojalá. Sinceridad total, ¿verdad?

Tracy sonrió.

—Ese era el trato.

CAPÍTULO 38

Una semana después, Tracy tomó la salida situada inmediatamente después de la torre de agua y rebasó los murales que decoraban los edificios del centro de Toppenish. Giró hacia Chestnut Street y pasó al lado de una serie de casas modestas pero en perfecto estado de mantenimiento. Aparcó al lado del bordillo de la última vivienda de la derecha. La Chevrolet antigua y el Toyota seguían aparcados bajo el techado. En la calle se encontraba también la camioneta blanca del negocio de jardinería de Tommy Moore.

Esta vez, Tracy no dudó al llegar a la verja, aunque sí notó que el jardín parecía recién cortado y limpio. Habían desmontado la rampa que había en el porche para la silla de ruedas y la mosquitera era nueva y cerraba bien. La abrió y llamó a la puerta. No se oyó ladrido alguno.

Le abrió Élan Kanasket con gesto de satisfecha resignación y dedicándole una sonrisa azorada, le dijo:

—Parece que, al final, demostró que me equivocaba.

—En realidad, Élan, lo que he demostrado es que tenía usted razón.

Él sonrió aún más a la vez que le tendía la mano.

—Gracias —dijo—. Le debo una disculpa.

—No se preocupe. ¿Dónde está?

—Venga, que la llevaré con él.

Élan cerró la puerta tras ella. El interior también parecía más limpio y ordenado. Habían preparado las paredes para pintarlas: estaban salpicadas de manchas de masilla y delimitadas con cinta de pintor de color azul.

—Veo que están arreglando la casa —dijo ella.

—Ya iba siendo hora. Cuando nos deje mi padre, me iré a trabajar a Arizona. —Sonrió—. Tengo un amigo que tiene una hermana…

—Espero que le vaya bien. —Lo siguió escaleras arriba.

—Ahora que ha pedido que lo traigamos a casa, es solo cuestión de tiempo —aseveró Élan—. Por las mañanas viene una enfermera de cuidados paliativos y por la tarde estoy yo con él.

—Lo siento mucho —dijo Tracy.

Él se detuvo en el rellano para mirarla.

—Pues no debería: es la primera vez que veo a mi padre en paz. Está listo para marcharse y es gracias a usted.

—¿Y su perro?

—Ha muerto. Cuando llevaron a mi padre al hospital, el animal se fue a su silla, se echó, se durmió y no volvió a despertarse.

Llevó a Tracy a un cuarto situado a la derecha misma de las escaleras. La puerta estaba abierta y la cama de hospital, situada de manera que Earl Kanasket pudiese mirar por la ventana a un campo verde que parecía extenderse hasta el horizonte.

—Quería que tuviese la mejor vista de la casa —explicó el hijo.

Tommy Moore, sentado en una silla al lado del lecho, se puso en pie al verlos entrar y estrechó la mano de Tracy.

—Gracias, inspectora. Nos ha quitado a todos un peso tremendo de los hombros.

Tracy bajó la mirada para contemplar a Earl. Parecía poco más que el esqueleto de aquel hombre delgadísimo que había conocido en su visita anterior.

—¿Puede hablar?

—Esta tarde, me temo que no —repuso Élan—, pero nos ha pedido que le demos una cosa.

—¿A mí?

El hijo salió del cuarto y volvió poco después con el atrapasueños de plumas que llevaba Kimi en la oreja en la fotografía del último año de instituto.

—Era de Kimi y él lo tenía colgado siempre en la ventana del dormitorio. Quería que se lo quedara usted por haberle devuelto a Kimi.

—No sé qué decir. Gracias.

—No me las dé a mí: déselas mejor a él. Las enfermeras dicen que siente nuestra presencia. Háblele, que la escuchará.

Tracy se acercó a la cama. Earl Kanasket ya no llevaba el pelo recogido en una trenza. Ella tendió una mano para posarla en la de él, fría y casi traslúcida.

—Señor Kanasket —empezó a decir.

—Creo que él preferiría que lo tutease —dijo Élan con una sonrisa.

Tracy miró al hijo y, a continuación, al padre.

—Earl, soy Tracy Crosswhite, la inspectora de Seattle. He venido a decirle que Kimi puede descansar ya en paz.

Sintió contraerse la mano de él de un modo casi imperceptible.

—Hemos encontrado a los responsables de la muerte de Kimi —prosiguió.

El anciano abrió los ojos lentamente. Élan y Tommy dieron un paso al frente desde el otro lado de la cama. Tracy estrechó la mano de Earl.

—Los hemos encontrado entre Buzz Almond y yo. Es verdad que Kimi no se suicidó, Earl, y a los hombres que lo hicieron los van a llevar ante la justicia.

Aunque la expresión de él no cambió, Tracy tuvo la sensación de haber detectado en sus ojos un leve indicio de que la había entendido. Entonces los vio anegarse en lágrimas, una de las cuales cayó sola por sus marcados pómulos. La inspectora tendió una mano para apartarla dulcemente con la punta de un dedo.

—Son lágrimas de felicidad —dijo Élan.

Cuando Tracy miró de nuevo a Earl vio que, aunque los tenía aún abiertos, sus ojos ya no la miraban a ella, sino que apuntaban hacia la ventana para fijarse en el horizonte que se extendía a lo lejos, más allá de los campos.

Había muerto.

EPÍLOGO

Tracy aguardó hasta la primavera, cuando Jenny los invitó a ella y a Dan a volver a Stoneridge para asistir a la ceremonia en la que iban a dedicar la lápida que marcaría la tumba de Buzz Almond.

De camino, Dan y ella pararon en el vivero de Central Point, en el que con tanta diligencia había cuidado sus plantas Archibald Coe. Dado que ella no había tenido nunca mucha mano con la jardinería, pidió a la encargada algo resistente que pudiera crecer en cualquier parte y, a ser posible, que diera alguna que otra flor. Salió de allí con cuatro plantas.

De allí se dirigieron al apartadero que había tras la construcción en ruinas de una sola planta que había albergado en otro tiempo el Columbia Diner. Dan, cargado con la caja de las plantas, la siguió hasta los matorrales y a lo largo del camino por el que había corrido Kimi en los últimos instantes de su vida. Tracy sintió que los músculos de las piernas se le tensaban al llegar a la pendiente y oyó la respiración de Dan, que acarreaba ladera arriba la caja del vivero.

—Ten cuidado —le advirtió al llegar a la cumbre—, que la hierba se escurre.

A mitad de descenso se detuvo sin estar segura de lo que había visto.

—¿Qué es eso? —preguntó él.

Tracy se acercó al lugar en que había plantado Archibald Coe el último arbusto. Había imaginado que lo encontraría seco, pero la planta parecía haber prosperado. Las hojas habían reverdecido y las ramas se mostraban más largas y fuertes. Hasta habían empezado a brotar capullos diminutos.

Dan dejó la caja en el suelo y Tracy sonrió. Había llevado cuatro plantas, pero solo iba a necesitar tres: una por Earl Kanasket y dos para Darren Gallentine y Archibald Coe. Había dudado mucho que fueran a subsistir.

Sin embargo, en aquel momento contemplaba con mucho más optimismo la idea de que también las suyas pudieran crecer.

Tracy y Dan llegaron al cementerio recién pasada la una de la tarde y subieron la pendiente juntos, de la mano, para avanzar por entre las tumbas hasta la cima, donde esperaba paciente la familia de Jenny.

Aunque Tracy se había mantenido en contacto con Jenny y con el fiscal del condado de Klickitat, su participación en el proceso había sido limitada y probablemente fuera a seguir siéndolo. Eric Reynolds se había declarado culpable de homicidio en accidente de tráfico, delito que no prescribía. Su abogado podía haber aducido que su defendido no había sido la causa inmediata de la muerte de Kimi Kanasket, que su padre había sido la causa interpuesta, pero él no tenía ningún interés en argumentaciones legales: sabía que tendría que ir a la cárcel y no pensaba oponerse. El fiscal propuso cuatro años de prisión y una multa de cincuenta mil dólares. Con las reducciones por buen comportamiento, el acusado podía quedar en libertad en cuestión de dos años.

Contra Hastey Devoe no se presentó demanda alguna. Había pasado treinta días encerrado por la última condena que había recibido por conducir bajo los efectos del alcohol, tras lo cual tendría que pasar siete años en libertad condicional, con la condición de que asistiera con regularidad a las reuniones de Alcohólicos Anónimos.

En lugar de aquello, Eric Reynolds había pagado sesenta mil dólares para que ingresara durante seis meses en un centro de desintoxicación de Oregón en el que tratarían no solo su adicción a la bebida, sino también sus problemas de sobrepeso y autoestima.

Ron Reynolds se había negado a declarar. Lo detuvieron sin fianza en la cárcel del condado de Klickitat y el fiscal presentó contra él cargos de asesinato en segundo grado.

La ceremonia destinada a poner su nombre al estadio se había cancelado de manera permanente y Eric había pedido que se llamara, en cambio, Kimi Kanasket. El acto en su honor iba a celebrarse durante un partido de fútbol americano durante el otoño siguiente. Élan había llamado a Tracy para invitarla a asistir y la había informado de que había varios miles de nativos americanos dispuestos a acudir en caravana desde la reserva de los yakamas hasta Stoneridge para la ocasión.

Jenny se separó de los congregados para ir a saludarla. Las dos se abrazaron.

—Gracias por venir —le dijo.

—No me lo habría perdido por nada del mundo —respondió Tracy, que contempló el lugar del último reposo de Buzz Almond, con vistas a la garganta del río Columbia y a los montes Adams y Hood—. Un sitio precioso.

—Mi padre lo compró cuando lo hicieron *sheriff*. Supongo que había imaginado que moriría estando de servicio, de un modo u otro. Le daba siempre mucha importancia a la idea de echar raíces.

La recién llegada saludó al resto de la familia. Anne Almond parecía más delgada, pero no había perdido su aspecto espléndido. Llevaba puesto un vestido azul pálido y los pequeños volvían a ir con sus ropas de domingo y se movían inquietos como caballos de carreras en sus cajones de salida. Ofició la ceremonia el mismo sacerdote que había presidido el funeral, que bendijo la lápida de mármol teñido de azul y lo roció con agua bendita.

Theodore Michael Almond hijo, Buzz
Sheriff del condado de Klickitat
3 de marzo de 1949-25 de octubre de 2016

Acabado el ritual, los parientes se acercaron para ir colocando diversos objetos en la tumba, tal como le había dicho Jenny al invitarla. Tracy desconocía el significado de las ofrendas particulares, aunque tenía claro que cada una representaba algo concreto para quien la llevaba. Uno de los nietos depositó la maqueta de un aeroplano y otra, un elefantito de peluche. Sarah y su hermano, Trey, avanzaron de la mano con Jenny y Neil. El crío dejó una pelota de béisbol y la pequeña, un poni de plástico. Cuando acabaron todos los familiares, Tracy metió la mano en el bolso y sacó una hoja que había llevado consigo. Caminó hasta la tumba, puso una rodilla en tierra y apoyó en el mármol azul las conclusiones de la investigación sobre Kimi Kanasket.

—Descansa en paz, Buzz Almond —dijo.

Al acabar la ceremonia, Jenny anunció:

—Vamos a casa, a comer. Es una reunión informal. ¿Podéis venir?

—Gracias —repuso Tracy apretando la mano de Dan—, pero todavía tenemos que llegar a Sunriver.

Jenny los abrazó a los dos.

—Gracias por todo lo que has hecho —dijo a Tracy—. Ha significado mucho para mi familia y para mí.

—No he sido yo —contestó ella—, sino tu padre: fue él el que hizo todo el trabajo preliminar. Esta investigación era suya.

—¿Vendrás a vernos pronto? —quiso saber Jenny.

—Claro que sí. Y tú llámame cuando vayas a Seattle. Diles a Sarah y a Trey que la tía Tracy se quedará encantada con ellos cuando tu marido y tú queráis pasar una noche en la ciudad.

Jenny miró a Dan.

—¿Tú también te apuntas?

—Si soy capaz de componérmelas con Rex y Sherlock, no voy a achantarme ante un par de críos.

Tracy se echó a reír.

—No tienes ni idea de lo que estás diciendo.

Dentro del Tahoe, Dan se abrochó el cinturón de seguridad, pero no encendió el motor.

—Si prefieres que vayamos a la comida, por mí no hay problema.

Ella negó con la cabeza.

—Gracias, pero lo que más me apetece es saldar la promesa de pasar más tiempo juntos que tenemos pendiente tú y yo.

Dan se puso serio de repente.

—Hablando de pasar más tiempo juntos, quería hablar contigo de algo.

—Dime —respondió ella sin saber muy bien lo que cabía esperar de aquel tono solemne.

—Voy a mudarme.

—¿Qué?

—Me he dado cuenta de que, en este momento de mi vida, Cedar Grove me resulta un lugar muy aislado y no es sano estar tan solo.

Tracy sintió que se le encogía el estómago.

—¿Y dónde has pensado ir? ¿A Boston otra vez?

—¿Boston? No. ¿Por qué iba a querer ir a Boston?

—No lo sé. Pensaba que, como…

—Boston es cosa del pasado —repuso Dan, aún con gesto serio—. He encontrado una granjita de dos hectáreas en Redmont a la que hay que hacer unos arreglos, lo suficiente para tenerme entretenido, y tiene un arroyo y un prado enorme para que corran Rex y Sherlock.

Tracy le dio un puñetazo juguetón en el brazo. Redmond estaba a media hora escasa de viaje desde el centro de Seattle.

—¡Ay! Pensaba que te haría ilusión.

Ella intentó mostrarse enfadada, pero notó que se le ruborizaba todo el rostro y fue incapaz de no sonreír.

—No lo tengo claro —replicó con fingida renuencia—. ¿Y tu trabajo?

—Teniendo en cuenta que la mayor parte de mi actividad legal la tengo que ejercer por aquí últimamente, no me parece nada descabellado.

—O sea, que es una cuestión de negocios.

—Yo no diría eso. Más bien me parece algo muy personal. —Se inclinó hacia ella y la besó.

Cuando separaron los labios, Tracy apuntó:

—Pero, Dan, a ti te encanta Cedar Grove.

—Es verdad —respondió tendiendo una mano para tocarle la barbilla y atrayéndola hacia sí—, pero te prefiero a ti.

Volvieron a besarse, pero, esta vez, Dan se reclinó en su asiento después del beso.

—Además, no voy a vender la casa. Había pensado que sería un lugar excelente para que nos escapemos algún que otro fin de semana. Podemos pescar, salir a andar al campo y hasta jugar al golf.

Tracy se aclaró la garganta.

—Sabes que no tengo ni idea de golf.

—Ya, pero yo puedo enseñarte.

Ella se echó a reír.

—No tengo claro que sea muy buena idea. La última vez que me diste una clase acabamos en la cama.

—Lo recuerdo y, como monitor tuyo de golf, te recomiendo que practiques más a menudo.

—En ese caso, espero que la segunda clase esté programada para esta noche —dijo Tracy.

AGRADECIMIENTOS

Gracias a todos los lectores que me envían correos electrónicos para contarme cuánto les gustan mis agradecimientos. Después de once libros, este se ha convertido en un lugar en el que, además de dar las gracias, puedo expresar lo dichoso que me siento por cuantos me rodean.

En primer lugar, aunque me encantan los correos y las reseñas de lectores que me hacen saber que las ciudades de mis libros (como Cedar Grove, de las North Cascades, que aparece por primera vez en *La tumba de Sarah*), no existen, debo explicar lo siguiente. Stoneridge es una localidad ficticia que he situado en el condado de Klickitat. Por supuesto, habrá quien piense que algunos de los detalles que se les atribuyen en estas páginas recuerdan a White Salmon, lugar que pasé explorando dos días maravillosos, pero Stoneridge no es, claro está, White Salmon. ¿Por qué hago estas cosas? Pues porque no pretendo avergonzar a ninguna persona ni ciudad y son muchos los lectores que me escriben para preguntarme si lo que se cuenta en mis novelas es cierto —cosa que, por supuesto, no está nada mal—. Una vez más, tengo que dejar claro que lo que escribo es ficticio. Los hechos, como los municipios y los personajes que pueblan mis novelas, pertenecen al terreno de la invención. Los detalles relativos al río White Salmon, sin embargo, son ciertos, tal como se expone más abajo.

Dicho esto, tengo que dar las gracias a Maria Foley, directora ejecutiva de la Cámara de Comercio de Mount Adams. Cuando llegué a White Salmon, no tenía la menor idea de por dónde empezar. Maria me proporcionó una gran cantidad de material sobre la región y su historia, me puso en contacto con el periódico y el café locales y me dio los nombres de varias personas que podían serme de ayuda.

Una de ellas fue Mark Zoller, de la Zoller's Outdoor Odysseys, que ofrece rutas guiadas en balsa por aguas rápidas. Durante mi visita, pasé por la oficina del negocio familiar, que, al ser invierno, estaba cerrada. Entonces localicé a Mark por teléfono y enseguida me di cuenta de que era el hombre que necesitaba. Echó los dientes navegando en el río y dirigió sus primeras excursiones en aguas bravas cuando todavía no había aprendido a conducir. Posee una cantidad de información asombrosa y me proporcionó detalles chulísimos sobre el caudal, la temperatura y otros detalles sobre el White Salmon, incluidos el lugar en que cabría arrojar un cuerpo y el recorrido que seguiría una vez en el agua. El tiempo me impidió surcar el río antes de enviar la novela a imprenta, pero recorrí una porción nada desdeñable de su orilla y pretendo llevar allí a mi familia el verano que viene.

Gracias también a mi amigo Jim Russi, rotario de Yakima, que pasó una tarde enseñándome la reserva de los yakamas y algunas de las hermosas localidades de allí. Habíamos acordado hacer una barbacoa al concluir la jornada y tuvimos que conformarnos con una cerveza y la promesa de quedar para otro día. Poco después de mi viaje, Jim perdió a su amada esposa, Kris, a causa de un cáncer fulminante. La noticia me causó una gran tristeza. Seguiré honrando su memoria mediante el uso de su tabla hinchable de *bodysurf*, que

Jim me envió a casa. Pienso en ella cada vez que me enfrento a una ola. Tendré que sacar tiempo para la próxima barbacoa.

Como siempre, las personas que menciono a continuación son expertas en sus terrenos respectivos. Yo no lo soy, así que soy el único responsable de cualquier error que haya cometido.

Estoy en deuda con Kathy Decker, antigua coordinadora de los servicios de rescate de la comisaría del *sheriff* del condado de King y célebre rastreadora. La inspectora Decker me ayudó por primera vez cuando escribí *Murder One*, ocasión en la que me vi abrumado por la respuesta de los lectores que se interesaron por su talento. De nuevo ha tenido el detalle de explicarme cómo son capaces quienes se dedican a su profesión de seguir pistas que a los demás nos pasan inadvertidas. Esta vez se lo he puesto aún más difícil al preguntarle cómo analizaría un homicidio de cuarenta años de antigüedad y, sin embargo, ha estado, de sobra, a la altura de las circunstancias. La suya es una ciencia fascinante a la que espero haber hecho justicia.

Gracias a Kathy Taylor, antropóloga forense del despacho del médico forense del condado de King. Sus dotes están tan solicitadas que esta vez nos ha sido imposible dar con un hueco en su apretada agenda, pero lo que me ha ido enseñando en entrevistas pasadas me ha sido de gran ayuda con los aspectos forenses relativos a un cadáver rescatado de un río.

Gracias a Adrienne McCoy, fiscal jefe del condado de King, que me ayudó con los matices de las vistas destinadas a determinar si existe causa probable, los autos acusatorios y el modo como actuaría el ministerio público en un caso de homicidio tan inusual como el que presento en esta novela. Estoy en deuda con ella por su paciencia y su experiencia.

He tenido también la suerte de conocer a muchas personas maravillosas del gremio policial siempre dispuestas a ofrecer su tiempo y sus conocimientos. Profeso un gran respeto a quienes hacen de su profesión la defensa de la ley y el orden, ocupación a menudo ingrata y sometida a circunstancias nada fáciles.

No habría podido escribir, ni por asomo, estos libros sin la ayuda de Jennifer Southworth, inspectora de la policía de Seattle. La primera vez que disfruté de su auxilio fue mientras escribía *Murder One*, cuando ella trabajaba para la unidad científica. Cuando la ascendieron a homicidios, se convirtió en la inspiración que me llevó a crear a Tracy Crosswhite para *La tumba de Sarah*. También conté con su asesoramiento para aquella novela, para *Su último suspiro* y para esta. Le estoy profundamente agradecido.

Tampoco habría podido crear nada de esto sin Scott Tompkins, inspector de la unidad de delitos graves de la comisaría del *sheriff* de condado de King. Su eterna disposición a ayudarme compartiendo sus conocimientos o poniéndome en contacto con otras fuentes de información tiene para mí un valor incalculable. Para esta novela, me senté con él, le presenté el argumento general y le pedí que me guiara a través de él. Lo hizo y, además, me fue dando detalles e ideas interesantísimos durante el proceso. Lo suyo sí que es paciencia. Scott y Jennifer hacen una gran labor ayudando a las familias de las víctimas de crímenes violentos a través de Victim Support Services, una causa noble a la que he donado varias novelas firmadas. Los interesados pueden ponerse en contacto con esta asociación en http://victimsupportservices.org.

Gracias también a Kelly Rosa, supervisora de servicios legales del Most Dangerous Offender Project y de la unidad de crímenes violentos de la oficina del fiscal del condado de King, además de amiga mía de toda la vida. Me ha ayudado en casi todas las novelas que he escrito, a las que, por si fuera poco, no se cansa de hacer publicidad. Considerando que había llegado la hora de que diese un paso más en su carrera profesional, la convertí en antropóloga forense en *La tumba de Sarah* y sospecho que seguirá haciendo apariciones especiales en la serie. Gracias, Kelly. Tu ayuda sigue siendo impagable.

Gracias a la superagente Meg Ruley y a su equipo de la Jane Rotrosen Agency, incluida Rebecca Scherer, que me ofrece sugerencias espectaculares sobre mis originales y sabe más que nadie sobre todo lo relativo a los libros electrónicos. Una sola anécdota basta para que el lector se haga una idea de lo maravillosa que es la gente de la JRA. Cuando viajé a Nueva York, mientras yo estaba de cena de negocios, Rebecca se encargó de sacar a mi hija por Manhattan durante una velada de la que Catherine no ha dejado de hablar desde entonces. Por si fuera poco, la agencia se encargó de buscarme entradas de patio de butacas para *El rey león*. ¡Quedé como el mejor padre del mundo! Para colmo, Meg y su marido retrasaron un viaje a Londres para asistir a la cena de los premios de la International Thriller Writers cuando *La tumba de Sarah* fue candidata al de mejor novela policíaca del año. Una agencia excelente con personas aún mejores. Estos dos últimos años han sido fenomenales en muchísimos aspectos y han puesto el broche de oro a diez años de espléndido asesoramiento por profesionales que conocen bien el negocio. Os lo agradezco de todo corazón.

Gracias a Thomas & Mercer por creer en Tracy Crosswhite. Este es el tercer volumen de la serie y estoy deseando escribir más. Gracias sobre todo a Charlotte Herscher, directora de desarrollo que ha editado las tres novelas y las ha mejorado en grado infinito. Gracias también a la correctora, Elizabeth Johnson. Quise la mejor, pues la gramática y la puntuación no son mi fuerte precisamente, y enseguida me recomendaron a Elizabeth. Hace que me esfuerce cada vez que escribo una frase o elijo una palabra y convierte mis libros en obras mucho más precisas.

Gracias a Jacque Ben-Zekry, toda una lumbrera de la mercadotecnia que hace maravillas con la promoción de mis novelas. Tus empeños me han llevado a ser número uno en el pasado y espero que volvamos a conseguirlo. Gracias a Tiffany Pokorny, de relaciones con el autor, por dar siempre un paso más para hacer que me sienta apreciado. Mi familia se ha vuelto admiradora entusiasta de Thomas & Mercer por todos los obsequios impresionantes y los reconocimientos que nos haces llegar. Eres la mejor. Gracias también a mi publicista, Gracie Doyle, que trabaja sin descanso en la promoción de mis libros y tiene siempre que ofrecer una idea creativa y una buena noticia a juego con su optimismo infatigable. Gracias a Kjersti Egerdahl, directora de adquisiciones, y a Sean Baker, jefe de producción, así como a la editora Mikyla Bruder, a la editora asociada Hai-Yen Mura y a Jeff Belle, vicepresidente de Amazon Publishing. Todos ellos predican con el ejemplo en lo que respecta a sus autores y a sus obras y todos me han ayudado a sentirme de inmediato como en casa.

Gracias sobre todo a Alan Turkus, director editorial de Thomas & Mercer, por su orientación, sus acertados consejos editoriales y su amistad. Espero de todo corazón que volvamos a alcanzar el número uno y nos mantengamos en él durante semanas y hasta meses. Has sabido guiar mis pasos como nadie.

Gracias a Tami Taylor, que administra mi página web, crea las cubiertas de las traducciones de mis libros, elabora mis boletines y hace un trabajo fantástico en otros muchos aspectos, y a Sean McVeight, de 425 Media, por la ayuda que me presta en todo lo relacionado con las redes sociales. Los dos sois mucho más listos que yo y me alegra teneros en mi equipo. Gracias a Pam Binder y a la Pacific Northwest Writers Association por el apoyo colosal que prestan a mi obra.

Gracias también a los lectores leales que me escriben para contarme cuánto disfrutan con mis libros y con qué ilusión esperan al siguiente. Sois lo que me impulsa a buscar siempre una historia nueva.

Cuando se publique este libro, mi hijo, Joe, estará acabando su primer año de universidad. Hoy, sin embargo, mientras escribo estas líneas, sigue con nosotros en casa y no dejo de recordar todo lo que hemos vivido en estos últimos dieciocho años. Recuerdo con tristeza la mañana que me desperté para prepararle por última vez la última merienda del cole. Después de doce años, mi mujer y yo calculamos que debemos de haber preparado casi dos mil. He vivido también el último partido de fútbol americano que jugó con el instituto, el último baile de graduación, su última clase, la última reunión, su última ceremonia de graduación. No tengo ningunas ganas de que llegue la última noche que pasará en casa antes de que lo llevemos a la universidad. Me mantendré entero de puertas para fuera, pero, como italiano que soy, por dentro estaré llorando como un crío, igual que aquella mañana en la que extendí por última vez la mayonesa por el pan de su bocadillo de pavo y queso; aquel día en el que, de pie en las gradas, esperé la llegada del fin del partido, y cuando intenté explicarle, durante la cena de graduación, lo orgulloso que estoy de él o cuando, sentado entre el público, me sequé las lágrimas al verlo subir al escenario con el birrete, la toga y una sonrisa enorme en el rostro. No sé si me explico. No solo estoy mandando a un hijo a la universidad: estoy a punto de perder a mi compañero de sesiones nocturnas de televisión, al mejor creador de bocadillos de Seattle, a mi compi de gimnasio y al público de mis citas de *Seinfeld* y mis chistes malos. Sé que no es un final, sino un principio, y estoy encantado de verlo empezar lo que será un capítulo sensacional de su vida. Estoy orgulloso de ti, hijo. Ha llegado el momento de alzar el vuelo.

Aunque Catherine, mi hija, no celebra todavía semejante hito, sí que ha cumplido ya los dieciséis y ha aprobado el examen de conducir. Además, tuvo que pasar cuatro días en Manhattan conmigo durante un viaje en el que tanto ella como su padre se lo pasaron bomba. Nunca olvidaré esa experiencia. ¡Sobre todo, porque se encargó de documentarla con varios cientos de fotografías!

Dejo lo mejor para el final: al amor de mi vida, Cristina, que sigue a mi lado en cada paso de mi viaje por la vida. Gracias por estar siempre ahí. También nos ha llegado la hora de alzar el vuelo. Al cabo, siempre tendremos la eternidad… y un día más.

Made in the USA
Columbia, SC
14 June 2018